विनय सुल्तान | सुमित सिंह

अनबाउंड स्क्रिप्ट का उपक्रम

कबूतर बाज : विनय सुल्तान | सुमित सिंह

प्रथम संस्करण : जनवरी, 2025

ISBN : 978-93-48497-71-0

प्रकाशक : **अनबाउंड स्क्रिप्ट**

2/41, अंसारी रोड,

दरियागंज, दिल्ली - 110002

वेबसाइट : **www.unboundscript.com**

ई-मेल : **books@unboundscript.com**

फ़ोन : **011-35807601**

KABOOTARBAAZ

Written *by* Vinay Sultan & Sumit Singh

मुद्रक : यश प्रिंटोग्राफ़िक्स, नोएडा, उ.प्र.

मूल्य : ₹ 349/-

शब्द और कबीर के लिए

1

... और जब गवाह नेतराम होश और नींद के ठीक बीच सरहद पर ही था, हल्ला उठा। दुपहर को चावल और चने की दाल भारी हो ही जाती है। फर्राटे के सामने बैठ कर ऊँघ रहे नेतराम ने अपनी मैली क़मीज़ की जेब से एक काग़ज़ निकाला। चार तहों वाला कागज़ इतनी बार मोड़ा खोला गया था कि कोनों से फट गया था। सबसे ऊपर लिखा शुभ-लाभ का लाभ जाने पसीने से या किसी दिन बारिश से बहुत फीका पड़ गया था। लेकिन नेतराम समझता था कि उठा हुआ हल्ला शुभ है। आज का दिन ख़ाली जाने से रह गया। नेतराम ने पुर्ज़े में बची हुई बहुत कम जगह में लिखा '53 - दिनांक 4/8/13, वादी' – और जगह ख़ाली छोड़ दी। फिर लिखा 'केस मास्टर' – फिर जगह ख़ाली छोड़ दी। अब उसे इंतेज़ार था दारोगा की पुकार का।

नौबतगंज ग्रामीण थाने में बैठा नेतराम पेशे से सरकारी गवाह है। ये पिछले तीन महीनों की तिरपनवीं गवाही होगी, अगर हुई तो। ज़ब्ती, गिरफ़्तारी, दबिश में पुलिस को एक गवाह चाहिये होता है, नेतराम वही है। नेतराम जैसे और भी हैं लेकिन आज बाज़ार वसूलने की बारी नेतराम की है। जब कुछ देर तक नेतराम की बुलाहट नहीं हुई तब उसने आगे बढ़कर मामला समझने की कोशिश में इंचार्ज साब का कोठर झाँका। भागम भाग तो थी, लेकिन काहे की है ये समझ आकर नहीं दे रहा। ना कोई फ़रियादी है ना पच्छ बिपच्छ की कहीं कोई भीड़ है। अगर थाने में सिर्फ़ पुलिसवाले ही हैं तो दोहमच क्यों मची हुई है?

'ग़लत नहीं गरियाते हैं लोग तुमको...सरऊ तुम्हार रहिना नहीं रहिना बरबरे है समझो।'

इंचार्ज साब पेट सहलाते हुए थाने के मेन गेट से लगकर बनी कोठरी में बैठे मुंशी को देखकर फुँकार रहे हैं। इसमें अजीब तो फिर भी कुछ नहीं है, उससे अजीब तो ये है कि सब के सब पुलिसवाले इस समय इंचार्ज साब को ठंडा करने की जगह हॉल में बटुरे हुए हैं।

सामने दीवार के कोने में ऊपर छत की तरफ़ जुगाड़ से एक टीवी टँगा हुआ है, जिसका रिमोट नहीं मिल रहा है। इन्हीं इंचार्ज साब को शोरगुल की समस्या के बाद टीवी सनातनी म्यूट व्रत पर चलता था। थाने के इकलौते टीवी पर किसिम किसिम के प्रोग्राम और गाने चलने से उन सभी रसिकों को दिक्क़त थी जिनके पास रिमोट नहीं हुआ करता था। आख़िरकार टीवी को सातों दिन चौबीस घंटे मौन व्रत पर रखकर रिमोट मुंशी के हवाले कर दिया गया। मुंशी को भी क्या ही मालूम था कि एक दिन ऐसा भी आयेगा जब रिमोट मृत संजीवनी बूटी की तरह खोजा जायेगा। क़ब्र में पैर लटकाकर बैठे रिमोट की कौन सुध लेने वाला था, सो मुंशी ने मालखाने के ब्लैक होल में रिमोट फेंककर फ़ुरसत की। लेकिन दिन आज का उतना भी शुभ नहीं था जितना नेतराम अपनी गफ़लत में समझ बैठा था।

एक सिपाही इंचार्ज को बुलाकर हॉल की तरफ़ ले गया।

सबकी आँखें छत के कोने में किसी जादू से ही जर्जर दीवार पर अटके टीवी पर अटकी हैं। नेशनल न्यूज़ चैनल के स्टूडियो में झिलमिलाती एंकर को देखकर लग रहा है कि वो चीख़ रही है। नीचे लाल पट्टी पर लिखा आ रहा है उत्तर प्रदेश के नौबतगंज का मामला। नीचे की लाल पट्टी बार-बार शीशे की तरह चकनाचूर होती है और नयी पट्टी पर नयी जानकारी आ जाती है। अब लाल पट्टी पर जो लिखा आ रहा है उसे देखकर पुलिसवाले एक दूसरे से भुनभुनाते हुए पुख़्ता कर रहे हैं कि जो उन्हें दिख रहा है वही दूसरों को भी दिख रहा है ना?

फ़िलहाल न्यूज़ एंकर दोनों हाथ हवा में लहराकर जिस तरह नाराज़गी से ख़बर पढ़ रही है उससे इतना तो कोई भी पुलिसवाला बता सकता था कि ख़बर बुरी ही है। आख़िरकार पुलिया पर चोरी की 'योजना' बनाते संभावित चोरों को भी तो अपनी इसी डीकोड कर सकने की कला के दम पर पकड़ पाते हैं ये लोग।

अब लाल पट्टी कुल चार बार चकनाचूर होकर वापिस बन रही है। चारों पर जो जानकारी है वो सिर्फ़ इतनी ही है कि -

'उत्तर प्रदेश के नौबतगंज का मामला।'

'ना कभी सुना ना कभी देखा ऐसा अनोखा मामला।'

'क्या सो रहे थे पुलिस प्रशासन के लोग?'

'ख़बर सुनकर उड़ जायेंगे होश।'

आख़िरी पट्टी का टेक्स्ट पढ़कर इंचार्ज साब ने मुंशी की तरफ़ देखकर जेब में डाली अपनी मुट्ठियाँ कस लीं। सुन ही तो नहीं पा रहे। हैरान तो हुआ चाहते हैं लेकिन सुनें तब ना।

न्यूज़ बताने वाली एंकर ने हाथ मलते हुए आधी स्क्रीन रिपोर्टर को दे दी। अब हो सकता है कुछ समझ में आ जाये। ढाई मिनट से ये ऊँघता हुआ क़स्बा नेशनल टीवी पर है। इंचार्ज साब एक आँख से अपने कमरे का टेलिफ़ोन देखते हुए दोनों कान उधर ही लगा रखे हैं। अब तो ऊपर से आने वाला फ़ोन ही बतायेगा कि मामला कितना संगीन है।

'सारूख...सारूख...सर सारूख...का आ रहा है नाम।'

एक साथ पुलिसवालों में से दो तीन लोग चीख़ पड़े। लाल पट्टी पर अब नया टेक्स्ट आ रहा है।

'कहाँ ग़ायब शाहरुख़?'

रिपोर्टर जिस इलाक़े में चलते हुए कुछ कह रही है, वो नौबतगंज का पुराना हिस्सा है। तो एक राहत की बात इंचार्ज साब के लिए ये हुई कि मामला हमारे थाने का नहीं लग रहा अभी तक। रिपोर्टर एक घर में घुसती है और एक लड़के को लेकर छत की तरफ़ जाने को सीढ़ी चढ़ने लगती है। अब रिपोर्टर छत पर पहुँच गयी है। ये छत किसी आम घर की आम छत नहीं लग रही। आधी से ज़्यादा छत को जालियों से ऐसे घेरा गया है जैसे कोई बड़ा सा पिंजरा बनाया गया हो। अब रिपोर्टर जाली की तरफ़ इशारा करके कुछ कहना शुरू करती है। आधी स्क्रीन पर मौजूद नेशनल टीवी एंकर मुँह मसोसते हुए चिंता में दिखायी दे रही है।

अब लगातार लाल पट्टियाँ चूर होकर नयी नयी जानकारी के साथ आ रही हैं-

'सलमान और ऐश्वर्या एक साथ लापता!'

बस पुलिसवालों का उछलना ही बाक़ी रह गया था। सलमान और ऐश्वर्या... यहाँ साले को नौबतगंज में? आये ही कब थे कि ग़ायब हो गये। स्क्रीन पर घेरी गयी छत दिखाते हुए रिपोर्टर का जोश और एंकर की चिंता बढ़ती ही जा रही है।

'अरे लड़ऊचंद यहाँ क्या उपार रहे हो...अब से भी खोज लो रिमोट।' अधीर होते इंचार्ज साब ने भीड़ में खड़े मुंशी को देखकर हाँक लगायी। लेकिन मुंशी ने सिर्फ़ इतना ही किया कि इंचार्ज के सिर मोड़ने तक दो क़दम पीछे हटकर एक दूसरे सिपाही के बगल खड़ा हो गया। स्क्रीन पर नयी पट्टियाँ एक के बाद एक आ रही हैं।

'अमिताभ और अभिषेक का भी नहीं लग रहा पता।'

'रितिक, अजय और सनी भी रातोंरात ग़ायब।'

'कभी नहीं सुना होगा ऐसा अनोखा मामला।'

अब थाने में सबका ही धीरज चुक रहा था। हवा लग नहीं रही थी कि चल क्या रहा है। न्यूज़ एंकर का मायूसी मिला गुस्सा, रिपोर्टर का जल्दी जल्दी चल रहा मुँह और आधी छत के इस बड़े से पिंजरे को देखकर अनुभवी सिपाहियों और हवलदारों ने अपनी-अपनी कहानी तैयार की है। इंचार्ज साब के सामने हर कोई तुक्का भिड़ाना चाहता है। लगा तो लगा, नहीं लगा तो भी क्या जा रहा।

'इतने हीरो हीरोइन तो जनाब इस पिंजरे में आ भी न पायेंगे जितने ये दिखा रहे हैं...और सनी देवल को कौन रख लेगा इसमें...।' बोलकर सिपाही टीवी निहारने लगा।

'अगर नौबतगंज में ये सब होते तो हमें टीवी से मालूम हो रहा होता?' दूसरे सिपाही का सवाल जायज़ था।

'हाँ तो इन सबका मामला नहीं होता तो इतने बड़े चैनल पर नौबतगंज का नाम आता क्यों? लक्खीमल हलुआई के लड्डू के लिए?' हवलदार का ये कहना भी नाजायज़ नहीं था।

'अरे अनोखा मामला अनोखा मामला कह तो रहे हैं न्यूज़ वाले...नौबतगंज में सारूख सलमान अम्ताच्चन ही तो अनोखा होंगे यार ये भी तो सोचो।' मुंशी की ये बात भी और लोगों से कुछ कम जायज़ नहीं ठहर रही थी। लेकिन उसकी बात सुनकर इंचार्ज समेत बाक़ी लोगों ने जो उसकी तरफ़ आँख तरेरी तो मुंशी को याद आया कि इतना अंदाज़ा लगाने की नौबत ही क्यों आती अगर टाइम पर रिमोट मिल गया होता।

रेडियो रूम से वायरलेस घरघराने लगा। ये घरघराहट भी माहौल के हिसाब से कुछ कम अशुभ नहीं थी ये पूरा थाना समझ रहा था।

‘स्टेशन फोर कम इन... स्टेशन फोर कम इन... ओवर।’

इंचार्ज ने असिस्टेंट सब इन्स्पेक्टर को इशारा किया। बिना गर्दन हिलाए एएसआई रेडियो रूम की तरफ़ लपका और माउथ पीस पकड़कर खखारा।

‘स्टेशन फोर रिपोर्टिंग ओवर।’

‘सभी स्टेशन ध्यान दें... कप्तान साब मैसेज दे रहे हैं... सभी स्टेशन ध्यान दें ओवर।’

इतना सुनना था कि इंचार्ज ने भागकर एएसआई से माउथ पीस झटक लिया और अपनी बेल्ट का बक्कल दुरुस्त करता हुआ सावधान खड़ा हो गया। जो जहाँ था वहीं से अपनी-अपनी रीढ़ को मुमकिन तनाव देकर वायरलेस को घूरने लगा। सेट का वॉल्यूम हाई कर दिया गया। एक डेढ़ मिनट कोई आवाज़ नहीं आई। फिर ऑपरेटर का मद्धम सा ‘जय हिंद साब’ सुनाई दिया। डेढ़ मिनट इंतेज़ार करने के बाद ऑपरेटर ने कप्तान को जानकारी दी होगी ‘सारे स्टेशन लाइन पर हैं जनाब’। सेट पर कुर्सी के चरमराने की आवाज़ आई तो अंदाज़ा हुआ कि कप्तान कुर्सी से उठ कर माउथ पीस थाम चुके हैं।

‘अरे तुम सब भाँग खाकर काम करते हो क्या?... ओवर।’ उधर से कड़क कम, निराश ज़्यादा आवाज़ गूँजी।

किसी ने कोई जवाब नहीं दिया। इस मामले में पुलिसवाले सबसे सधे खिलाड़ी होते हैं। उन्हें मालूम है कि कहाँ, कब, कितना और कैसे बोलना है। ये कोई जवाब देने की बात ही नहीं थी।

‘जिससे नहीं होता काम वो घर बैठे न... खाओ साले को सरकारी पेंशन... इसमें क्या दिक्क़त है... ओवर।’ कप्तान की आवाज़।

बात ये भी जवाब देने वाली नहीं थी। सब चुप।

‘तुम्हारी कुर्सी तोड़ने का नतीज़ा तो मैं भुगतता हूँ न अधिकारियों और नेताओं के सामने... ओवर।’

ये भी कोई सवाल नहीं था।

‘अरे कोई कुछ बोलेगा? कि हम भाषण देने के लिए इमरजेंसी मैसेज दे रहे हैं? बोलो भई... कैसे होगा निपटारा... ओवर।’

कप्तान साब थे नये। उनको अब तक अपने ही विभाग का मंतर नहीं मालूम था कि जब तक सही आदमी से सही सवाल ना करें तब तक सब हवा है।

'मंच पर आमंत्रित नहीं कर रहा हूँ... रिपोर्ट माँग रहा हूँ... एक-एक करके बताइये क्या समाधान है? ओवर।'

'जय हिंद सर... स्टेशन थ्री इंचार्ज विनोद यादव बोल रहा हूँ सर... दैनन्दिन रजिस्टर लेकर कल पेश हो जाता हूँ सर ओवर।'

इसके जवाब से कप्तान समझ गया कि इस थाने को तो अभी कोई ख़बर ही नहीं है मामले की। ये रूटीन वर्क समझकर जवाब दे रहा है।

'तुम छोड़ो यार... क्या नाम बताया... तुम चुप रहो बस अभी... ओवर।'

जहाँ कुछ काम नहीं आता, वहाँ अनुभव काम आता है। ये बात पुलिसवालों से अच्छी तरह कौन समझ सकता है।

'जय हिंद सर... स्टेशन फोर इंचार्ज अशोक दूबे बोल रहा हूँ... मामले का त्वरित संज्ञान लिया गया है सर... सभी लोग इसी मामले पर कार्यवाही में लगे हैं... हमारे स्टेशन की रिपोर्ट लेकर आपके यहाँ चौबीस घंटे में पेश हो जाऊँगा सर... ओवर।' इधर इंचार्ज साब ने संभाला मोर्चा।

'दूबे जी दिल्ली तक बदनामी जा रही है नौबतगंज की... आपके संज्ञान का क्या करूँ... पकौड़े बनाऊँ? ओवर।'

इंचार्ज साब को अच्छी तरह मालूम है कि कहाँ पतंग ढीलनी है और कहाँ पेंच खींचना है 'सर सर सर सर...।' सरसराहट भी जवाब ही है।

'सभी लोग तत्काल अपने-अपने स्टेशन में मामले पर मीटिंग करें और रिपोर्ट रात तक मुझे भेजिये... पहली बार ये स्थिति बनी है कि वायरलेस पर मीटिंग लेनी पड़ रही है... मामले की गंभीरता को उम्मीद है आप लोग समझ रहे होंगे... ओवर।'

'सर सर सर सर... तत्काल कार्यवाही की जायेगी ओवर।' इंचार्ज साब ने पेंच खींचा।

'लगिये लगिये सभी लोग... मामला मीडिया तक पहुँचना ही नहीं चाहिये था... इसकी जाँच अलग से होगी... ओवर।'

'सर सर सर सर ... ओवर।'

‘कम्युनिकेशन सबका आपस में दुरुस्त रहे... कहीं ढिलाई दिखी तो नापने में देरी नहीं करूँगा याद रहे... ओवर एँड आउट।’

पुलिस कप्तान की इमरजेंसी मीटिंग समाप्त। मामला अभी भी पता नहीं है किसी को। इंचार्ज साब के पीछे सभी लोग उनके कमरे तक आये।

‘वो कौन है अपना दैनिक प्रभात का पत्रकार यार...?’ इंचार्ज ने पूछा।

‘कमलेश किशोर जनाब।’ किसी ने जवाब दिया।

‘हाँ तो उसी को फ़ोन करके पता लगाइये क्या है मामला... लगाइये यहीं से लगाइये फ़ोन।’ इंचार्ज ने फ़ोन की तरफ़ इशारा किया।

एक सिपाही ने जेब से डायरी निकालकर पत्रकार कमलेश किशोर को फ़ोन लगाया।

‘कमलेश जी से बात हो जायेगी क्या? हाँ दीजियेगा... मैं नौबतगंज ग्रामीण थाने से ब्रिजमोहन सिपाही बात कर रहा हूँ।’

कुछ सेकेंड बाद उधर से आवाज़ सुनाई दी ‘बताइये?’

‘कमलेश भाई... ये अभी न्यूज़ पर नौबतगंज का जो मामला आया है उसके बारे में हमारे इंचार्ज साब बात करेंगे।’

माउथपीस पर हाथ रखकर इंचार्ज ने सिपाही को देखा। फिर माथा पीटते हुए ख़ुद से ही कहा ‘साला कोई किसी काम का नहीं है।’

‘कमलेश जी क्या हाल हैं आपके... इधर दर्शन दुर्लभ हो गये भाई आपके तो... कभी घटना से पहले भी आया कीजिये... हा हा हा।’ चीमड़ हँसी के साथ इंचार्ज ने बात खोली।

‘अरे नहीं सर आते तो हम वैसे भी रहते हैं आप ही व्यस्त रहते हैं... बल्कि आज आपकी तरफ़ ही आने का सोच रहा था लेकिन ये हो गयी घटना... बड़ी घटना हो गयी सर... है कि नहीं?’ कमलेश बोला।

‘हाँ घटना तो बड़ी है ही। आप सभी का सहयोग रहेगा तो मामले को सुलटाया भी जायेगा भई... नौबतगंज पुलिस तो हमेशा ही पत्रकारों की सेवा में तत्पर रही है... वैसे आपको क्या लग रहा है मामले को देखकर?’ इंचार्ज बोला।

‘सर जानकारी तो थी नहीं अपने को भी... पता नहीं कैसे बात पहुँच गयी नेशनल मीडिया में... अब तो जो होगा उन्हीं की तरफ़ से होगा खेल।’

'वो तो ठीक है... लेकिन यार कमलेश भाई ये सारुख़ सलमान जैसे बड़े हीरो नौबतगंज में आये कब?'

'हा हा हा... हा हा हा... अरे सर हीरो थोड़ी न असल में ग़ायब हुए हैं... मामला तो कबूतरों का है? लौंडे ने कबूतरों के नाम रखे थे हीरो हीरोइन के नाम पर... दिल्ली वालों को तो इसी में मज़ा आ रहा है असल में...।'

'हाँ अच्छा... वही मैं कहूँ...।' कहकर इंचार्ज ने विभाग की बेहोशी छिपाई लेकिन कमलेश को इस बेहोशी की गंध अच्छी तरह मालूम है।

'बात असल में ये है कि पुराने शहर में होती है कबूतरबाज़ी... उसके लिए लोग पालते हैं तरह तरह के कबूतर... महँगे भी होते हैं कबूतर। बाक़ायदा चैम्पियनशिप होती है साल के आख़िर में। उन्हीं में से किसी के कबूतर तीन चार दिन पहले चोरी हो गये। यही है पूरा मामला। अब ना मालूम नेशनल मीडिया को इसमें क्या रस आ गया।' कमलेश ने इंचार्ज को पूरा मामला समझा दिया।

'कबूतर? ये साले कबूतर चोरी हुए हैं? कमाल है यार... ये भी कोई चोरी होने की चीज़ हैं? दुनिया भर के उड़ते फिरते हैं इनको चोरी करके क्या मिलेगा?' इंचार्ज ने माथा पकड़ते हुए कहा।

'अब यही तो मामला है सर... किसने किया क्यों किया... कहाँ हैं कबूतर? यही तो पूरा मामला है।' कमलेश बोला।

'चलिए आपको कुछ मालूम चले अपने स्तर पर तो ख़बर कीजियेगा हमें भी... हम लोग भी लगे ही हुए हैं।' इंचार्ज ने कहा।

'लगना ही पड़ेगा सर... क्योंकि अब बात है दिल्ली की... और वो साले तब तक मजमा लगाये रखेंगे जब तक इससे ज़्यादा अतरंगी कुछ नहीं मिल जाता उन्हें, या तो फिर कबूतर ही मिल जायें।' कहकर कमलेश ने फ़ोन रख दिया।

इंचार्ज ने फ़ोन कान से हटाकर दोनों हाथों में पकड़ा और उस पर अपना माथा टिकाकर आँख बंद कर ली।

सामने खड़ी भीड़ में से किसी सिपाही ने पूछा 'क्या मामला है सर कबूतरों का ये अब ?'

इंचार्ज साब के दिमाग़ में नवरसों का सोता फूट आया था। फ़ोन रिसीवर पर रखा और सामने खड़े पुलिसवालों को देखकर ठंडी लेकिन चीरती हुई आवाज़ में

कहा ‘मामला तो आप कल अख़बार पढ़ के जान ही जायेंगे... सुबह जल्दी आकर यहीं थाने में पढ़ लीजियेगा सर। इस बीच टाइम मिल जाये तो मुझे भी बता दीजियेगा। और मुझे टाइम मिला तो चार अच्छर लिख कर रिपोर्ट कप्तान साब को पकड़ा दूँगा... परचून की दुकान ही तो चलानी है... मन के मालिक हैं... जब इच्छा होगी बाहर निकलेंगे पता लगाने... ठीक है न सर?’

आग से ज़्यादा भाप चमड़ी काटती है। इंचार्ज के कलेजे की भभक थाने को लग गयी। गाड़ियाँ निकल पड़ीं।

‘कबूतर चोरी हो गये?... काहे को चोरी हुए भाई...?’ इंचार्ज अपने आपसे बड़बड़ाते हुए टहलने को निकला।

नेतराम को लगा कि आज का हिसाब किताब भी पूछ ही लिया जाये। ‘गवाही होगी क्या हुज़ूर...?’ कहकर नेतराम ख़ुद ही दुबक गया। इंचार्ज की नाक तक पानी अब आया। उसने हॉल के शटर से लगे हुए कोने में रखी मेज पर से रजिस्टर उठाया और नेतराम की तरफ़ तानकर चिल्लाया ‘भाग भोसड़ी के...।’

इंचार्ज थोड़ी देर नेतराम को सड़क तक जाता देखता रहा। फिर रजिस्टर को वापिस रखने को ही था कि देखा वहीं टीवी का रिमोट रखा हुआ था। रिमोट के ऊपर रजिस्टर रखकर इंचार्ज सामने ख़ाली आसमान ताकते हुए अपने रिटायरमेंट के बचे साल जोड़ने लगा।

—

2

रात का तीसरा पहर। नौबतगंज का ये वो हिस्सा है जिसे बाहरी कहा जा सकता है। हालाँकि तेज़ी से बढ़ते शहर की सरहद के बारे में ठीक-ठीक कहना मुश्किल है कि अब शहर कहाँ ख़त्म होता है। बारिश के बाद सड़क के दोनों तरफ़ झींगुरों की आवाज़ रात की रागदारी और गहरी कर रही है। शहर की तरह जाता हुआ पुराना स्कूटर दिखायी दे रहा है जिसकी क़रीब-क़रीब मर चुकी हेडलाइट और टर्राता साइलेंसर चलाने वाले की जीवटता का भरपूर परिचय दे रहे हैं। स्कूटर पर एक अधेड़ जोड़ा सवार है। घर पहुँचने की जल्दी में आदमी बार-बार बायें हाथ में बँधी घड़ी देख रहा है। पीछे बैठी औरत की धज देखकर कहना आसान है कि जोड़ा किसी शादी के कार्यक्रम से घर लौट रहा है। स्कूटर की स्पीड रुकती है रेलवे क्रॉसिंग पर जिसका फाटक आदमी के देखते-देखते ही गिरा है। रात के इस पहर सड़क पर दूर-दूर तक कोई दिखायी नहीं दे रहा। औरत स्कूटर से उतर कर फाटक की तरफ़ जाने लगती है। आदमी ग़ुस्से में पीछे से आवाज़ देता है –

'अरे कहाँ चली जा रही हो भई?'

औरत चारों तरफ़ देखकर स्कूटर के पास वापिस लौटती है और झल्लाते हुए कहती है –

'पता नहीं कब आयेगी गाड़ी... लिटाकर निकाल लो न स्कूटर... करते तो थे पहले।'

आदमी जिस तरह सीने पर दोनों हाथ बाँधकर खड़ा है और बात अनसुनी करके आसमान में देखने लगता है उससे लग नहीं रहा कि औरत की सलाह का उस

पर बहुत असर हुआ है। औरत ये देखकर और झल्ला जाती है। पाँव पटकते हुए वो आकर आदमी का हाथ पकड़कर अपनी तरफ़ खींचते हुए कहती है –

'खड़े रहो यहीं रात भर... तुम्हारी इसी आदत ने ज़िंदगी बर्बाद कर दी न मेरी... अपना दिमाग़ तो चलता नहीं, कोई कुछ कहे तो बस मूर्ति बने रहो... पागल कर दिया है इस आदमी ने।'

आदमी पर अब भी किसी बात का कोई असर दिखायी नहीं दे रहा। वो कभी गिरा हुआ फाटक देख रहा है और कभी अपने बायें हाथ की घड़ी। औरत अपना माथा पीटती हुई फाटक की तरफ़ जाने लगती है। जाकर दायें बायें देखती है लेकिन अभी गाड़ी का कहीं कोई नाम निशान नहीं दिख रहा। औरत झुककर फाटक को पार करने की कोशिश करती है। आदमी का सब्र अब चुका है। वो स्कूटर को स्टैंड पर लगाता है। भर पेट साँस खींचता है और चीख़कर कहता है –

'इधर आओ चुपचाप... पगला ही गयी हो क्या?'

औरत को इस तेवर की उम्मीद नहीं थी। वो वापिस फाटक के नीचे से झुक कर स्कूटर की तरफ़ आती है। गुस्से में आदमी की साँस तेज़ चल रही है। जैसे ही औरत स्कूटर के पास आती है। आदमी अपने हाथ की घड़ी को कलाई में घुमा घुमाकर चिल्लाने लगता है –

'हमने कहा था चार घंटे साज सिंगार करने को? हमने कहा था कि खाने के बाद देस भर की औरतों को जुटाकर बारह घंटे पंचायत करो? अपने घर का इनसे कुछ सुलझता नहीं है वहाँ इनको परधानी सूझ रही थी। अरे खाना खाकर छत्तीस बार कह रहे थे कि चल लो रात ज़्यादा हो रही है... लेकिन नहीं... जब तक अपने सारे परपंच न फैला लो तुम्हें चैन है? हमने पगलवाया है इनको... कुछ कहते नहीं तो कहलवाया न करो... कह दिया बस।'

औरत की भंगिमा और देह भाषा देखकर बड़े से बड़ा कलाकार हैरान हो जाये। घड़ी भर पहले जो एकदम हमलावर हुए जा रही थी वो औरत कभी बायें हाथ की चूड़ियाँ सही कर रही है कभी दायें हाथ की। लेकिन हावी होने की आख़िरी कोशिश के तौर पर भुनभुनाते हुए कहती है –

'कुछ कहना समझाना ही बेकार है...।'

औरत की आँख में देखकर इस बार आदमी आख़िरी वार करता है –

'कह भी मत देना...।'

अब सन्नाटा है। दोनों दो तरफ़ देख रहे हैं। झींगुरों की आवाज़ आ रही है। दूर से आती रौशनी से लग रहा है कि ट्रेन आ रही है। लेकिन असल में ये उस मोटरसाइकल की तेज़ रौशनी है जो स्कूटर वाले की तरफ़ ही तेज़ी से बढ़ रही है। मोटरसाइकल स्कूटर के ठीक बगल में आकर खड़ी हो जाती है। मोटरसाइकल पर सवार हैं दो नौजवान जिन्होंने अजीब तरह के कपड़े पहन रखे हैं। ये कम से कम वैसे तो नहीं दिख रहे जैसे शहर के 'अच्छे लड़कों' से उम्मीद की जाती है। औरत धीरे से आदमी की कलाई दबाती है। आदमी इशारा करता है जिसे तुरंत भाँप कर औरत अपनी साड़ी का पल्लू सिर तक ऐसे डाल लेती है जिससे उसके गहने छिप जायें। बगल से एक लड़के की आवाज़ आती है –

'कबसे बंद है फाटक अंकल जी... निकल जायें नीचे से क्या?'

आदमी अब थोड़ा नरम पड़ता है –

'बेकार में रिस्क क्या लेना बेटा। अब आ ही रही होगी गाड़ी। सुपरफास्ट ट्रेन हो तो कहो आँख झपकते निकलती है। एक्सीडेंट वगैरा होता रहता है इसीलिए...'

पीछे बैठा लड़का मोटरसाइकल की ड्राइवर सीट पर बैठे लड़के से कहता है –

'ठीक कह रहे हैं अंकल जी। खड़े रहो यार!'

औरत स्कूटर पर बैठकर आदमी की कमर कसकर पकड़ लेती है। ठीक तभी ट्रेन का हॉर्न सुनाई देता है। आदमी किक मार कर स्कूटर स्टार्ट करता है। मोटरसाइकल पर पीछे बैठा लड़का उतरकर खड़ा हो गया है। मालगाड़ी मद्धम स्पीड में निकल रही है। कोयले वाली गाड़ी के तैंतीस डिब्बे पार होने में समय लग रहा है। जैसे ही आधी गाड़ी पार होती है, मोटरसाइकल जिधर से आई थी उधर को वापिस मोड़ने लगता है लड़का। जब तक तीन चौथाई गाड़ी पार हुई उतर कर खड़े लड़के ने खट्ट से औरत की गर्दन की तरफ़ हाथ बढ़ाया और झपट्टा मारकर गले की चेन खींच ली। 'हाँ हाँ हाँ' कहते आदमी और औरत जब तक कुछ समझ पाते लड़का मोटरसाइकल पर बैठ चुका था। आदमी औरत तो दोनों घबराए हुए थे ही, इनसे कहीं ज़्यादा तो ये दोनों लड़के घबरा गये थे। जिस तरह की हड़बड़ी में लड़का मोटरसाइकल स्टार्ट करने के लिए किक मार रहा था और पीछे बैठा लड़का उस पर चिल्ला रहा था, ऐसा लग रहा था कि इस काम में ये दोनों लड़के पुराने नहीं हैं।

मालगाड़ी का आख़िरी डिब्बा और गार्ड बोगी भी निकल गयी। दोनों लड़कों की घबराहट औरत भाँप गयी और उसने बिना देर किए जाकर पीछे बैठे लड़के की बाँह पकड़ ली। हर कोई चिल्ला रहा था। औरत आदमी पर चिल्ला रही थी कि बैठे क्या हो भिड़ो इनसे। लड़का अपने संगी पर चिल्ला रहा था कि स्टार्ट क्यों नहीं कर रहा मोटरसाइकल। उसके साथ का लड़का मोटरसाइकल पर चिल्ला रहा था कि ऐसे मौके पर ही धोखा देना था क्या, और आदमी उन सब पर चिल्ला रहा था कि क्या हो रहा है ये सब।

ये सारी चिल्लाहटें एकदम एक साथ रुक जाती हैं। फाटक के दूसरी तरफ़ फाटक खुलने का इंतज़ार करता अपनी मोपेड पर एक पुलिसवाला बैठा है। ये पुलिसवाला अभी ठीक कुछ मिनट पहले ही यहाँ आया होगा क्योंकि जब मालगाड़ी ने गुज़रना शुरू किया था तब फाटक के उस तरफ़ कोई भी नहीं था।

इतने अंधेरे में पहचानना मुश्किल होता लेकिन वो पुलिसवाला ठीक उस जगह है जहाँ फाटक की रखवाली करने के लिए बने गार्ड रूम के दरवाज़े पर जल रहे बल्ब की भरपूर रौशनी आ रही है। रौशनी इतनी तो है ही जिससे उसकी वर्दी भी दिख रही है और कंधे पर टँगा हुआ एक केस भी दिखायी दे रहा है। जिस आकार का वो केस है ऐसा लगता है बारिश से बचाने के लिए पुलिसवाले ने असलहा उसके भीतर रख कर कंधे पर टाँगा हुआ है। आधा सोया आधा जागा वो पुलिसवाला इस बात से बिल्कुल अनजान है कि जब वो मालगाड़ी के गुज़रते हुए इस तरफ़ इंतज़ार कर रहा था तब दूसरी तरफ़ फाटक के उस पार कुछ ऐसा हो रहा था जिससे उसका सीधा वास्ता है।

ये संयोग दैवीय ही कहा जा सकता है। जहाँ दूर दूर तक कोई उम्मीद नहीं थी वहाँ साक्षात पुलिस ! इस टाइमिंग ने जो कि और किसी आम मामले में बिल्कुल ही नज़रअंदाज़ कर दी जाती, कुछ सेकेंड के लिए फाटक के पार सबको बेतरह हैरान कर दिया। हालाँकि पुलिसवाले को फाटक के दूसरी तरफ़ अस्त व्यस्त हाल देखकर कम से कम शक तो होना ही चाहिये था, लेकिन रात के इस पहर काम से लौटता कौन आदमी किसी मामले में दख़ल देता। पर उसे दख़ल देना पड़ेगा। सवाल वर्दी के भीतर वाले आदमी का नहीं है, सवाल तो है वर्दी का। कोई लुट रहा है, और उस जगह पर वर्दी दिख जाये तो सारा मामला सेकेंड भर में बदल जाता है।

पाँच सात सेकेंड का सन्नाटा तब टूटा जब जम्हाई लेते गार्ड ने अपने कमरे से निकलकर फाटक उठाने के लिए लिवर खींचना शुरू किया। अब सबसे पहले आदमी की चेतना लौटी और साथ ही लौटा सारा का सारा रोमांच। आदमी ने स्कूटर छोड़ा और हवा में गालियाँ देते हुए जाकर मोटरसाइकल की ड्राइविंग सीट पर बैठे लड़के की बाजू पकड़ ली। औरत पुलिसवाले की तरफ़ देखकर गले का सबसे तीखा और तेज़ सुर पकड़ के चीख़ने लगी -

'देखो साहब देखो साहब भाग रहे चेन खींचकर ये दोनों... देखो पकड़ो इन दोनों को...।'

लड़के की मोटरसाइकल स्टार्ट होकर नहीं दे रही थी। आदमी ने बाजू अलग जकड़ रखी थी। औरत ने पीछे बैठे लड़के की मुट्ठी से बाहर जितनी चेन थी वो झपट कर अपने कब्जे में ले ली थी। अब लड़ाई थी चार अंगुल उस चेन की जो लड़के की मुट्ठी में रह गयी थी। लगातार हारता हुआ जुआरी आख़िरी समय में बेतुके फैसले लेने लगता है। उसकी घबराहट उससे वो करवाने लगती है जिसे वो साबुत होश में शायद ही करता। इसी तरह की घबराहट अब इन दोनों लड़कों के चेहरे पर दिखायी देने लगी थी। पुलिसवाले ने चैतन्यता दिखायी और अपनी मोपेड वहीं छोड़कर इन सबकी तरफ़ भागा। हालाँकि उसे भागना क्या ही कहेंगे, पचास पार का पुलिसवाला भागने के नाम पर तेज़ी से चल ही पा रहा था। एक हाथ से अपने कंधे पर लटके लंबे केस को संभाले जब वो इन चारों की तरफ़ बढ़ रहा था ठीक तभी दोनों लड़कों में से एक ने वही फ़ैसला किया जो हारता जुआरी करता है। उसने औरत का हाथ झटका, मोटरसाइकल से चार क़दम पीछे हटा और जींस में सामने फँसाया हुआ तमंचा निकालकर आदमी की तरफ़ तान दिया। पुलिसवाला ये देखकर भी उनकी तरफ़ कुछ क़दम आगे बढ़ा ये कहते हुए 'अरे बात सुन बेटा गोली वोली चल जायेगी बात बिगड़ जायेगी नीचे धर दे तमंचा... बात समझ।'

लेकिन पुलिसवाला जहाँ था वहीं खड़ा रह गया जब उसने देखा कि लड़के ने देसी तमंचे का खटका अंगूठे से खींच दिया है और अब उसकी दोनों ऊँगलियाँ ट्रिगर पर हैं। मोटरसाइकल की ड्राइविंग सीट पर बैठे लड़के का बाजू छोड़कर आदमी किनारे सरकता हुआ पुलिसवाले के पीछे जाकर खड़ा हो गया। वहीं से उसने औरत को भी आवाज़ दी और अब औरत भी आदमी के पीछे आ गयी। पुलिसवाला दोनों हाथ हवा में उठाकर लड़के को समझाने की कोशिश कर रहा है –

'देखो मेरे बेटे की उमर के हो, बस इतना समझा रहा हूँ कि हड़बड़ी में कुछ ऐसा मत करना कि ज़िंदगी भर भुगतना पड़े... नहीं समझे बात को...? '

लड़के ने इनकी तरफ़ तमंचा ताने हुए ही मोटरसाइकल वाले दूसरे लड़के के पास आकर पूछा –

'स्कूटर चला लेगा ?'

जवाब में उसे 'ना' में हिलता हुआ सिर देख कर गुस्से में चिल्लाते हुए कहा –

'तब क्या भोसड़ी के आये हो लूट करने... काम के न काज के, दुस्मन अनाज के... करो चालू करो इसी को तड़ से... झकिया क्या रहे हो यार?'

थोड़ा दायें बायें हिलाकर लड़के ने कोशिश की तो मोटरसाइकल स्टार्ट हो गयी। तमंचा ताना हुआ लड़का मोटरसाइकल पर पीछे की तरफ़ मुँह करके उल्टा बैठा और पुलिसवाले की तरफ़ देखता रहा।

जैसे ही मोटरसाइकल का पहला गियर लड़के ने डाला औरत को जाने क्या सूझा कि पुलिसवाले के कंधे से लटका हुआ बैग उठाकर उसने सेकेंड भर में चेन खोल दी। जब तक पुलिस वाला हाँ हाँ करके औरत को रोकता तब तक तो औरत ने बंदूक निकालने के लिए बैग में हाथ डाल भी दिया था। औरत का इरादा था पुलिसवाले को उसकी बंदूक निकालकर देने का। औरत को ये लग रहा था कि पुलिसवाले को अगर उसकी बंदूक मिल गयी तो वो इसके चार अंगुल सोने की चेन के लिए दोनों को गोली से मार गिरायेगा।

मोटरसाइकल आगे बढ़ी, लड़का अभी भी तमंचा ताने देख ही रहा था। पुलिसवाले के बैग से जो निकला उसकी कल्पना इस समय उस जगह मौजूद किसी इंसान को नहीं थी, ख़ुद पुलिसवाले को छोड़कर।

बैग के भीतर से औरत को जो मिलता है वो कोई बंदूक नहीं बल्कि चमचमाता हुआ ट्रम्पेट है। शहनाई बराबर लंबा लेकिन थोड़ा चौड़ा बाजा है ये। होंठ पर रखकर फूँक से बजाया जाने वाला, जिसकी धुन को चार ऊँगलियों से छोटे छोटे पिस्टन को ऊपर नीचे करके क़ाबू किया जाता है। औरत एक बार पुलिसवाले को देखती है, एक बार हाथ में पकड़े हुए ट्रम्पेट को। आदमी का चेहरा भी फक्क पड़ गया है। इस ट्रम्पेट को सिर्फ़ इन्हीं दोनों ने नहीं देखा था, इनसे कुछ क़दम आगे बढ़ चुकी मोटरसाइकल पर पीछे बैठे लड़के ने भी तमंचा ताने ये देख लिया था कि पुलिसवाले के पास कोई हथियार नहीं बल्कि बाजा है।

अब उसे जाने क्या सूझा कि उसने मोटरसाइकल रुकवाई, पीछे घूम कर वापिस आया। औरत के सामने तमंचा दिखाते हुए उसके हाथ से चेन का वो हिस्सा झपटा जो कुछ देर पहले झूमा झटकी में औरत ने अपने कब्जे में ले लिया था। अब लड़के के पास पूरी चेन थी। उसने इत्मिनान से तमंचा आदमी के चेहरे पर तान कर कहा –

'लाओ अंकल जी पर्स घड़ी दे दो... बहुत चिल्लवाय दिए यार।'

ना तो पुलिसवाला और ना ही आदमी में ना नुकुर करने की आग बची थी। पुलिसवाला तो बिल्कुल ही सुन्न किनारे खड़ा हो लिया। नतीज़तन आदमी ने बायें हाथ से घड़ी निकालकर लड़के को दी। पैंट की जेब से पर्स निकालकर उसे आदमी खोलने लगा तो लड़के ने हाथ आगे बढ़ाया। आदमी ने निराश होकर कहा –

'दे तो रहा हूँ पैसे... पूरा पर्स ले जाकर हमारे वोटर कार्ड से वोट डालोगे क्या... ?'

लड़का बिना अधीर हुए अंकल को पैसे निकालते हुए देखता रहा। पैसा थामा और दोनों लड़के वहाँ से पोलो हो लिए। अब पुलिसवाले की तरफ़ आदमी औरत ऐसे बुझे हुए देख रहे थे कि जैसे हक़ में आता फ़ैसला जज ने पलट दिया हो। पुलिसवाला ज़मीन की तरफ़ देखता हुआ बोला –

'हमको लगा पुलिस देखकर भाग जायेंगे लड़के... लेकिन बदमाशी भी तो बढ़ गयी है अब... क्या किया जाये।'

पुलिसवाले की ऐसी तैसी करने का मोर्चा संभाला औरत ने। तन्नाकर कहने लगी –

'भईया आप लोग का होना न होना सब बराबरे है समझ लो। ये नहीं कि थोड़ा हड़का दें, दो ठो कंटाप दिए होते धर के। लेकिन नहीं... हैं तो पुलिस ही न... जनता के काम कैसे आ जायेंगे... लेके चलना चाहिये लाठी बंदूक तो लिए चल रहे हैं भोंपू... यही बजाकर भगाते हैं क्या आप लोग चोर बदमास को... हैं?'

पुलिसवाले ने दोनों हाथ में अपना ट्रम्पेट भींचकर सीने से लगाया हुआ है। नज़र उठाकर देख नहीं पा रहा दोनों की तरफ़। आदमी ने गिरा हुआ स्कूटर उठाया, किक स्टार्ट किया। औरत उसकी तरफ़ बढ़ी और जाकर पिछली सीट पर बैठ गयी। जाते जाते आदमी ने पुलिसवाले से कहा –

'हैं तो आप पुलिसवाले ही न... कि बैंड बाजा वाले हैं और रात को नकली पुलिस बनकर टहिले ले रहे हैं? क्या हुआ नाम आपका वैसे?'

पुलिसवाले ने थोड़ा आगे आकर नेमप्लेट दिखायी। लिखा था – एकईस राम।

आदमी ने थोड़ा मुँह बिचकाया और सिर झटक कर औरत से बोला –

'अब घर ही चलो, सुबह थाने जाकर करवाएँगे रपट।'

स्कूटर टर्राता हुआ निकल गया। एकईस राम वहीं खड़े होकर स्कूटर को जाता देखते रहते हैं। पुलिस बैंड के हेड ट्रम्पेटियर एकईस राम को कल सुबह ही सुबह पुलिस लाइन में स्कूली बच्चों के सामने शो करना है। एकईस अपना ट्रम्पेट कंधे पर टाँगते हैं और अपनी गिरी हुई मोपेड के पास जाते हैं। वहाँ फाटक का गार्ड खड़ा होकर सारा तमाशा देखने के बाद माचिस की तीली से अपने दाँत खुरच रहा है। एकईस को मोपेड उठाते देख कर थोड़ी मदद करता है गार्ड। एकईस पूछते हैं –

'चेहरा देखे दोनों में से किसी का?'

गार्ड दोनों हाथ सिर पर उठाकर खिखियाते हुए कहता है –

'कहाँ... हमें लगा गोली ओली चलए वाली है तो हम हो लिए थे अंदर... अभी तो आये बाहर।'

मोपेड अंधेरे की तरफ़ आगे बढ़ गयी। एकईस पता नहीं शर्म के मारे या डर के मारे बार-बार हाथ बढ़ाकर मोपेड की हेडलाइट साफ़ किए जा रहे हैं।

हेडलाइट पर धूल नहीं है, रौशनी ही कम है।

3

ये वही हेड कांस्टेबल एकईस हैं जो गयी रात बदमाशों के सामने बेजान खड़े थे? कत्तई नहीं। बच्चों और उनके घरवालों के सामने आधे चाँद की गोलाई में सजा हुआ पुलिस बैंड। एकईस के चेहरे पर ताजा खिले फूल की आभा खेल रही थी। चमड़े की बेल्ट का पीतल धूप में पूरी ताक़त से चमक रहा था। बक्कल पर मौजूद दोनों मछलियों की आँख तक में कोई मैल नहीं। करीने से धुली प्रेस की हुई वर्दी में हल्का बाहर निकला पेट पूरी धुन में अंदर बाहर होता था। जब भी पुलिस बैंड का प्रोग्राम पब्लिक के बीच होना होता था एकईस अपनी वर्दी और जूतों को घंटों चमकाते थे। घरवालों के साथ आये स्कूली बच्चे सब मुस्कुरा रहे थे। एकईस उस समय हर वो कोशिश करते थे कि सामने वाले की मुस्कराहट बीस से इक्कीस ही हो, उन्नीस ना हो। इसीलिए पुलिस कप्तान ने उन्हें पुलिस बैंड का सर्वेसर्वा बनाया था। जबकि रैंक के हिसाब से बारह लोगों के इस बैंड में दो लोग एकईस से बड़ी रैंक के मौजूद थे। बावजूद इसके एकईस ना सिर्फ़ इस बैंड के हेड ट्रम्पेटियर थे बल्कि बैंड कमान भी इन्हीं के पास थी।

एकईस के इसरार पर ही पुलिस बैंड ने देशभक्ति के गीतों के अलावा भी गीत अपनी लिस्ट में शामिल किए थे। इस बैंड की शुरुआत नौ साल पहले पुलिस कप्तान हरतेज़ सिंह सराभा ने करवाई थी। एसएसपी सराभा ने जनता के बीच पुलिस का वो चेहरा दिखाने की कोशिश में ये बैंड बनवाया था जो आम तौर पर अनदेखा रह जाता था। कप्तान के दरबार में एकईस का ट्रम्पेट बजाना इस बैंड की नींव बना था। उसके बाद कप्तान बदले लेकिन बैंड और उसकी कमान नहीं बदली गयी। नौबतगंज की लोकल प्रेस और आम जनता ने हमेशा ही इस पुलिस बैंड को अपना प्यार और इज़्ज़त दी है।

बैंड ने जैसे ही 'लकड़ी की काठी, काठी का घोड़ा... ' बजाना शुरू किया बच्चे तालियाँ बजाने लगे। इस समय एकईस की आँखें देखनी चाहिये। ख़ुशी से भरी हुई आँखें। इसके बाद बैंड वो गाना बजायेगा जिसे पास करवाने के लिए बैंड कमाण्डर एकईस को अधिकारियों को ही नहीं बैंड के भी एक-एक कलाकार को बहुत समझाना पड़ा था। लता मंगेशकर का गाया 'मेरे हाथों में नौ नौ चूड़ियाँ हैं...।'

'जन गण मन... ' से कार्यक्रम ख़त्म करने के बाद जनता और पुलिस बैंड के कलाकार आपस में मिलते हैं। इसी भीड़ में अपने माता पिता के साथ एक छोटी सी बच्ची एकईस के पास चली आती है। छोटे कस्बे का बड़ा दिल, पिता बच्ची से कहते हैं कि अंकल के पैर छू कर प्रणाम करो। बच्ची जैसे ही एकईस के पैर छूने को झुकती है 'अरे..अरे... अरे' कहते हुए एकईस बच्ची को गोद में उठा लेते हैं।

एकईस – 'कैसा लगा हमारी बिटिया को?'

बच्ची – 'अच्छा लगा।'

एकईस – 'क्या नाम है बिटिया तुम्हारा?'

बच्ची – 'चालू सलमा।'

बच्ची की माँ पीछे से कहती है 'चारू शर्मा... अभी भासा साफ़ नहीं है इसकी।'

'कोई बात नहीं... बहुत प्यारी बिटिया है... कार्यक्रम ये सब दिखाते रहिए बच्चों को... किताब तो स्कूल में पढ़ा ही देते हैं... थोड़ा ये सब भी देखेंगे तो दिमाग़ खुलेगा बच्चों का' कहते हुए एकईस अपनी जेब से एक टॉफ़ी निकालकर बच्ची के हाथ में पकड़ाते हैं। बच्ची को पिता की गोद में देते हुए एकईस कहते हैं 'हमारी बेटी का नाम भी चारू है... हमारी पसंद का साग बनाकर रस्ता देख रही होगी।'

कार्यक्रम से फ़ारिग होकर एकईस अपनी मोपेड निकालकर जाने ही वाले होते हैं कि सामने से सूबेदार साहब की गाड़ी देखकर मोपेड को वापिस स्टैंड पर लगाकर सावधान खड़े हो जाते हैं। गाड़ी उनके बगल में रुकती है शीशा नीचे होता है अंदर से सूबेदार झाँकते हैं। एकईस कड़क सैल्यूट करके जय हिन्द कहते हैं।

सूबेदार – 'यार कप्तान साहब ने परेड में देर लगा दी नहीं तो आज मन था आपका कार्यक्रम सुनने का। श्रीमती जी ने दो दिन पहले ही कह दिया था कि साथ चलेंगी। लेकिन मन का होता कहाँ है दीवान जी !'

एकईस ने दोनों हाथ पीछे बाँधे हुए विश्राम की पोजीशन में ही थोड़ा झुककर कहा –'साब जब कहें रिहर्सल बुला लेते हैं। मैडम और आप दोनों लोग आ जाइये। एक नया गाना जोड़ा है साब।'

सूबेदार –'आते हैं आते हैं... बेटी के एडमिशन का क्या हुआ?'

एकईस –'फारम तो भतेरे निकाल कर भर लिए हैं उसने... आगे की ईश्वर जाने साब।'

सूबेदार की गाड़ी आगे बढ़ी। एकईस ने वापिस सैल्यूट करके 'जय हिन्द' कहा और अपनी मोपेड स्टार्ट करके आगे बढ़ लिए।

जैसे-जैसे रास्ता बीत रहा है एकईस राम का गला सूख रहा है। सीने में अजीब सा भारीपन लग रहा है, हालाँकि और कोई होता तो घबराहट में किसी अस्पताल का रुख़ करता लेकिन ये जानते हैं कि ऐसा क्यों हो रहा है। हाथ पैर सुन्न हो रहे हैं, बार-बार माथे पर पसीना आ रहा है। ऐसा हर पंद्रह दिन में एक बार होता है। बचपन में एकईस के साथ ऐसा तब होता था जब वो गणित का सालाना इम्तेहान लिखने जाते थे। ठीक यही लक्षण, यही अनमनापन। नौबतगंज का वो मास्टर जिसके गणित पढ़ाने का जलवा ऐसा रहा कि कहते थे अगर रामबदन नीम के पेड़ को भी महीने भर गणित पढ़ा दें तो वो भी इम्तेहान में फेल नहीं हो सकता, ऐसे मास्टर को मिला श्राप थे एकईस। रामबदन मास्टर की तीसरी पीढ़ी, उनके नाती। गणित रामबदन मास्टर के लिए सिर्फ़ काग़ज़ पर लिखने पढ़ने समझने का विषय नहीं था। बल्कि जीवन में बरतने का विषय था। शायद इसी वजह से एकईस ने अपने दादा में अथाह कभी कुछ देखा ही नहीं। ना तो प्यार, ना ही गुस्सा। रामबदन मास्टर ने गांधीजी से गिन कर एक बात सीखी थी, कि अगर तीन शब्दों में बात कही जा सकती है तो चौथा शब्द नहीं बोलना चाहिये। एकईस की दादी उनके पिता के बचपन में गुज़रीं। शायद इसीलिए रामबदन मास्टर ने कक्षा के बाहर बोलना बंद ही कर दिया।

अगर सीधा नौवीं क्लास से मैथ पढ़ाने का नियम उनका ना होता तो एकईस की गणित के लिए बेरुख़ी रामबदन पहले पकड़ लेते। लेकिन नसीब का खेल देखिए कि गणित में पास कराने की शर्त में जिसने पूरा मकान जीता हो... जी हाँ, आपने ग़लत नहीं पढ़ा। कलकत्ते के एक मारवाड़ी ने अपने बच्चे को हर उपलब्ध मास्टर से गणित पढ़वाकर देख ली। उसके पल्ले कुछ पड़ के ना दे। मारवाड़ी को चिंता

हुई कि ये तो हिसाब भर भी गणित को महँगा है। तब उसने मुनादी करवा दी कि इस बच्चे को जो मास्टर गणित पढ़ाकर दसवीं पास करवा देगा उसे शहर में एक दोतल्ला मकान दिया जायेगा। बात कलकत्ते के मास्टरों की जीभ-जीभ चली और यहाँ उत्तर प्रदेश के नौबतगंज पहुँच आई। कह नहीं सकते कि इनाम का लालच था या चुनौती में रोमांच था, या कि दोनों ही बातें थीं, रामबदन मास्टर ने कलकत्ते की ट्रेन पकड़ ली। बच्चे की परीक्षा में कुछ महीने बाक़ी थे।

तीन चार महीने बाद नौबतगंज में ख़बर आई कि रामबदन मास्टर ने कोठी जीत ली। कलकत्ते के उस मारवाड़ी बालक को रामबदन मास्टर ने ना सिर्फ़ गणित पढ़ाई बल्कि दसवीं में उसके सबसे ज़्यादा नंबर ही गणित में आये। बालक के दसवीं पास करने पर सेठ ने जो उत्सव किया उतने में नौबतगंज की सैकड़ों लड़कियाँ ब्याह गयी होतीं। जब सेठ रामबदन मास्टर को मकान की चाभी सुपुर्द करने लगा तब मास्टर साब ने हाथ जोड़ लिए। कहा कि इनाम के लिए नहीं बल्कि ये साबित करने आये थे कि पढ़ाने वाला चाहिये गणित हर कोई पढ़ सकता है। फिर भी सेठ ने शगुन के तौर पर जबरन मकान के दूसरे तल्ले का सबसे बड़ा कमरा बंद करके उसकी चाभी रामबदन मास्टर के हाथ में थमा दी। मास्टर साब तो नौबतगंज लौट आये लेकिन आज भी कलकत्ते के उस मकान का कमरा बाक़ायदा लिखत पढ़त में रामबदन मास्टर के नाम है। नाम से याद आया कि एकईस का ये अतरंगी और अनसुना नाम उसके मास्टर दादा के दिमाग़ की ख़ुराफ़ात थी। नाती का नाम वो रखना चाहते थे गणित से जुड़ा हुआ। अंकों के अलावा और कुछ क्या ही सूझता, तो अगले ने ऐसा अंक रखा जिसे थोड़ा सा घुमा दें तो उसका अपना मतलब भी निकल आता है। इक्कीस को थोड़ा मुलायम किया तो नाम मिल गया एकईश। जैसे देवेश हुआ, पुष्पेश हुआ, देवों का राजा, पुष्पों का राजा... वैसे ही एक का राजा एकईश। गणित के पहले अंक का राजा। लेकिन कालांतर में श बोलने की कठिनाई ने एकईश को घिसकर बना दिया एकईस।

ऐसे मास्टर के नाम जीवन में सिर्फ़ एक नाक़ामयाबी दर्ज़ है और वो भी उसके अपने घर में। नकल करके एकईस दसवीं पास हुए और पास होते ही गणित छोड़कर जीव विज्ञान ले लिया। गणित पढ़ाने की ज़िद पर गणित ना पढ़ने की ज़िद को जीत मिली। जिस दिन एकईस राम का दसवीं का नतीज़ा आया ठीक उसी दिन रामबदन मास्टर साब ने पढ़ाना छोड़ कर खेती में मन रमा लिया।

तो बात ये है कि, काग़ज़ी इम्तेहान तो एकईस ने जैसे तैसे पास किए लेकिन उम्र के इस पड़ाव पर आज जहाँ वो जा रहे हैं उस परीक्षा को पास करने का कोई रास्ता वो गुज़रे बरसों में खोज नहीं पाए। एकईस के स्वभाव में ज़िद कहीं दूर-दूर तक नहीं है लेकिन अगर किसी और की ज़िद उन पर हावी होना चाहती है तो फिर इनसे बड़ा ज़िद्दी भी कोई और नहीं।

सत्ताईस साल पहले ऐसी ही एक ज़िद ने उनसे वो करवाया जिसका ख़ामियाज़ा उन्हें मरते दम तक भुगतना होगा। गाँव में अच्छे भले किसानी कर रहे एकईस ने कभी नौकरी करने की सोची भी नहीं थी। लेकिन हाय रे नसीब, ना वो अपने दोस्तों के साथ मुरादाबाद की पुलिस भर्ती देखने आते और ना आज पुलिस में होते। हुआ यूँ कि गाँव के कुछ दोस्तों ने उन्हें बताया कि वो सब मुरादाबाद की पुलिस भर्ती में जा रहे हैं और उन्हें भी साथ में आना चाहिये। गाँव के इकलौते ट्यूबवेल पर नंबर से खेत में पानी मिलता था और अभी नौजवान एकईस का नंबर आने में तीन दिन थे। ऊब रहा नौजवान और क्या करता, चल दिया दोस्तों के साथ भर्ती देखने। तब पुलिस भर्ती में लिखने पढ़ने का कोई काम नहीं होता था सिर्फ़ फिजिकल टेस्ट और बाद में मेडिकल टेस्ट। भर्ती जिस ग्राउण्ड पर हो रही थी वहाँ जाकर एकईस ने आसन जमाया और दोस्तों के कारनामे देखने लगे। भर्ती के लिए जो पुलिस अधिकारी आया था वो राजस्थान का राजपूत था। एकईस राम के सारे दोस्त दलित। फिजिकल टेस्ट में उस दिन कोई कैंडिडेट मेटल बॉल थ्रो पास नहीं कर पा रहा था। इस टेस्ट में लोहे की फुटबॉल को मैदान के एक सिरे से क़रीब-क़रीब दूसरे सिरे तक फेंकना था।

जब-जब एकईस के दोस्त बॉल फेंकने में नाकाम रहते राजपूत कमाण्डर बेभाव की गालियाँ देने लगता। गालियों का दौर जो शुरू हुआ तो जाति से होते हुए माँ-बहनों तक पहुँच गया। बस यहीं एकईस फँस गया नियति के जाल में। तमतमाते हुए जाकर कमाण्डर को चुनौती दे डाली कि अगर गोला फेंकने में कमाण्डर को उसने हरा दिया तो सबके सामने उसे वही गालियाँ सुननी पड़ेंगी जो वो अब तक उसके दोस्तों को दे रहा था। अपनी पूरी नौकरी में कमाण्डर ने ना तो ऐसी चुनौती सुनी थी कभी और ना ऐसा उबाल देखा था कभी। चुनौती उसने भी दिल पर ली।

ग्राउण्ड ख़ाली किया गया। जिन्हें नहीं होना था वो लोग भी तमाशबीन हुए। फटाफट नियम बनाये गये। जिनके अनुसार तीन-तीन बार दोनों को मौका मिलेगा और तीनों बार की दूरी मापकर विजेता घोषित किया जायेगा। दोस्तों ने एकईस को

समझाया कि जात की गाली वो बरसों से खा ही रहे हैं इसके लिए इन पुलिसवालों से काहे को परदेस में दुश्मनी लेनी। कुछ हो गया तो गाँव तक खबर भी नहीं पहुँचेगी। लेकिन दोस्त भूल गये कि अब सामने एकईस नहीं बल्कि रामबदन मास्टर साब की ज़िद मैदान में है।

राजपूत कमाण्डर को लड़के का जोश भाया। उसने कहा कि अब भी मौका है चाहो तो वापिस हो जाओ, तुम्हारा कहा सुना सब माफ़ किया जायेगा। लेकिन जवाब में कमाण्डर को एकईस ने जो कहा उससे उस दिन के माहौल का अंदाज़ा लगाया जा सकता है। एकईस राम ने कहा कि साहब आप मालिक हैं, आप चाहें तो पीछे हट जायें, हम अब हटेंगे नहीं। कमाण्डर साहब का रुआब खोखला नहीं था। चालीस पार करके भी हर तरह से फिट दिख रहा अधिकारी अपने समय का खिलाड़ी था।

बहरहाल, जब एकईस अपनी हथेलियों पर मुक़ाबले से पहले मिट्टी रगड़ रहे थे तब उनके चारों दोस्त ये देख रहे थे कि कहाँ-कहाँ से भागा जा सकता है क्योंकि उन्होंने कभी एकईस को किसी खेल में हिस्सा लेते देखा ही नहीं था। एकईस था इनकी टोली का किस्सागो, मौज लगाता था बातों से। लेकिन इन सबने जो नहीं देखा वो ये कि पसली तक चीरती ठंड में भी नंबर आने पर रात-रात भर एकईस ने नंगे पाँव घुटने तक कीचड़ में खड़े रहकर खेत तैयार किए थे। चार पैसे बचाने के लिए एकईस पीठ पर कई-कई किलो के बोरे लादकर बाज़ार चले जाते थे।

मुक़ाबला शुरू हुआ और सबसे पहले कमाण्डर साब को लोहे की बॉल फेंकने का मौका मिला। हर बार दूरी मापी गयी और तीनों बार की दूरी मापकर जोड़ दी गयी। रजिस्टर के नंबर भी इस बात की गवाही दे रहे थे कि कमाण्डर इस उम्र में भी ना सिर्फ़ फिट था बल्कि पर्याप्त क़ाबिल था, क्योंकि तीनों ही बार उसने गेंद लकीर के पार पहुँचाई थी। अब आई बारी एकईस की। इन्होंने आँख बंद करके पवहारी बाबा की जय की और गाँव के बरम को याद करते हुए कहा 'बरम बाबा सदा सहाय'। उस दिन राजपूत कमाण्डर साहब को अंदाज़ा हुआ कि जात को लेकर गाली इंसान के भीतर जो लावा उपजाती है अगर उसे मौका मिला तो धरती के सारे जंगल, सब फूल एक रंग में रंग जायेंगे, आग के रंग में। जिस मैदान में पुलिस भर्ती का फिजिकल टेस्ट हो रहा था वो शहर के बाहर बना पुलिस ट्रेनिंग ग्राउण्ड था जिसके एक कोने में मेटल बॉल थ्रो करवाया जा रहा था। पता नहीं उस दिन एकईस पर बरम ही सवार हुए होंगे कि पहली बार में जो गेंद घुमाकर फेंकी तो गेंद

ट्रेनिंग ग्राउण्ड के बाहर ही चली गयी और जाकर पेड़ों में गुम हो गयी। सब ने एक स्वर में एकईस को विजेता घोषित किया। भीतर के विद्रोह ने सिमटकर पहली बार आई जीत को जगह दी तो एकईस के दिमाग़ में विनम्रता के बादल घुमड़ने लगे। कमाण्डर का झुका हुआ सिर ही उसके लिए सबसे बड़ी गाली मानकर एकईस ने उसके सामने हाथ जोड़ लिए। कमाण्डर ने बाक़ायदा लाउडस्पीकर पर मुनादी कर दी कि ये लड़का पुलिस फ़ोर्स में भर्ती होने के लिए ही पैदा हुआ है। इस तरह मौज की मौज में घूमने निकले एकईस गाँव लौटे और हफ़्ते भर में डाक से उनका जॉइनिंग लेटर आ गया। किसान पिता और मास्टर दादा ने एकईस को सरकारी नौकरी के लिए शहर विदा कर दिया। फ़ोर्स में लाठी और रायफल छोड़कर एकईस राम ने ट्रम्पेट क्यों उठाया इसकी कहानी समय आने पर आगे सुनियेगा।

गाँव से शहर आते हुए ज़रूर गणित का वो डर भी साथ आया होगा जिसकी वजह से एकईस आज जहाँ हैं वहाँ हैं। क्योंकि आज की इस तारीख़ में जब धरती के सत्ताईस वसंत इन्होने वर्दी में देख लिए तब भी वही घबराहट, वही दिमाग़ी हरारत। और ये हालत इनकी हर पन्द्रहवें दिन हो जाती है। नौबतगंज हाईकोर्ट कॉलोनी के मकान नंबर इक्यानबे इकसठ का दरवाज़ा दुनिया में गणित के किसी भी पर्चे के मुक़ाबले ज़्यादा अभेद है। इसी दरवाज़े पर आकर खड़े हो गये हैं एकईस।

4

इस छोटे से काले गेट पर कोई पेचीदा ताला नहीं है। गेट को खुलने से कहीं किसी तरह का कोई परहेज़ नहीं। दोनों पल्लों के बीच बड़े ही बेमन से पड़ी हुई चाँद के आकार की आधी पुली को एक बच्चा भी अपनी एक ऊँगली से उठा सकता है। लेकिन हर बार, हर एक बार जब भी एकईस इस गेट के सामने आकर खड़े होते हैं उन्हें लगता है कि इस लोहे के जंग खाये टुकड़े को उठाने से ज़्यादा आसान होता सीता के स्वयंवर में रखा हुआ शिव का वो धनुष उठाना, जिसे आख़िरकार राम ने उठाया।

इस छोटे से गेट के आगे खड़े इस इंसान को देखिए। इस वक़्त हर वो बात जो देखी जानी चाहिये और जो दिख सकती है, वो सिर्फ़ और सिर्फ़ एकईस की अधभरी आँखों में देखी जा सकती है। गला रुँध गया है, एकटक गेट के बगल में लगी काली तख़्ती को बहुत देर तक देखने का असर है कि उस पर लिखे शब्द हवा में तैरते मालूम पड़ रहे हैं। बारह अंगुल लंबे और बीस अंगुल चौड़े उस नेम प्लेट पर ऊपर की एक तिहाई जगह में लिखा है 'प्रभा तिवारी, अधिवक़्ता, नौबतगंज हाईकोर्ट।'

बरसों पहले काले रंग की इस नेम प्लेट पर किसी ने सधे हाथ से ये लिखा होगा। इसे पहली बार देखने वाले को ज़रूर लगता होगा कि लिखने वाले ने सारी जगह का इस्तेमाल क्यों न कर लिया। दो तिहाई जगह बचाकर आख़िर करना क्या चाहता था वो। लेकिन ये तख़्ती हमेशा से ऐसी ही नहीं थी। ध्यान से, बहुत ध्यान से नज़दीक जाकर देखेंगे तो पायेंगे कि तख़्ती के बचे हिस्से में भी कुछ लिखा हुआ था जिसे बरसों की धूप, बारिश ने क़रीब-क़रीब धुल ही दिया है। ऊपर के हिस्से

पर तो नया पेंट चढ़ाया गया लेकिन बाक़ी के हिस्से को ख़ाली छोड़ दिया गया है। जो हिस्सा ख़ाली रह गया है उस पर धुँधले, बहुत धुँधले से अभी भी एकईस राम लिखा हुआ दिखेगा। नेम प्लेट के उस खुरदुरे हिस्से पर हाथ फिराते हुए ये आदमी आज भी ये नहीं सोचता कि उस पर सबसे ऊपर और सबसे बुलंद अक्षरों में प्रभा का नाम ही क्यों था। एकईस ने तब भी सिर्फ़ ज़रुरत भर जगह से काम चलाया था, और आज भी जब इतना कुछ बीतने के बाद ये आदमी इस दरवाज़े पर खड़ा था तो सिर्फ़ ज़रुरत भर के लिए ही खड़ा था। छोटे गेट से लगी हुई ही लाल रंग की पुरानी गाड़ी खड़ी थी। शायद एकईस समय से पहले ही आ गये थे, या गाड़ी निकलने में ही देर हो गयी थी।

भीतर का मेन दरवाज़ा खुलता है और साठ साल के क़रीब की एक महिला हाथों में फ़ाइल लिए बाहर आती है। दरवाज़ा बंद करने के लिए उसके पीछे बाईस तेईस साल की एक लड़की निकलती है। सड़क के सामने लोहे के गेट पर खड़े एकईस दीवार की ओट लेना चाहते हैं लेकिन पाँवों में हिम्मत नहीं। काले सफ़ेद सूट और उस पर काले कोट में बाहर निकली महिला हैं प्रभा तिवारी, अधिवक़्ता, नौबतगंज हाईकोर्ट। उनके पीछे खड़ी लड़की है चारू। एकईस राम की बिटिया। चारू एक नज़र एकईस पर डालती है और पीछे मुड़कर दरवाज़ा बंद कर लेती है।

अनदेखे का दुःख भी एक चीज़ होता है। जब आपके किरदार के होने से ही इनकार कर दिया जाता है। जैसे आप हैं ही नहीं, कभी थे भी नहीं। ये दुःख एकईस से ज़्यादा किसने भुगता होगा। अबोले की तकलीफ़। प्रभा छोटे गेट पर आकर गेट खोलती है। गाड़ी का दरवाज़ा खोलकर पीछे की सीट पर फाइलें रखती है। सामने से आते हुए पड़ोसी के नमस्कार का जवाब देती है। गाड़ी में बैठकर गाड़ी स्टार्ट करती है, गाड़ी मोड़ने में पीछे खड़ी मोपेड से दिक्क़त आयेगी। एकईस ये बात जानते हैं कि प्रभा को हमेशा से गाड़ी बैक करने में दिक्क़त होती थी। मोपेड हटाकर आगे लगा देते हैं। प्रभा गाड़ी मोड़ती है और निकल जाती है। जाती हुई गाड़ी को एकईस वहीं खड़े देखते रहते हैं। ठीक इसी समय भीतर का दरवाज़ा खोलकर चारू बाहर निकलती है और एकईस के सामने आकर खड़ी हो जाती है। दोनों हाथ हवा में फैलाकर अपना माथा पीटती है। इतनी देर में एकईस पहली बार मुस्कुराते हैं।

'अरे मैं तो टाइम पर ही पहुँचा था... तुम्हारी माँ को देर हुई तो मैं क्या करूँ?' कहते हुए एकईस भीतर जाकर चारू को गले लगा लेते हैं। चारू पानी लेने किचन

में जाती है। तब तक एकईस सामने की दीवार पर लगी तस्वीरें देखने लगते हैं। हज़ारों दफ़े देखने के बाद भी ये आदमी इन तस्वीरों में और क्या देख लेना चाहता है? बीच की सबसे बड़ी तस्वीर पर नज़र ठहरती है। इसमें जो प्रभा दिख रही है वो अभी बाहर निकली प्रभा से कहीं अलग है। फर्क सिर्फ़ उम्र का ही नहीं है, मुलायम हँसी का भी है, आँख की चमक का भी है। तीस-बत्तीस की प्रभा दोनों हाथों में बर्फ़ के गोले लिए फ्रेम के बायीं तरफ़ देखकर मुस्कुरा रही है। सात आठ साल पहले इस तस्वीर में एकईस राम भी थे। नौजवान एकईस की सधी हुई कद काठी। तब चारू पैदा नहीं हुई थी।

पहली बार दोनों बर्फ़ देखने गये थे। ये प्रभा की ज़िद थी कि बाक़ी के टूरिस्ट की तरह मनाली के पहाड़ों तक नहीं रह जाना है इसलिये एकईस ने पहली बार दो हफ़्तों की छुट्टी ली थी। दोनों मनाली के बहुत आगे हिमालय की तरफ़ बढ़ते गये थे और कहीं दूर उन्हें बर्फ़ से घिरा हुआ अलोकेतेश्वर शिव के साधुओं का मठ दिखा था। ये वहीं की तस्वीर थी। प्रभा ने बेशक अब फ्रेम छोटा करवाकर तस्वीर से एकईस को बाहर कर दिया था लेकिन मठ का आधा हिस्सा अब भी उसके पीछे दिखायी देता था। जब मठ के सबसे बड़े महंत ने इन दोनों को दर्शन दिए थे तब प्रभा ने जाने क्यों मन्नत माँग ली थी। बरसों हुए, मन्नत पूरी भी हुई लेकिन अब कौन वापिस हफ़्तों का सफर करके मठ जाता माथा टेकने। दोनों के पास अब ना तो कोई हमराही है और ना जाने भर की इच्छा।

एकईस दूसरी तस्वीर देख रहे हैं, इसमें प्रभा ने गोद में चारू को उठा रखा था जिसके पीछे समंदर दिखायी दे रहा था। ये वाली तस्वीर तो एकईस ने ख़ुद ही खींची थी। दीवार पर लगी क़रीब हर तस्वीर को री-फ्रेम करवाया गया है। सिर्फ़ इसलिये क्योंकि अब किसी तस्वीर में एकईस नहीं दिखने चाहिये। क्यों? एकईस ये सवाल मन में दोहराते हैं कि ग़लती किसकी थी? तस्वीर के शीशे पर उन्हें अपना चेहरा नज़र आता है। ज़्यादातर सवालों के जवाब हमारे ठीक सामने होते हैं, हम ही नहीं समझ पाते।

चारू किचन से थाली लेकर आती है। साग और रोटी, तीसरी कोई चीज़ नहीं। एकईस को तीसरी कोई भी चीज़ साग का ज़ायका बिगाड़ने का सामान लगती है। गाँव में थे तब से बथुए का साग ही उनकी मनपसंद चीज़ रही खाने में। इसीलिए चारू हर बार एकईस को बड़े मन से साग बनाकर खिलाती है। तस्वीरों वाली दीवार के सामने खड़ा देखकर चारू थाली हाथ में लिए लिए ही एकईस को कंधों से पकड़कर खाने की मेज़ तक लाती है। एकईस कहते हैं -

'हाँ... हाँ मुझे भी कोई शौक़ नहीं है तेरी माँ को देखने का... बस तुझे देख रहा था... कितनी प्यारी लगती है तस्वीरों में मेरी गुड़िया...।'

चारू थाली रखकर हाथों से इशारा करती है। एकईस हँसते हुए जवाब देते हैं –

'अरे जा ना... कौन उसे देखकर अपना बीपी बढ़ाएगा...।'

रोटी का पहला टुकड़ा साग के साथ जैसे ही ज़बान पर रखते हैं। आह... आनंद। आँखें बंद करके मन ही मन एकईस सीधा अपने गाँव के अहाते में पहुँच जाते हैं। साग के इस स्वाद में सिर्फ़ स्वाद ही नहीं है, इसके साथ नत्थी हैं- इसे जीवन में पहली बार परोसने वाली माँ की अनगिनत यादें। चारू चुटकी बजाकर ध्यान खींचती है और आँख खुलती है। अब माँ नहीं रही, गाँव है लेकिन अपना अहाता नहीं रहा। एक ही पल को सही लेकिन पुरानी याद मन सहला जाती है।

'अरे हाँ... आज सूबेदार साब पूछ रहे थे कि बिटिया कहाँ जा रही है पढ़ने?'

चारू अपनी जगह से उठकर अपने कमरे में जाती है वापिस आकर कुछ काग़ज़ एकईस के सामने रख देती है। उड़ती-सी नज़र काग़ज़ों पर डालकर एकईस कहते हैं-

'सब अंग्रेज़ी में लिखा है... बढ़िया ही लग रहा है कॉलेज... दिल्ली जाने का मन बनाया है क्या?'

चारू आगे बढ़कर कॉलेज के नाम पर ऊँगली रखती है। इस बार एकईस ध्यान से नाम पढ़ते हैं। 'ज्यूरिख यूनिवर्सिटी ऑफ फाइन आर्ट्स फॉर स्पेशली एबल्ड, स्विट्ज़रलैंड।'

मुँह का निवाला चबाना रोक कर एकईस ने एक बार चारू को देखा और एक बार फॉर्म को। इतने दूर की तो कभी सपने में नहीं सोची थी। नौबतगंज से सीधा स्विट्ज़रलैंड? फॉर्म के साथ रिसीविंग भी नत्थी है। चारू ने बिना किसी को हवा लगे फॉर्म अप्लाई भी कर दिया? एकईस को कुछ समझ नहीं आ रहा कि कहें क्या। समझाएँ कैसे? और समझाने की ज़रुरत है भी कि नहीं? क्योंकि नौबतगंज और स्विट्ज़रलैंड के बीच जो प्रभा तिवारी नाम का हिमालय है वो ये बच्ची कैसे पार करेगी? फिर एक पल को ख़याल आया कि फॉर्म ही तो भरा है, भरने दो... अभी तो हज़ार चीज़ें पड़ी हैं प्रभा से भी पहले।

चारू अपने बाप को बरसों से समझती आयी है। सामने वाले के दिमाग़ में जो ये बातें घूमीं इन्हें बिल्कुल साफ़ पढ़ लिया उसने। वो बोल और सुन ना सकती हो लेकिन चारू के मामले में ये जानते रहना अच्छा होगा कि उसकी ज़बान और कान, दोनों की ताक़त उसकी आँखों में इकठ्ठा हो रखी है। उसके पिता को अक्सर हैरानी होती है कि होंठ पढ़कर वो सब समझती है ये तो होता है लेकिन वो उसके मन में चल रहा ख़याल भी कैसे पढ़ लेती है, लेकिन ये हुनर भी साधते-साधते ही साधा है चारू ने। ख़ुद से आँखें चुराते पिता का चेहरा ठुड्डी से पकड़कर उनकी आँखों में देखते हुए चारू ने बिना इशारे के भी कह दिया जो कहना था।

'अब तुमने सोच ही लिया है तो क्या कहूँ... हमने तो यूनिवर्सिटी कालेज कभी देखा होता तो बता पाते... तुम्हारा फ़ैसला है जो भी है।'

चारू ने इशारे से कुछ कहा।

एकईस बोले – 'तुमको पता है दिक्क़त क्या है और कहाँ है... प्रभा का दिमाग़ मुझसे अच्छा तुम जानती हो... किसके समझाये समझेगी वो औरत?'

बाप बेटी में चेहरे के भावों से एकाध बातें और होती हैं। एकईस साग रोटी खाने लगते हैं। फिर अचानक बोलते हैं –

'अच्छा वो सब छोड़ो... ये पासपोर्ट वगैरा... और विदेश जाने का लाइसेंस... ये सब कैसे होगा?'

चारू इशारे से समझाती है कि इसकी चिंता करने की ज़रुरत नहीं, वो सब जानती है कि कैसे क्या करना है। दो तीन निवाले और खाते हुए एकईस वो सवाल भी करते हैं जो इस वक़्त करना तो नहीं चाहते थे लेकिन पहले से आइडिया रहे तो अच्छा है। वो कहते हैं –

'और खर्चा... उसका भी मामला तो देखना होगा... कै पैसा होगी फीस?'

चारू ने एक काग़ज़ पलटकर सामने रख दिया। हाथ से लिखा था आठ लाख चालीस हज़ार सालाना। चार साल तक। कुल रकम तीस लाख से भी ज़्यादा !!!

पहली बार एकईस को साग रोटी खाने में स्वाद नहीं आ रहा था। पहले निवाले से जो स्वाद का सिलसिला शुरू हुआ वो कब का साथ छोड़ के जा चुका था। तीस लाख सिर्फ़ फीस फीस के !!! रहने खाने का खर्च अलग? चारू की माँ से कोई उम्मीद रखनी बेमानी थी। जो करना था उत्तर प्रदेश पुलिस के इस हेड कांस्टेबल

को ही करना था। और ये मामला करने ना करने के सवाल से ही बाहर था। लेकिन बाप का दिल... बेटी का भरोसा बनाये रखने में एक रुपया नहीं लगना था।

'हो जायेगा... कुछ न कुछ हो ही जायेगा... जब चले हैं तो कहीं न कहीं पहुँचेंगे भी...।'

चारू जानती थी कि पापा ने आज तक किसी चीज़ के लिए कभी मना नहीं किया। हालाँकि इसके पीछे एक वजह ये भी थी कि इस लड़की ने अपने होश में कभी कोई नाजायज़ माँग की भी नहीं थी। लेकिन सवाल यहाँ क़ूवत का था। सिर्फ़ चाह लेने से तो सिर मारकर पहाड़ नहीं ढहाया जा सकता न। थाली में हाथ धोते हुए एकईस ने कहा –

'अपनी माँ को कब बतायेगी?'

चारू जवाब में बस काग़ज़ों को घूरती रही।

एकईस हँसते हुए बोले – 'बता दे... जितनी जल्दी हो बता दे... पहले उसकी अदालत से तो तेरा मामला फ़ारिग हो...।'

बेटी के माथे को चूमकर जब पिता बाहर निकला तो कंधा पहले से थोड़ा झुका हुआ था, सीना पहले से ज़्यादा भीतर चला आया था। पिता जानता है कि ज़िंदगी भर जिस बेटी ने गिनती की चीज़ें माँगी हों उसने किस भरोसे पर आज ये बात कही है।

चारू पिता को छोड़ने बाहर तक आयी। अहाते का काला गेट बंद करते हुए एकईस मुड़े और कहा –

'तुझे मालूम है न कि प्रभा की मंज़ूरी के बिना कुछ नहीं होगा... काग़ज़ पर तेरी ज़िम्मेदार तेरी माँ है...।'

चारू ने पिता का हाथ अपने हाथ में लेकर उसे भरोसा जताया कि ये सब वो सोच समझकर ही कर रही है। एकईस अंधेरे में अपनी मोपेड पर जाते दिखायी दे रहे हैं।

एक मोड़ पर जहाँ से सिर्फ़ एक चार पहिया निकलने की जगह है वहाँ सामने से एक स्कॉर्पियो आकर मुड़ने लगती है। क़ायदे से उसे मुड़ने से पहले हॉर्न देना चाहिये था। एकईस की मोपेड रास्ते के बीच खड़ी है। तमाम तरह की लाइटों से लैस स्कॉर्पियो चीख़-चीख़ कर कह रही है कि रास्ते से हटने में ही समझदारी है।

लेकिन आदमी हर समय जैसा भूखा नहीं रहता, वैसे ही हर समय समझदार भी नहीं रह पाता।

रात में सामने से लाइटों के इस झरने के आगे भी एकईस बिना अपनी जगह से हिले चुपचाप गाड़ी के शीशे पर घूर रहे हैं। स्कॉर्पियो वाला अब बजाता है हूटर। हाँय-हाँय की ये आवाज़ बर्दाश्त के बाहर है। एकईस ने ठीक सड़क के बीच मोपेड स्टैंड पर लगायी और ड्राइवर के पास जाकर शीशा नीचे करने का इशारा किया। गाड़ी में पाँच लोग बैठे हैं। नौबतगंज का बच्चा भी देखकर बता देगा कि सामने की सीट पर सफ़ेद शर्ट और गले में सोने की मोटी चेन पहने बैठा नौजवान छात्र हो ना हो लेकिन छात्र नेता है। उसके पीछे आपस में क़समसाकर बैठे तीनों लड़के नेताजी के चंगू-मंगू हैं। और ड्राइवर की शक्ल बता रही है कि ये अधेड़-सा नौजवान गैंग के भारी काम करता होगा। ड्राइवर और नेता बोलें उससे पहले दिहाड़ी का हिसाब पूरा करता हुआ उनका एक चंगू पीछे से कर्कश आवाज़ में उछलकर बोला –

'बहुत गर्मी हो गयी है क्या?'

एकईस बिना उसकी तरफ़ देखे ड्राइवर के बगल में बैठे छात्र नेता से पूछते हैं –

'हूटर किसकी परमिशन से लगवाए हैं?'

नेता बोले उससे पहले ड्राइवर ने बोलकर दिहाड़ी पूरी की –

'तुम कहाँ के जज लगे हो यार... तुम दोगे परमिशन?'

एकईस ने बिना ड्राइवर की तरफ़ देखे नेता से कहा – 'हेड कांस्टेबल एकईस राम बोल रहा हूँ... हूटर किसकी परमिशन से लगाये हैं?'

नौबतगंज जैसी जगह पर पुलिस के सिपाही को दिन रात मैनेज करते चंगू-मंगू ने कुछ बोलना चाहा, लेकिन इस बार नेता ने शांत रहने का इशारा किया। सफ़ेद शर्ट की कलफ ठीक करते हुए नौजवान नेता बाहर निकला और एकईस के सामने आकर उम्मीद से उलट बड़े शांत लहजे में बोला –

'आप ट्रैफिक पुलिस से संबंधित हैं?'

एकईस – 'नहीं।'

'हम सिर्फ़ यूनिवर्सिटी के छात्र संघ सचिव नहीं हैं... लॉ फैकल्टी के फाइनल ईयर के स्टूडेंट भी हैं दीवान जी... मोटर वेहिकल एक्ट के किस नियम या अधिनियम के तहत आपको सड़क पर चलती गाड़ी चेक करने या उसमें बैठे लोगों से सवाल जवाब करने का अधिकार है? बताइये?'

एकईस को ऐसे सवाल की उम्मीद तो बिल्कुल भी नहीं थी। बोले –

'कहीं भी कोई फ्रॉड कर रहा हो तो उसका संज्ञान लेने का अधिकार हर पुलिसवाले को होता है नेताजी, ये तो आप जानते ही होंगे कि आपका हूटर आपकी ग़लत नीयत और फ्रॉड साबित कर रहा है।'

नेता बोला –

'करता होगा... लेकिन आप किस अधिकार से सवाल जवाब कर रहे हैं... कोई नियम पुस्तिका होगी ना जिसके ग्राउण्ड पर आप पूछताछ कर रहे हैं।'

एकईस को इन सबकी आदत थी नहीं, पुलिस की वर्दी में एक कलाकार इन सबसे कहाँ तक भिड़ेगा। वो पीछे पलटे और अपनी मोपेड किनारे कर ली। नेता गाड़ी में बैठा, चंगू-मंगू ने नारा लगाया – जैकी भईया जिंदाबाद जिंदाबाद... नेता ने पीछे पलटकर आँख तरेरी तो सब एक साथ चुप हो गये। बिल्कुल किनारे लगे एकईस से लगकर जब स्कार्पियो निकल रही थी, गाड़ी धीमे से रुकी और नेता ने शीशा नीचे करके एकईस से कहा –

'यूनिवर्सिटी सचिव जैकी चौहान नाम है... अपने पुलिस बंधुओं की मदद भी हम बराबर करते रहते हैं। कभी मौका लगे तो पधारियेगा यूनिवर्सिटी की तरफ़। किसी से पूछ लेंगे आपको हमारे पास पहुँचा देगा।'

एकईस ने बात सुनी अनसुनी कर दी। ऐसे ही मौकों पर उन्हें लगता है कि हाथ में ट्रम्पेट की जगह लाठी होनी चाहिये थी। लेकिन ट्रम्पेट में साँस फूँकते ही ये सारे ख़याल हवा हो जाते हैं। अंधेरे में मोपेड बढ़ी चली जा रही है।

5

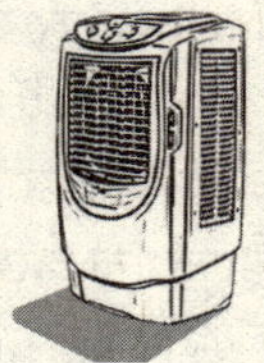

विज्ञान अपने तर्क से साबित करता है कि ऐब्सल्यूट कुछ नहीं हो सकता। गुंजाइश हमेशा रहती है। लेकिन एकईस राम का मामला देखने में एकबारगी ऐब्सल्यूट फेल्योर का लगता है। कोई भी मोर्चा जिसे दुनियावी आँखों से देखा जा सकता हो उस पर ये आदमी हारा हुआ ही दिखायी देता है। इस आदमी की अगर कहीं कोई जीत है भी तो वो इसके अलावा और किसी को नहीं दिखती। अभी ये इंसान जितना थका-हारा-टूटा हुआ दिखायी दे रहा है जैसे उतना ही काफी ना हो नियति के लिए, सबसे बड़ा दुःख इस आदमी का इंतेज़ार इसके घर पर कर रहा है। घर पहुँचने दीजिये वो भी सामने आ ही जायेगा।

एकईस का घर नौबतगंज के उस इलाके में है जिसे पुराना नौबतगंज कहते हैं। पुराने भोपाल, पुरानी दिल्ली या इस जैसे किसी भी शहर की तरह यहाँ भी ज़्यादातर आबादी मुस्लिम है। बल्कि एकईस का जो मोहल्ला है उसमें इनका घर इकलौता हिंदू घर है। शहर के दूसरे कोने पर मौजूद हिस्सा। नौबतगंज हाईकोर्ट कॉलोनी से शहर के इस पुराने इलाके में कैसे आ बसा ये कलाकार ये भी एक किस्सा है इस पर आगे कभी बात होगी। फ़िलवक़्त तो आज की बात करते हैं।

पतली सी गली है जिसमें अगर दो लोग एक साथ चलें तो उनके कंधे आपस में ग़ैर-ज़रूरी तरीक़े से नज़दीक आ जायेंगे। इसी गली के मुहाने पर हर रात एकईस अपना मोपेड खड़ा करते हैं, ज़ंजीर से बाँधकर। ज़ंजीर और ताला इनकी मोपेड के पीछे हमेशा बँधा रहता है। आज गली में कुछ तो अलग हुआ है। भीड़ का भी अपना सुर होता है और आज भीड़ का सुर ऊँचा लग रहा है। मोपेड खड़ी करते हुए एकईस को जाने क्यों लग रहा था कि भीड़ गली की इस तरफ़ से जा तो रही

है लेकिन अटक उसके दरवाज़े पर ही रही है। कंधे पर अपना ट्रम्पेट सम्भाले वो अपने दरवाज़े की ओर बढ़ा।

तो ये हुज्जत हो रही है यहाँ। दरवाज़े पर आठ दस लोग जुगत भिड़ा रहे हैं कुछ भीतर ठेलने की। किसी को अंदाज़ा नहीं कि पीछे घर का मालिक आकर खड़ा हो गया है। इस आदमी के जीवन में और रोज़ चाहे कहानी हो न हो लेकिन जुम्मे के दिन तो कहानी रहती ही है कुछ ना कुछ।

आदमकद कूलर है प्लास्टिक का। इतना बड़ा कूलर गली में भी शायद पहली बार ही देखा गया है। आधे लोग गली में इसलिये रुक गये हैं क्योंकि एक मज़ेदार दिख रहा पहेलीनुमा काम हाथ आ गया है, आधे लोग इसलिये रुके हुए हैं कि जब ये पहेली सुलझ जाये तभी आगे बढ़ा जाये। वैसे भी इस उमसाती रात को घर जल्दी जाकर भी क्या ख़ास करना है। और बचे हुए लोग अटक गये हैं क्योंकि गली हो गयी है पैक।

एकईस के घर का दरवाज़ा है एक पल्ले का। पतला, और उतनी ही जगह कि एक आदमी निकल सकता है। कूलर जो ये आदमकद दिखायी दे रहा है ये है क़रीबन डेढ़ आदमी भर का चौड़ा। अल्लाह-अल्लाह करते हुए पहले तो गरम दल ने ज़ोर आज़माइश की और धकेल धकाल के उस पार कूलर पहुँचाने की कोशिश की। फिर सामने आया नरम दल जिसने कहा कि अरे ख़ुदा के बंदों कभी अक़्ल से भी काम ले लिया करो। महँगी चीज़ है, ज़ोर लगाने से तो तबाह होगी।

अब हर कोई अपने-अपने हिसाब से इस दिक्क़त का हल दिए दे रहा था।

'यार लिटा के देखो ना, किसी दरी वग़ैरह पर रखकर भीतर घसीटो तो सही...।'

'अमाँ ये आलू का बोरा थोड़ी ना है कि घुसड़ फ़ुसड़ करके सेट हो जायेगा... लिटाने से चौड़ाई कम हो जायेगी क्या...?'

'सुनो एक रस्सा लगाकर दूसरी मंज़िल पर खींच लो...वहाँ से नीचे ले आना।'

'दूसरी मंज़िल की सीढ़ियाँ भी माशाल्लाह इतनी ही सींकिया हैं, फिर वहाँ से नीचे नहीं आ पाएगा सामान।'

'अरे शफ़ीक़ मिस्तरी को बुलवाइये ना...खोल के पार्ट पुर्ज़ा सब अलग किए देगा...भीतर उसी से जुड़वा लीजिये...।'

अब?

हाल ये है कि दरवाज़े के उस पार तीन चार लड़के कूलर भीतर करने के लिए खींचतान कर रहे हैं। बाहर वालों को कुछ समझ आ नहीं रहा है। गली में अब वो भीड़ रुकने को तैयार नहीं जिसे मामला ही नहीं समझ आ रहा। तो कुछ मिनट में गली करनी पड़ेगी ख़ाली।

'अरे दीवान जी आय तो गये हैं ...आइये आइये सर... ।'

किसी ने एकईस को देखकर मुनादी पीट दी, जिसका बिल्कुल भी मतलब दीवान जी का उन्हीं के घर में स्वागत का नहीं था। बल्कि इशारा था कि अब सब लोग अपनी-अपनी जुगत लेकर अपना-अपना रास्ता लें।

दुआ सलाम करके तेज़ी से लोग कट लिए। एकईस गली के घड़ीसाज़ की देहरी पर चुपचाप खड़े पसीना पोंछ रहे थे। उसने पानी पूछा तो बोतल लेकर दो घूँट पानी पी लिया। लोग छँट गये लेकिन सलेटी रंग का बड़ा सा कूलर अब भी चौथाई दरवाज़े में फँसा हुआ था। उस पार के लड़कों में निकलने की होड़ लगी लेकिन जाते कहाँ। दरवाज़ा तो कूलर खाए बैठा था।

एकईस दरवाज़े के पास जाकर ठिठक गये। भीतर जो लड़के थे वो सलाम करके दायें बायें देखने लगे। सिवाय एक लड़के के।

जिसने सलाम नहीं किया था वही लड़का आगे बढ़ा और जितना कूलर भीतर आ चुका था उसे धक्का देकर बाहर ठेलने लगा। एकईस खड़े होकर देखते रहे, हाथ तक नहीं लगाया कूलर को। बाक़ी लड़कों ने उधर से ज़ोर लगाया तो कूलर तड़ाक की आवाज़ करता हुआ बाहर निकलकर गली में गिर गया।

देहरी अब आने-जाने के लिए खुल गयी। इससे पहले कि एकईस भीतर जाते सामने से जल्दबाज़ी में निकलते तीनों लड़के आ गये। एकईस किनारे हुए तो उनसे लगकर निकलते हुए एक लड़के ने कहा 'कबीर ने बाज़ी में कूलर जीता है इक्कीस चा... ।'

ना तो एकईस ने लड़के की तरफ़ देखा और ना कूलर की तरफ़। सीधा अंदर गये और भीतर जाकर अपने कमरे का दरवाज़ा बंद कर लिया। एक लड़का जो अब भी आँगन में रह गया था उसने इशारा किया तो बाक़ी के लड़के हवा हो लिए।

ये जो बचा रहा गया, यही एकईस के जीवन की सबसे बड़ी मुश्किल है। कबीर।

एकईस और प्रभा का लड़का और चारू का छोटा भाई। जब प्रभा तिवारी और एकईस राम अलग हुए तो प्रभा ने कोर्ट ऑर्डर करवाया कि बेटी चारू, प्रभा के पास रहेगी और बेटे कबीर की कस्टडी एकईस को मिलेगी। ये फ़ैसला भी प्रभा ने जानबूझकर एकईस की तकलीफ़ बढ़ाने के लिए किया था। क्योंकि एकईस चाहते थे कि बेटी चारू उनके पास रहे और कबीर प्रभा के साथ। लेकिन सिर्फ़ अपना रुतबा इस्तेमाल करके एकईस को तकलीफ़ देने के लिए प्रभा ने चारू की कस्टडी ख़ुद ली और कबीर को एकईस के ज़िम्मे छोड़ दिया।

इन दोनों बाप बेटों में कभी कोई सिरा किसी से मिला ही नहीं। दोनों धरती के दो छोर। ग्यारहवीं में पढ़ने वाला कबीर सिर्फ़ दो चीज़ों का शौक़ीन था। एक तो अपने बाप को किसी भी तरह परेशानी में रखना और दूसरा कबूतरबाज़ी का खेल, जिसके हासिल में हर जुम्मे को होने वाली रेस में वो कोई न कोई बवाल काट कर ही घर लौटता था। आज कबीर के कबूतर रेस में तीसरे ठहरे थे इसलिये चैम्पियनशिप के इनाम के तौर पर उसे ये कूलर मिला था जिसे किसी तरह घर के भीतर घुसाने की जुगत छिड़ी हुई थी।

कबीर और उसके पिता के बीच बरसों से एक अबोला चल रहा था। इस मामले में दोनों बाप बेटे अनजाने में ही सही लेकिन गांधी जी के आदर्शों पर चलते थे। अगर दो शब्दों से काम चल सकता है तो तीसरा शब्द बेमानी है।

घर आने के बाद अगर एकईस किसी से कुछ बोलते सुनते थे तो वो इकलौता आदमी था गली का बूढ़ा घड़ीसाज़ बाबिल। जिसने अभी इनको पानी पिलाया था। बाबिल से कबीर की भी अच्छी बनती थी। इसलिये बाबिल ही दोनों बाप बेटों के बीच डाक मुंशी का काम करता था।

एकईस की शिकायतें बाबिल के माध्यम से कबीर तक पहुँचती थीं और कबीर के जवाब भी बाबिल ही एकईस को बताता था। हालाँकि इस तरह के सवाल जवाब से होता जाता कुछ था नहीं। दोनों बाप बेटे अपने-अपने रास्ते पर चुपचाप चलते थे। किसी को किसी तरह की टोकाटाकी पसंद नहीं थी।

अलबत्ता कबीर घर के काम को लेकर ज़रा भी ग़ैर-ज़िम्मेदार नहीं था। जिस दिन एकईस को पुलिसलाइन में बैंड परफ़ोर्मेंस के लिए जाना होता उस दिन सुबह एकईस को अपनी वर्दी धुली प्रेस की हुई मिलती। बेल्ट का बक़्ल और वर्दी पर जगह-जगह लगने वाला पीतल रगड़कर साफ़ किया हुआ चमकता मिलता। बूट

क़रीने से पॉलिश और साफ़ा क़ायदे से बँधा मिलता था। ये काम कबीर बिना कुछ कहे चुपचाप किया करता था। एकईस उस दिन चुपचाप तैयार की हुई वर्दी पहनकर अपना ट्रम्पेट कंधे पर लटकाये निकल जाते थे।

घर के बाक़ी काम बाप और बेटे में बँटे हुए थे। खाना बनाना और बर्तन धुलना बारी-बारी से दोनों को करना होता था। और इस हिसाब से आज खाना बनाना था कबीर को, जो उसने बना भी रखा था। एकईस हाथ मुँह धोकर बाहर आँगन में खाने बैठे। रोटियाँ बनी हुई थीं लेकिन कबीर दोबारा रोटियाँ सेंकने लगा। बाप को लगा कि बेटा गरम रोटियाँ खिलाने की चाहत में रोटियाँ सेंक रहा है।

बाहर घड़ीसाज़ बाबिल किसी हाथ घड़ी में उलझा हुआ था जब उसे एकईस के घर से चिल्लाने की आवाज़ आई।

'अरे इम्तहान में कबूतर बनाकर आओगे तो कापी में टीचर क्या करेगा... कबूतर के अंडे ही तो देगा।'

'हाँ ठीक है।'

'ठीक ही तो नहीं है...ठीक होता तो बोलता काहे को मैं...।'

'हाँ ठीक है।'

'दो बार में दसवीं निकली ना...वो भी गणित में नकल करवानी पड़ी...ये बारहवीं है जनाब...किस दुनिया में हैं अभी आप...?'

'हाँ ठीक है।'

'ये नहीं निकलने की आपसे...और ना कोई इस बार परिच्छा सेंटर पर खिड़की से क़िताब पकड़वाएगा।'

'ठीक है ना।'

'ठीक है...तो फिर ठीक ही है ना...करिए कबूतरबाज़ी...यही कबूतर लाकर खिला देंगे दाल रोटी।'

'हाँ खिला देंगे।'

'यहीं आप भी हैं...और यहीं मैं भी हूँ...बस एक बात याद रखिएगा... निकालिए बारहवीं...वरना निकलिए बाहर।'

'हाँ ठीक है।'

'कभी जाकर मिल आओ अपनी बहन से...एक उसको देखिए और एक ख़ुद को देखिए...सब ठीक रहा तो विदेश पढ़ाई करने जायेगी वो...और आप यहीं मंडराते रहिए कबूतरों के पीछे।'

'....................'

बाबिल जानता था कि हफ़्ते दस दिन में ये एक बार होता ही था। कोई नयी बात नहीं थी। शायद ये बाप बेटे में बात करने का ही एक तरीक़ा था। इसी बहाने दोनों एक दूसरे से सीधे बात कर लेते थे।

बाबिल ने घड़ी पर ध्यान लगाया। लेकिन इस बार वो हुआ जो हर बार नहीं होता था। बर्तन ज़मीन पर फेंका गया था। बाबिल उठ कर एकईस के आँगन में झाँकते हुए दाख़िल हुआ।

सामने अजीब नज़ारा था। एकईस बनियान लुंगी पहने दीवार से टिककर बैठे थे और कबीर उन्हीं के सामने चुपचाप खाना खा रहा था। आँगन के कोने में थाली गिरी हुई थी सब्ज़ी और रोटी ज़मीन पर पड़ी थी।

'क्या हुआ दीवान जी' कहते हुए बाबिल ने उनकी तरफ़ पानी का गिलास बढ़ाया। हाथ धोते हुए एकईस ने कहा 'ना बनाना था खाना तो ना बनाते...ये क्या कि सब्ज़ी में नमक तेज़ कर दिया...।'

बाबिल ने कबीर की तरफ़ देखा।

'नमक सही है सब्ज़ी में...।' कबीर सिर्फ़ इतना बोलकर चुपचाप खाना खाता रहा।

'यार दीवान जी नमक तेज़ होता तो ये भी तो खा ही रहा है...।' बाबिल ने कहा ।

'तुम ख़ुद ही देख लो।' एकईस ने चूल्हे की तरफ़ इशारा किया।

बूढ़ा बाबिल उठकर रसोई की तरफ़ गया। एक कटोरी में ज़रा सी सब्ज़ी ली और खाकर देखा। 'यार दीवान जी कहाँ तेज़ है नमक...आपका बीपी तो नहीं बढ़ गया है...?' वहीं से बोला बाबिल।

माथे पर बल लिए एकईस ख़ुद उठकर गये और जाकर सब्ज़ी चखी। नमक वाक़ई में बराबर था। फिर ऐसा क्या हुआ कि उन्हें इतना तेज़ नमक लगा था। सोचा शायद ग़ुस्से की वजह से ज़ायक़ा समझ आया नहीं होगा। एकईस को कुछ समझ नहीं आया और वो बस क़मीज़ पहनकर बाहर निकल गये। पीछे से बाबिल आवाज़ देते रहे लेकिन एकईस ने मुड़कर नहीं देखा।

बाबिल आकर कबीर के पास बैठे। उसकी थाली से एक निवाला खाया। नमक बराबर ही था।

'यार क्यों परेशान करते हो उसको इस उमर में...बाप है कि नहीं...वो तुम्हारे बिगाड़ के लिए कभी सोचेगा क्या...दुनिया का हर बाप तो यार बेटे के लिए भला ही सोचेगा ना...।'

कबीर चुपचाप खाना खाता रहा।

'तुम्हें उसने कभी तुम्हारे शौक़ से तो रोका नहीं...बदले में यही तो चाहता है कि तुम बारहवीं पास हो जाओ...इसमें उसका क्या फ़ायदा है सोचो...तुम्हारे लिए ही तो कह रहा...।'

अबकी कबीर बोला 'हाँ तो कर रहा हूँ पढ़ाई...उनको दिखाकर नहीं करता इसका मतलब ये तो नहीं ना की पढ़ता ही नहीं...फेल हुआ तब जो करना है करें ना।'

बाबिल थोड़ी देर कबीर का चेहरा पढ़ते रहे। उन्हें ये नहीं समझ में आ रहा था कि इन दोनों का एक दूसरे के अलावा कौन है? बावजूद इसके दोनों एक दूसरे को देखना तक नहीं चाहते।

बाबिल उठे और जाकर किचन से एक थाली में अपने लिए भी सब्ज़ी रोटी निकाल लाए। बाबिल अक्सर एकईस के यहाँ ही खाना खा लेते। कभी उनके यहाँ कुछ अच्छा पकता तो टिफ़िन में लेते आते।

'अरे वो रोटी ना लीजिये...उधर कटोरदान में जो रखी है उसमें से लीजिये।' कबीर ने उचककर उनकी थाली से रोटी उठा ली और वापिस जाने लगा।

पीछे से कड़क आवाज़ आई 'इधर सुन...वापिस लाना ज़रा वो रोटी...।'

कबीर को हिचकिचाता देखकर बाबिल ख़ुद उठे और जाकर उसके हाथ से रोटी ले ली। वापिस अपनी जगह बैठकर जब उन्होंने सब्ज़ी से रोटी खाई तो नमक इतना ज़्यादा था कि उनसे निवाला निगला नहीं गया। मुँह बिचकाकर कबीर की तरफ़ देखने लगे। कबीर खाना खा ही चुका था। ठठाकर हँसता हुआ सीढ़ियाँ चढ़कर दूसरी मंज़िल पर पहुँच गया।

'अरे नाशुक्रे...बाप की रोटी के आटे में नमक मिला रखा है कमबख़्त ने...।'

बाबिल वापिस जाकर कटोरदान की रोटी निकाल लाए और चुपचाप खाने लगे।

—

6

हद हद टपै सो औलिया
बेहद टपै सो पीर
हद-अनहद दोनों टपै
वा को नाम कबीर

दीवार के जिस हिस्से पर बल्ब की रौशनी पड़ रही है वहाँ लाल पेंट से यही चौपाई लिखी हुई है। धूल-धूप-बारिश से कहीं-कहीं किसी अक्षर की रंगत हल्की पड़ गयी है। इसी दीवार से पीठ टिकाए कबीर घुटनों पर सिर टिकाए सामने देख रहा है। छत पर कबीर का एकाधिकार है। किसी मौसम में कभी भी छत पर उसके पिता नहीं आते। आठवीं में था कबीर जब उसने पहली बार परेड ग्राउण्ड की कबूतरबाज़ी चैम्पियनशिप देखी और इसी छत के कोने में तीस रुपए का जोड़ा कबूतरों का लाकर पालना शुरू किया था। आज चार साल से ऊपर हुए और ये छत तीस से ज़्यादा कबूतरों का घर है। ठीक-ठीक गिनती नहीं मालूम, क्योंकि कबूतरों को गिनना कबूतरबाज़ी में अपशगुन माना जाता है। इसलिये कबीर ही नहीं, इलाके का छोटे से छोटा और बड़े से बड़ा कबूतरबाज़ भी सटीक गिनती कबूतरों की कभी नहीं कहता सुनता। कोई एक संख्या लेकर उससे दो चार कम या ज़्यादा बता देता है। एक खिलाड़ी कभी दूसरे खिलाड़ी से सटीक गिनती पूछता भी नहीं है।

ये कबूतर ही कबीर का असल परिवार हैं। इनमें से ज़्यादातर कबीर के सामने पैदा हुए। कुछ कबीर के सामने मरे भी। लेकिन इनमें से हर एक, मतलब हर एक को बच्चे की तरह पाला और तैयार किया है इस बच्चे ने। स्कूल और बाक़ी जगहों

पर लोग इस लड़के की ठंडी तासीर पर हैरान होते हैं। कबीर की तासीर एक बाप की तासीर है। ज़्यादा सुनना, कम बोलना। मुश्किल में अपने बच्चों के लिए एक पाँव पर खड़े रहना। ऐसा नहीं है कि एकईस ने इन गुज़रे बरसों में अपने बेटे के भीतर आया ये बदलाव और ठहराव महसूस ना किया हो। यही वजह है कि एकईस का विरोध साल दर साल कबूतरों को लेकर कम होता गया।

बाबिल अक्सर एकईस को समझाते कि मोहल्ले के बाक़ी लड़कों को देखो। क्या क्या नहीं कर रहे। लेकिन कबीर कम से कम जिस चीज़ में रमा है वो एक खेल है। एक न एक दिन इससे ऊब कर वही रास्ता लेगा जो आप चाहते हैं। एकईस को भी लगता है कि कब तक कबूतरों के साथ लगा रहेगा कभी न कभी तो सही रास्ते पर आ ही जायेगा बेटा।

कबूतर इस लड़के का जुनून हैं। रामपुर से लेकर पंजाब तक और कश्मीर से लेकर केरल तक, कबूतरों की जो भी नस्ल कबूतरबाज़ी के लिए उम्दा मानी जाती है, इस लड़के ने अपने दम पर जुटाई। इलाके के कई उस्तादों के पास कबीर के तैयार किए हुए कबूतर हैं। कबूतरबाज़ी में इस लड़के को आने वाले समय का सितारा कहा जाता है। कबूतरों के लिए सच्चा जुनून ही था कि कबीर को वो उस्ताद मिला जिसने ज़िंदगी में कभी किसी शागिर्द के सिर पर साफ़ा नहीं बाँधा। पीर मुश्ताक़ और उनके कबूतरों की कहानियाँ सिर्फ़ नौबतगंज ही नहीं पूरे हिंदुस्तान में मशहूर हैं। अपने एक इशारे से कबूतरों से वो वो करतब पीर मुश्ताक़ ने करवाए हैं कि पीर मुश्ताक़ को देखकर कबूतरबाज़ झुककर सलाम करते हैं।

पिछले बरस जब कबीर पंजाब से अम्बरसरिया कल्दुमा जोड़ा लाया तो उसे क़ाबू करना किसी के बस की बात नहीं थी। पीर मुश्ताक़ ने ही कबीर को वो तरीक़ा बताया जिससे जोड़ा क़ाबू में आया और आज की तारीख़ में ये जोड़ा इलाके के सबसे धमकदार रेसर कबूतरों के तौर पर जाना जाता है। एक मैच में सुबह पाँच बजे से उड़कर शाम छै बजे तक इस जोड़े ने ज़मीन नहीं छुई थी। उस दिन दोनों कबूतरों के पाँव में पीर मुश्ताक़ ने अपने हाथों से चाँदी की छाजल पहनाई थी।

कबीर के पास कबूतरों की एक से बढ़कर एक नस्लें हैं। सिया शाहजहाँपुरी, दुमचिरा, रामपुरी दूधिया, जालंधरी टेडी, सहारनपुरी गर्री, जैलदार, लाल चमेलिया, बर्तानिया रोलर... ऐसी कोई नस्ल नहीं जो किसी कबूतरबाज़ के लिए ज़रूरी हो और कबीर के पास ना हो। ख़ुद चाहे भूखा रह जाये लेकिन अपने कबूतरों की ख़ुराक उन्नीस बीस नहीं होने देता ये लड़का।

आज बाप से बतकुच्चन हुई तो चुपचाप अपने बच्चों के पास आकर बैठ गया। इन्हें निहारने में जो सुकून मिलता है वो सिर्फ़ और सिर्फ़ एक कबूतरबाज़ ही समझ सकता है। सब के सब कबूतर अपने दड़बों में दुबके हुए आराम कर रहे हैं। सिवाय कप्तान के। ये इकलौता कबूतर है जिसकी दूसरी पीढ़ी कबीर ने जानबूझकर तैयार नहीं की। गले पर गहरा नीला रंग और सलेटी परों के नीचे गुलाबी पेट, इस कबूतर को जिसने एक बार देखा वो इससे नज़र नहीं हटा सकता। इसकी उड़ान नौबतगंज ने कई बार देखी है और जब-जब किसी भी मैच में कप्तान पहुँचा है, लोग काम छोड़कर परेड ग्राउण्ड पहुँचे हैं इस कलाबाज़ के करतब देखने। आसमान में एक बार को सधी आँख से देखने पर बिजली चमकती दिखायी दे सकती है लेकिन कप्तान की रफ़्तार ऐसी कि आँख से ओझल होने के लिए सिर्फ़ पलक झपकने भर की देरी चाहिये। पहली बार जब पीर मुश्ताक़ ने कप्तान की उड़ान देखी थी तो इसे सीने से लगाकर चूमा था। कहने वाले कहते हैं कि इसी नस्ल के कबूतर दोनों विश्वयुद्धों में फौजों के लिए संदेश पहुँचाते थे। एक बार को फ़ौजी हरकारा चिट्ठी पहुँचाने में चूक सकता था लेकिन ऐसा कभी नहीं हुआ कि कप्तान के पुरखे कोई चिट्ठी लेकर उड़े और वो सही जगह ना पहुँची हो। कहते हैं कि दुनिया भर में मशहूर चेर ऐमी कबूतर जो प्रथम विश्व युद्ध में गोली लगने के बाद भी सत्ताईस किलोमीटर उड़कर संदेश पहुँचा आया था और जिसकी वजह से पाँच सौ बर्तानिया सिपाहियों की जान बची, वो इसी कप्तान का पुरखा था।

जिसे जंग में गोलियाँ नहीं हरा पाईं ऐसे जंगी कबूतर की नस्ल हिंदुस्तान में हारी भी तो किससे? पतंग उड़ाने वाले माँझे से। कप्तान जब नौबतगंज में अपना जलवा कायम कर ही रहा था एक दिन माँझे से उसका दाहिना पंख जख्मी हो गया। पूरी तरह अलग होते होते बचा था इसका पंख। वो दिन भी क्या दिन था। इसी छत पर आधे दर्ज़न कबूतरबाज़ और पीर मुश्ताक़ जिस जुनून से कप्तान को टाँके लगाकर उसकी मरहम पट्टी में जुटे थे उतनी सेवा से कोई मरा इंसान एकबारगी खड़ा हो जाये। तीन दिन तक ये छत इलाके के सबसे मशहूर कबूतरबाज़ों का अड्डा बनी रही। आख़िरकार कप्तान जब तक चलने फिरने नहीं लगा तब तक उस्तादों ने कबीर का हाथ नहीं छोड़ा।

जिस दीवार के सहारे टिककर कबीर अभी बैठा है उस पर जो चौपाई लिखी है, वो पीर मुश्ताक़ ने अपने हाथ से लिखी थी उसी दिन, जब कप्तान पहली बार उठकर चलने लगा था। हद-अनहद दोनों टपै... वा को नाम कबीर...।

कबीर अपना हर दुःख सुख कप्तान से कहता है। कप्तान से बात करने के लिए उसे किसी हद-अनहद का ध्यान नहीं रखना पड़ता। बहुत गुस्सा हो तो भी और बहुत प्यार से भीग रहा हो तब भी कबीर अगर किसी एक जगह पाया जाता है तो, अपनी इसी छत पर। कप्तान के सामने। रोता-हँसता कबीर। सामने उसे टुकर-टुकर निहारता कप्तान। सिर्फ़ यही लम्हा होता जब कप्तान की आँखें स्थिर होती थीं। वरना तो अपनी जंगी नस्ल की वजह से वो हमेशा मोर्चे पर तैनात सिपाही की तरह हवा की हर ज़ुम्बिश पर आँख लगाये रहता था।

'फ़ीईईईईईईईईईइ...वीईईई...' कबीर की गली में सीटी सुनाई दी। कप्तान और कबीर दोनों एक साथ जिस तरह इस आवाज़ पर चौंके एकबारगी दोनों को ही अपने-अपने कानों पर भरोसा नहीं हुआ। कबीर फुर्ती में उठकर अपने बारजे से अंधेरी गली में निहारने लगा। दोबारा वही सीटी की आवाज़ आई। अब कोई शक रहा ही नहीं। गली में महीनों बाद उस्ताद जी की आमद हुई है।

कबूतरबाज़ी आवाज़ों का खेल है और तरह-तरह की सीटियाँ और हुँकारे उस्तादों और ख़लीफ़ाओं की पहचान है। ये सीटी नौबतगंज में सिर्फ़ और सिर्फ़ एक ही शख़्स बजाता है। पीर मुश्ताक़। बुढ़ापे में घुटनों की तकलीफ़ की वजह से मुश्ताक़ साहब ज़्यादा कहीं आते-जाते नहीं। उनका किसी टूर्नामेंट में होना ही बड़ी बात होती, आज तो वो ख़ुद कबीर के दरवाज़े पर आये हैं। सीढ़ियाँ चढ़ने में मदद के इशारे के लिए ये सीटी बजायी गयी थी। हालाँकि कबीर को किसी मेहमान की उम्मीद नहीं थी, और उस्ताद साहब की तो बिल्कुल भी नहीं। ना चप्पल का होश ना क़मीज़ का, कबीर बस भागा-भागा नीचे गली में आया।

दरवाज़े पर उस्ताद जी ही खड़े हैं। कबीर ने आगे बढ़कर पाँव छुए, उस्ताद ने सिर पर हाथ रखा। दरवाज़े के खुलने बंद होने से एकईस को आहट हुई तो बाहर झाँका। सामने पीर मुश्ताक़ का हाथ पकड़कर कबीर छत की सीढ़ियों की तरफ़ मुड़ रहा था। उस्ताद जी और एकईस की आँखें मिलीं। एकईस ने पूरे अदब से सलाम किया। उस्ताद ने जवाबी सलाम किया। कबीर के जानने वालों में पीर मुश्ताक़ इकलौते हैं जिनका एकईस भी उतना ही लिहाज करता है जितना बाक़ी नौबतगंज।

गली में दीवार से लगकर रखा आदमकद कूलर उस्ताद जी ने देख लिया था। सीढ़ियाँ चढ़ते हुए पूछा –

'कहाँ की बाज़ी थी आज?'

'जी, दारागंज की... छोटा सा मैच था... तीसरा नंबर...।' कबीर कुछ आगे कहता, उस्ताद जी ने हाथ से इशारा करके रोक दिया। इस तरह की बाज़ारू बाज़ियाँ उस्ताद को सख़्त नापसंद थीं। खेल का बुनियादी शऊर भुलाकर पैसों के लिए कराई जाने वाली इन बाज़ियों में कबीर के जाने की मनाही थी उस्ताद की तरफ़ से। आज हफ़्तों बाद उसने मैच खेला तो क्या मालूम था कि उस्ताद ही घर आ जायेंगे।

सीधा छत पर जाकर उस्ताद दड़बों के सामने रखी कुर्सी पर बैठ गये। कबीर वहीं नीचे उनके पाँव के पास बिछी चटाई पर पालथी मार कर बैठा। थोड़ी देर दोनों ने एक-दूसरे से कोई बात नहीं की। मुस्कुराते हुए उस्ताद बस कबूतरों को निहारते रहे। कप्तान दड़बे के दरवाज़े पर आकर फड़कने लगा। दो-तीन बार उड़कर जालियों में पाँव फँसाकर लटका रहा। उस्ताद ने इशारा किया कबीर को कि कप्तान को बाहर निकाल दे।

कबीर ने जैसे ही जालीदार दरवाज़ा खोला कप्तान सीधा उड़कर उस्ताद के सीने से जा टकराया। उस्ताद ने पकड़ने की कोशिश की लेकिन कभी वो इस कंधे पर बैठ जाये कभी उस कंधे पर जा बैठे।

'इसको ठंडा रखने का नुस्ख़ा बताया था तो तुझे... अब तक इतना गरम क्यों है ये?' कबीर की तरफ़ देखते हुए उस्ताद ने पूछा।

'जी उस्ताद जी... किया था उधर... अब तो नहीं...।' कबीर ने आँखें चुराते हुए जवाब दिया।

ये गरम-ठंडे का मसला है खेलने वाले कबूतर और रिटायर हो चुके कबूतर के बीच। रेस में जाने वाले कबूतर गरम तासीर के होते हैं और ठीक रेस से पहले उनकी तासीर और गरम की जाती है ताकि कबूतर घंटों-घंटों ज़मीन पर पाँव ना रखे। जिस कबूतर से रेस में खेलने की उम्मीद नहीं होती उसे ख़ुराक ठंडी दे-देकर और कुछ नुस्खों से शांत किया जाता है। कप्तान उस माँझे वाले हादसे के बाद रिटायर हो चुका है और उस्ताद ने कबीर को उसे ठंडा रखने का नुस्ख़ा बताया था लेकिन उसे ना आज़मा कर कबीर ने अपने मन की बात कह दी थी कि वो अभी कप्तान को रिटायर नहीं करना चाहता। जबकि ये कहीं से मुमकिन नहीं कि एक पंख से कमज़ोर कबूतर कभी कोई रेस जीत पाए। या उसका किसी मैच में हिस्सा लेना भी जायज़ नहीं माना जाता। अब कबीर ना तो कप्तान की अगली नस्ल तैयार

कर रहा था और ना ही उसे रिटायर ही करने पर राज़ी था। इसीलिए उस्ताद से नज़र बचा रहा था।

'पीले कनेल की एक कली को आधे बादाम की गिरी के साथ घिसकर दानों में मिलाकर हर दूसरे रोज़ सुबह-सुबह दो।' उस्ताद ने आदेश दिया।

'जी ठीक... कल से ख़ुराक ठीक करूँगा इसकी...।'

'करूँगा नहीं... करनी ही है बेटे...।' उस्ताद ने कबीर के माथे पर हल्की सी चपत लगाकर हुकुमनामे पर मुहर ठोंक दी।

उस्ताद ने थोड़ी देर कप्तान को देखा। फिर उसकी आँखें रौशनी में सिर घुमा-घुमाकर देखीं। कप्तान की आँखें बता रही थीं कि वो जितना बाहर से ठीक दिखायी दे रहा है उतना भीतर से ठीक है नहीं। नींद पूरी ना होने की वजह से उसकी लाल पुतलियों के गिर्द अजीब सी सफ़ेद धारियाँ खिंच आई थीं। उस्ताद को सब कुछ मंज़ूर है लेकिन ये मंज़ूर नहीं कि कोई कबूतर जबरन रेस के लिए उसकी ज़रूरी तासीर से इतर रखा जाये।

'बेटे तुझे मालूम है कि कबूतरबाज़ी का खेल शुरू कैसे हुआ था?'

'नहीं तो उस्ताद जी...।'

'तेरे जैसे ही एक बेचैन काबुकी ने इसकी शुरुआत की थी...।'

'काबुकी?'

'जी... काबुकी... बादशाहों के दौर में संदेशे ले जाने के लिए कबूतर तैयार किए जाते थे। बड़ी लगन और रियाज़ के बाद कबूतर को वो ओहदा मिलता था जिसे क़ासिद कहते थे। हर क़ासिद का अपना उस्ताद होता था। सैकड़ों बरस पहले भी क़ासिद जितनी दूर जाकर पैग़ाम देकर लौट आते थे उतनी दूर तक एक बार में आज के ये हवाई जहाज़ भी नहीं उड़ सकते। ऊपरवाले ने वो ताक़त दी है इनको...।'

'अच्छा उस्ताद जी...?'

'बादशाहों के महलों में बाक़ायदा एक काबुक हुआ करती थी जिनमें क़ासिद कबूतर रहा करते थे। इनकी ख़ुराक और देखभाल के लिए एक बड़ा अफ़सर तैनात किया जाता था जिसे काबुकी कहते थे। एक काबुकी ने अगर कबूतर उड़ाया तो वो उस जगह दिन-रात बैठकर पहरा दिया करता था जहाँ क़ासिद कबूतर को जवाबी

पैग़ाम लेकर आना होता था... लेकिन सब कुछ यूँ ही चलता रहता तो बात ही क्या थी...।'

'फिर क्या हुआ उस्ताद जी...?'

'सल्तनतों में अय्यार पैदा हुए। जिन्हें अब लोग जासूस कहते हैं। अय्यारों ने ऐसे तरीक़े ईजाद किए जिससे क़ासिद कबूतरों को भरमाया जा सके। जब तक इस बात की ख़बर काबुकियों को होती अय्यारों ने ख़ास आवाज़ों और अपने पाले गये बाजों की मार्फ़त कबूतरों को रास्ते में ही भरमाकर उनसे पैग़ाम हासिल करना शुरू कर दिया। और कबूतरों की ख़ास बात है कि अगर एक बार वो भटक गये तो दोबारा अपनी उड़ान क़ाबू नहीं कर पाते...।'

'जी बिल्कुल...।' कबीर ने हुँकारी भरी।

'सदियों पहले एक अय्यार हुआ नादीन। कहने वाले कहते हैं कि इसके दर्ज़नों नाम थे। हवा की तरह ग़ायब रहकर अपना काम करने वाले नादीन को एक बार एक क़ासिद कबूतर मिला जो किसी काबुकी की तरफ़ से छोड़ा गया था। इस काबुकी के कई कबूतर नादीन भरमा कर ग़ायब कर चुका था। क़ासिद कबूतर के दोनों पैरों में दो अलग-अलग चिट्ठियाँ लिपटी हुई थीं। एक चिट्ठी में तो बादशाह का पैग़ाम था। लेकिन दूसरी चिट्ठी नादीन के नाम की थी...।'

'क्या लिखा था उस्ताद जी उसमें...?'

'एक शाइर का क़लाम लिखा था। जिसका मतलब था कि बना हुआ खेल बिगाड़ना तो एक बच्चा भी कर सकता है। बिगड़ा हुआ खेल बनाकर दिखाओ तो तुम्हें उस्ताद मानूँ...।'

'अच्छा... फिर क्या हुआ उस्ताद जी...?'

'वही हुआ जो इंसानी ज़ात के साथ शुरू से होता आया है। नादीन अय्यार के अहम को चोट लगी। काबुकी और नादीन के बीच ठन गयी। अगले कुछ बरसों तक नादीन और काबुकी ने उस खेल के लिए अपने-अपने कबूतर तैयार किए जिसे आज शौक़ कहते हैं। दोनों एक-दूसरे से क़ासिदों की मार्फ़त बात करते रहे। और ये बात उन दोनों के बीच ही रही। दोनों को एक दूसरे की फ़नकारी पसंद आने लगी। आख़िरकार दोनों तरफ़ एक-दूसरे की रज़ामंदी से तमाशा देखने वाले भी जुटने लगे। वो बादशाह जिसके लिए अय्यार नादीन काम करता था, और वो बादशाह जिसके लिए काबुकी काम करता था, दोनों से बात छुपी ना रही। बात ज़ाहिर होने

की क़ीमत अय्यार नादीन और काबुकी ने अपना-अपना सिर कटवाकर चुकाई। लेकिन अपने पीछे कबूतरबाज़ी का शौक़ पैदा कर गये।'

'अरे... !' कबीर चौंका !

'बेटे कबूतरबाज़ी के चार मयार होते हैं। पहला शागिर्द, जो तू है। दूसरा, ख़लीफ़ा, तीसरा उस्ताद और चौथा है पीर... इस खेल के पहले दो पीर वही अय्यार नादीन और काबुकी हुए...' कहते हुए उस्ताद ने ऊपर आसमान में देखा।

'अच्छा... आप भी तो पीर हुए उस्ताद जी... आपको भी तो पीर कहा जाता है।'

उस्ताद ने कुछ कहा नहीं। बस ज़ोर से हँस पड़े। कबीर की समझ में बात आई नहीं। वो ये बात पक्की करना चाहता था कि उसका उस्ताद भी सबसे आख़िरी मयार का है। पीर है। लेकिन उस्ताद की हँसी ने बातों का सिरा खुला छोड़ रखा था।

'कहिए ना उस्ताद जी...।' कबीर ने ज़ोर दिया।

'कहने को कुछ नहीं है बेटे... मुझे तो बस यूँ ही पीर मुश्ताक़ कहा जाने लगा... कबूतरबाज़ी के आख़िरी पीर के नाम पर मुझे पीर मुश्ताक़ पुकारने वाले अस्ल में ना कभी किसी सच्चे पीर से मिले और ना उन्हें मालूम है कि उनकी अदा क्या होती है। मुझ ग़रीब में जाने लोगों ने क्या देखा... पता नहीं' ... उस्ताद ने बात टालने की गरज से कहा।

'फिर भी... कोई बात तो होगी उस्ताद जी... ?' कबीर अपने भोलेपन में उस्ताद को उकसा रहा था। फिर जाने कब ऐसी बातचीत का मौक़ा लगे। क्योंकि उस्ताद अपने घर तो किसी से मिलते नहीं और बाज़ियों में उस्ताद हाथ चूमने वालों की क़तार लगी होती है। फिर ये मौक़ा मिले न मिले।

'मुझमें या किसी और में भी वो खेलकारी कहाँ बेटे जो पीर मुश्ताक़ में हुआ करती थी...।'

'उनका क्या फ़न था वैसे उस्ताद जी...?'

'वो कहानी लंबी हो जायेगी... अभी तो रहने दे बच्चे...।'

'थोड़ी सी ही सही... पहली बार तो आप बता रहे हैं...।' कबीर ने ज़िद ठान ली।

'अच्छा अच्छा ठीक है... सारे तो नहीं लेकिन एक क़िस्सा सुनाता हूँ पीर मुश्ताक़ का...।'

उस्ताद ने दो घूँट पानी पीकर बोलना शुरू किया। कबीर अपनी पाँचों इन्द्रियों से कहानी सुन रहा था।

उस्ताद ने लंबी साँस खींची। कहानियों के साथ एक अच्छी चीज़ यही है कि ये तरावट खोजती हैं। भीगकर कही जायें और तर होकर सुनी जायें तभी मानी खुलते हैं। उस्ताद को ये कहानी उनके भी उस्ताद ने तब सुनाई थी जब नौजवान मुश्ताक़ को मोहल्ले के एक जादूगर ने ताना मार दिया था।

ताना क्या था? नौजवान मुश्ताक़ के पास पचासों कबूतर हुआ करते थे। मोहल्ले के जादूगर को एक कबूतर चाहिये था। नरम हड्डियों वाला सफ़ेद कबूतर। अपनी जादूगरी के उस हिस्से में जिसमें जादूगर कबूतर को टोपी से निकालता है, अस्ल में कबूतर उसकी ऊँची टोपी के एक गुम चेम्बर में हमेशा से मौजूद रहता है। हाथ की सफ़ाई है कि देखने वालों को टोपी ख़ाली लगती है। टोपी के खांचे में हुक लगे जालीदार तवे से कबूतर को बंद रखा जाता है। कपड़े से ढँके इस तवे के कोने में कबूतर के साँस लेने के लिए बारीक़ छेद कर दिए जाते हैं। कबूतर की हड्डियाँ वैसे भी नरम होती हैं तो क़रीब-क़रीब एक हिसाब की कॉपी भर जगह में वो चेंबर में ठूँस दिया जाता है। जब मौका आता है तब जादूगर टोपी में हाथ डालकर उस तवे का हुक खोल देता है। हवा में फड़कता सफ़ेद कबूतर बाहर आता है और तालियाँ।

लेकिन इसमें एक दिक्क़त है। जादूगर के पास कबूतर ज़्यादा दिन जिंदा नहीं रह पाते। इसलिये उसे रह-रहकर नये कबूतरों की ज़रुरत पड़ती ही है। नौजवानी में तब ये उस्ताद भी अपने उस्ताद के शागिर्द हुआ करते थे। कबूतरों से दिल लगा ही था। हाथ सफ़ाई कारीगर कबूतर माँगने आया तो मुश्ताक़ मुकर गये। तब जादूगर ने ताना मारा कि तेरे पास पड़े-पड़े भी ये कबूतर कौन सा जलवा दिखा रहे हैं। मेरे पास तो कम से कम रोटी कमाने के काम आयेंगे।

यही बात नौजवान मुश्ताक़ को चुभी तो उन्होंने अपने उस्ताद से कहा कि उन्हें कबूतरों के जलवे की कोई कहानी बतायें, जो मौक़े पर वो किसी और को सुना पायें।

तब उस्ताद के उस्ताद ने जो कहानी सुनाई, वो आज इतने बरसों बाद पीर मुश्ताक़ सुना रहे हैं कबीर को।

... हाँ तो साँस लंबी खींच ली थी पीर मुश्ताक़ ने... आगे बढ़ते हैं...

"शह'न'शाह अकबर और जहाँगीर से होते हुए कबूतरबाज़ी का शौक़ शाहजहाँ तक चलता चला आया था, और शाहजहाँ को तो कबूतरों की जो दीवानगी थी कि मत पूछो। पूरी दुनिया के सबसे शानी और जलवेदार उस्ताद शाहजहाँ ने हिन्दोस्तान में इकट्ठे किए। तुर्केस्तान, मिस्र, फ्रांकिया, अंडालूसिया (स्पेन), बल्ख... दुनिया में कहीं कोई ऐसा उस्ताद न था जिसका जलवा हो और वो शाहजहाँ की काबुक में ना हो... "

'हैं... अच्छा!!!' कबीर ने आँखें फैलाकर कहा।

"जी... और यही शौक़ हिन्दोस्तान के आख़िरी नवाब साहब बहादुरशाह ज़फ़र को भी उतनी ही संजीदगी से लगा हुआ था। हालात ये हुए कि लाल किले की अपनी काबुक में बैठकर दिन-दिन भर बादशाह अपने काबुकियों और उस्तादों के बीच बिताया करते। उधर रियाया और अफ़सर परेशान, इधर अंग्रेज बहादुर मेजर हडसन मौके की तलाश में फिर रहा था। लेकिन बादशाह को ना होश ना हवास... तेरी ही तरह... दीवाना... "

कबीर हौले से मुस्कुरा दिया।

'तो एक बार बादशाह जब लाल किले की काबुक पर बैठा हुआ था, उनका वज़ीर आया। चारों तरफ़ से आती हुई मुश्किलें सूँघता और छटपटाता वज़ीर ठहरा सख़्त जान। आज दिल की बात कहने की ठान कर ही आया था। हुज़ूर की शान में गुस्ताख़ी तो होती लेकिन किसी न किसी को तो कंधे झकझोरने ही थे। वज़ीर का चेहरा देखकर बादशाह समझ गये कि बात है कुछ न कुछ दिल में उसके।

बादशाह ने अपने बाज़ू पर बैठे कबूतर को देखते हुए अपना ही एक शेर पढ़ा –

ना कुछ हम हँस के सीखे हैं, ना कुछ हम रो के सीखे हैं

जो कुछ थोड़ा सा सीखे हैं, इन्हीं के हो के सीखे हैं ...

बदले में नज़र झुकाकर वज़ीर ने बहादुरशाह ज़फ़र को उन्हीं के शेर से जवाब दिया-

न मुझको कहने की ताक़त कहूँ तो क्या अहवाल

न उसको सुनने की फ़ुर्सत कहूँ तो किससे कहूँ

बादशाह ज़फ़र ने इशारा किया कि जो कहना है खुल के कहो। वज़ीर तो इसी इशारे का मोहताज था। दिल का ग़ुबार सब कह दिया। लेकिन बादशाह को अपने काम की बात ही सुनाई दी। और काम की बात थी एक ताना।

ताना क्या? कि इन मरदूद कबूतरों में ऐसा क्या जलवा है कि बादशाह सब कुछ छोड़कर इन्हीं के हुए बैठे हैं। ज़ाहिर सी बात है कि वज़ीर ने ये बात ठीक ऐसे ही नहीं कही। लेकिन मतलब उसका कुछ ऐसा ही था।

अब?

अब क्या? बात बादशाह का सीना चीरकर निकल गयी थी। और सीने में जो दर्द उठ्ठा उसका फ़ौरी इलाज वहाँ बैठे दर्ज़नों लोगों में से किसके पास है ये बहादुरशाह जानते थे, तो गर्दन उसी शख़्स की तरफ़ मुड़ी। उस्तादों का उस्ताद। पीर मुश्ताक़। जिसे हिन्दोस्तान का आख़िरी पीर उस्ताद कहते हैं। बादशाह ने बिना एक भी शब्द कहे, सिर्फ़ पीर मुश्ताक़ की तरफ़ निगाह की। निगाह की ज़बान साफ़ थी, जवाब दीजिये इस वज़ीर के पट्ठे को।

पीर मुश्ताक़ ने भरी बैठक में कहा – हुज़ूर सिर्फ़ चौबीस घंटे की मुहलत दें तो ऐसा जलवा दिखाऊँ जिसे ना आज तक किसी ने देखा और ना आगे कभी देख सकेगा !!

बहादुरशाह की लचक तीर की तरह सीधी हो गयी। कल ठीक इसी वक़्त, चौबीस घंटे बाद सबको यहीं बुलाकर बैठकी बर्ख़ास्त हुई।

गर्मियों के दिन थे। दिल्ली में दूर-दूर तक बादल दिखायी नहीं देते थे। लाल किले से लगी जमना नदी तली को जा लगी थी। हलक़ सबका हर वक़्त सूखा रहता था। लेकिन तमाशे में जो ताक़त है, दुनिया में और किसी शय में नहीं।

दिन का दूसरा पहर उतर रहा था। लाल किले के काबुक पर लोग इकठ्ठा होना शुरू हुए। उस्ताद पीर मुश्ताक़ ने जलवा दिखाने से पहले कहा – बादशाह से एक इल्तेज़ा है कि अगर आज का कारनामा अफ़लातून रहा तो वज़ीर साहब बिना छतरी के छोटी मीनार तक जाकर वापिस आयेंगे?

कारनामा देखने को लालायित बादशाह ने बिना वज़ीर से पूछे शर्त मान ली।

अब शुरू हुआ वो कारनामा जो ना उसके पहले कभी हुआ और ना उसके बाद। सबके हाथों में अपनी-अपनी दूरबीन थी। उस्ताद पीर ने काबुक की तरफ़

देखकर एक अजीब सी आवाज़ की। उनके बाज़ू पर झक्क सफ़ेद रामपुरी दुमचिरा नस्ल का एक ख़ूबसूरत कबूतर आकर बैठ गया।

उस्ताद पीर ने अपना बाज़ू हवा में उठाया और कबूतर उड़ा दिया। कबूतर कनसुरा होता है। आवाज़ की एक ज़ुम्बिश उसके लिए वैसे ही होती है जैसे घोड़े की लगाम को लगा झटका।

कबूतर लालकिले के बुर्ज से उड़ा तो साथ में लगी जमना नदी पर कबूतर फर्राटे भरता हुआ उतर गया। इधर उस्ताद पीर मुश्ताक़ ने हाँक लगानी शुरू की और उधर उनका कबूतर नदी के पानी से लगा हुआ उड़ने लगा।

देखने वालों को अपनी आँखों पर भरोसा नहीं होता था। ऐसा लग रहा था जैसे कबूतर जमना के पानी पर ही चल रहा है। हर एक हाँक पर कबूतर वैसे ही पलट जाता था जैसे आज के दौर में कोई फाइटर जेट हवा में कलाबाज़ी करता है। कबूतर ने जमना के पानी से लगे-लगे ही जमना पार की और ठीक जैसे ही उस पार पहुँचा हवा में सीधा आसमान की ओर मुँह करके नब्बे डिग्री के कोण पर उड़ता गया। उस्ताद ने इधर चीख़ते हुए हाँक लगायी और उधर कबूतर सीधा जमना के पानी पर उतरा। जैसे पानी पर उड़ता हुआ गया था ठीक वैसे ही वापिस लौटा और आकर उस्ताद के बाज़ू पर बैठ गया। देखने वालों के होश का ठिकाना नहीं। कभी किसी ने ऐसा मंज़र देखा ही नहीं था। बोले तो बोले क्या।

उस्ताद पीर कबूतर को बाज़ू पर लिए हुए ही वज़ीर की तरफ़ बढ़े। कबूतर वाला बाज़ू वज़ीर के चेहरे के सामने किया और हल्की सी सीटी बजायी।

अब जो हुआ अस्ल में यही उस्ताद का आख़िरी पैंतरा था। कबूतर ने पंख फड़फड़ाए और जमना के पानी से भीगे हुए पंखों से जो पानी के छींटे वज़ीर के चेहरे पर उड़े कि देखने वालों समेत वज़ीर की तबीयत भी तर हो गयी।

चारों तरफ़ से 'वाह उस्ताद... आह उस्ताद...' का शोर उठ गया। वज़ीर सिर नीचे करके बादशाह और उस्ताद के सामने खड़ा था। करामात तो अजूबा थी ही ये। अब बारी थी वज़ीर की। शर्त बदी थी, सो निभानी भी थी। शर्त थी कि वज़ीर को नंगे सिर इसी धूप में चार सौ क़दम दूर छोटी मीनार से होकर आना था।

वज़ीर भी दिल का पक्का था। उसने साफ़ा तो उतार कर रखा ही, पाँवों से जूतियाँ भी उतार दीं। देखने वालों ने मना किया कि इस गर्मी में पाँव जल उठेंगे हुज़ूर जूतियाँ तो पहने रहें। लेकिन वज़ीर नहीं माना तो नहीं ही माना।

लेकिन अभी एक करिश्मा पीर उस्ताद का और बाक़ी था। उस्ताद पीर ने वज़ीर के कंधों पर गहरे जामुनी रंग का दुशाला डाल दिया। जिस तरह कबूतर को आवाज़ों से क़ाबू किया जाता है ठीक वैसे ही रंग से भी किया जा सकता है।

जैसे ही वज़ीर नंगे सिर नंगे पाँव धूप में निकला, उस्ताद पीर ने सीटी बजायी।

और ये क्या... पल भर में काबुक से सौ के क़रीब कबूतर निकले और नीची उड़ान भरते हुए कतार में लगकर ठीक वज़ीर के सिर के ऊपर उड़ने लगे। कबूतर इतनी पास-पास उड़ रहे थे कि वज़ीर को लगा उसके सिर पर किसी छोटे से बादल ने छाया कर दी है। इन्हीं कबूतरों के साए में वज़ीर छोटी मीनार की दीवार छूकर वापिस लौटा।

इधर लालकिले के काबुक पर बादशाह समेत हर उस्ताद और काबुकी झूम उठा। सबने बारी-बारी से उस्ताद पीर के हाथ चूमे। बादशाह बहादुरशाह आगे बढ़े और उस्ताद पीर मुश्ताक़ को गले लगाकर कहा –

ये क़िस्सा वो नहीं तुम जिस को क़िस्सा-ख़्वाँ से सुनो
मिरे फ़साना-ए-ग़म को मिरी ज़बाँ से सुनो...
ख़ुदा के वास्ते ऐ हमदमो न बोलो तुम
पयाम लाया है क्या नामा-बर वहाँ से सुनो... !

आज एक सदी के बाद उसी बहादुरशाह के पुरखे का बनाया हुआ किला अपनी छत से देखते हुए कबीर एक नज़र अपनी काबुक को देखता है, एक नज़र उस्ताद को।

'तो उस्ताद जी उन्हीं पीर मुश्ताक़ के नाम पर आपका नाम पड़ा?' कबीर ने पूछा।

अभी अपने ही सुनाए किस्से में गुम उस्ताद का ध्यान टूटा। हँसते हुए बोले 'पता नहीं बच्चे... रखने वाले ने क्या सोचकर रखा... लेकिन नाम तो सिर्फ़ मुश्ताक़ ही था... पता नहीं कब किसने हिन्दोस्तान के आख़िरी पीर कबूतरबाज़ के नाम पर मुझे भी पीर मुश्ताक़ ही कह दिया... मैं तो पीर मुश्ताक़ के बायें बाज़ू का रोंआ भी नहीं बेटे।'

कबीर कुछ बोलता उससे पहले उस्ताद ने जेब से काग़ज़ की पुड़िया निकाली। रौशनी में दिखा तो काग़ज़ में चार-पाँच बताशे लिपटे हुए थे। कबीर ने उस्ताद को सवालिया आँखों से देखा।

'अरे आज वो है न तुम्हारे लोगों की... गुरु पूर्णिमा...।' उस्ताद ने मुस्कुराते हुए जवाब दिया।

हाय रे !! ये कैसे हुआ। कबीर ने हर साल गुरु पूर्णिमा पर उस्ताद को परेड ग्राउण्ड में जाकर साफ़ा बाँधा है। आज कैसे भूला वो। आज का मैच उसे खेलना ही नहीं चाहिये था। हे ईश्वर ये तो ख़ुद ही के साथ ख़ुद का धोखा हुआ। परेड ग्राउण्ड में नौबतगंज के सारे उस्ताद बैठते हैं आज और उनके सारे हिंदू शागिर्द अपने-अपने उस्तादों के सिर पर साफ़ा बाँधते हैं। जब सारे उस्तादों का साफ़ा बँध जाता है तब सारे उस्ताद बारी-बारी से पीर मुश्ताक़ को साफ़ा बाँधते हैं। उस्तादों के उस्ताद हैं पीर मुश्ताक़। और क्योंकि पीर मुश्ताक़ का इकलौता शागिर्द कबीर है इसलिये वो शाम तक कबीर का इंतेज़ार करते रहे और आख़िरकार घर ही आ गये।

'जा भाग कर साफ़ा और एक गिलास पानी ला... सारी रात यहीं खड़ा रखेगा क्या?' उस्ताद पीर ने लाड़ से कबीर का माथा सहलाते हुए कहा।

कबीर नीचे से जाकर साफ़ा और तुलसी के चौरे पर रखी सूख चुकी रोली लाया। उस्ताद कुर्सी पर काबुक के सामने बैठे। कबीर ने पहले उस्ताद पीर के दोनों पाँवों पर रोली का टीका लगाया। फिर माथे पर टीका लगाया। अब जब उस्ताद के सिर पर कबीर पूरी तल्लीनता से साफ़ा बाँधने लगा तो पीर मुश्ताक़ की आँख भर आई। कबीर की नज़र बचाकर कुर्ते से आँखें पोंछ लीं उस्ताद ने।

इस छत से पुराना किला और गंगा दोनों दिखायी देते हैं। सीनियर एडवोकेट प्रभा जी सिर्फ़ कागज़ों में ही कबीर की माँ हैं, उसकी असल माँ हैं गंगा और उसके उस्ताद। उस्ताद का भी कोई आगा-पीछा नहीं है कबीर के अलावा। अपने बच्चे की तरह ही मानते हैं उस्ताद कबीर को। चेहरे पर हमेशा एक सी सख़्ती रखने वाले पीर मुश्ताक़ का दिल हर बार इस दिन सामने आ जाता है।

आज कहने को बाज़ी जीता कबीर पूरा दिन हर तरह से हारा है। हर जगह चूका है। हर जगह ग़लत साबित हुआ है। लेकिन उस्ताद ने ख़ुद आकर जो साफ़ा बँधवाया उससे कबीर का दिल भी भारी हुआ है। बच्चा ही तो है आख़िरकार। कहीं कभी किसी के सामने तो उसे एहसास हो कि वो बच्चा ही है।

बताशा उस्ताद को खिलाकर जब दोनों हाथों से पानी का गिलास उनके मुँह को लगाया तो बस फूट ही पड़ा कबीर। उनके सामने घुटने पर बैठकर फफक कर जो रोया कि उसकी हिचकी बँध आई। रोने वाले को रोते वक़्त टोकना नहीं चाहिये, ये उस्ताद ने मज़ारों से सीखा है। लेकिन ऊपरवाला भी जवाब में वैसे ही रोता होगा जैसे इस वक़्त उस्ताद पीर मुश्ताक़ सुबक रहे हैं।

कुछ मिनट बाद सँभला तो बैठे-बैठे ही कबीर के सिर पर हाथ फेरते हुए उस्ताद ने कहा – 'मत परेशान हो... सब ठीक हो जायेगा बेटे... हौसला रख।'

एक हाथ से अपना साफ़ा और दूसरे हाथ से सीढ़ियों का जीना पकड़कर उस्ताद नीचे उतरे और गली में गुम हो गये। जाने आख़िरी बार कबीर ऐसे फूट फूटकर कब रोया था। उसे याद नहीं आ रहा। गाल भीगे हुए हैं।

जैसे किसी कबूतर ने जमना का पानी छिड़का हो।

7

नौबतगंज शहर और गंगा के बीच कई किलोमीटर में फैला है परेड ग्राउण्ड। गंगा से बिल्कुल लगे हुए बादशाह अकबर के बनाये क़िले को पेट से लगाये हुए है परेड ग्राउण्ड। सैकड़ों बरस पहले अकबर ने जब क़िला बनाने की जगह तलाशी होगी तो जाने कैसे उसने ठीक वहीं क़िला बनवाया जहाँ से गंगा बल खाते हुए पूरब में मुड़ती है। आसमान से देखें तो ऐसा लगता है जैसे पहली बार माँ बनी औरत अपने दुधमुँहे बच्चे को पेट से लगाये अपने घुटने मोड़कर पानी के बिस्तर पर लेटी है। क़िला ठीक उसी जगह है जहाँ बच्चा सोया होता। परेड ग्राउण्ड दिखता है माँ की तरह और गंगा चमकती है रेशम के बिस्तरे की तरह।

इसी परेड ग्राउण्ड के पीछे सारा नौबतगंज बसा हुआ है। माँ की नींद में ख़लल की तरह।

बादशाहों का ज़माना गया तो अंग्रेजों ने क़िले का क़ब्ज़ा लिया और यहाँ तोपखाना बनाया। अंग्रेज गये तो क़िले को हिंदुस्तानी सरकार ने फ़ौज के सुपुर्द कर दिया। अब नौबतगंज और गंगा के बीच परेड ग्राउण्ड और उस पर रेंगती क़िले की अफ़वाहें हैं। कहते हैं, के बाद जिसके मन को जो भाया वो कहानी रंग दी। किसी भी दिमाग़ी फ़ितूर से पहले बस यही दो शब्द तो बोलने हैं, कहते हैं। किसने कहा, कब कहा, क्यों कहा, कौन पूछता है?

किसी ने क़िले से गंगा के नीचे नीचे बनी सौ किलोमीटर की सुरंग का फ़ाहा उड़ा दिया, तो किसी ने कह दिया कि जितना दिखायी देता है उतने से तीन गुना ज़मीन के भीतर है क़िला। आम जनता कभी क़िले के भीतर गयी नहीं, ना बादशाह अकबर के ज़माने में और ना अंग्रेज़ों के ज़माने में। अब हिंदुस्तानी फ़ौज ने तो

बाक़ायदा क़िले के दो किलोमीटर के दायरे में भी घूमने फिरने के अपने नियम क़ायदे बना दिए। तो ले दे के जनता के झोले में रह गया...कहते हैं।

इसी परेड ग्राउण्ड में नौबतगंज की हर नयी पीढ़ी ने साइकिल, स्कूटर और कार चलानी सीखी। यहीं शहर के लोग क्रिकेट फुटबॉल और पतंगबाज़ी पर हाथ आज़माते हैं। यही परेड ग्राउण्ड सुबह आपस में बहस करते अधेड़ जोड़ों के टहलने के काम आता है और इसी ग्राउण्ड के कोने अतरे शाम ढलने के बाद वादों और दावों के बीच क़समसाते ट्रेनी आशिक़ों की इंटर्नशिप भी पूरी कराते हैं।

कुल मिलाकर पहली बार तमंचा चलाने से लेकर चंदन मलने तक, नौबतगंज का हर शौक़ यहीं आज़माया जाता है।

इसी परेड ग्राउण्ड के एक मुहाने पर जहाँ गंगा का एक कच्चा किनारा मिलता है उस तरफ़ तीन साइकिलें जाती दिखायी दे रही हैं। झक्क सफ़ेद शर्ट और नीली पतलूनों पर बेल्ट चढ़ाए पाँच लड़के इन तीन साइकिलों पर सवार हैं। काली प्रसाद इंटर कॉलेज से अपनी क्लास फाँका करके इनमें से चार आज परेड में 'प्रोग्राम' करने आये हैं। तीसरी साइकिल पर अकेला आ रहा कबीर इस प्रोग्राम में शामिल नहीं था, हालाँकि क्लास उसने भी टापी थी लेकिन उसका प्रोग्राम कुछ और था। इन चारों ने घसीटा तो बस नाम के लिए साथ हो लिया कबीर।

उतरती ठंड के इस महीने में ग्यारहवीं के ये लड़के कौन सा प्रोग्राम करने आये होंगे, अंदाज़ा लगाना बहुत मुश्किल नहीं है। तीनों साइकिलें ठीक उस जगह आकर रुकती हैं जहाँ से शायद पिछली रात ही मिट्टी का मुहाना कटकर गंगा में गिरा होगा। चार पाँच हाथ की दरार बता रही थी कि आज कल में मिट्टी का ये हिस्सा गंगा नहाने उतरेगा। लेकिन लड़कों का गूदा देखिए, सब कुछ जानते समझते हुए भी साइकिलें एकदम उसी हिस्से पर जाकर लगायीं जो अब गया कि तब गया वाली हालत में था।

आठ किलोमीटर साइकिल खींच कर यहाँ दुपहर से थोड़ा पहले ही पहुँच आये लड़कों ने मिट्टी के ढूहों पर अपनी-अपनी पोज़ीशन ली और पसर गये।

साइकिल से पीठ टिकाए बैठा लड़का है मोनू। तीन साल में काँखते कहँरते दसवीं पास करके ग्यारहवीं में पहुँचे मोनू को स्कूल का कोई भी लड़का दूर से ही पहचान सकता है। शहर की इकलौती पब्लिक लाइब्रेरी के लाइब्रेरियन का बेटा मोनू। हमेशा साफ़ सुथरी प्रेस की हुई ड्रेस। मोनू बाल इस तरह से काढ़ता था कि उसके तीन चौथाई बाल एक ख़ास अदा से उसकी दायीं आँख को क़रीब क़रीब ढँक

देते थे। इसीलिए वो पैदल चलते हुए सिर्फ़ दोनो पैर ही नहीं चलाता था बल्कि उसी लय में अपना दाहिना हाथ भी माथे पर ले जाकर हर तीसरे सेकेंड बालों को माथे से ऊपर रखकर सेट करता रहता था। पूरे स्कूल में दो पैरों और एक हाथ से चलने वाला मोनू इकलौता लड़का था इसलिये उसे दूर से पहचाना जाता था।

मोनू की दायीं ओर उठी हुई ज़मीन को तकिया की तरह बरतते हुए उस पर सिर रखकर लेटा हुआ है अम्बेश। सिर्फ़ काली प्रसाद इंटर कॉलेज में ही नहीं, शायद पूरे नौबतगंज में इससे सुंदर लड़का इस उम्र का मिलेगा नहीं। बिल्लौरी आँखें, तराशा हुआ नाक नक़्श और कस के गोराई। बम्बई के उस समय चलते एक हीरो का डुप्लीकेट लगता था अम्बेश। ये उसकी ख़ूबसूरती ही थी कि जब हफ़्ते के एक दिन ये पाँचों नौबतगंज के कॉन्वेंट गर्ल्स कॉलेज वाले चौराहे पर जाते थे तो सिर्फ़ अम्बेश ही शर्ट के दो बटन खोलकर दोनों हाथ जेब में डाले हुए लड़कियों के झुंड की तरफ़ निडर बढ़ जाता था और दिखाने के लिए दो चार बातें किसी लड़की से करके जब बैरिकेड के पीछे छिपे इन चारों की तरफ़ लौटता था तो लड़कियाँ आख़िर तक इसे देखकर मुस्कुराती रहती थीं। अम्बेश शर्त लगाकर लड़कियों से बात करता था। उसकी ये कला देखने गाहे बगाहे स्कूल के बाक़ी लड़के भी मौक़ा मिले तो पहुँचते थे।

बाक़ी चारों के माथे पर जैसे चिप्पी लगी हो कि ये शहर के सबसे ग़रीब स्कूल के सबसे फिसड्डी लड़के हैं इसलिये अम्बेश के अलावा और किसी ने कभी ये कोशिश करने का जोखिम लिया भी नहीं। जिस एक चीज़ से अम्बेश मात खाया वो थी उसकी लम्बाई। बौना होते होते बचा था ये लड़का।

और उसकी यही नब्ज़ उसकी दायीं तरफ़ करवट लेकर घास का सूखा तिनका चबाते गुलाटी ने पकड़ रखी थी। तेज़बहादुर गुलाटी के पुरखे पंजाब से आकर नौबतगंज में बसे थे। पाँचों में सबसे लम्बा तेज़बहादुर गुलाटी रंग का गहरा सांवला लेकिन अजीब तरह से लम्बा चौड़ा लड़का था। उसके अलावा इन लड़कों ने पंजाबी सिर्फ़ फ़िल्मों में देखे थे और उनसे तेज़बहादुर किसी हिसाब से फ़िट होता नहीं था। कहाँ तो फ़िल्मों में तीखे नाक नक़्श वाले साफ़ रंग के पंजाबी और कहाँ अपना ये सस्ता गुलाटी। लेकिन उसकी लम्बाई चौड़ाई ऐसी कि उसका पसंदीदा शगल था जब उसके पास अम्बेश खड़ा हो तो खड़े-खड़े उसके सिर पर हाथ फिराते हुए कहना कि 'रूसी बहुत हो रही है तुमको बाबा, हफ़्ते में एक दिन दही बेसन मिलाकर बाल धुला करो ना...।' ये काम गुलाटी सिर्फ़ इसलिये करता था क्योंकि उसे ये दिखाना

होता था कि अम्बेश उसके बगल में खड़ा हो तो वो अपनी लम्बाई की वजह से अम्बेश की खोपड़ी देख सकता है। इसी से अम्बेश को घनी चिढ़ थी।

लेकिन जब-जब ऐसा तीखा माहौल बनता तो मान मनव्वल और सुलह सपाटे की ज़िम्मेदारी आती मुंशी पर। मणिकांत जैसा बढ़िया नाम होते हुए भी जाने उसे क्यों पूरा कॉलेज मुंशी बुलाता था। शायद उसके तेज़ दिमाग़ की वजह से कभी किसी टीचर ने ही कह दिया हो। क्योंकि मुंशी की बात एक तरह से सर्वमान्य हुआ करती थी। वो बिना सोचे समझे कभी कुछ कहता नहीं था और सिर्फ़ बोलने के लिए तो कभी नहीं बोलता था। उसे दृश्य का अदृश्य हमेशा दिखायी देता था, जाने कैसे।

ये ग्रुप असल में मोनू, अम्बेश, गुलाटी और मुंशी का ही था लेकिन कबीर की इसमें ज़्यादातर गेस्ट अपीयरेंस रहती थी। जैसे आज के प्रोग्राम में है।

इन चारों ने इसी साल शराब पीनी सीखी थी और दो एक ने सिगरेट पर हाथ आज़माया था। इन्हीं आदतों पर हाथ पक्का करने का प्रोग्राम शहर से दूर और परेड ग्राउण्ड के इस सबसे सुनसान इलाक़े में साप्ताहिक तौर पर किया जाता था।

'अब लेटे ना रहो यार...लेटना ही है तो एक एक पैक के बाद लेटो चाहो सो जाओ...चालू तो कर दो।'

गुलाटी ने हमेशा की तरह बेचैनी जताई।

अम्बेश और मुंशी के उठने की सूरत दिखायी नहीं दे रही थी। मोनू ही हाथ मसलता दिखायी दे रहा था। गुलाटी ने उसी को इशारा किया कि चालू किया जाये। इस मामले में अंतिम फ़ैसला अम्बेश लेता है हर बार। क्योंकि ना सिर्फ़ इन चारों को पहली बार अपनी दीदी की शादी में उसने बियर पिलाकर इस आदत का फ़ीता काटा था बल्कि बाक़ियों से इस मामले में कहीं ज़्यादा जानता भी था वो। क्योंकि वही इकलौता है जिसके घर में प्रोग्राम करने वाले बड़े बूढ़े रहते हैं। पानी, सोडा, कोल्डड्रिंक बरफ़ सबका ठीक-ठीक अंदाज़ा भी अम्बेश को ही है। इसलिये बिना उसके उठे कुछ होने का नहीं।

'अबे तुम लोगों को करना है तो टाइम से शुरू कर दो, मेरा तीन बजे से मैच है पीछे ग्राउण्ड में...अभी घर जाकर कबूतर लाने हैं यार मुझको।' कबीर ने कहकर जता दिया कि आज के प्रोग्राम में वो ज़्यादा देर रह नहीं पाएगा।

कबीर की तरफ़ मुड़कर अम्बेश ने हाथ से माचिस जलाने का इशारा किया, जिसका मतलब था बैग से पहले सिगरेट निकालो। अम्बेश की एक आदत ये भी

थी कि ज़्यादातर बातें वो करता था इशारे में। उसको गफ़लत थी कि इससे बात में वज़न आता है।

गुलाटी ने बैग से छोटी गोल्ड फ़्लैक का नया डिब्बा निकाला और अम्बेश की तरफ़ बढ़ा दिया। दोनों हाथ हवा में उठाकर अम्बेश ने इशारा किया। गुलाटी समझ गया। उसने बाक़ायदा पन्नी हटाकर ऊपर का सुनहरा काग़ज़ हटाया और एक सिगरेट माचिस के साथ अम्बेश की तरफ़ बढ़ाई। अम्बेश ने सिगरेट जलाकर स्टाइल में धुँआ होंठ के एक कोने से बाहर निकाला।

'चलो बाबा अब बनाया जाये...एक दो पैक लगाकर आज तैरा जाये गंगा में और खेली जाये फ़ुटबॉल।' मोनू ने भी गुलाटी की बात आगे बढ़ाई।

फ़ुटबॉल का मतलब एकदम फ़ुटबॉल से ही नहीं था। शर्ट पैंट उतारकर ये पाँचों कभी-कभी गंगा के कच्चे घाट पर पानी में आधे डूबकर किसी का पूजा में छोड़ा हुआ, वहीं कहीं पड़ा कोई नारियल उठा लेते और उसी से कैच-कैच खेलते थे। यही इनका फ़ुटबॉल खेलना था।

कबीर को जाने की जल्दी थी इसलिये उसी ने गुलाटी के सामने रखा वो कॉलेज बैग उठाया जिसमें हमेशा प्रोग्राम का सामान रहता था। बैग में मैजिक मोमेंट ऑरेंज फ्लेवर के दो क्वार्टर अख़बार में अलग अलग लपेटकर रखे हुए हैं। साथ में प्लास्टिक के चार ग्लास और नमकीन का एक पैकेट है। अम्बेश एक क्वार्टर निकालकर उसे माथे से लगाता है और फिर कुहनी मोड़कर बोतल की तली पर बड़ी अदा से ठोंकता है। सामने चारों ग्लास रखे जाते हैं। चारों में बराबर शराब गिराई जाती है। ख़ाली बोतल बिना पीछे देखे अम्बेश ज़ोर से फेंकता है और बोतल गंगा में बह जाती है। मुंशी हर बार अम्बेश के इस काम पर झुँझलाता है और अम्बेश सिर्फ़ इसीलिए हर बार ये कारनामा करता है कि मुंशी को गुस्सा आये।

चारों प्लास्टिक के ग्लास बराबर शराब लिए ज़मीन पर टिके हुए हैं। अब ?

अम्बेश ने आदतन दोनों हाथ हवा में हिलाकर इशारा किया। लेकिन गुलाटी को अब सब्र था नहीं।

'बोलो भोसड़ी के मुँह से... जब देखो हाथ झुला लेते हैं।'

अम्बेश इससे आगे गुलाटी को जाने नहीं देना चाहता था इसलिये नरम होकर ही कहा 'पानी भाई... और क्या चाहिये... तुम लोग तो यार ऐसे कर दे रहे हो जैसे पहली बार बैठे हो पीने... कोई पानी की बोतल देगा?'

'पानी बैग में ही कहीं होगा देखो क़ायदे से।' मुंशी बोला।

'तो बैठे ज्ञान क्या पेल रहे हो... आकर खोज दो न... इसमें होती तो हमको थोड़ी न दिखायी देती...।' अम्बेश बोला

पानी कहाँ है? पानी असल में इसी बैग में नहीं... किसी बैग में नहीं है। अब बारी थी मोनू के पेले जाने की। आज प्रोग्राम का सामान इसी को लाना था। पूजा सामग्री की तरह प्रोग्राम की सामग्री का भी बँधा हुआ मामला रहता है। और शराब लेने ये किसी ठेके पर जाते नहीं। काली प्रसाद इंटर कॉलेज से अगले चौराहे पर बिल्लू बॉक्सर की दुकान है चाय की। जिस दिन प्रोग्राम करना होता है उसके एक दिन पहले बिल्लू को बता देने पर वो सारी व्यवस्था करके इन्हें पकड़ा देता है।

अब सामग्री में तो पानी है नहीं और ना इनमें से किसी और के पास पानी की बोतल है। और अगर आपको अभी ये समस्या छोटी दिखायी दे रही हो तो जहाँ ये घटना घट रही है उस जगह का भूगोल समझ नहीं रहे हैं आप। आर्मी का इलाका होने की वजह से यहाँ दूर दूर तक कोई रिहाइश वैसे भी नहीं है। पान-पानी की कोई कच्ची गुमटी है भी तो उसके लिए चार पाँच किलोमीटर वापिस जाना पड़ेगा। और वापिस जाये कौन?

'तुमसे एक काम कहना पाप है साले...।'

'इनको भोसड़ी के ज़ुल्फ़ें संवारने से फ़ुर्सत कहाँ है कि काम याद रहे इनको...।'

'ये हर बार का है यार इसका... कभी कुछ भूल जायेंगे कभी कुछ...।'

'लेकिन अंडरबीयर देखोगे साले की तो वो भी प्रेस की हुई मिलेगी भाई...।'

अब हर कोई मोनू को अपने-अपने हिसाब से रेलने लगा। कह क्या पाते सुनना ही पड़ेगा। इतनी बड़ी ग़लती। एक बार बैग खोलकर दुकान पर चेक भी नहीं किया कि प्रोग्राम सामग्री सब पूरी है भी कि नहीं। जो बिल्लू ने पकड़ाया वो लिए उठे चले आये।

'अब इसमें अंडरबीयर की बात कहाँ से आ गयी यार...।' मोनू ने काम का पॉइंट पकड़ कर बचने की कोशिश की। अंडरवियर की बात गुलाटी ने की थी जो इस ग्रुप में सबसे गंदे और मुचड़े हुए कपड़े पहने रहता था।

'बात जो है वो करो... हम अपनी अंडरबीयर प्रेस करें कि न करें ये हम जानें।' मोनू ने सीधा गुलाटी से ही बोला। अब मामला मोनू बनाम गुलाटी बनता देखकर अम्बेश ने खीझकर कहा 'तुम दोनों पहले एक दूसरे की चड्ढी ही देख लो न... ये सब गिलास बहाए दे रहे हैं हम लोग... हो गया प्रोग्राम।

अब चर्चा चली कि पानी लेने कौन जायेगा? बहुमत था कि मोनू का काम था आज सामग्री लाने का, नहीं लाए तो यही जायेंगे।

मोनू अकेले जाने को तैयार नहीं था। क्योंकि इसी परेड में ऐसी सुनसान सड़कें भी थीं जहाँ छिनैती भी होती थी। मोनू चाह रहा था कि या तो एक आदमी उसके साथ जाये या फिर सब लोग चलकर पानी लेकर लौटें।

बात किसी बात पर बनती जब नहीं दिखी तो कबीर अपनी जगह से उठकर आगे गंगा के मुहाने तक गया और पलटकर वापिस आया तो ताली बजाकर हँसने लगा। फिर ख़ुद ही बोला 'भाई लोग यहीं गंगाजी के किनारे बैठकर हम लोग पानी-पानी क्या कर रहे हैं यार... ये है तो मार पानी ही पानी... लो न।'

सबसे पहले मुंशी उठकर तैश में खड़ा हुआ।

'तुम्हारा दिमाग़ ओमाग ठीक है न बाबा... गंगाजी के पानी से दारू पी जाती है क्या?'

'हाँ तो जाओ जाकर लाओ चार घंटे में पानी... हम कहाँ मना कर रहे हैं...।'

मोनू तमका 'अबे तो इसका मतलब ये थोड़ी न है यार कि गंगाजी का पानी मिला देंगे दारू में... हद बात करते हो यार।'

सबने अम्बेश की तरफ़ देखा। अभी तक वही था जिसने इस आइडिया को सिरे से ख़ारिज नहीं किया था। उसे इसमें दिख रहा था नया काम। और इस तरह के अतरंगी कामों के लिए अम्बेश का नाम चलता था।

अम्बेश उठकर कबीर के पास गया और सिर्फ़ इतना बोला 'गंगाजी का पानी पिया जाता है क्या? हम तो नहीं देखे यार कभी।'

अब बात समाधान की तरफ़ बढ़ते हुए देखकर कबीर बोला 'पूजा कथा में पंडितजी हाथ में देते हैं गंगाजल तो क्या करते हो? फेंक देते हो? पीते ही हैं न यार।'

'यार लेकिन वो एकाक बूँद रहती है उसमें क्या दिक्कत... भर-भर के पीते तो कभी देखा नहीं किसी को?' अम्बेश बोला।

कबीर ने समझाया 'बाबा देखो... गंगाजी के पानी से शुद्ध कोई पानी नहीं होता... और घर में हमारे तुम्हारे यहाँ यही पानी जाता है... क्या दिक़्क़त है पीने में'

अम्बेश एक पैर पर लचककर दोनों हाथ सिर के पीछे रखे सोच तो रहा है। फिर उसने शंका जाहिर की 'लेकिन यार रेती वाला पानी है... मिट्टी नहीं आयेगी पानी में... '

अम्बेश को क़रीब-क़रीब मानता हुए देखकर मुंशी भड़क गया। मोनू भी तैयार नहीं था। लेकिन गुलाटी अब 'ना' वाले मोड में नहीं था।

'बाबा लोग मैं पी लूँगा बिना पानी के तुम लोग अपना समझ लो' कहकर मुंशी ने एक प्लास्टिक का ग्लास उठाया और होंठ से लगा लिया। ज़बान पर जैसे ही शराब गयी उसने आँख मींच ली। गले में गया पहला घूँट मुंशी के चेहरे पर जो भाव ले आया था उससे मुंशी ही नहीं, बाक़ी के चारों भी समझ गये थे कि ये काम नहीं करना है चाहे दारू फेंकनी भले पड़े। एक घूँट के बाद मुंशी की हवा टाइट हुई और ग्लास रख दिया उसने अपनी जगह पर।

'बाप रे बाप... ज़हर है यार' कहकर मुंशी ने सीना सहलाया।

'भोसड़ी के बिना चियर्स किए पियोगे तो यही होगा... ' गुलाटी ताली मारते हुए हँस पड़ा।

अब कबीर ने मुंशी के ग्लास से दारू पलटी दूसरे ग्लास में। और बाक़ी के ग्लास भी उसी एक ग्लास में ख़ाली किए। हाथ में दो ग्लास लेकर कबीर थोड़ी दूर उधर गया जहाँ मुहाने से लगकर गंगा बह रही थी। उसने एक ग्लास में पानी भरा और दूसरा ग्लास ख़ाली लेकर लौट आया। प्लास्टिक के ग्लास में पानी की रेत कुछ ज़्यादा ही साफ़ दिखायी दे रही थी।

'लाओ कोई रुमाल दो तो... ' कबीर ने बाक़ी लोगों की तरफ़ देखा।

रुमाल किसी के पास था नहीं। अब?

कबीर बारी-बारी से जाकर सबकी शर्ट का कपड़ा छूकर देखने लगा। मोनू पहनता था कॉटन की शर्ट। कबीर ने इशारा किया तो एक बार को मोनू ने मना किया फिर बाकियों का चेहरा देखकर शर्ट उतारकर कबीर के हाथ में दे दी। अब बाक़ी के चारों कबीर को ऐसे देख रहे थे जैसे सड़क पर जादू दिखाने वाले जादूगर को लोग किसी जादू की उम्मीद में देखते हैं।

'बाबा क्या करोगे शर्ट से' किसी ने पूछा।

बिना कोई जवाब दिए कबीर ने शर्ट के बटन वाली साइड के कपड़े को मोड़कर दो तीन तहें बनाईं और ख़ाली ग्लास के मुँह को उसी तह से ढँक दिया। अब उसने पानी को धीरे-धीरे ख़ाली ग्लास में डालना शुरू किया। जो पानी छनकर ग्लास में आया उसे काफ़ी हद तक रौशनी पार कर ले रही थी। मिट्टी ज़्यादातर कपड़े पर रह गयी।

'पहले से तो बहुत साफ़ हो गया बाबा... कस यार अम्बेश?'

गुलाटी ने अम्बेश की राय जाननी चाही। लेकिन अम्बेश भाँप गया था कि जादू अभी पूरा नहीं हुआ है। कबीर ने दोबारा शर्ट के दूसरे साफ़ हिस्से के साथ भी यही किया। दूसरी बार में जो पानी इकठ्ठा हुआ वो ठीक वैसा ही था जिसे देखकर कोई भी कह देता कि ग्लास में रम का लाइट पेग बना कर रखा गया है।

ना पूरी तरह साफ़, ना पूरी तरह गंदा। ना पूरी तरह सुर में, ना पूरी तरह बेसुरा। हारमोनियम की एक चाभी जैसे कहीं खो गयी हो। अगर कोई इसे पीने को तैयार ना हो तो ना पीने का भी पक्का इरादा नहीं हो। कबीर ने सबकी आँखों में क़रीबन 'हाँ' देखकर एक कोशिश और की।

इस बार सबकी आँखों में तराजू 'हाँ' की तरफ़ और लचक आया।

अम्बेश ने सबसे पहले पैर आगे बढ़ाया। जिस ग्लास में सारी शराब इकठ्ठा कर दी गयी थी उससे थोड़ी शराब एक ख़ाली ग्लास में उड़ेली और ग्लास से पानी लेकर आधा भरा।

बिना किसी की तरफ़ देखे अम्बेश ने एक घूँट लगा लिया। आँख बंद करके थोड़ी देर ज़बान को तालू से रगड़ता रहा फिर मुस्कुराते हुए कबीर की तरफ़ देखकर बोला-

'मान गये उस्ताद... बस थोड़ा किनकिना रहा है... '

बस फिर तो शुरू ही हो गया प्रोग्राम। मुंशी ने गंगा की तरफ़ हाथ जोड़कर माफ़ी माँगते हुए पीना शुरू किया। मोनू ने ग्लास माथे से लगाकर शुरू किया। कबीर और गुलाटी ने एक दूसरे के हाथ पर ताली मारते हुए चियर्स किया।

बार-बार गंगाजल को छानकर बरतने की ज़रुरत हर पेग के साथ कम महसूस की जाने लगी। और आख़िरी पेग तो नाम भर को छानकर 'जय माँ गंगा' की हुलकार लेकर पिया गया।

सबने ज़िंदगी भर साथ रहने की क़सम वसम खाई और फिर कपड़े उतारकर गंगा में नारियल से फुटबॉल खेलने लगे।

—

8

सुबह का वक़्त है। छापदार सिंदूरी रंग का चीनी कल्दुमा कबूतर दो हाथ लंबी एक सीधी लकीर पर चल रहा है। पक्की सड़क पर बनाई इस लकीर की ख़ासियत है गेंहू के दाने। जो लकीर पर बिल्कुल सीध में दो-दो अंगुल की दूरी पर दिख रहे हैं। यही कलाकारी है। ये दाने अस्ल में हैं नहीं, बस उन्हें बारीक़ी से पेंट किया गया है जिसके लिए बाक़ायदा एक कलाकार को बुलाया जाता है। इस सीधी लकीर के अलावा कुछ और पैटर्न भी हैं जिन्हें देखकर किसी को भी ड्राइविंग टेस्ट का मैदान याद आ सकता है। घोड़े की नाल जैसी लकीर, अंग्रेज़ी के M और Z जैसी लकीर। इन सब पर गेंहू के दाने इतनी बारीक़ी से पेंट किए गये हैं कि अगर आप छू कर ना देखें तो शर्त लगाकर कह सकते हैं कि इन लकीरों पर दाने ही रखे हैं।

इन लकीरों के सामने छोटे से स्टूल पर एक शख़्स बैठा है। अगर ये इंसान गेरुआ कुर्ता धोती पहन ले तो इसकी बेतरतीब दाढ़ी, जटा बन चुके बाल और कंकाल पर धूप से झुलसी चमड़ी किसी को भी इसके साधु होने का धोखा करवा दें। अभी तो इसने आधे बाजू की गोल गले वाली जगह-जगह जमे पसीने के चकत्ते वाली बनियान और पाजामा पहन रखा है। गले में ताज़े गेंदे के फूलों की तीन-चार मालाएँ हैं। और आँखों पर महँगा एविएटर सनग्लास। ये हैं बैरागी जी। पूरा नौबतगंज इन्हें इसी नाम से जानता है। जैसे दिखते हैं उससे ठीक उलट बैरागी जी ख़ासे पैसेवाले आदमी हैं। बाप-दादा की ज़मीनें और दुकानें हैं। परिवार की बुनियादी चिंताओं से मुक्त बैरागी जी में कुल जमा एक ही ख़ासियत है कि इनके मुँह से कभी किसी ने मज़ाक में भी झूठ नहीं सुना। हालाँकि हमेशा मुँह में पान

घुलाते और हाथ में अगला पान थामे बैरागी जी ख़ुद को बहुत कुछ कहने और करने की दशा में छोड़ते नहीं हैं, लेकिन जब भी बोलते हैं ईमान की बात बोलते हैं।

बैरागी जी नौबतगंज के छोटे से छोटे और बड़े से बड़े कबूतरबाज़ी के टूर्नामेंट में मुंसिफ़ बनाये जाते हैं। मुंसिफ़ माने अम्पायर। हज़ारों से लेकर लाखों रुपए के टूर्नामेंट में मुंसिफ़ ही सबका निगहबान होता है। मुंसिफ़ का फ़ैसला आख़िरी होता है। उसके आगे सबका रंग फीका है। टूर्नामेंट शुरू होने से दो घंटे पहले मुंसिफ़ आकर अपनी गद्दी संभालता है। उसके खाने-पीने और पान-तम्बाकू-सिगरेट के लिए उस दिन उसे दो कारकून मिलते हैं जो मुंसिफ़ साहब को किसी चीज़ की कमी उस दिन होने नहीं देते, अलबत्ता कारकूनों का ख़र्चा मुंसिफ़ की फ़ीस में से ही दिया जाता है।

नौबतगंज में कहने को मुंसिफ़ और भी हैं। लेकिन जिस मैच में बैरागी जी बैठ जायें असल मुक़ाबला वही माना जाता है।

सुबह के इस वक़्त इन लकीरों के सामने कबूतर करते क्या हैं? ये कबूतरों का फिटनेस टेस्ट हो रहा है। वक़्त के साथ कबूतरबाज़ों ने कबूतर को ज़्यादा देर और दूर तक उड़ाने के लिए खेलपानी का बंदोबस्त किया। खेलपानी, मतलब वो नुस्ख़े जिसे सैकड़ों साल पहले के उस्ताद और ख़लीफ़ा कबूतर की ख़ुराक और जड़ी बूटियों से तैयार करते थे, लेकिन आजकल के खिलाड़ी कबूतरों को सीधा नशे के ही इंजेक्शन लगा देते हैं, या ताक़त की दवाएँ पानी में घोलकर पिला देते हैं। जिसकी कबूतरबाज़ी में सख़्त मनाही है। ना सिर्फ़ मनाही है, बल्कि ऐसे खिलाड़ियों का खेल में हुक्का पानी तक बंद करने का रिवाज़ है।

रेस से एक रात पहले कबूतर को दाना नहीं खिलाया जाता। कबूतर को भूख लगी रहती है। ऐसे में घोड़े की नाल जैसी लकीर, अंग्रेज़ी के M और Z जैसी लकीर के सामने छोड़ने पर कबूतर बिल्कुल असली लगते गेंहू के दानों पर चोंच मारता जाता है। अगर कबूतर अपने पूरे होश में है और उसे अनर्गल दवाएँ नहीं खिलाई गयी हैं तो कबूतर बिल्कुल दानों के ऊपर से निकलता है।

कबूतर को दानों के ऊपर छोड़ने से पहले उसके दोनों पैरों में छल्ले का नंबर उसके मालिक के नाम के आगे दर्ज़ किया जाता है। उसके बाद कबूतर की पूँछ पर बाक़ायदा मुहर लगायी जाती है। अगर कबूतर टेस्ट में पास हो जाता है तो बतौर खिलाड़ी उसे मैच में एंट्री मिल जाती है।

बैरागी जी के सामने जो कल्दुमा है उस पर उनके कारकून ने मुहर लगा दी है। कबूतर बिना इधर-उधर गये सीधा लकीरों के ऊपर से निकल जाता है। बैरागी जी अपने दायें खड़े कारकून की तरफ़ देखते हैं। तांबे का एक थूकदान लिए खड़ा कारकून हाथ आगे बढ़ाकर थूकदान बैरागी जी के आगे करता है। बैरागी जी सुराहीनुमा थूकदान में पान की पीक थूक कर दाहिना हाथ ऊपर उठाकर कहते हैं 'ओक्के'।

मुंसिफ़ बैरागी जी के पीछे खड़े सभी खिलाड़ी तालियाँ बजाकर कबूतर और उसके मालिक की साफ़गोई का स्वागत करते हैं।

बारी-बारी से सभी कबूतर इस टेस्ट में पास होते जाते हैं। बैरागी जी के पीछे शोर थोड़ा ज़्यादा बढ़ने लगा है। लेकिन बैरागी जी टेस्ट की लकीरों से इतर किसी चीज़ पर नज़र नहीं फेरते। अचानक उनका बाँया हाथ हवा में उठता है। उनके बायें हाथ की उठी तर्जनी का मतलब है कि गड़बड़ है मामला।

सलेटी अम्बरसरा कबूतर बे-लकीर हुआ जा रहा है।

बैरागी जी ने थोड़ी देर सिर हवा में हिलाकर ऊँची आवाज़ में कहा 'नाट ओक्के'!!

कबूतर किसका है? किसी को मालूम नहीं। होता ये है कि मुंसिफ़ के सामने लाने से पहले कारकून बिना मुंसिफ़ के देखे मुहर वगैरह की कार्यवाही करता है, ताकि मुंसिफ़ की जानकारी में ना रहे कि कबूतर किस खिलाड़ी का है और कोई खिलाड़ी मुंसिफ़ पर पर्सनल खुन्नस निकालने की तोहमत ना लगाये।

ये ठीक वैसा ही है जैसे परीक्षा की कॉपी जाँचने वाले टीचर को हर कॉपी पर सिर्फ़ रोल नंबर मिले, ना किसी का नाम और ना कोई और पहचान। ताकि कम नंबर पाने वाला बच्चा ये ना कह सके कि मुझे जानबूझकर फेल किया गया, या कि कोई ये आरोप ना लगा सके कि इस बच्चे को इसलिये ज़्यादा नंबर मिले क्योंकि ये टीचर की पहचान का था या रिश्ते में था।

बैरागी जी ने जैसे ही कबूतर को डिसक्वालीफ़ाय किया, खिलाड़ियों में हड़कंप मच गया। क्योंकि ये अमूमन होता नहीं है। कम से कम नौबतगंज के खिलाड़ी तो ये नहीं ही करते हैं। फिर ये किया किसने?

'बिसेसर पाँड़े के अभी इतने बुरे दिन नहीं आये कि इस झाँट भर के मैच में बेईमानी करनी पड़ जाये बैरागी भाई...।'

बैरागी जी के पीछे खड़े खिलाड़ियों में सबसे पीछे से आवाज़ आई। इधर लोगों ने आवाज़ सुनी और उधर पाँड़े जी को मुंसिफ़ तक पहुँचने के लिए रास्ता दे दिया। ये आवाज़ विश्वेश्वर पाँड़े की है। उत्तर प्रदेश के कबूतर माफ़िया बिसेसर पाँड़े। और नौबतगंज के दूसरे नंबर के रईस, जो कि ये मानने को तैयार नहीं होते। बिसेसर का मानना है कि नौबतगंज में उनकी रईसी का कोई मुक़ाबला नहीं है। लेकिन मानने और दिखने में फ़र्क होता है। जनता जानती है कि नौबतगंज में सबसे ठोस रईसी बैरागी जी की है, भले ही अपने पैसों से उनका कोई मतलब रहा नहीं कभी। लेकिन बिसेसर का मानना है कि अगर बाप-दादा ने मिल्क़ियत ना छोड़ी होती तो बैरागी जी उसके बालू ट्रक पर क्लीनर बनने की हैसियत भी नहीं रखते। बिसेसर के बाप दादा सरकारी नौकरी के चलते नौबतगंज आकर बसे। लेकिन बिजली विभाग के एक बेहद मामूली छोटे बाबू के बेटे बिसेसर ने बाप की सलाह पर कभी कान नहीं धरा। बिसेसर का हमेशा से मानना रहा कि पाँव उतने मत फैलाओ जितनी चादर है, बल्कि पाँव भर की चादर जुटाओ, कमाओ और न जुटे तो छीन लाओ।

इसीलिए दुनिया भर के दंद फंद करता बिसेसर नौबतगंज का दूसरा सबसे रईस बना। हालाँकि ख़ुद को सेल्फ़मेड कहने वाला बिसेसर, जो कि सच भी है, बैरागी जी को अपने बराबर का कभी मानता नहीं। रुपए पैसे मकानों दुकानों से अपने वैराग्य की वजह से बैरागी कहलाने वाले बैरागी जी आज सचमुच कहीं बैठे टाप रहे होते अगर उनकी पत्नी और तीनों बेटों ने ख़ानदानी मिल्क़ियत समय से संभाल ना ली होती।

बिसेसर कबूतरबाज़ी में कभी उतरता नहीं, लेकिन बैरागी जी से हर मामले में आगे बढ़ने की उसकी सनक उसे इस खेल में उतार लाई। और फिर शौकिया शुरू की गयी सिगरेट कब नशा बन गयी उसे मालूम भी नहीं चला। आज की तारीख़ में बस दो ही चीज़ें हैं जिनमें बिसेसर को बैरागी की बराबरी करने के लिए दोबारा पैदा होना पड़ेगा। पहली, बैरागी की ईमानदारी... और दूसरी बैरागी की पढ़ाई।

बैरागी जी ने बात सुनकर भी अनसुनी कर दी और पीछे की तरफ़ मुड़कर देखा भी नहीं। बिसेसर आया और झुककर अपना कल्दुमा कबूतर उठाकर उसे देखते हुए बोला।

'खेल में किसकी बात भारी है? खिलाड़ी की, या मुंसिफ़ की...?'

सब सन्नाटे में थे। कोई इन दोनों के झगड़े में पड़ना नहीं चाहता था।

'अरे आप सब खिलाड़ियों से ही पूछ रहा हूँ साहब।'

थोड़ी भुनभुनाहट हुई लेकिन किसी का कोई साफ़ जवाब नहीं आया।

'जब खिलाड़ी होगा, खेल होगा, तभी मुंसिफ़ होगा न... मुंसिफ़ तो आते-जाते रहेंगे... खेल तो सैकड़ों साल से है और हज़ारों साल तक रहेगा न भाई...।'

बैरागी जी को अब पक्का यक़ीन हो गया था कि पाँड़े का कबूतर होश में नहीं है। जैसे उसका मालिक होश में नहीं है, वरना पाँड़े ऐसे गोल घुमाने वालों में नहीं था।

पाँड़े के साथ आये उसके चार-पाँच चमचे चम्पू अब अधीर हो रहे थे और आज की दिहाड़ी कमाने का मौका सामने था।

'अरे लात मारिए पाँड़े जी इस मैच को... परेड मैदान इनके बाप का है क्या... हम अपना कबूतर मैच से अलग उड़ा लेंगे। आधे घंटे में इनके मैच की ऐसी-तैसी हो जा...।'

इससे पहले कि चेला अपनी दिहाड़ी पूरी करता, बिसेसर पाँड़े ने उसे घूरकर देखा। चेले ने ज़बान पर इमरजेंसी ब्रेक लगा दिया और ऊपर ख़ाली आसमान निहारने लगा।

बिसेसर सिर्फ़ माफ़िया कहलाते ही नहीं थे कबूतरबाज़ी में, बल्कि माफ़िया का अस्ल मतलब भी ख़ूब समझते थे। पाँड़े समझते थे कि कोई माफ़िया अपनी गर्मी की वजह से नहीं, बल्कि सौ में से निन्यानबे मौकों पर ठंडा रहने की वजह से कहलाता है। माफ़िया उस इकलौते मौक़े को पहचानता है जिस पर उसका ज्वाला फटेगा और जिसकी कहानियाँ बेभाव में गायी जायेंगी। यही मौक़ा उन निन्यानबे मौक़ों पर भारी पड़ता है और आदमी माफ़िया कहलाता है।

और ये ज़ाहिर था कि पाँड़े के लिए आज का मौक़ा उन्हीं निन्यानबे मौक़ों में से एक था। इसलिये उन्होंने चेले को आँख दिखायी थी। माफ़ियागिरी की इन्टर्नशिप पर लगे ये चेले भी इन्हीं मौक़ों पर सीखते हैं।

'पुरखों की इज़्ज़त जुड़ी है इस शौक़ से... शौक़ की इज़्ज़त गयी तो हममें से भी किसी की इज़्ज़त नहीं बचेगी बेटा...।' चेले को ये कहकर पाँड़े ने छिटकता जन समर्थन फिर से अपनी ओर किया। हालाँकि पाँड़े के पुरखों में से शायद ही किसी ने कभी कबूतर को हाथ भी लगाया हो।

‘बैरागी भाई... मुंसिफ़ हम भी हुआ करते हैं... क़ायदे कानून शौक़ के हमको भी जानकारी में हैं... ऊपरवाले के लिए कम से कम ऐसी बेइज़्ज़ती की बात ना कहिए... खेल में खिलाड़ी को और मिलता क्या है सिवाय इज़्ज़त के... और हमारी इज़्ज़त आज तक तो चमकती ही रही है... आप भी जानते हैं।’

बिसेसर पाँड़े ने अपना सफ़ेद कुर्ता दोनों हाथों से छूकर ये बात कही। बैरागी जी मुँह खोलकर बात बढ़ाना नहीं चाहते थे। नहीं तो उन्हें अच्छी तरह मालूम था कि पाँड़े ने पिछले साल ही नौबतगंज के सबसे बड़े और सालाना टूर्नामेंट में गाँजा पिलाकर कबूतर उड़ा दिए थे और उनमें से तीन कबूतर इसी लिए मर गये थे।

ये कबूतरबाज़ी की कोई नयी ट्रिक नहीं थी। उड़ान से एक रात पहले कबूतरों को कमरे में बंद करके दो चार दस लोग रात भर गाँजा पीते थे। कमरे में गाँजे का धुआँ भरता रहता था। कबूतर जिस हवा में साँस लेते हैं उसमें गाँजे का धुआँ होगा तो उन पर भी इसका असर होगा ही। रात भर का भूखा कबूतर दाने वाली लकीरों पर चलकर फिटनेस टेस्ट भी पास कर लेता है। लेकिन होता वो नशे में ही है।

नतीज़तन रात भर गाँजे के धुँए में साँस लेते कबूतर जब सुबह उड़ते हैं तो नशे में इतनी ऊपर उड़ जाते हैं कि दूरबीन से दिखायी भी नहीं देते। इसे कबूतरों का बंद होना कहते हैं। कई घंटे बाद जब कबूतर दिखायी देते हैं, मतलब कि जब खुलते हैं, तो जबरदस्त प्यास की वजह से उनका पोटा जवाब दे जाता है और अगर ठीक टाइम पर कबूतर उतर नहीं पाते तो गिरकर मर जाते हैं। उड़ाने वाला खिलाड़ी कबूतर को पानी इसलिये नहीं पिलाता क्योंकि इससे उनका पोटा भारी हो जाता है और कबूतर बहुत नीची उड़ान भरता रहता है जिसमें उसके वापिस ज़मीन पर उतर आने का ख़तरा रहता है। आपका कबूतर उतर गया तो आपका खेल ख़त्म।

बैरागी जी कल की बात करके आज का मज़ा ख़राब नहीं करना चाहते थे। इसलिये चुप ही रहे।

लेकिन हर चीज़ की तरह चुप रहने की भी एक मियाद होती है। चाहे सबकी अलग-अलग हो, लेकिन मियाद होती सबकी है। बैरागी जी की मियाद ज़्यादा है, पर अनंत नहीं है। जब बिसेसर लगातार आँय बाँय शाँय बकते रहे तो आख़िरकार बैरागी जी ने पान थूक ही दिया। गला खखार कर बोले –

‘भास्को ड गामा और कोलम्बस के बारे में जानते हो पाँड़े?’

ये बैरागी जी की पढ़ाई का इक्का था। इसी की काट नहीं थी बिसेसर के पास। दुनिया की तो जाने दें, पाँड़े को अपने काम काज के अलावा और किसी चीज़ की जानकारी नहीं थी। इसके ठीक उलट, बैरागी जी को सिर्फ़ कागज़ी जानकारी ही नहीं थी बल्कि वो दो बार विदेश जाकर भी आ चुके थे। दोनों बार बैरागी जी कबूतरों की इंटरनेशनल चैम्पियनशिप देखने विदेश गये थे। एक बार उनके साथ पीर मुश्ताक़ थे और दूसरी बार बैरागी का बड़ा बेटा रघुवीर साथ रहा।

सवाल सुनकर पाँड़े चुप ही रहे, और करते क्या?

बैरागी जी ने बात आगे बढ़ाई।

'ये दुनिया किसने खोजी पाँड़े जी?'

'हमको क्या पता... ' पाँड़े बोले।

'इंसानों का इतिहास लिखने वाले तो इंसानों का नाम लिखते हैं। लेकिन अगर कबूतरों का भी कोई कबूतर लिखत पढ़त वाला होता तो उसमें कबूतरों का नाम होता। इसकी वजह जानते हैं?' बैरागी जी ने एविएटर सनग्लास उतारते हुए कहा।

'जानकार तो आप हैं बैरागी भाई... हमसे क्या पूछ रहे हैं?' खीझकर पाँड़े ने जवाब दिया।

'महीनों तक जब समंदर की मार खा-खाकर भास्को का पसीना और पोटे का पानी सूख गया था। साथ के लोग रोज़ सामने ही मर रहे थे। तब जब उसने हार मान ही ली थी, उसने अपने साथ लाए कबूतर उड़ाये...।'

खेल शुरू करने का वक़्त हो चुका था लेकिन अब खिलाड़ी बैरागी जी की किस्सागोई का कारनामा देख कर ही कबूतर हाँकना चाहते थे। बैरागी जी बोले –

'जहाज का पंछी जहाज पर वापिस तभी लौटता है जब उसे दम भर उड़ने पर भी पैर टिकाने के लिए ज़मीन ना मिले। भास्को का कबूतर बार-बार लौट आता था। इसलिये आँधी तूफान में फँसे भास्को को उम्मीद रह नहीं गयी थी। लेकिन आख़िरकार कबूतर जब नहीं लौटे तब उसने आगे बढ़ने की हिम्मत जुटाई और उसने हिन्दोस्तान खोज निकाला...।'

'अच्छा...।' बिसेसर अपने कल्दुमे कबूतर को ज़्यादा ही प्यार से सहलाते हुए बोले।

'जी... भास्को और कोलम्बस ही नहीं इनके समय के सब जहाजी कबूतरों की मदद लेते थे। लेकिन बताता कोई किसी को नहीं था। ख़ज़ाने की खोज में रास्ता नहीं बताते न एक दूसरे को। उस टाइम के जितने जहाजी रहे किसी ने कहीं इस बात का ज़िक्र नहीं किया। सबको लगता था कि उसका राज़ उसी के पास रहे। लेकिन फिर ये तकनीक बाहर कैसे आई?'

कोई कुछ नहीं बोला। बात आगे बढ़ी। बैरागी जी ने इस बार बिसेसर की आँख में देखते हुए कहा –

'क्योंकि इंसान तो इंसान से राज़ छुपा सकता है। लेकिन आसमान में उड़ रहे कबूतरों से कबूतरों का राज़ छुपता नहीं पाँड़े जी।'

बिसेसर माथा सहलाने लगे कि ये कहाँ से कहाँ ले जाकर जोड़ रहे बैरागी जी।

'इंसान तो इंसानों को ये जानते हुए भी साथ बिठाता है पाँड़े जी कि अगला बेईमान है। लेकिन खिलाड़ी कबूतर जात ऐसी है कि एक बार कबूतर की बेईमानी का पता चला तो फिर कबूतरों के समाज में उस कबूतर का दाना पानी बंद...।'

बाक़ी खिलाड़ियों की नज़रों में अपने-अपने कबूतरों की इज्ज़त और बढ़ गयी। बैरागी जी बोले –

'इंसान को तो एक बार को पागल समझ लेना पाँड़े जी... लेकिन कबूतरों को कभी मत समझना। हमसे तुमसे लाख गुना समझ है उनकी।'

अपने कबूतर को दिखाकर पाँड़े बोले 'समझ तो बस इतना आ रहा है अभी कि हमारा कल्दुमा आप उड़ने नहीं देना चाहते और क्या... तबीयत ख़राब होगी इसकी... और वैसी कोई बात है नहीं बाक़ी आप...।'

'नाट ओके' इससे पहले बिसेसर कुछ और बोलते, अपना फ़ैसला सुनाकर बैरागी जी कबूतरों के रजिस्ट्रेशन वाले पन्ने देखने लगे। बिसेसर पाँड़े का चेहरा तो उतरा लेकिन नकली हँसी हँसते हुए चेलों की तरफ़ ऐसे देखा जैसे कोई बात नहीं।

'अब शुरू किया जाये बैरागी जी किस्सा कहानी बहुत हो गया... धूप चढ़ रही है।' खिलाड़ियों में से किसी ने कहा। बदले में सिर हिलाकर बैरागी जी ने कम्पटीशन के शुरू होने का इशारा कर दिया। अब होगा मैच शुरू।

कबूतरबाज़ी का खेल सैकड़ों बरसों में तैयार हुआ है। इसमें एक ही खेल से जुड़े कई तरह के खेल होते हैं। कबूतरों की हवाई कुश्ती से लेकर धर-पकड़ तक

दर्ज़नों किस्म से कबूतरबाज़ी खेली जाती है। लेकिन जो तरीक़ा इन सैकड़ों सालों में सबसे साफ़ और ईमान का है, जिसमें खेल खिलाड़ी और पंछी तीनों को कोई नुक़्सान नहीं वो है वक़्ती रेस। इसमें सुबह सात बजे से शाम सात बजे तक का कुल समय होता है। सुबह सात बजे मुहर लगे जो कबूतर उड़ते हैं, मुंसिफ़ के पास रजिस्टर पर उनके खिलाड़ियों के आगे बारह घंटों का एक चार्ट होता है। मूल शर्त यही है कि जो कबूतर बैठ गया उसका खेल ख़त्म। कबूतर पर बराबर निगाह रखी जाती है। हर घंटे कबूतर को आसमान में कम से कम एक बार दिखायी देना होता है। कबूतर अपने खिलाड़ी की हाँक और सीटियाँ पहचानता है। इसी को सुनकर वो ऊँची और नीची उड़ान उड़ता है। खिलाड़ी और कबूतर कई-कई महीनों और कई बार बरसों की प्रैक्टिस के बाद एक दूसरे को समझ पाते हैं कि कब नीचे उड़ना है, कब ऊपर उड़ना है, कब बादलों में बंद होना है और कब खुल जाना है। यही कला है, यही खेल है।

खेल में कबूतर सम या विषम की संख्या में उड़ाये जा सकते हैं। एक तीन पाँच सात नौ ग्यारह... या दो चार छः आठ दस बारह ... या फिर इससे भी ज़्यादा। लेकिन सम होंगे या विषम होंगे ये तय होता है टूर्नामेंट से कुछ दिन पहले।

शाम सात बजे के बाद भी अपनी काबुक पर अगर कबूतर नहीं उतरा तो उसे खेल से बाहर मान लिया जाता है। आख़िर में मुंसिफ़ के पास गवाहों की मौजूदगी में घंटों का हिसाब होता है और जिस खिलाड़ी के जितने ज़्यादा घंटे, वो जीत का उतना हक़दार होता है।

ऊपर आसमान में कबूतर उड़ते रहते हैं और इधर खिलाड़ियों का खाना पीना, गाना नाचना, ताश, शायरी, लतीफ़ेबाज़ी चलती रहती है। जैसे एक बार पतंग ऊपरी हवा में तन गयी तो पतंगबाज़ धागा ईंट से बाँधकर खाना खाकर भी आये तो पतंग वहीं मिलती है, वैसे ही एक बार कबूतर बादलों में पहुँच गया तो खिलाड़ी के करने को बहुत ज़्यादा कुछ होता भी नहीं है।

लेकिन कबूतरबाज़ी में बात थोड़ी अलग होती है।

कितनी अलग?

बस इतनी कि, पतंग के पास अपना दिमाग़ नहीं होता, लेकिन कबूतर के पास अपना दिमाग़, अपना मूड और अपनी तबीयत होती है।

दुनिया के सबसे बेहतरीन खेल जिस एक बात पर ख़ुद को सबसे धारदार साबित करते हैं, वो है 'कुछ भी हो सकता है !!'... । यही बात कबूतरबाज़ी की जान है। आपका पक्के से पक्का कबूतर टूर्नामेंट में ज़ीरो पर आउट हो सकता है और कच्चे से कच्चा कबूतर 'पिजन ऑफ़ दी मैच' हो सकता है। यही रोमांच कबूतरबाज़ी को दुनिया का सबसे रोमांचक खेल बनाता है। पाकिस्तान, अफगानिस्तान, चीन में तो इसके बड़े टूर्नामेंट होते ही हैं लेकिन इसके अलावे अमरीका, जर्मनी, ऑस्ट्रेलिया, ब्राज़ील, बोत्स्वाना, कनाडा, फ्रांस, डेनमार्क, आइसलैंड, नॉर्वे, स्विट्ज़रलैंड, रूस समेत दुनिया का शायद ही ऐसा कोई देश होगा जहाँ कबूतरबाज़ी की बड़ी चैम्पियनशिप ना होती हों।

किस वजह से?

इसी रोमांच की वजह से। आसमान से इंसान के सबसे पुराने रिश्ते की वजह से।

आज के मैच में कबीर दो कबूतर फिटनेस टेस्ट के लिए लाया था। एक पंजाबी जैलदार कबूतर और दूसरा मद्रासी गर्री। अगर किसी वजह से एक कबूतर नहीं पास हुआ फिटनेस या अचानक कबूतर का मूड मिजाज़ माहौल बदल गया तो दूसरा भी बतौर एक्स्ट्रा प्लेयर तैयार रहेगा। हालाँकि आज के लिए मौसम और हवा देखते हुए कबीर ने मुहर लगवाई थी मद्रासी गर्री पर। ये नस्ल इसने दो साल पहले सहारनपुरी गर्री और मद्रासी किचक को जोड़ा बनाकर तैयार की थी। नस्ल तैयार करने में इस लड़के के दिमाग़ और पसंद की पूरा नौबतगंज तारीफ़ करता है। लेकिन जैसे इतर बनाने वाला अतरसाज़ अपने सारे नुस्ख़े नहीं बताता वैसे ही कबीर या कोई भी तगड़ा खिलाड़ी अपने सारे नुस्ख़े नस्ल तैयार करने के सबको नहीं बताता।

कबीर का मद्रासी गर्री तर मिजाज़ का कबूतर है। ना गरम, ना ठंडा। टेस्ट क्रिकेट के किसी मंझे हुए बल्लेबाज़ की तरह। दूर तक और देर तक होश में उड़ने वाला।

बैरागी जी ने देखा कि सारे खिलाड़ी अपने-अपने कबूतरों के साथ अपनी-अपनी तय जगहों पर पहुँच गये हैं। बैरागी जी और चार गवाहों ने अपनी-अपनी घड़ियाँ मिलाईं। किसी की घड़ी एक सेकेंड भी ऊपर नीचे नहीं है। रजिस्टर में टाइम दर्ज़ किया गया और बैरागी जी ने सीटी बजा दी। सबके कबूतर हवा में हैं।

ये जो पहला मिनट कबूतरबाज़ी का होता है, आज उतना रंगीन नहीं है क्योंकि कबूतर सबके एक-एक ही हैं। ये मिनट उस दिन देखना चाहिये जिस दिन पच्चीस पचास कबूतर हर खिलाड़ी उड़ाता है। जैसे इलाहाबाद के संगम किनारे बैठे पंडों के अपने-अपने ख़ानदानी झंडे और रंग होते हैं झंडों के। ठीक वैसे ही हर कबूतरबाज़ के कबूतरों का अपना-अपना रंग होता है।

हर कबूतरबाज़ अपने कबूतरों के पंख-पेट-पूँछ अपने ख़ानदानी रंग से रंगता है। और जब हर खिलाड़ी के अपने-अपने रंगों में रंगे हुए सैकड़ों कबूतर हवा में उड़ते हैं तो उस नज़ारे का जादू बिना देखे महसूस नहीं किया जा सकता।

इस मामले में कबीर ने सबसे अलग और सबसे कमाल के रंग चुने हैं। कबीर के पास तीस बिल्कुल सफ़ेद कबूतरों की एक टुकड़ी है। मद्रासी गर्री भी उन्हीं में से एक है। कबीर ने सारे सफ़ेद कबूतरों का एक पंख केसरिया और दूसरा पंख हरे रंग से रंग हुआ है। बीच का हिस्सा सफ़ेद रहता ही है। जब बड़े टूर्नामेंट में कबीर के ये कबूतर उड़ते हैं तो लोग नज़ारा देखने जुटते हैं। हर कबूतर हिन्दोस्तान के झंडे की तरह तिरंगा होता है। ऐसा लगता है जैसे एक साथ आसमान में कई झंडे चक्कर लगा रहे हों। आज के मैच में भी कबीर का कबूतर तिरंगे रंग में बिल्कुल अलग ही दिखायी दे रहा है।

लेकिन किसी ने सही कहा है कि सोचा हुआ हमेशा हो ही जाये तो क्या मज़ा है। आज मौसम खुला हुआ था। कहीं दूर-दूर तक दिन के पहले पहर में बादल क्या बादलों का निशान भी नहीं था। इधर कबूतरों के उड़ते हुए सवा घंटा ही हुआ था कि जाने कहाँ से बादल घिर आये। खिलाड़ियों में अफ़रा-तफ़री हुई तो बैरागी जी ने इशारा किया कि खेल जारी रहेगा। बारिश का मामला बनता दिखायी नहीं दे रहा था। बैरागी जी के हाथ में अख़बार था। बैरागी जी उस अख़बार पर कलम से कुछ लिख रहे थे। जिन खिलाड़ियों के कबूतर बादल की वजह से अचानक नीचे उड़ने लगे थे उनको होने लगी चिंता। कबीर का कबूतर भी डरा हुआ दिख तो रहा था लेकिन उसे भरोसा था कि जब तक बारिश होने ही ना लग जाये तब तक दिक्क़त की कोई बात नहीं।

जब बारिश की झूमा झटकी शुरू ही हो गयी तो बैरागी जी ने टाइम नोट करके सारे कबूतर उतार लेने का इशारा कर दिया। खिलाड़ी अपने-अपने कबूतरों को सीटियों और बुलाहटों से उतारने लगे। अचानक बारिश ने जोर पकड़ा। परेड ग्राउण्ड क्योंकि आर्मी एरिया था इसलिये सिवाय पेड़ों के वहाँ बारिश से बचने का

कोई और तरीक़ा था नहीं। जिसको जहाँ छाया मिली वहीं सिमट लिया। अब जब चलती बारिश में धूप निकल आई तो सबने माथा पीट लिया।

आज खेल नहीं ही हो सका। बैरागी जी ने मैच रद्द होने की मुनादी करवा दी। लेकिन साथ में ये ताक़ीद दी कि जो-जो कबूतर आज उड़े हैं उन्हीं के साथ अगले इतवार मैच होगा। हर कोई शहर की तरफ़ निकल लिया। टेंट हाउस से मंगवाई गयी कुर्सियाँ और मेजें वापिस टेम्पो में लादी जा रही हैं।

एक मेज पर रखा हुआ वो अख़बार भीग रहा है जो बैरागी जी के हाथ में था। बारिश में भीगते अख़बार के कोने में एक कॉलम था। हेडिंग थी 'मौसम की सूचना'। अंदर सबसे आख़िर में लिखा था 'मौसम साफ़ रहेगा'। ठीक वहीं बैरागी जी ने लिख छोड़ा था 'कहाँ का मौसम?'

9

खेल कोई भी दो चीज़ों के दम पर चलता है। उस्ताद और रियाज़। सुनसान दुपहरी में टर्राता हुआ स्कूटर अभी जहाँ पहुँचने वाला है, वो भी एक खेलगाह है। कम से कम इस खेल के खिलाड़ियों के लिए तो है ही, बाक़ी देखने वाले जो मर्ज़ी कह लें।

नौबतगंज यूनिवर्सिटी के पीछे वाली इस सड़क पर अंग्रेज़ों के ज़माने का छोटा सा पुराना चर्च है जो साल में एक बार बड़े दिन पर खुलता है। चर्च से सौ क़दम आगे बायीं तरफ़ अक्सर नज़रअंदाज़ कर दी जाने वाली जगह है क़ब्रिस्तान। इस क़ब्रिस्तान में आज़ादी से पहले की अंग्रेजों की दर्ज़नों क़ब्रें हैं। इस क़ब्रिस्तान से लगा हुआ काफ़ी बड़ा मैदान है जो शायद क़ब्रिस्तान का ही एक हिस्सा हुआ करता था लेकिन अब जब अंग्रेज़ रहे नहीं तो नौबतगंज के 'ख़ास' लड़कों के ख़ास खेल के काम आता है। चर्च की तरफ़ जाने वाले रास्ते में पड़ने वाले चौराहे पर स्कूटर रुकता है। स्कूटर कबीर का दोस्त अम्बेश चला रहा है जो कि अक्सर अपने चाचा का स्कूटर टाप लाता है। पिछली सीट पर कबीर बैठा हुआ है। स्कूटर को रुकता देखकर कबीर दोबारा पूछता है –

'भाई चल कहाँ रहे हो अब तो बता दो...?'

अम्बेश को ज़्यादा सवाल-जवाब पसंद नहीं, और किसी बेकार सवाल के लिए मुँह में भरी मीठी सुपारी थूककर डेढ़ रुपए बर्बाद करने का भी कोई तुक नहीं। इसलिये वो सिर्फ़ इशारे में कबीर का सवाल एक बार फिर से टाल देता है।

पीछे से हिरन की तरह कुलाँचे मारता हुआ मुंशी स्कूटर के पास आता है। कबीर को लगा था कि आज के प्लान में कोई तीसरा नहीं है, लेकिन मुंशी को

देखकर अब उसकी बेचैनी बढ़ती जा रही है। अम्बेश किक मारकर स्कूटर स्टार्ट करता है और मुंशी को फटाफट बैठने का इशारा करता है।

लेकिन मुंशी को वही दिक्क़त पेश आई जो हर बार अम्बेश के इस स्कूटर के साथ सामने आती है। तीसरी सवारी बैठे कहाँ?

'हमको पीछे वाली सीट पर बिठाओ यार बाबा... कबीर तुम आओ बीच में।' झुँझलाता हुआ मुंशी बोलकर स्कूटर के पीछे जाकर खड़ा हो गया।

सीट की ये बहस नयी नहीं है। अम्बेश के चाचा का ये स्कूटर इस लड़ाई के लिए बदनाम था। इस आसमानी रंग के पुराने स्कूटर की सीटें असल में तीसरी सवारी के लिए बनी ही नहीं थीं। ड्राइवर की सीट और पैसेंजर की सीट पहले तो अलग-अलग थीं, दूसरा कि इनमें अच्छा ख़ासा चार अंगुल का फ़ासला था। और उस पर भी जाने क्यों, और कहाँ से अम्बेश के चाचा ने बीच की ख़ाली जगह में एक रॉड लगवा ली थी। इक वाजिब वजह शायद ये थी कि पीछे अगर अम्बेश की चाची या कोई महिला बैठे तो उसी रॉड को थामे रहे।

अब दिक्क़त ये थी कि इस रॉड ने ड्राइवर और पैसेंजर के बीच किसी तीसरे के आने की कोई गुंजाइश रखी ही नहीं थी। वो तो अम्बेश के दोस्तों में लाचारी का हुनर ठूँस-ठूँस के भरा था कि अपनी तशरीफ़ का चौथाई हिस्सा ड्राइवर की सीट से और चौथाई हिस्सा पैसेंजर सीट के सहारे लगाकर, बचे हुए आधे हिस्से को उसी रॉड पर टिकाए कहीं से कहीं पहुँच जाते थे। आम तौर पर आख़िरी में आने वाले को ही ये जगह झेलनी पड़ती थी, लेकिन मुंशी आज ये परंपरा निभाने के ना तो मूड में है और ना ही उसमें कूवत है। वजह हैं स्कूल के साइंस टीचर राकेश श्रीवास्तव। जिन्होंने गुज़रे कल मुंशी को स्कूल की दीवार कूदते रंगे पाँव पकड़ कर उसकी तशरीफ़ की पर्याप्त ख़ातिरदारी कर दी थी। बेइज़्ज़ती के डर से मुंशी ने ये बात किसी को बताई नहीं थी और बताने की इच्छा भी नहीं थी।

लेकिन ये कमबख्त स्कूटर की रॉड !! इसका क्या करें ?

पीछे की सीट पर बैठने के लिए मुंशी कोई ताज़ा बहाना सोच ही रहा था कि अम्बेश ने डेढ़ रुपए का नुक़्सान सहते हुए मीठी सुपारी थूक दी।

'मुंशी ज़्यादा दायें बायें करना हो तो बताओ हम लोग निकलें... फिर भईया से मिलने का हिसाब कभी बनेगा तो चलना... समझे।'

ये कहते हुए अम्बेश ने बायें हाथ के हैंडल को ऊपर उठाया और क्लच छोड़ने लगा। कबीर ये देखकर हैरान था कि बिना किसी हील हुज्जत के मुंशी उछलकर बीच की जगह में फिट हो लिया। अम्बेश ने स्कूटर भगा दिया।

अब कबीर को उस भईया के बारे में जानने की ज़बरदस्त हूक उठी जिससे मिलना मुंशी और अम्बेश के लिए इतना ज़रूरी था। कबीर के दोस्तों में मुंशी ही था जो आख़िरी दम तक अपनी बात से गोंद लगाकर चिपका रहता था। फिर आज ये हुआ क्या?

कबीर ने पीछे से मुंशी के कान में एक दो बार अपना सवाल दागा कि कौन है ये भईया। लेकिन कुछ तो हवा की वजह से और कुछ गड्ढों पर स्कूटर उछलने से मिल रहे झटके सहने में व्यस्त होने की वजह से मुंशी ने जवाब देना ज़रूरी समझा नहीं।

स्कूटर कुछ देर चलने के बाद क़ब्रिस्तान के पीछे वाले ग्राउण्ड के गेट पर जा खड़ा हुआ। यहाँ जब भी आया है अम्बेश अकेला ही आया है, ये पहली बार है जब उसके साथ मुंशी और कबीर भी आये हैं।

गेट पर लगा बरसों पुराना ताला जंग खाकर जम चुका था। देखकर ही मालूम होता था कि भीतर जाने के लिए दीवार कूदनी पड़ेगी। गेट के उस पार तीस बत्तीस साल का एक लड़का खड़ा गुटखे का पाउच फाड़ रहा था। अम्बेश ने उसे देखकर सलाम ठोंका। गुटखा हथेली पर फैलाकर उसमें से पाउडर फूँक फूँक कर उड़ा रहा लड़का कुछ बोला नहीं।

'तुम लोग इधर से कूद कर अंदर चलो हम स्कूटर पीछे से लेकर आ रहे...।' कहते हुए अम्बेश ने मुंशी और कबीर को गेट के बगल से भीतर कूदने की जगह दिखायी, जहाँ पहले से एक के ऊपर रखे एक पत्थर ऐसे लगे थे कि उन पर पाँव रखकर बहुत आसानी से दीवार कूदी जा सकती थी।

पीछे की तरफ़ बाउंड्री के एक हिस्से को लड़कों ने ऐसे तोड़ दिया था कि किसी तरह से उसमें दुपहिया गाड़ी भीतर घुसाई जा सके। थोड़ा मुश्किल होता था लेकिन जहाँ चाह वहाँ राह। अम्बेश ने उधर से स्कूटर बाउंड्री के भीतर घुसा दिया।

इधर मुंशी और कबीर दीवार फांदकर मैदान में पहुँच लिए। अब जो नज़ारा कबीर को दिखा उसे देखकर एकबारगी यक़ीन करना मुश्किल था।

एक कतार में आधे दर्ज़न मोटरसाइकल वाले लड़के खड़े हुए थे। ऐसा लग रहा था कोई रेस होने जा रही है। एक तरफ़ कोने में दो बाँसों के सहारे तिरपाल

टंगी हुई थी। उसमें एक आदमी शर्ट पैंट पहने बैठा था और उसी के बगल में एक बत्तीस चौंतीस की उम्र का लड़का सफ़ेद कुर्ता पायजामा पहले खड़ा था। जिसके कुर्ते का बाँया बाज़ू अजीब तरह से हवा में फड़क रहा था। हवा में इसलिये फड़क रहा था क्योंकि कुर्ते के बाज़ू को स्थिर रहने के लिए चाहिये एक अदद हाथ। और कल्लू बमबाज़ का बाँया हाथ कई साल पहले बम बाँधते हुए कल्लू को अलविदा कह गया था।

सामने की तरफ़ से एक लड़का चला आ रहा था। एक बाइक पर बैठे लड़के ने बाइक स्टार्ट की और तिरपाल की तरफ़ देखा। इशारा मिला। इसने गाड़ी बढ़ा दी।

'रुको रुको रुको रुको ... एक मिनट।'

तिरपाल से आवाज़ आई। लड़का रुका, फिर वापिस अपने मार्क पर जाकर खड़ा हो लिया।

'ये चंगू मंगू को काहे ले आये भाई... मालूम है न कि नया आदमी पूछकर लाना होता है।'

सफ़ेद कुर्ता पायजामा पहने लड़का कबीर और मुंशी की तरफ़ देखते हुए अम्बेश की ओर लपका।

'भईया वो बताया था न आपने पार्टनर का... यही लोग हैं।' अम्बेश सकपकाया।

कल्लू बमबाज़ ने आदतन दाहिने हाथ का झापड़ हवा में लहराते हुए कहा 'भोसड़ी के भोज खाने जाना है क्या कि सारा मोहल्ला उठा लाए हो... एक आदमी कहा था न।'

'भईया हमें लगा तीन लोग हो जायेंगे तो ज़्यादा सही रहेगा...।'

गाली देने और झापड़ चलाने की आदत कल्लू बमबाज़ ने साध ली थी। उसने हवा में दोबारा हाथ उठाते हुए कहा 'भोसड़ी के अपना दिमाग़ ज़्यादा न चलाओ... जितना कहा जाये उतना करना हो तो आना, नहीं तो दे लप्पड़ दे लप्पड़ मुँह लालई कर देंगे...।'

अम्बेश ने समझ जाने के इशारे में सिर हिलाया। पीछे से एक मोटरसाइकल वाले ने हॉर्न बजाकर कल्लू का ध्यान खींचा। उसे इशारे से रुकने के लिए कहा गया।

'अरे भोसड़ी के... तुमसे कै बार कहेंगे तो समझ में आयेगा... साड़ी कहाँ है तुम्हारी।' कहते हुए कल्लू बमबाज़ उस लड़के की तरफ़ लपका जो ट्रैक पर सामने से चलता चला आ रहा था।

'भईया आज घर में बहुत लोग थे इसलिये लाए नहीं साड़ी।' लड़के ने सिर झुका लिया।

दाहिना हाथ हवा में लहराकर कल्लू बमबाज़ ने घुड़का 'तुमको ये सब चोद पड़ाका सब आज ही दिखाना था... बताया था न आज कि प्रैक्टिस देखने यादव जी आ रहे हैं।

तिरपाल में यादव जी दोनों हाथ की मुट्ठी बनाकर सिगरेट खींच रहे थे और समझने की कोशिश कर रहे थे कि मामला क्यों रुका हुआ है।

हाथ की घड़ी देखते हुए यादव जी तिरपाल से निकल कर बाहर आये और पूछा 'का यार कल्लू काहे की देर है अब... हमको निकलना भी है।'

'अरे यादव जी कुछ नहीं... ये आज साड़ी भूल आया है लौंडा... क्या बतायें इन लोगों को।'

यादव जी कल्लू बमबाज़ और लड़के के पास आये। रियाज़ में कोताही कितनी खतरनाक साबित होती है ये यादव जी से अच्छी तरह कौन जानता होगा। यादव जी ने लड़के के कंधे पकड़कर कहा –

'देखो... छिनैती का काम है तो तेज़ी का... लेकिन दिक्क़त ये है कि प्रैक्टिस में गड़बड़ हुए तो सड़क पर गड़बड़ा जाओगे... और फिर वहाँ कोई मामला संभालने वाला होता नहीं है बेटा... ।'

लड़के ने जल्दी-जल्दी सिर हिलाकर सहमति दिखाने की कोशिश की। लेकिन चेहरा पढ़ने के उस्ताद यादव जी जानते हैं कि लड़के को कुछ समझ में आया नहीं है।

यादव जी ने अम्बेश और उसके साथ खड़े कबीर और मुंशी को इशारा करके पास बुलाया। तीनों आकर खड़े हो गये। अम्बेश की तरफ़ देखकर यादव जी बोले –

'ये बताओ कि इस लड़के को साड़ी पहनाकर क्यों प्रैक्टिस करवाई जाती है... तुम भी तो कुछ दिन में निकलोगे काम पर न?'

अम्बेश ने कहा 'नहीं मालूम है सर।'

यादव जी ने कल्लू की तरफ़ हिकारत से देखा। फिर बोले –

'चेन छिनैती होती है औरतों से... समझे... औरतें पहनती हैं साड़ी... और जब सड़क सुनसान हो तो औरतें क्या करती हैं?'

'साड़ी के पल्लू से गला ढँक लेती हैं ताकि सड़क पर किसी को चेन मंगलसूत्र ना दिखायी दे...।' सबसे पीछे खड़े कबीर ने जवाब दिया।

सबने पलटकर कबीर को देखा। यादव जी के चेहरे की ख़ुशी बता रही थी कि जौहरी को हीरा मिल गया है। अब बस इसे तराशना बाक़ी है। कबीर को एकदम से अपने पास बुलाया।

'नज़र तेज़ है बेटा तुम्हारी।' कहकर यादव जी ने कबीर के कंधे पर हाथ रखकर एकदम अपने पास खींच लिया। अलबत्ता कबीर के लिए ये नज़दीकी अनचाही थी ये उसे देखकर साफ़ समझ आ रहा था। उसे तो थोड़ी देर पहले तक मालूम भी नहीं था कि वो अनजाने में चेन छिनैती के रियाज़ में पहुँच आया है।

'इस चेन छिनैती की वर्कसाप में वेलकम है बेटा जी आपका...।' यादव जी ने कबीर से कहा।

बाकियों की तरफ़ देखकर कल्लू बोला 'भोसड़ी वालों चले आये हो अमीर बनने मुँह उठा के... आता जाता है नहीं कुछ।'

कबीर को छोड़कर बाक़ी सब सिटपिटा गये। हालाँकि अम्बेश की अभी और बेइज़्ज़ती बाक़ी थी।

'इनका देखो... कहे थे मोटरसाइकल हो तभी आना... ये भोसड़ी के लमरेटा स्कूटर लेकर चले आये हैं... बेटा पकड़े गये न तो तुमको लेटा लेटा के जनता जो पेलान पेलेगी कि लंबे ही हो जाओगे... भक्क।'

अम्बेश एँड कंपनी का स्कूटर देखकर कल्लू बमबाज़ का मूड बिल्कुल ही उखड़ गया था। लेकिन यादव जी को अपना शागिर्द सामने दिखायी दे रहा था इसलिये इशारे से कल्लू को शांत करवाया। जो लड़का मोटरसाइकल स्टार्ट करके खड़ा हुआ था उसे आगे बढ़ने को कहा और किनारे हटकर बारीक़ी से उसकी कला का मुआयना करने लगे यादव जी।

मोटरसाइकल वाला लड़का तेज़ी से आया और सामने से आते लड़के के गले पर झपट्टा मारा। लेकिन लड़के ने अपने गले में पहनी नकली चेन बचा ली।

मोटरसाइकल वाला एकबारगी पीछे मुड़ने को हुआ लेकिन यादव जी की डांट सुनाई दी।

'ना ना ना ना ... बिल्कुल नहीं बेटा ... ये ग़लती नहीं।'

कल्लू समेत बाक़ी लोग ध्यान से यादव जी को देखने लगे। यादव जी मोटरसाइकल वाले के पास गये और समझाया –

'देख बेटे... डरा तो मरा... ये याद रखना... जब तुम सामने से आ रहे हो तभी डरे हुए लग रहे हो... ऐसे में फाल्ट का चांस बहुत बढ़ जायेगा... आराम से आओ पहले तो... उसके बाद दूसरी चीज़ समझो कि एक बार में हाथ नहीं जमा तो नहीं जमा... वापिस नहीं आना है... औरत समझ गयी कि चेन छीनने आये हो तो जान दे देगी लेकिन चेन नहीं जाने देगी... समझे।'

यादव जी ने एक लड़के से मोटरसाइकल ली और ख़ुद करके दिखाने लगे। सब कुछ फिर से सेट हुआ। यादव जी एकदम मस्ती में चलते हुए लड़के के पास आये और हल्की सी बाइक धीरे करके सामने से हाथ मारा और चेन झपट के एकदम से फफक के गाड़ी आगे बढ़ा दी। लड़कों ने ताली बजायी।

वापिस अपनी जगह आकर यादव जी हाथ की ऊँगलियाँ फैलाकर समझाने लगे –

'देखो सब लोग। चेन छीनने का काम है दो ऊँगली का। पूरा पंजा लगाओगे तो कुछ नहीं आयेगा हाथ में। और गले के पीछे से ऊँगली नहीं फँसानी... हमेशा सामने से... सामने चेन ऊँगली में फँसने का ज़्यादा चांस रहता है... हाथ मारने से पहले शिकार को शक नहीं होना चाहिये... इसलिये आराम आराम से बढ़ो... अब तक कुछ किया ही नहीं तो काहे घबरा रहे हो भाई... जब हाथ मार लो तब भागो साले को...।'

सबने सिर हिलाया।

यादव जी और विस्तार से ट्रेनिंग के बारे में समझाने लगे।

'भाई लोग एक बात समझ लो... चेन छिनैती का काम है दो लोगों का... एक आदमी मोटरसाइकल संभालता है और उसका पार्टनर हाथ मारता है... लेकिन दूसरा आदमी होने से रिस्क हो जाता है बड़ा... मान लो पार्टनर ही पकड़ा गया तो?'

सबके चेहरे पर चिंता झलकने लगी। ये तो सोचा ही नहीं था कि यादव जी अकेले सवार को क्यों ट्रेनिंग दे रहे हैं। इसका राज़ खोला यादव जी ने।

'काम कम करो... लेकिन अकेले करने की औकात रखो... तभी सक्सेस होगा मामला... अकेले हो तो इस पार उस पार जो भी है सब तुम्हारे पर है... लेकिन एक पार्टनर और रहेगा तो हमेशा डर में रहोगे... समझ गये?'

इस बार अम्बेश को एक सवाल ने ऐसा घेरा कि वो चुप रह नहीं पाया।

'लेकिन हमें तो भईया ने बोला था कि एक पार्टनर लगेगा...।'

कल्लू अम्बेश से दूर हटकर खड़ा था लेकिन उसने आदतन वहीं से दाँया हाथ हवा में लहराकर झापड़ का इशारा किया।

'तुम बेटे आ गये हो ग़लत कोर्स में... ये है कमांडो कोर्स... पार्टनर वाला भी कराते हैं... वो परसों है... उसमें आना।' यादव जी ने कल्लू बमबाज़ की तरफ़ देखते हुए अम्बेश से कहा।

'हमको तो आज का बोला था भईया ने... इसीलिए हम पार्टनर लेकर ...।' अम्बेश अपनी बात पूरी करता उससे पहले कल्लू ने हाथ उठाकर उसे चुप करवाया।

'वो ट्रेनिंग परसों है... परसों आना परसों' कहकर यादव जी बाक़ी के लड़कों को समझाने में लग गये।

एक के बाद एक मोटरसाइकल वाले अपनी जगह से निकलते थे और सामने से आ रहे लड़के की चेन झपटने की कोशिश करते थे। किसी के हाथ चैन आ जाती थी तो यादव जी पीठ ठोंककर शाबाशी देते थे और कोई रह जाता था तो उसे बताते थे कि ग़लती कहाँ हो रही है।

एक तरफ़ खड़े होकर अम्बेश, कबीर और मुंशी भी ट्रेनिंग देखते रहे। कोई किसी से बोल नहीं रहा था। इन तीनों में कबीर ही था जिसे इन सबका कोई अंदाज़ा नहीं था। मुंशी को अम्बेश पहले ही बतौर पार्टनर तैयार कर चुका था।

जब सब लोग ट्रेनिंग ख़त्म करके चलने लगे तो कबीर कल्लू भईया के पास गया और कहा –

'भईया इसमें पुलिस का खतरा भी तो है... पकड़ गये तो जेल जायेंगे... फिर?'

कल्लू और यादव जी कुछ बात करते हुए निकल रहे थे। कल्लू ने यादव जी की तरफ़ देखा, यादव जी मुस्कुरा रहे थे। कल्लू बोला –

‘पुलिस ?’

कबीर कल्लू का चेहरा ताक रहा था। कल्लू ने हँसते हुए यादव जी को अपने इकलौते हाथ से सैल्यूट किया और कबीर की तरफ़ देखकर बोला –

‘जार्जटाउन थाने के हेड थानेदार पवन यादव जी को सैल्यूट करो भोसड़ी वालों।’

‘जी सर’ कहते हुए तीनों ने अपने-अपने हिसाब से यादव जी को सलाम ठोंका। यादव जी ने सिगरेट जलाते हुए कहा –

‘बेटा जी मेरी ट्रेनिंग लोगे तो क्या खाके पकड़ेगा साला कोई तुम्हें... और पकड़ भी गये तो हमारे पास ही आओगे...।’

‘सर फिर परसों आते हैं हम लोग...।’ कहकर अम्बेश ने सबको चलने का इशारा किया और पलटकर जाने लगा।

‘सुनो... ’ पीछे से आवाज़ आई।

अम्बेश, मुंशी और कबीर पीछे पलटे तो यादव जी ने सिगरेट का धुआँ छोड़ते हुए कबीर की तरफ़ इशारा करके कहा –

‘स्कूटर से मत आना... और इसको ज़रूर लाना... लच्छन तगड़े हैं इसके।’

तीनों सिर हिलाकर पीछे पलटे और अपने स्कूटर की तरफ़ बढ़ लिए। अम्बेश ने स्कूटर बाहर निकालकर स्टार्ट किया। मुंशी ने पूछा –

‘बीच में कौन बैठेगा बाबा?’

कबीर ने जवाब दिया –‘कोई नहीं।’

कबीर पैदल ही दूसरी तरफ़ को निकल गया। स्कूटर पर अम्बेश और मुंशी बैठकर सड़क की तरफ़ चल निकले।

—

10

एकईस राम दो दिनों से अपनी घर की ड्यूटी में चूके जा रहे थे। घर के काम सारे इन दोनों बाप बेटों में बँटे हुए हैं ही। लेकिन अपनी बारी आने पर भी रात को खाना बनाने के टाइम एकईस का समय से आना हो नहीं पाया। नौबतगंज छावनी में तैनात पी.ए.सी. की 34वीं बटालियन के सत्तर जवान मेरठ गये हुए थे ड्यूटी पर। वहाँ एक जीप पुल से नीचे गिर गयी और पाँच जवानों की मौत हो गयी। कल पुलिस लाइन में इन पाँचों जवानों की शहादत पर पुलिस बैंड को प्रोग्राम करना है। नौबतगंज के सभी रसूख़दार भी मौजूद रहेंगे। इसी कार्यक्रम की तैयारी में एकईस दो दिनों से उलझे हुए थे। और आज समय पर ख़ाली हुए भी तो शाम को कबीर की बहन चारू से मिलने निकल गये। खाना एकईस और चारू ने सिविल लाइंस के राजपूत ढाबे में खा लिया था, लेकिन घर लौटकर जब एकईस ने किचन टटोला तो देखा कबीर के खाने को कुछ नहीं था।

बस लपक कर लुंगी लपेटी और प्याज़ काटने लगे। कबीर को आवाज़ लगायी लेकिन वो घर में था नहीं। सब्ज़ी की टोकरी में देखा तो आलू के अलावा और कुछ दिखा नहीं। बनायें क्या?

बनियान के ऊपर कुर्ता डालकर सब्ज़ी लेने निकल ही रहे थे कि आँगन में थाली से ढँक कर रखा भगौना दिखायी दिया। इसमें अक्सर बाप बेटे चना राजमा भिगा कर रात भर के लिए छोड़ देते थे। जाकर थाली हटाई तो चने खूब बढ़िया फूल गये दिखे। बस हो गया काम। आज बनेगी आलू चने की रसेदार सब्ज़ी। अभी कबीर खा लेगा और सुबह एकईस खाकर निकल जायेंगे।

आलू चना का कार्यक्रम शुरू हो गया। खाना बनाना एकईस के लिए किसी योग साधना से कम नहीं रहा कभी। और इसी से कबीर को चिढ़ थी। क्योंकि बर्तन धोने का काम कबीर का था।

एकईस की आदत ये है कि सब्ज़ी में जो भी लगना है वो सब उनको आँख के सामने तैयार हालत में चाहिये। किसी बड़े होटल के ख़ानसामे की तरह। एकईस की तरफ़ से कढ़ाई तभी चढ़ेगी जब एक तरफ़ प्याज़ टमाटर कटे रखे हों, एक कटोरी में खड़े मसाले तेज़पत्ता साबुत लाल मिर्च रखी हो, इधर मसालों का पाउडर तैयार हो। कबीर की चिढ़ बहुत नाजायज़ थी भी नहीं। जैसे ये देखिए कि एक कटोरी में हल्दी, एक कटोरी में पिसी काली मिर्च, एक कटोरी में सब्ज़ी मसाला, एक कटोरी में ज़ीरा पाउडर...ये सब एक कटोरी में भी तो निकाला जा सकता है?

लेकिन नहीं... एकईस तो एकईस हैं ना।

उनका मानना है कि सारे मसाले अपनी-अपनी तासीर लिए होते हैं और सबको उसकी तासीर के हिसाब से पानी नमक मिलना चाहिये। अगर सबको एक साथ मिला दिया तो मसालों में पानी नमक ठीक से नहीं मिलेगा। और जो असर पैदा होना चाहिये तरकारी में वो नहीं आ पाएगा।

सिर्फ़ मसालों की पाँच कटोरियाँ सामने रखकर जब उन्हें पानी नमक के साथ एकईस घोलते हैं तो मेहमान वग़ैरह तो इस नज़ारे और स्वाद की कल्पना से गच्च हो जाते हैं, बस कबीर का कलेजा जलता रहता है। जब एकईस रसोई से बाहर आते हैं तो पीछे छोटे-छोटे बर्तनों का पहाड़ खड़ा रहता है। इसके ठीक उलट कबीर जब खाना बनाता है तो एकदम छापामार तरीक़े से काम करता है। कम से कम बर्तन, और उनमें से भी ज़्यादातर हाथ के हाथ धोकर अपनी जगह वापिस रख दिए जाते हैं।

दोनों के अलग तरीक़ों पर बाबिल घड़ीसाज़ अक्सर कहता है कि एकईस कल की सोचता है और कबीर आज की।

बहरहाल, अपने बदनाम तरीक़ों से जब चने की सब्ज़ी आख़िरकार बना ली एकईस ने तो अब बारी आई पराठे सेंकने की। एकईस को शायद चारू के साथ खा आने से हल्का सा अफ़सोस हो रहा था जिसे वो थोड़ा लाड़ के रंग में रंगकर ख़ुद को समझा रहा था कि आज बालक पर जाने क्यों प्यार आ रहा है।

इसलिये एकईस ने फ़ैसला किया कि जब कबीर थाली लेकर बैठेगा तो उसे गरम पराठे खिलाए जायेंगे। जैसा कि कबीर अक्सर एकईस को खिलाता है। कुकर का ढक्कन लगाकर एकईस ने बरामदे में ही फ़ोल्डिंग चारपाई बिछाई और उनके दाहिने हाथ की कानी उँगली और अंगूठे के अलावा बाक़ी तीनों उँगलियाँ रियाज़ करने लगीं। एकईस ऐसा अक्सर करते हैं, ख़ासकर जब मन में कोई भाव ज़रूरत से ज़्यादा हो। ट्रम्पेट में इन्हीं तीन उँगलियों के भरोसे सारी कलाकारी होती है। तीनों पिस्टन पर यही उँगलियाँ चढ़ते उतरते किसी गाने को ज़िंदा करती हैं। फ़िलवक़्त तो एकईस कल के प्रोग्राम वाले किसी गाने की प्रैक्टिस कर रहे हैं। रियाज़ करते-करते दिन भर की दौड़ धूप में तपे एकईस की आँख लग गयी।

गेट खुलने की जब आवाज़ हुई तब आँख खुली उनकी। कबीर भीतर आया और बाबा को बरामदे में देख कर एकबारगी सकपकाया। दोनों की आँखें मिलीं, कबीर सीढ़ियों से ऊपर जाने लगा।

'आलू चना बन कर तैयार है सर...आप खाने बैठें तो रोटी पराठा मनमुताबिक पेश किया जाये।'

बाप की आवाज़ सुनकर कबीर आधी सीढ़ियों से पलटकर तेज़ी से नीचे उतरा।

'चना...!'

कबीर भागकर उस भगौने की तरफ़ गया जिसमें चने भिगाए थे उसने कल रात को। देखा तो वही चने बाबा बनाकर बैठे हैं। कबीर वहीं माथा पकड़कर बैठ गया।

एकईस की समझ में मामला कुछ आ नहीं रहा था। पूछा 'हुआ क्या?'

'क्या करते हो यार बाबा आप भी... ।' कहकर कबीर ने ख़ाली भगौना उठाया और लाकर रसोई में रखा।

'अरे करता क्या हूँ ...खाना नहीं बनना था क्या आज? भूख लगी हुई थी तो खाना बनाया। इसमें क्या करने की बात है।'

'आपको पूछना तो चाहिये था न एक बार।' कबीर झुँझलाया।

'और किससे पूछता सर? भगौने से? कि इस दरवाज़े से जो बिना तेल के महीनों से चाँय-चाँय कर रहा है... किससे पूछता बताओ ना?'

‘कबूतरों के लिए दम लगे पानी में भिगोए थे चने बाबा।’ कबीर बोला

अच्छा तो ये है मामला। एकईस को अब समझ आया कि इतने ज़्यादा चने काहे को भिगाए गये थे। लेकिन अब करें क्या? जो होना था वो तो हो ही चुका था। कबीर को पुचकार कर बोले -

‘ठीक है भाई...तुमने अपने कबूतरों के लिए रखे थे तो हमने भी अपने ही कबूतर के लिए बनाया है...चलो हाथ मुँह धोकर आ जाओ तो रोटी सेंकी जाये।’

कबीर का मूड उखड़ चुका था। ‘आप खाइये हम बाद में खा लेंगे।’ कहकर तीर की तरह सीढ़ियाँ चढ़ गया।

एकईस दोनों हाथों से माथा पकड़कर चारपाई पर ढह गये। दुनिया भर की बेचारगी हर रोज़ नयी नयी शक्ल में इस आदमी को सलाम करने आती है। अपनी तीन उँगलियों के अलावा किसी चीज़ पर कोई क़ाबू महसूस नहीं होता। ऐसे में ये आदमी अपनी इन्हीं तीनों उँगलियों के नाख़ून सहलाने लगता है तेज़ी में।

मामला यहीं ख़त्म हो सकता था। लेकिन एकईस के मन ने अब लाचारी पर क़ाबू पाने का दूसरा रास्ता लेने की सोची। कबीर को आवाज़ दी।

कबीर आकर उसी दरवाज़े के सहारे खड़ा हो गया जिसके शिकंजों में महीनों से तेल ना पड़ने की वजह से दरवाज़ा जैसे ही हिलता था चाँssssssssय की एक घुटी सी आवाज़ आती थी। पता नहीं जानबूझकर या अनजाने में कबीर दरवाज़े के सहारे दायें बायें एक-एक क़दम हो रहा था जिससे लागातार चाँssssssssय... ...चाँssssssssय की आवाज़ आ रही थी। ये आवाज़ एकईस के कानों में सुई की तरह चुभ रही थी।

‘चारू से भी मिलने का टाइम नहीं रहा होगा?’ एकईस ने पहला पत्ता फेंका।

‘मम्मी के पास गया तो था पिछले हफ़्ते ही... ।’ कबीर को अभी समझ नहीं आई चाल।

‘फिर?’

‘फिर क्या? दीदी थी नहीं तो मम्मी से मिल कर चला आया।’

एकईस अब जिस तरह मुस्कुरा रहे हैं, कबीर को अंदाज़ा है कि ये मुस्कुराहट तभी आती है इनके चेहरे पर सामने वाले को पटकने का दाँव बाबा को मालूम रहता है।

‘जब मौक़ा लगे चारू से मिल लो...फिर कहाँ?’ जानबूझकर एकईस ने बात पूरी नहीं की।

‘फिर कहाँ...मतलब?’ अब फँसा जाल में कबीर।

‘फिर कहाँ मतलब फिर कहाँ मिल पाओगे उससे?’ एकईस बोले।

‘मिल क्यों नहीं पायेंगे?’ कबीर उलझन में बोला।

जब ज़ुआरी के पास मन का पत्ता आ जाता है तो सामने वाले की कोशिशें देखने का मज़ा भी अलग ही है। एकईस अपना पत्ता इतनी आसानी से नहीं फेंकने वाले थे। फ़ोल्डिंग चारपाई समेटने लगे। कबीर को उलझन में देखने का मौक़ा बार बार कहाँ मिलता है।

‘अरे हुआ क्या बतायेंगे?’ कबीर बेचैनी में बोला।

‘चारू जा रही है बिदेस... ।’ एकईस मुस्कुरा कर बोले।

‘कहाँ विदेश? और क्या करने जायेगी दीदी?’

‘वही जो आप करना नहीं चाहते और आपसे होगी भी नहीं...पढ़ाई करने जा रही है’

‘मतलब?’

‘मतलब पढ़ाई करने जा रही है और क्या मतलब है भई?’

कबीर के चेहरे का रंग एक झटके में उतर गया। एकईस जानते थे कि कबीर चाहे कभी मुँह से ना कहे लेकिन अपनी बहन को वो बहुत मानता है। और उसे पहला झटका इसी बात का लगा कि ये बात अगर सच है भी तो उसे बाबा से क्यों मालूम चल रही है।

‘हाँ...बड़ा ना विदेश जायेंगी...जाती तो हमको नहीं बताती क्या दीदी?’

‘तुमसे पढ़ाई लिखाई की बात करके होगा क्या? ये तो उसे भी मालूम है। बताने लायक़ होते तो बताती ही।’ एकईस को कबीर की बेचैनी में अलग ही मज़ा आ रहा था।

‘और जायेगी कैसे? भेजेगा कौन?’ कबीर आख़िरी कोशिश भी कर लेना चाहता था।

एकईस तमक कर बोले 'कौन भेजेगा? बाप ज़िंदा है उसका...बाप भेजेगा और कौन भेजेगा।'

एकईस ने बात ही बात में पहली बार चारू की बात को पूरी गंभीरता से लिया। अब तक तो उनके दिमाग़ में था भी नहीं कि वो सच में चली जायेगी। लेकिन अब अपनी ही बात उन पर असर करने लगी और मन के एक कोने में ये चलने लगा कि जायेगी क्यों नहीं? भेजेंगे उसे विदेश।

'तुम्हारी तरह कबूतरों में थोड़ी ना लगी रहती है...आगे का सोचती है बिटिया मेरी... ।'

हताश होने की बारी अब कबीर की थी। और हताशा भी पलटकर वार करती ही है। कबीर ने जवाब दिया -

'दीदी के अलावा आप भी तो नहीं सोचते कुछ...जब भी बुलाया मम्मी ही स्कूल आईं...आप तो स्कूल भी नहीं आते।'

'तुमने वैसे ही इतनी इज़्ज़त दिलवा दी है बाहर कि स्कूल आकर तुम्हारे मास्टरों से और इज़्ज़त लेने की हिम्मत हमारे भीतर नहीं है लल्ला... ।' एकईस ने हाथ जोड़ते हुए कहा।

'लेकिन यही मेरी जगह दीदी होती तब तो बिना बुलाए जाते... ।' कबीर ने तंज कसा।

'बेटा राग भैरवी और राग मल्हार जितना फरक है तुम्हारे और तुम्हारी बहन में... ।'

इस बार कबीर कुछ बोला नहीं। बस उसी दरवाज़े को दायें बायें करता रहा। भीतर तो उसको भी लगता ही था कि पढ़ाई के मामले में दीदी उससे कहीं बेहतर थी। वो जितनी मेहनत और लगन से अभी पढ़ती है, अगर वो बोल और सुन सकती तो जाने कहाँ होती।

'राग समझते हो?' एकईस ने तड़पकर कहा।

कबीर ने चुप्पी नहीं तोड़ी।

हँसते हुए एकईस बोले 'मदन मोहन को जानते हो? कभी नाम सुना कुमार गंधर्व का? एस डी बर्मन? नौशाद? भीमसेन जोशी? बड़े ग़ुलाम अली ख़ां...? है

पता किसी का? तुम्हारे हिसाब से तो ये सब भी कबूतरबाज़ी के ख़लीफ़ा उस्ताद होंगे? है ना?'

दोनों बाप बेटे के बीच अबोला पसर गया। इस वक़्त अगर कहीं कोई आवाज़ आ रही थी तो सिर्फ़ उस जंग लगे शिकंजों वाले दरवाज़े से जिसके सहारे कबीर खड़ा हुआ था। एकईस दीवार से टिके हुए ही बोले-

'पचास बार कह चुका कि और कुछ नहीं तो बाप को जो आता है वही हुनर सीख ले...हाथ में कुछ तो होगा।'

इस पर भी कबीर चुप ही रहा। वहीं खड़े-खड़े पाँव के अंगूठे से ज़मीन कुरेदता रहा। एकईस ने हाथ से कबीर को जाने का इशारा किया। कबीर जाते-जाते भुनभुनाया -

'अय्यार नादीन...काबुकी...पीर मुश्ताक़...कप्तान...।'

एकईस छटपटाकर बोले 'साफ़ बोल ना क्या बोल रहा है?'

कबीर ने सिर झुकाए झुकाए ही कहा 'अय्यार नादीन...काबुकी...पीर मुश्ताक़...कप्तान... इन सबको आप जानते हैं?'

ना तो एकईस ने हाँ किया, और ना तो ना किया। चुपचाप खड़े कबीर की तरफ़ देखते रहे।

'हुनर सिर्फ़ आपके ही उस्तादों को नहीं आता था...।'

कहकर कबीर झूलते कंधों के साथ सीढ़ीयाँ चढ़ने लगा। एकईस ने अपने कमरे की तरफ़ जाते हुए सोचा कि इसकी उमर में वो अपने बाप के सामने भी नहीं आते थे। फिर सोचा कि उसके बाप भी अपने बाप के सामने नहीं पड़ते थे। फिर ख़ुद को कबीर की परवरिश का दोष देते हुए लाइट बुझा कर लेट गये। नींद आ नहीं रही है। एकईस ने उठकर लाइट जलाई और अपना ट्रम्पेट निकाला। ट्रम्पेट पर आर डी बर्मन की कंपोज़िशन बज उठी।

रोज़ रोज़ आँखों तले
एक ही सपना चले
रात भर काजल जले
आँख में जिस तरह
ख़्वाब का दीया जले...

—

11

सुबह सुबह का वक़्त। नौबतगंज पुलिस लाइन में आज खूब भीड़ थी। पुलिस ग्राउण्ड के आस पास सैकड़ों कुर्सियाँ लगायी गयी थीं। मेरठ में शहीद हुए पाँच जवानों की श्रद्धांजलि सभा आज होनी है। पुलिस बैंड का हर जवान अपने अपने साज़ के साथ पूरी वर्दी में खड़ा है। बस थोड़ी देर में सारे बड़े अधिकारी और शहीद हुए जवानों के घरवालों समेत नौबतगंज की आम जनता भी पुलिस लाइन पहुँच जायेगी। तमाम भीड़ में एकईस बार-बार अपने जूतों की ओर देख रहे हैं।

आज पहली बार है जब एकईस का प्रोग्राम है और उनकी वर्दी के बिल्ले चमक नहीं रहे। कल बाप बेटे के बीच हुई तनातनी भी एक वजह है। दूसरी वजह ये भी है कि कबीर को आज के प्रोग्राम के बारे में एकईस ने बताया ही नहीं था, वर्दी तैयार कैसे करता वो। जल्दबाज़ी में बिल्ले, बेल्ट और साफ़ा वग़ैरह तो एकईस ने ख़ुद ही चमका लिए थे लेकिन बूट पॉलिश करना उनसे रह ही गया। अब जब ग्राउण्ड पर सबके बूट शीशे की तरह चमक रहे हैं तो एकईस को अपने बूट देख कर आ रही है शर्म। लेकिन भरे ग्राउण्ड में जब हर किसी की नज़र बैंड पर है, एकईस बूट साफ़ कर भी तो नहीं सकते। इसकी काट के तौर पर उन्होंने एक ड्रम अपने बूट के सामने ग़ैर ज़रूरी लगते हुए भी रख रखा है।

तैयारियाँ सारी हो चुकी हैं। मंत्री जी के आने का इंतज़ार है। एकईस के बगल में ड्रम और शहनाई वाले जवान आपस में बात कर रहे हैं।

'कम से कम शहीदों की इज़्ज़त रखने के लिए ही समय पर पहुँच आता मंत्री...लेकिन चौधराहट कैसे दिखेगी फिर?'

‘अरे टाइम पर आते हैं हमारे तुम्हारे जैसे सिपाही। मंत्री टाइम पर आता तो आज मंत्री होता?’

‘फिर क्या होता?’

‘तुम्हारी जगह शहनाई बज़ रहा होता...।’

‘माधर...।’

इससे पहले कि शहनाई वाला जवान गुम-राग में मंत्री को दी गाली पूरी करता, एकईस ने कड़क निगाह से उसकी तरफ़ देखा। जहाँ थी, बात वहीं ख़त्म हो गयी।

मंत्री आये। कार्यक्रम बैंड रीट्रीट से शुरू हुआ। शहीद जवानों के अंतिम संस्कार सभी के अपने-अपने गाँव क़स्बों में हो चुके थे। आज जवानों की तस्वीरों पर फूल माला चढ़ाकर उन्हें पुलिस अधिकारियों की तरफ़ से श्रद्धांजलि दी जानी थी। मंत्री जी के बाद बारी-बारी से परिवार वाले फिर अधिकारियों ने फूल चढ़ाकर सलामी दी।

पुलिस बैंड ने ‘ऐ मेरे वतन के लोगों’ से शुरू करके देशभक्ति के आधा दर्ज़न गीत बजाये। शहीद परिवारों के लोग अपने-अपने गुज़र चुके घरवालों की तस्वीरें और मंत्री-अधिकारी अपनी-अपनी घड़ी देख रहे थे।

जब एकईस ‘रहें ना रहें हम, महक़ा करेंगे...’ बजवा रहे थे तो एक जवान ने आकर उनके हाथ में पर्ची दी। लिखा था ‘मंत्री जी को लखनऊ निकलना है, बैंड प्रोग्राम रोक दें। आख़िर में राष्ट्रीय गीत बजेगा’

एक अधिकारी ने जाकर मंत्री जी के असिस्टेंट को कान में बताया कि अंतिम गीत है, कार्यक्रम समेटा जा रहा है।

एकईस ने एक नया गीत ख़ास आज के लिए ही तैयार किया था लेकिन अब जब समय नहीं है तो किया भी क्या जा सकता है। आदेश आ चुका था। एकईस के चेहरे पर निराशा उतर आई।

मंच से घोषणा हुई कि सरकार की तरफ़ से मंत्री जी शहीदों के सम्मान में दो शब्द कहेंगे।

कुर्ते का कलफ़ सही करते हुए मंत्री जी अपनी जगह से उठे। सारे अधिकारी सावधान की मुद्रा में खड़े हो गये। मंत्री जी ने इशारा किया तो सभी विश्राम की ताल ठोंक कर अपनी-अपनी जगह बैठे। मंत्री जी का भाषण शुरू हुआ।

भाषण में काम की बात इतनी ही थी कि सभी शहीदों के परिवार को सरकारी मदद के तौर पर ग्यारह-ग्यारह लाख रुपए दिए जायेंगे। मंत्री जी भाषण ख़त्म करते इससे पहले कमाँडिंग ऑफ़िसर ने आकर उनके कान में कुछ कहा। मंत्री जी ने थोड़ा समा बाँध कर अगली घोषणा की। सभी शहीदों के परिवार से किसी एक सदस्य को उत्तर प्रदेश पुलिस में नौकरी भी दी जायेगी। जय हिंद के साथ पुलिस बैंड को इशारा हुआ कि जन-गण-मन बजाया जाये।

बैंड के लोग एकईस का मुँह ताक रहे थे। पहला सुर इन्हीं को देना था। लेकिन एकईस के दिमाग़ में बात कुछ और थी। एकईस ने मार्च करते हुए डिप्टी कमाण्डर के सामने आकर गुज़ारिश की। एकईस एक नया गीत बजाना चाहते थे। इस गीत में सिर्फ़ ट्रम्पेट बजना था। इसीलिए बैंड के किसी और मेम्बर को इसकी जानकारी नहीं थी। और ना तो नया गाना प्रोग्राम की लिस्ट में था।

डिप्टी कमाण्डर ने सख़्त लहजे में मना किया और तुरंत राष्ट्रीय गीत बजाकर प्रोग्राम ख़त्म करने का आदेश किया।

एकईस ने वापिस बैंड के पास आकर इशारा किया कि जन-गण-मन बजेगा। राष्ट्रीय गीत शुरू हुआ। सब अपनी-अपनी जगह सावधान मुद्रा में खड़े हो गये। राष्ट्रीय गीत समाप्त होने के बाद मंच से तीन बार भारत माता की जय का नारा लगाया गया। सभा विसर्जित हुई।

लेकिन बात बाक़ी के बैंड मेम्बरों को समझ में नहीं आई। आख़िर एकईस कमाण्डर साब के पास क्या कहने गये थे। सामान समेटते हुए एक सिपाही हरबंश ने जो ड्रम बजाता था एकईस से पूछ ही लिया।

'साब एक बात पूछनी थी।'

'हाँ बोलिए' एकईस ने ट्रम्पेट में पानी डालकर उसे धुलते हुए कहा।

'साब आज की लिस्ट वाले तो गाने बजा ही लिए गये थे, फिर आप डिप्टी कमाण्डर साब के पास क्या कहने गये थे?'

एकईस मुस्कुराते हुए बोले 'यही कहने गये थे कि साब शहनाई ट्रम्पेट और बिगुल की कलाकारी में कोई ड्रम पर ध्यान उतना देता नहीं है जितना देना चाहिये, तो थोड़ा हरबंश जी की कलाकारी को ध्यान से देखिएगा।'

जवाब सुनकर बैंड के बाक़ी लोग ठठाकर हँस पड़े। वजह थी हरबंश की पुरानी शिकायत कि आप लोग तो अपनी अपनी कलाकारी दिखा कर शाबाशी और इनाम पा लेते हो लेकिन ड्रम पर किसी का ख़ास ध्यान नहीं जाता। जबकि हर साज़ वाले को थोड़ी थोड़ी देर साँस लेने का मौक़ा मिलता है और ड्रम पूरे प्रोग्राम में लगातार बजता है। तो ड्रम बजाने में मेहनत भी ज़्यादा है और ध्यान भी कोई नहीं देता। इसीलिए हरबंश कई बार कह चुका है कि उसे ड्रम से हटाकर किसी और साज़ के साथ अटैच कर दिया जाये। लेकिन ये इसलिये भी मुमकिन नहीं है क्योंकि बैंड में एक सिंथेसाइज़र को छोड़कर बाक़ी सब आइटम हैं जो या तो थाप से बजते हैं या साँस से। सिंथेसाइज़र पर जो हेड कांस्टेबल भगवती जी हैं उन्हें साँस की बीमारी और कोहनी में समस्या, दोनों है। भगवती जी के रिटायर होने में चार साल ही बचे हैं, तो उन्हें सिंथेसाइज़र से हटाया नहीं जा सकता। हरबंश लाख मना करने के बाद भी सिगरेट पीता है धकापेल। जिस कारण उसका फेफड़ा उतनी साँस खींच नहीं पाता कि उसे किसी साँस वाले बाजे पर लगाया जा सके। ले देकर थाप का महक़मा ही बच रहता है। ये बात हरबंश को एकईस और बाक़ी मेम्बर कई कई बार कई कई तरीक़ों से समझा चुके हैं लेकिन उसकी शिकायत कभी ख़त्म होती ही नहीं है।

हरबंश ने एकईस का जवाब सुनकर तुनकते हुए कहा ‘अरे हाँ साब बीच प्रोग्राम में आप डिप्टी कमाण्डर साब के पास यही कहने गये होंगे, इसका मुझे खूब भरोसा है...कहीं कमाण्डर साब एक सौ इक्यावन का बुलावा ना भेज दें।’

क्योंकि पुलिस बैंड के मेम्बरों को कार्यक्रम के दौरान इनाम नहीं दिया जा सकता, इसलिये बैंड के कार्यक्रम ख़त्म होने के बाद बाक़ायदा अधिकारी अपने दफ़्तर से बैंड के नाम एक सौ इक्यावन का बुलावा भिजवाते हैं। इसी का ताना दे रहा है हरबंश।

ट्रम्पेट खंगालते हुए एकईस ने कहा ‘आयेगा बुलावा तो पेश होकर ले लेना इनाम।’

सबको लग रहा था कि आज बात वो नहीं है जो एकईस कह रहे हैं, क्योंकि ऐसा कभी नहीं हुआ कि बीच प्रोग्राम वो कभी कोई गुज़ारिश करने गये हों।

अबकी भगवती जी ने ही पूछ लिया ‘अरे बता भी दीजिये बालकों को, क्या बात रही आपकी साहब से?’

ट्रम्पेट साफ़ करके उसे पोंछते हुए एकईस बोले 'जो बात है, वो होने के बाद सबको पता चले तो ही सबका भला है...अभी से क्या बतायें?'

जब हर मेम्बर 'बताइये बताइये' कहने लगा तो एकईस को बताना ही पड़ा कि वो एक नये गाने की गुज़ारिश लेकर गये थे। ये बात सबको हैरानी में डालने वाली थी कि नया गाना प्रैक्टिस हुआ ही कब? और जब किसी को इसके बारे में मालूम ही नहीं है तो एकईस क्यों गये थे बैंड की भद्द पिटवाने। अगर डिप्टी कमाण्डर ने बात मान ली होती तो कैसे बजाते ये नया गाना?

'लेकिन एकईस भाई नया गाना आप लोगों ने बिना मेरे ही प्रैक्टिस कर लिया क्या?' भगवती बोले।

'मुझे भी नहीं मालूम था।' हरबंश ने कहा।

'अरे किसी को नहीं बताया था मैंने...क्योंकि इसे अकेले ट्रम्पेट पर बजाना था भाई लोगों' एकईस ने बात बढ़ने से पहले बात साफ़ कर दी।

ये काम पहली बार हुआ है इस पुलिस बैंड के इतिहास में। आज तक कोई गाना किसी अकेले साज़ पर नहीं बजाया गया। अकेले तो कभी बिगुल भी नहीं बजा। जब बजा तो ट्रम्पेट के साथ बजा। अब ये कौन सी नयी रवायत ला रहे हैं बैंड मास्टर।

'मैंने प्रैक्टिस कर लिया था...आज बजाने की इच्छा थी जाने क्यों?' एकईस ने मुलायम स्वर में बात कही।

'लेकिन बात तो ये ठीक नहीं है साब...आप बैंड मास्टर हो...सबसे सीनियर हो...लेकिन कम से कम हम सबको बता ही दिया होता। इतने साल से साथ...'

हरबंश की बात पूरी होती उससे पहले एकईस ने कहा 'पता नहीं क्यों इच्छा हुई...।'

'आप लोगों को बुरा लगा तो माफ़ कीजियेगा...ग़लती मेरी ही है।' जैसे ही एकईस ने भारी आवाज़ में ये कहकर हाथ जोड़े, सब के सब मेम्बर उनके पास आकर उन्हें 'कोई बात नहीं' कहकर सामान समेटने लगे।

भगवती जी की कोहनियों में दिक्क़त थी तो अपना ड्रम वो लेकर म्यूज़िक रूम तक नहीं जा पाते थे, ये काम उनके लिए एकईस करते थे। इसी बहाने दोनों चलते-चलते कुछ कह सुन लिया करते थे।

जब एकईस और भगवती जी म्यूज़िक रूम की तरफ़ जा रहे थे तब भगवती जी ने कहा -

'एकईस भाई ये नये गाने का ख़्याल आया कैसे?'

'पता नहीं भगवती जी...बस कुछ दिन पहले अचानक सड़क पर चलते-चलते लगा कि इसकी धुन क्यों नहीं बजायी कभी?'

भगवती जी बोले 'होता है होता है...कभी कभी कोई गाना ख़ुद ही चलकर आ जाता है मन में कि मेरी धुन बजाओ...।'

'हाँ शायद यही हुआ...पता नहीं क्या है।'

भगवती जी बोले 'लेकिन सोलो बजाने वाली बात खल गयी एकईस भाई सारे लड़कों को...किसी को साथ लेकर बजा लीजिये...।'

चलते-चलते एकईस अचानक रुक गये और भगवती जी की तरफ़ देख कर बोले -

'भगवती जी आपको लगता है मेरे मन में ये बात नहीं आई होगी? कि सोलो बजाना बुरा लगेगा सबको...लेकिन भरोसा कीजिये मेरी बात का...जब ट्रम्पेट पर उसे बजाकर देखा तो साफ़ पता चल रहा था कि अब उसमें किसी और साज़ की एक रत्ती जगह नहीं है...बजाओ तो सिर्फ़ ट्रम्पेट पर, नहीं तो जाने दो...ऐसा है मामला।'

लम्बी साँस लेकर भगवती जी बिना कुछ बोले एकईस के साथ चलते रहे। म्यूज़िक रूम आ गया। ड्रम यहाँ रखकर जब एकईस जाने को मुड़े तब पीछे से भगवती जी की आवाज़ आई -

'कब सुनाइयेगा...सोलो अपना?'

'मौक़ा आने दीजिये।' कहकर एकईस ने मोपेड स्टार्ट की और निकल गये। एक मौक़ा और है जो आज ही पहली बार एकईस के मन में फूटा है।

12

सड़क किनारे एक पुलिस जीप खड़ी है। उस पार शहर के सबसे मशहूर समोसे कचौड़ी की दुकान है 'अगरवाल मिष्ठान्न'। दुकान के काउंटर पर बड़े से कड़ाहे में समोसे डाले जाने का इंतज़ार है। लोग अपनी-अपनी पर्चियाँ लेकर खड़े हैं। दुकान की तीसरी पीढ़ी का मालिक मुँह में गुटखा दबाए धकाधक पर्चियाँ काट रहा है। कड़ाहे के सामने खड़ी भीड़ उतावली हो रही है। इस तरफ़ कड़ाहे पर लगे तीन कारीगर लपालप समोसे डालकर छनौटे से निकालना शुरू करते हैं। जनता चीख़ पुकार मचाना शुरू कर देती है। कहीं चटनी की शिकायत है, कहीं गिनती पूरी नहीं हुई समोसों की। कारीगर इन सबसे बिल्कुल निश्चिंत अपना काम किए जा रहे हैं।

भीड़ में एक पुलिसवाली खड़ी है। आगे कोई उसे आने नहीं दे रहा। काउंटर से मालिक देखता है तो एक कारीगर को इशारा करता है। कारीगर आगे बढ़कर पुलिसवाली को काउंटर तक ले आता है। भीड़ में से अलग-अलग लोगों के कमेंट आने शुरू होते हैं।

'यार जो पहले से खड़ा है उसको पहले दो ना...।'

'वर्दी में कोई चाहे बाद में आये लेकिन सामान पहले मिलेगा उसको...ग़ज़ब है भाई।'

'अरे इनको झाँट अंतर पड़ता है किसी के पहले आने से।'

अब दुकान के मालिक ने नीचे रखे पीकदान में गुटखा थूका और चश्मे के ऊपर से भीड़ को देखकर कहा -

‘पुलिस उलिस की वजह से नहीं भाई...लेडीज हैं इसलिये पहले दे रहे हैं।’

पुलिसवाली भीड़ की तरफ़ देखकर भुनभुनाई। काउंटर से समोसे का पैकेट लिया और भीड़ को तितर-बितर करते हुए निकल गयी।

सड़क उस पार खड़ी जीप में घुसकर पीछे वाली सीट पर समोसे का ठोंगा लेकर बैठी और रूमाल से पसीना पोंछते हुए लम्बी साँस ली। ज़ीप में तीन और महिला पुलिसकर्मी बैठी हुई थीं। सबकी उमर देखकर लगता था कि दो तीन साल पहले ही पुलिस में भर्ती हुई हैं। एक पुलिसवाली आतुर होकर बोली-

‘लाओ पंडिताइन समोसा खिलाओ...ट्रेनिंग तो अपनी साला समोसा लूटने में काम आ रही है।’

जल्दी-जल्दी सबने काग़ज़ के दोने पकड़कर दो-दो समोसे रखे और प्लास्टिक की थैली को कोने से फाड़कर अपने-अपने हिसाब से चटनी गिराई। एक पुलिसवाली ने अपने दोने में एक ही समोसा लिया। दूसरी ने कहा -

‘अरे खाओ खाओ यार...अब शादी चर्बी देखकर नहीं, वर्दी देखकर होगी... काहे दुबली हुई जा रही हो।’

एक समोसा लेने वाली ने जवाब दिया ‘अरे वजन ओजन नहीं कम कर रहे हैं, दो समोसा खाकर अपच हो जाती है बस यही लिए एक खा रहे।’

मुँह में समोसा ठूँसे दूसरी पुलिसवाली ने कहा ‘सुनो ...अपच की ऐसी तैसी, अभी चलकर लट्ठ बजाना है भगा भगाकर सालों को...अपने आप पच जायेगा समोसा।’

समोसे निपटाकर जीप स्टार्ट की जाती है और जीप जिस सड़क पर निकलती है वहाँ है नौबतगंज महिला महाविद्यालय। जीप पर हर तरफ़ लिखा हुआ है ‘मजनू स्क्वाड, नौबतगंज पुलिस’।

महिला महाविद्यालय से कुछ सौ मीटर दूर ही थी अभी जीप, कि वहाँ खड़े लड़कों में भगदड़ मच गयी। कोई साइकिल उठाकर भगा तो किसी ने बाइक का किक मारना शुरू किया।

जीप के रुकते ही जो पहला काम किया भीतर बैठी चारों वर्दी धारिणियों ने, वो ये कि जीप के पीछे रखी लाठियाँ निकाल लीं। अब करना और कुछ था नहीं। लाठियाँ लेकर चारों हर तरफ़ खड़े ‘मजनुओं’ पर पिल पड़ीं। चारों के कानों ने काम

करना बंद कर दिया था। जिधर लड़कों का झुंड दिख जाता उधर शिकारियों की तरह हाँका लगाती पुलिसवाली लाठी लेकर पहुँच जाती। ख़ौफ़ ऐसा कि मजनू तो मजनू वहाँ जामुन का ठेला लगाये लड़का भी अपना ठेला घसीटता भागने लगा। एक पुलिसवाली ने देखा तो हँसते-हाँफते हुए उससे बोली -

'अरे तुम कहाँ भगे जा रहे हो?'

जामुन वाला कुछ समझ ही नहीं पा रहा था, बोलता क्या।

पुलिसवाली ने पूछा 'ठेला लगाते हो ना?'

'जी जी मैडम दोपहर में यहाँ आते हैं, शाम को केपी इंटर कॉलेज के सामने लगाते हैं।'

पुलिसवाली बोली - 'अरे हम लोग लोफ़रों आवारा लड़कों को भगाने आये हैं, तुम बेचो जामुन आराम से।'

जार्जटाउन थाने से लगे महिला महविद्यालय से लड़कियों के घरवालों की अक्सर शिकायत आती रहती थी कि छुट्टी के समय फ़िज़ूल खड़े आवारा लड़के हमारी बच्चियों को तंग करते हैं। ऐसी शिकायतें सिर्फ़ महिला महाविद्यालय ही नहीं नौबतगंज के क़रीब-क़रीब सभी उन स्कूलों और कॉलेजों से आती थीं जिनमें लड़कियाँ पढ़ती हैं। और ये मामला सिर्फ़ नौबतगंज का ही नहीं बल्कि पूरे उत्तर प्रदेश का था। इसलिये मुख्यमंत्री ने महीने भर पहले ही सभी थानों की महिला पुलिसकर्मियों का 'मजनू स्क्वाड' बना दिया था। इनका काम होता था हर दिन किसी न किसी सकूल कॉलेज के आगे जाकर 'मजनू' लोगों की बेभाव की धुलाई करना। ताकि लड़कियाँ सुरक्षित और मजनू लोग असुरक्षित महसूस करें।

कुछ ही मिनटों में महिला महाविद्यालय के सामने महिला पुलिस के अलावा सिर्फ़ जामुन वाला ही बचा दिखायी दे रहा था। छुट्टी का समय हो गया था। लेकिन इससे पहले कि मेन गेट खुलता एक पुलिसवाली लाठी लेकर 'रुक रुक वहीं रुक' कहते हुए भागी। एक पुरानी सी कार की ओट लेकर एक लड़का अभी भी खड़ा था। बाक़ी तीनों पुलिस वालियों को हैरानी हुई कि ग़ज़ब आशिक़ी सवार हुई लौंडे पर। पुलिस देख कर भी डटा हुआ है।

अपनी तरफ़ लाठी उठाए भागकर आती पुलिस देखकर भी लड़का वहाँ से एक क़दम नहीं हटा। ये लड़का हाथ में थामी हुई प्लास्टिक में अगरवाल मिष्टान्न

के ही समोसे लिए खड़ा है। पुलिसवाली ने लाठी उठाई तो लेकिन लड़के के तेवर देखकर चला नहीं पाई। कुछ खटक रहा था उसे।

'रुको तुम्हारी आशिक़ी आज थाने में उतारी जायेगी क़ायदे से।' पुलिसवाली ने डाँटा।

'हमारी दीदी से मिलने आये हैं मैम।' लड़का बोला।

तब तक बाक़ी की तीनों पुलिसवालियाँ भी लड़के के पास आकर खड़ी हो गयी थीं। इसी में से एक ने कहा -

'हाँ बेटा धरा जाने पर सब यही कहते हैं...आज तुम्हारा रक्षाबँधन मनवा ही दिया जायेगा।'

'मैम हम सही में दीदी से मिलने आये हैं।' लड़का अड़ा रहा बात पर।

एक पुलिसवाली बोली - 'क्या नाम है?'

'कबीर' लड़का बोला।

'पूरा नाम बताओ।'

'कबीर ही है मैम।'

'कहाँ घर है?'

'पुराने नौबतगंज में मलाकराज़ मोहल्ला।'

'क्या करते हो?'

'केपी इंटर कॉलेज से बारहवीं क्लास की पढ़ाई।'

'फिर यहाँ काहे खड़े हो?'

'बताये तो मैम, दीदी से मिलना है।'

'दीदी से मिलने आये हो...हमीं को पढ़ा रहे हो बेटा...दीदी से घर में नहीं मिलते क्या?'

'मैम......।'

कबीर अपनी बात पूरी करता उससे पहले एक पुलिसवाली ने 'मिलवा देंगे आज दीदी भईया सबसे।' कहते हुए पीछे से उसकी शर्ट का कॉलर पकड़ लिया।

मेन गेट खुल गया महिला महाविद्यालय का। थोड़ी देर में चारू निकली। कबीर की बहन चारू इसी महिला महविद्यालय के एक हिस्से में बने दिव्याँग कॉलेज में पढ़ती है। चारू चली जा रही थी। कबीर ने पुलिसवाली को बताया कि 'वो हमारी दीदी जा रही हैं छोड़िए हमको।'

पुलिसवाली ने डाँटते हुए कहा 'पुलिस के सामने ही ज़ुबान चलती है क्या खाली? बुलाओ दीदी है तो?'

चारू उस तरफ़ जा रही थी जहाँ उसे डेली घर पहुँचाने वाला ऑटो आकर खड़ा होता है। कबीर ने लगभग रोते हुए कहा 'मैम बुलाने से नहीं होगा... हमको प्लीज़ छोड़ दीजिये... जाना होगा।'

दूसरी पुलिसवाली ने फटकारा 'बहन है न तुम्हारी...तो बुलाओ ना...बहरी थोड़ी ना है कि नहीं सुनेगी।'

चारू लड़कियों की भीड़ की वजह से कोने में खड़ी पुलिस और कबीर को देख नहीं पाई। अब वो घर जाने के लिए ऑटो का इंतज़ार कर रही थी। तभी उसके साथ की एक लड़की आकर उसके पास खड़ी हुई। दोनों आपस में साइन लैंग्वेज में बात करने लगीं।

कबीर को कुछ कहने की ज़रुरत ही नहीं पड़ी। पुलिसवाली कि समझ आ गया कि लड़की बोल सुन नहीं सकती। एक पुलिसवाली सड़क पार करके चारू के पास गयी और जाकर पहले उससे पूछा 'तुम्हारा भाई आता है यहाँ?।'

पूछ लेने के बाद पुलिसवाली को समझ आया कि वो सुन तो सकती नहीं। चारू के साथ खड़ी लड़की ने चारू को इशारा किया तब चारू ने मुड़कर पुलिसवाली को देखा। पुलिसवाली ने दोनों हाथ अकबकाहट में उल्टा सीधा घुमाया लेकिन उसे ख़ुद समझ नहीं आ रहा था कि लड़की से बात कैसे करे। ऐसा चारू के साथ अक्सर होता था। ऐसे मौक़ों के लिए उसके बैग के सामने वाली पॉकेट में ही हथेली भर का एक सफ़ेद बोर्ड का टुकड़ा और काला मार्कर रखा रहता था। चारू ने टुकड़ा निकालकर उस पर मार्कर से लिखा 'बोलिए, होंठ पढ़ सकती हूँ।'

पुलिसवाली ने कहा 'तुम्हारा कोई भाई है?'

चारू ने सिर हिलाकर 'हाँ' कहा।

'यहाँ मिलने आना था क्या उसको?'

चारू ने टुकड़े पर लिखा 'नहीं, क्या हुआ?'

'वो उधर लड़का खड़ा है एक, कह रहा तुम्हारा भाई है।' पुलिसवाली ने इशारा करके सड़क पार दिखाया।

सड़क पार चारू ने देखा तो कबीर खड़ा था और उसकी शर्ट का कॉलर एक पुलिसवाली ने पकड़ रखा था। इतना देखने भर की देर थी। बिना कहीं कुछ देखे चारू ने कबीर की तरफ़ दौड़ लगा दी।

इससे पहले कि कोई चारू से कुछ पूछता कबीर ने कहा 'दीदी है मेरी।'

एक पुलिसवाली ने अभी भी कबीर का कॉलर पीछे से पकड़ा हुआ था। चारू आते ही सिर हाथ हवा में फटकार फटकार के कबीर को इशारे में कुछ कहने लगी।

'बताया था न यार...ये मान ही नहीं रहे थे मैं क्या करता?' कबीर बेचारगी से बोला।

चारू ने मार्कर से सफ़ेद बोर्ड के टुकड़े पर लिखा 'भाई है मेरा छोड़िए इसको'।

पुलिसवाली ने अब तक कबीर का कॉलर क्यों पकड़ रखा है? असल में मजनू स्क्वाड के लिए ये कोई नयी बात नहीं है कि लड़का लड़की एक दूसरे को भाई-बहन बताने लगते हों। अक्सर ही जब जहाँ ये स्क्वाड पहुँचता है तो पकड़े जाने वाले घर से बचने के लिए एक दूसरे को भाई बहन बता देते हैं। जब स्क्वाड का गठन हुआ था तब ये पुलिसवालियाँ भी बात को सच मान लेती थीं, लेकिन बाद में कई बार उनको मालूम चला कि बात झूठ होती थी।

एक बार कम्पनी गार्डन में इनके छापे के दौरान थाने के सर्कल ऑफ़िसर इनके साथ थे। उन्होंने ही इन्हें ये ट्रिक सिखाई कि जब लड़का लड़की एक दूसरे को भाई बहन कहें तो लड़की से बँधवाओ राखी। मजनू स्क्वाड ने देखा कि ट्रिक काम करती है। किसी मजनू को लैला राखी नहीं बाँधती। यही मजनू स्क्वाड का लिटमस टेस्ट है।

चारू ने दो तीन बार उस पुलिसवाली से कबीर को छोड़ने के लिए कहा। लेकिन पुलिसवाली को बात में सच्चाई दिख नहीं रही थी। उसने पूछा

'नाम क्या है तुम्हारा?'

चारू ने बोर्ड के टुकड़े पर मार्कर से लिखा 'चारू तिवारी।'

बस यहीं से पुलिसवाली के चेहरे पर मुस्कान आई। क्योंकि कबीर ने पूरा नाम सिर्फ़ कबीर बताया था। जानकारी मेल नहीं खा रही थी।

‘कहाँ रहती हो?’

चारू ने लिखा ‘हाईकोर्ट कॉलोनी।’

इतना लिखना था कि पुलिसवाली ने चारू का हाथ भी लपक के पकड़ लिया।

‘तुम हो तिवारी, लौंडा है चमार...तुम रहती हो हाईकोर्ट कॉलोनी, ये रहता है मलाकराज...तुम दोनों मिलकर पुलिस को ही पढ़ाने लगे हो...हैं? भाई बहन हैं ये।’

पूरा मजनू स्क्वाड ठहाके लगाने लगा। उस पुलिसवाली के कंधे थोड़े और चौड़े हो गये जिसने अपने हिसाब से खड़े-खड़े तफ़्तीश में इन दोनों का झूठ पकड़ लिया था।

अब शुरू हुई मजनू स्क्वाड की टिप्पणी।

‘तुम्हीं लोगों को चढ़ी रहती है आशिक़ी...नहीं तो रोज़ यहाँ लोफड़ों की भीड़ नहीं लगती।’

‘तुम्हारे जैसी लड़कियों के चक्कर में परेशान होती हैं पढ़ने लिखने वाली लड़कियाँ...मिलना है तो जाओ सिनेमा रेस्टोरेंट...यहाँ क्या बुलाती हो।’

‘इनके चढ़ी है आशिक़ी ज़्यादा...घरवाले सोच रहे होंगे कि बिटिया कलेक्टर बनने कॉलेज गयी हैं।’

कबीर ऐसे हालात में पड़ा ही पहली बार है। सामने खड़ी दीदी से कहीं ज़्यादा लाचार नज़र आ रहा है कबीर। बोलने को हज़ार बातें, सोचने को हज़ार तरीक़े हो सकते होंगे, लेकिन इस लड़के के दिमाग़ ने काम करना ही बंद कर दिया है।

जब चारू को कुछ समझ में नहीं आया तो उसने उस पुलिसवाली का कॉलर पकड़ लिया जिसने कबीर को पकड़ा हुआ था।

‘अरे अरे अरे अरे ये क्या...।’ स्क्वाड ने चारू का हाथ छुड़ाया। अब सड़क चलते लोग भी तमाशा देखने के लिए रुकने लगे।

जब तक सारी लड़कियाँ नहीं निकल जातीं तब तक मजनू स्क्वाड यहीं रहना था। स्क्वाड ने सोचा कि क्यों ना खड़े-खड़े लिटमस टेस्ट ही कर लिया जाये। एक पुलिसवाली ने जेब से मुड़ी तुड़ी सी राखी निकाली। और कहा -

‘बहन हो ना इसकी...लो बाँधो राखी लड़के को...।’

चारू ने झट से राखी ली और कबीर की कलाई पर बाँध दी। अब जाकर पुलिसवाली ने कबीर का कॉलर छोड़ा। तब तक हल्ला गुल्ला सुनकर महिला महविद्यालय की प्रिंसिपल एक दो टीचरों के साथ बाहर निकल आईं। प्रिंसिपल कई बार एकईस राम के बैंड प्रोग्राम में गयी थीं इसलिये चारू के पूरे परिवार को पहचानती थीं। आते ही बोलीं-

'क्या हो रहा है यहाँ ये सब...।'

एक पुलिसवाली बोली - 'आप कौन?'

'प्रिंसिपल हूँ महिला महविद्यालय की और कौन।'

'जी मैडम ये लड़का बेकार में खड़ा था यहाँ छुट्टी के टाइम...पकड़ा तो अपने आपको इस लड़की का भाई बताने लगा...लड़का लड़की दोनों अलग-अलग पता बता रहे हैं, दोनों की कास्ट अलग-अलग बता रहे हैं।' पुलिसवाली बोली।

'दोनों भाई बहन ही हैं। इंटरकास्ट मैरिज भी एक चीज़ होती है मैडम इतना तो मालूम होगा आपको?' प्रिंसिपल ग़ुस्से में बोलीं।

'जी बिल्कुल मैम।' बचाव करते हुए पुलिसवाली बोली।

'और इनके पिता तो आपके अपने विभाग के ही हैं, एकईस जी...अरे आपके पुलिस बैंड के हेड हैं जो...उनके बच्चे हैं ये दोनों।'

'अरे...माफ़ कीजियेगा मैम...इन्होंने बताया नहीं...सर को तो जानते ही हैं हम लोग।'

'ग़लती इन्हीं की है...पुलिसवाले के बच्चे होकर भी शरीफ़ हैं ना...रुआब नहीं झाड़ते चलते सड़क पर।' प्रिंसिपल ने ताना कसा।

पुलिसवाली कबीर का कॉलर ठीक करते हुए जाने लगी। जाते-जाते बोली -

'सर को नमस्ते कहिएगा।'

'इनको सड़क पर खड़ा हर लड़का आवारा ही दिखायी देता है।' भीड़ में से किसी लड़के की आवाज़ आई।

'तमाशा चल रहा है यहाँ? चलो भागो।' पुलिसवाली ने भीड़ की तरफ़ लाठी उठाकर कहा। लेकिन कोई अपनी जगह से नहीं हटा तो सारा स्क्वाड जीप में बैठा और चलता बना।

चारू का ऑटो आ गया था। कबीर और चारू उसमें बैठकर गंगा के घाट की तरफ़ निकल गये। ऑटो में थोड़ी देर तक तो सन्नाटा रहा, लेकिन फिर कबीर हाथ में बँधी राखी देखकर हँस पड़ा। चारू भी मुस्कुराने लगी।

गंगा के किनारे पुराने क़िले की एक दीवार नदी की तरफ़ कई बरस पहले ढह गयी थी। इस पर बैठकर ऐसा लगता है जैसे आप किसी छोटे से पहाड़ से नदी को देख रहे हों। ये जगह चारू की पसंदीदा जगह है बैठने के लिए। यहाँ वो घंटों बैठ सकती है। चारू ही थी जिसने इस जगह की लत कबीर को भी लगवाई थी। कई बार ऐसा भी हुआ है जब माँ बाप के झगड़ों से परेशान होकर कबीर यहाँ बैठने आया और चारू पहले से यहाँ बैठी मिलती थी।

आज भी दोनों यहीं बैठे हुए हैं। काफ़ी देर से कबीर कुछ बोला नहीं। चारू ने इशारे से पूछा कि क्यों परेशान हो? जवाब में सिर हिलाकर कबीर ने कह दिया 'कुछ नहीं'।

चारू को जब स्कूल में साइन लैंग्वेज सिखाई जानी थी तब एक काम बहुत अच्छा हुआ। ये कि परिवार के सभी लोगों को बारी-बारी ये लैंग्वेज समझना सिखाया गया। परिवार को साइन लैंग्वेज में बोलना इसलिये ज़रूरी नहीं था क्योंकि चारू होंठ पढ़कर क़रीब-क़रीब सब समझ लेती थी। जब साइन लैंग्वेज सीखने की बात आई तो सबसे ज़्यादा मन लगाकर जिसने इशारों की ये ज़बान सीखी वो चारू का भाई कबीर था।

चारू जानती है कि कबीर कब उससे मिलने आता है। तब, जब वो अपनी परेशानी अपने कबूतरों से भी नहीं कह पाता। आज वही दिन है। कबीर लगातार आस-पास से कंकड़ उठाकर नदी में फेंक रहा है। उसने एक कंकड़ फिर उठाया ही था कि चारू ने उसके हाथ से कंकड़ लेकर किनारे फेंका और कबीर का चेहरा पकड़कर अपनी तरफ़ घुमाया। उसकी आँखों में देखकर चारू ने इशारा से कुछ पूछा। कबीर बोला -

'तुमने मुझे क्यों नहीं बताया दी?'

कबीर के छुटपन से उसने ये आदत बना ली थी कि वो सबको एक शब्द से ही पुकारता था। जैसे बाबा की जगह सिर्फ़ 'बा', दीदी की जगह सिर्फ़ 'दी' और 'माँ' कहने के लिए तो कुछ घटाने की ज़रूरत थी भी नहीं।

चारू को अब समझ में आया कि कबीर की परेशानी की वजह क्या है? उसके बताने के बाद ज़रूर बाबा ने जाकर कबीर को कहा होगा कि चारू बाहर जा रही है पढ़ने। कबीर को यही तकलीफ़ है कि हमेशा की तरह ये बात सबसे पहले उसकी बहन ने उसे क्यों नहीं बताई।

चारू ने इशारे से कहा 'बस ऐसे ही।'

कबीर अब भड़का 'बस ऐसे ही? हाँ ..बस ऐसे ही? तुम मुझको भी तो बता ही सकती थी न दी। मुझे बताने में क्या दिक्क़त थी? मैं कोई रोक लेता क्या तुम्हें?

फिर नदी की तरफ़ देखते हुए उदास होकर कबीर ने कहा 'या कि तुम रुक ही जाती क्या मेरे कहने से?'

चारू ने इशारे में देर तक कुछ समझाने की कोशिश की। उसने बताया कि यहाँ से बाहर जाना उसके लिए क्यों ज़रूरी है। उसने ये भी कहा कि वो किसी से मिलना नहीं चाहती। एकदम नयी शुरुआत करना चाहती है, जहाँ उसकी अब तक की जिंदग़ी में देखा हुआ कोई भी इंसान फिर से ना दिखे।

रुँआसा होते हुए कबीर बोला 'मुझे भी नहीं देखना चाहती दी? मैंने क्या किया है?'

जवाब में चारू ने कबीर को कंधे से पकड़कर बस गले लगा लिया। चारू के गले से लगकर कबीर सुबकने लगा। चारू कबीर के बालों को सहलाते हुए नदी की तरफ़ देख रही है।

घाट पर टहलते हुए तीन लड़कों ने दोनों भाई बहन को प्रेमी समझकर दूर से ही सीटी बजायी। जिसका असर दोनों में से किसी पर नहीं पड़ा। चारू ने पलटकर उन लड़कों को देखा भी नहीं।

कबीर ने सुबकते हुए ही कहा 'दी तुम चली जाओगी तो मैं क्या करुँगा? मैं तो कहीं जा भी नहीं सकता यार। तुम नहीं रहोगी तो मैं क्या करुँगा बताओ?'

चारू सिर्फ़ शांत बहती नदी को शांत नदी की तरह ही देखती रही। इसका कोई जवाब उसके पास नहीं था।

कबीर बोला 'तुम दिल्ली चली जाओ, बम्बई कलकत्ता चली जाओ ना...मैं भी तुम्हारे साथ चला जाऊँगा...तुम विदेश चली जाओगी तो मैं तुमसे मिलने कैसे आऊँगा...बताओ?

चारू ने मन बना लिया था। और ये सब बिना सोचे मन बनाया था ऐसा भी नहीं है। वो जानती थी कि उसके जाने से उसके बाबा और भाई को कितनी मुश्किलें आने वाली थीं। अब तक दोनों बाप बेटे के बीच पोस्टमैन का काम करती थी चारू। जब एकईस को कबीर से कुछ कहना होता या उसकी कोई शिकायत होती तो वो आकर चारू से ही कहते थे। बाबा की शिकायत का जवाब भी कबीर चारू को ही देता था। चारू के जाने के बाद ये बाप बेटे आपस में बात कैसे करेंगे ये बड़ी समस्या थी।

समस्या जितनी दिख रही थी, असल में उससे बड़ी थी। कबीर और एकईस, दोनों के लिए आख़िरी सहारा चारू ही है। इसके विदेश जाने के बाद दोनों बाप बेटे बेसहारा हो जायेंगे।

जैसे अचानक कबीर को कुछ याद आ गया हो। उसने दीदी की गोद से सिर बाहर निकालकर आँसू पोंछते हुए कहा-

'और खर्चा?'

चारू ने इशारे से बताया कि अभी फ़ॉर्म भर रही है। बाक़ी का आगे देखेंगे। अभी से खर्च की क्या सोचें। चारू ने ये भी बताया कि बाबा भी यही पूछ रहे थे कि खर्चा कितना आयेगा, उनको भी यही जवाब दिया कि खर्च की आगे सोचेंगे, एडमिशन होने के बाद।

'फिर भी...कितना लगेगा तुमको कुछ तो पता होगा न?'

चारू ने इशारे से कहा 'बहुत ज़्यादा'।

बस यहीं से कबीर के मन ने रंग बदला। अब रंग ये हो गया कि ऐसा कितना ज़्यादा लग जायेगा।

कबीर ने भरोसा दिलाते हुए कहा -

'फ़िकर ना करना...मैं दबा के मैच जीतूँगा...और अभी तो इस बार का सालाना टूर्नामेंट भी होना है...उसकी ट्रॉफ़ी भी इस बार मैं ही उठाऊँगा...।'

चारू को हँसाने की कोशिश करते हुए कबीर बोला -'ग्यारह लाख मिलते हैं उसमें फ़र्स्ट आने वाले को...हर साल जीतकर इनाम का पैसा तुमको भेज दिया करूँगा।'

चारू मुस्कुराई तो, लेकिन इस बार उसका गला भर आया। दोनों भाई बहन एक दूसरे का हाथ पकड़कर बैठे रहे। कबीर को अचानक कुछ याद आया।

'लेकिन दी एक बात तो बताओ...वहाँ और चाहे सब कुछ मिले...ये तो नहीं मिलेगा?'

अगरवाल मिष्ठान्न भंडार के समोसे जो कबीर ले आया था, चारू के आगे रख दिए। दोनों भाई बहन यहाँ के समोसे इतना ज़्यादा पसंद करते हैं कि दोनों टाइम समोसा खाकर ज़िंदा रह सकते हैं। चारू और कबीर चटनी में डुबो कर समोसे खाने लगे। मुँह में समोसा भरे-भरे ही कबीर बोला-

'हम जहाज़ से भेज दिया करेंगे तुमको समोसा...ठीक है न दी?'

अबकी चारू आँसू नहीं रोक पाई। दोनों आँखों से निकली दोनों नदियाँ, और सामने गंगा। ये नौबतगंज की त्रिवेणी है। नौबतगंज का अपना संगम।

13

जैसे किसी धुंधुआते सीलते कमरे में महीनों से रहता चूहा अंधा हो जाये। हर वक़्त आलमारी के कोने में दुबका चूहा कान से देखने लगता है। उसे हर आहट पर पंजे सुनाई देते हैं। झपटने से पहले पिछले पाँवों पर ज़ोर देती बिल्ली के दाहिने कंधे की हड्डी की चटकन। किर्र-किर्र-किर्र। सन्नाटे से पैदा हुई ये आदत भीड़ में भी पीछा नहीं छोड़ती। हाईकोर्ट के बारामदे में दर्ज़नों जूते चप्पलों की आवाज़ें आ जा रही हैं। लेकिन ठीक उसी अंधे चूहे की तरह उस बारामदे की बेंच पर अपनी बहन के साथ बैठा कबीर ये किरकिराहट अपने कानों से साफ़ देख पा रहा है। आदत।

कबीर पिछले सवा घंटे से अपने मिचड़े हुए फटे गर्द जूतों की नाक निहार रहा था। जूतों की गर्दन उसी बूढ़े मुनीम की कॉलर के ऊपरी हिस्से सी दरारनुमा और मुर्दा लग रही थी, जिसका इंतज़ार ये भाई बहन इतनी देर से कर रहे थे। सवा घंटों में कबीर ने अपने जूतों के छेद और चकत्ते कितनी ही बार गिन डाले थे। वो चाहता था कि जब मुनीम आये तो उसकी नज़र जूतों पर ना पड़े। मुनीम के सामने वो कम फटे जूते से दूसरा जूता कैसे छिपाएगा इसका अभ्यास कई मर्तबा कबीर ने वहीं बैठे-बैठे कर लिया था। इस पूरे वक़्त कबीर की बहन चारू अख़बार में छपी उन तीन बहनों की ख़बर पढ़ कर हैरान होती रही जिनकी शादी बारी-बारी एक ही शख़्स से हुई। तीनों एक ही बीमारी से मरीं, और अब उनके पिता ने तीनों के पति रह चुके शख़्स पर अदालत में मुक़दमा ठोंक दिया है। चारू चाहती थी कि कबीर भी उस ख़बर पर ख़ूब हैरान हो। लेकिन कबीर अपनी बहन की हैरानी देखकर हैरान था कि इतनी बड़ी बात से ठीक पहले वो अख़बार पढ़ रही थी। यों हैरान होने

को उस अख़बार में कई ख़बरें थीं, लेकिन कबीर के कान इस समय अलग मामला तोलने में लीन थे।

अपनी अब तक की ज़िंदगी में गिनती से बारह चौदह बार कबीर हाईकोर्ट आया है। अस्पताल और कोर्ट से इसका जी घबराता है। उसे पिछले कुछ बरसों में धीरे-धीरे जाने कैसे ये भरोसा हो गया है कि जादूगरों को रंग-बिरंगे लबादों की जगह काला या सफ़ेद लबादा पहनना चाहिये। कुछ एक बार कबीर ने अपनी माँ और कुछ और भी वकीलों की बहसें सुनी हैं। अंग्रेज़ी की बहस ना समझ में आने के बावजूद उसे सब कुछ से कुछ ज़्यादा ही समझ आता था। उसे कभी नहीं लगा कि चौबारे पर चढ़कर बैठा जज और उसके सामने बहस करते दोनों वकील सिवाय अपने किसी और के बारे में कुछ सोच रहे हों। उसने देखा था जब एक जज ने कोर्ट में मौजूद एक आदमी को सिर्फ़ इसलिये बेतरह डाँटा था क्योंकि वो किसी कुर्सी से उठकर दूसरी कुर्सी तक जा रहा था। इस तरह के क़ायदे कबीर की समझ में नहीं आते। अदालत और स्कूल के पास वाली साह जी की दुकान में क्या फ़र्क है। ऐसे ही साह जी बच्चों को डाँट देते हैं कि ये मत छुओ, वो मत छुओ, एक जगह खड़े रहो, पैसा हाथ में रखो, सामान पकड़ने से पहले पैसा दो।

कबीर को हर काले कोट वाला ज़रुरत से बहुत ज़्यादा ज़ोर देकर मुवक्किल को अपनी बात समझाता दिखायी देता है। उस्ताद जी कहते हैं ये झूठ बोलने की पक्की निशानी है। बतौर वकील अगर कबीर को अपनी माँ पर थोड़ा भरोसा था तो इसकी एक वजह ये भी थी कि वो कम बोलती हैं। बल्कि ज़्यादातर डाँटती ही हैं। जज ना होने के बावजूद वो ज़्यादातर बातें फ़ैसला देने की तर्ज़ पर कहती हैं। माँ हमेशा इस बात से खीझी रहती है कि इतनी आसान बात सामने वाले को क्यों समझ में नहीं आ रही है। सीनियर एडवोकेट प्रभा तिवारी ने कब अदालत और घर एक कर दिया ना उनके पति को मालूम चला और ना बच्चों को।

बहरहाल अभी तो वो ख़ुद एक ज़रूरी मामले की बहस में थीं जिसका फ़ैसला शायद आज ही आना है। ऐसा नहीं होता तो सवा घंटे पहले उन्हें बुलाने गये उनके मुनीम की तो कोई ख़बर मिलती। हालाँकि उसने बच्चों से इसरार किया था कि चलकर चेम्बर में बैठें, लेकिन उसे भी मालूम था कि अपनी माँ के दफ़्तर में ना तो चारू जाती है और ना कबीर।

दिन के कटघरे में खड़ी दोपहर अब ऊँघ रही थी। सुनवाई की तकनीक से उकताई हुई। पिछली रात से कबीर के पेट की नसों में उफ़नती शक्कर कुछ नमक माँग रही थी। तबसे उकड़ूँ बैठे-बैठे जैसे ही उसने सिर पीछे की दीवार पर टिकाने के लिए पेट को जाँघों से अलग किया, पेट ने दर्द का तार भेजा 'भूख'।

थोड़ी देर बाद कैंटीन में बैठे कबीर और चारू के सामने डिस्पोज़ेबल ग्लास में छाछ भरी रखी थी। चारू ने अपनी स्केच बुक खोलकर पेंसिल से कुछ काम करना शुरू कर दिया था। कबीर ने आवाज़ सुनी। किर्र-किर्र-किर्र। कबीर ने अपने बेजान होंठ कोनों की तरफ़ हल्के से फैला लिए ताकि माँ उसे जब देखे तो वो मुस्कुराता हुआ नज़र आये। प्रभा तिवारी का यहाँ रुतबा था। इतना, कि नज़र की जद में आकर भी उसे अपने बच्चों की मेज़ तक आने में दस मिनट लग गये। रास्ते में सबसे दुआ सलाम होती रही।

नीली उदासी और गहरी उपेक्षा चेहरे पर लिए पहले उनका बूढ़ा मुनीम सामने आया। अपनी दाहिने जूते पर बाँया जूता रखकर सीधा खड़े रहने की कोशिश करता कबीर मुनीम से कुछ नहीं कहता। वो जानता है कि मुनीम उसे बात करने लायक़ नहीं समझता।

पीछे से माँ आती है और मेज़ पर फ़ाइल रखकर बैठ जाती है। 'कुछ खाया?' से बात शुरू होती है। चारू इशारे में समझाती है कि कबीर को भूख लगी थी लेकिन इसने बस छाछ ली और वो भी बिना पिए रखी हुई है तबसे। माँ ने कबीर से कहा -

'पी लो...।'

कबीर ने 'ना' में सिर हिलाया। माँ ने पूछा 'क्या हुआ?'

कबीर ने एक मेज़ छोड़कर बैठे छाछ पीते हुए नौजवान वकील को दिखाकर कहा 'वो पी रहा है।'

माँ - 'उससे क्या...तुम अपना ग्लास पियो।'

कबीर ने दुकान की तरफ़ इशारा करते हुए कहा 'इसका ग्लास पहले मुझे दे रहा था वो।'

माँ - 'तो?'

कबीर - 'ग्लास में मक्खी गिरी हुई थी।'

माँ - 'तो?'

कबीर - 'फिर मैंने देख लिया तो दुकान वाले ने वो ग्लास से मक्खी निकालकर इसे दे दिया, इसे मालूम भी नहीं चला।'

माँ - 'उससे तुमको क्या?'

कबीर - 'इसीलिए मन नहीं कर रहा पीने का।'

माँ - 'क्यों?'

कबीर - 'मैंने सोचा...मेरे ग्लास में भी मक्खी नहीं गिरी थी...कौन जाने।'

चारू ने बात समझकर कबीर के सिर पर चपत लगायी और उसका ग्लास उठाकर दो घूँट पी लिए। फिर उसकी तरफ़ ग्लास बढ़ाया। कबीर ने जबरन एक घूँट पिया फिर ग्लास वापिस मेज़ पर ही रख दिया। चारू ने माँ से इशारे में इतनी देर होने की वजह पूछी।

माँ - 'फ़ैसला आना था आज, उसी में...।'

कबीर को अपने गले की बायीं ओर नस फड़कती सी महसूस हुई। उस वक़्त भी वो अपनी पतलून की जेब में हाथ डाले उस चिट्ठी को अंगूठे से सहला रहा था जो विदेशी कॉलेज से चारू के दाख़िले की बाबत आई थी। जूते की नाक पर लगी सूख चुकी मिट्टी वो दूसरे जूते की सोल से रगड़कर साफ़ करने लगा।

प्रभा की मौजूदगी में कबीर के भीतर का अंधा चूहा अंधेरे कोने की ओर दुबकने लगता है। चारू आज जिस काम के लिए कबीर को घसीट लाई है वो उसे होता दिख नहीं रहा। कबीर कुछ नया नहीं कर रहा, वो वही कर रहा है जो ज़्यादातर इंसान करने में माहिर होते हैं। बिना बाज़ी खेले ही ख़ुद को हारा हुआ जुआरी मान लेने का काम। उसने बैठे-बैठे दिमाग़ में ही माँ से चारू के विदेश जाने की बात कह ली थी, और प्रभा ने उसे उसके ख़याल में ही डपट कर पूछ लिया था कि वहाँ कौन होगा इसका ध्यान रखने को? तुम तो कभी नौबतगंज से बाहर जाने से रहे।

इसी वजह से कबीर का सुझाव था कि चारू को माँ से सिफ़ारिश करने के लिए बाबा को लाना चाहिये था। लेकिन एकईस राम का बीच में होना 'आर या पार' जैसा मामला होता। उसमें भी 'आर' रह कर जहाज़ के डूब जाने की ही ज़्यादा आशंका थी। पार तो क्या ही जा पाता कोई प्रभा तिवारी से। लेकिन अब बहन भरोसे पर ले आई है तो देखते हैं क्या होगा।

प्रभा के लिए हैरानी की बात ये थी कि आज महीनों बाद दोनों बच्चे एक साथ उससे मिलने कोर्ट क्यों आ पहुँचे हैं। कोई बात है, इसका अंदाज़ा है तो उसे लेकिन वो पूछ कर अपने अंदाज़ से इतर नहीं जाना चाहती। कबीर ने ही पहला पत्ता फेंका। उसने सीधे जेब से चिट्ठी निकाल कर माँ के सामने मेज़ पर रख दी।

'विदेश से कॉलेज में दाख़िले की चिट्ठी आई है... दीदी के लिए।'

कहकर कबीर ने मेज के नीचे सबसे छुपाकर अपनी मुट्ठी भींच ली। प्रभा बस अगले दो मिनट में बच्चों को सिविल लाइन्स चलकर कुछ खाने का कहने वाली थी। इसी बीच ये हुआ। प्रभा के चेहरे पर जो सन्नाटा खिंच आया था उसके बेहिसाब मानी थे। चिट्ठी हाथ में लेकर उसने सिर्फ़ शुरुआत की दो तीन लाइनें ही पढ़ी थीं। इसके बाद चिट्ठी बस उसकी नज़र में थी, ध्यान में नहीं। 'पूछने लायक भी ना समझे जाने' की पीड़ा बिल्कुल साफ़ दिख रही थी।

प्रभा को हमेशा लगता रहा है कि वो अपने सारे रिश्ते बचा लेती अगर 'दिल की बात ज़बान तक लाने का हुनर' साध लेती। क़रीब हर आम इंसान की तरह वो भी अब तक इसी वहम में रही कि उसे 'ठीक से' समझा नहीं गया। हालाँकि उसने समझाने की कोई ख़ासी कोशिश की भी नहीं कभी। 'सिर्फ़ ज़रूरत भर' बोलने का तमगा प्रभा की पहचान के साथ नत्थी रहा है। इसका उसे जितना फ़ायदा हुआ, उतना ही नुक़्सान भी रहा।

गेंद जब अपने पाले में हो तो जो एक काम बिल्कुल नहीं होना चाहिये, वो है सोचने का वक़्त लेना। क्योंकि गेंद को पाला बदलते देर नहीं लगती, ये बात प्रभा इतने बरसों की अपनी प्रैक्टिस से समझ चुकी थी। इसलिये चिट्ठी देखकर जो सन्नाटा खिंचा था वो लंबा नहीं चला।

'अपने आप तो नहीं आया होगा लेटर... ?'

कहकर प्रभा ने चारू को घूरा। जवाब दिया कबीर ने।

'परिच्छा ओरिच्छा सब दे चुकी दीदी... अब कागज पत्तर बनवाना है ख़ाली...

ये सुनकर प्रभा ने अपने साफ़ सुथरे हाथ भी आपस में रगड़कर ऐसे झाड़े जैसे आटा गूंथने के बाद बैठी हो। आटा तो नहीं, लेकिन ख़याल तो गुत्थमगुत्था हो ही रहे थे प्रभा के दिमाग़ में। चारू ने उसे एक बार को बताना भी ज़रूरी नहीं समझा? थोड़ी और नरमी से सोचा तो लगा कि ज़रूरी लगा भी हो तो क्यों ही बताती बेटी।

कौन सा वो रोज़ घर लौटकर बेटी से बात करती ही है। जैसी आशंका थी कबीर और चारू को उससे उलट माँ तमतमाने की जगह पसीजती दिखायी दे रही थी।

'तो काग़ज़ भी बनवा ही लो तुम लोग... अब तक नहीं पूछा बताया तो अब काहे को चिट्ठी दिखा रहे हो... करो जो करना हो।'

कहकर प्रभा कैंटीन के कोने में पड़ा डस्टबिन देखने लगी। कबीर और चारू ने एक दूसरे को देखा। कबीर ने इशारा किया कि अब तुम कुछ बोलो। चारू ने माँ के हाथ पर हाथ धरा और इशारे में कहा कि वो सब कुछ हो जाने के बाद बताने वाली थी। प्रभा चारू का कंगन सहलाने लगी। फिर ध्यान हटाकर चिठ्ठी पढ़ने लगी। उसमें दिखा प्रभा को एक ऐसा मामला जिस पर खेलना अभी भी बाक़ी था। तीन पन्नों की चिट्ठी में आख़िरी पन्ना दोनों को दिखाती हुई बोली प्रभा –

'वजीफ़े का इम्तेहान नहीं लेते क्या ये लोग?... ये फ़ीस?'

अब कबीर बोला –

'बाबा से बात हुई है दीदी की... फ़ीस के लिए बोला है उन्होंने... वो सब हो जायेगा...।'

प्रभा झुँझलाकर बोली – 'जब सब मेरे बिना हो ही रहा है तो मुझे क्यों बता रहे हो भई।'

माँ और बेटी के बीच रिश्ता जैसा होना चाहिये वैसा दिखता नहीं इनके बीच, ये ठीक बात है। लेकिन सब कुछ दिखायी ही दे ये भी तो नहीं होता। जिस दिन से प्रभा को मालूम पड़ा कि उसकी बेटी बोल सुन नहीं सकती उसी दिन से प्रभा चारू की बाप और एकईस चारू की माँ बन गये थे। जितना पाल सकते थे एकईस ने चारू को पाला, आगे भी वो चारू को साथ रखना चाहते थे लेकिन अदालत ने बेटी की कस्टडी माँ को दे दी।

प्रभा 'सब कुछ ठीक होने' के इंतज़ार में थी। बेटी के हिस्से का प्यार उसे करना चाहती थी माँ, लेकिन सब कुछ ठीक होने के बाद। ठीक कहाँ होता है कुछ? दिन दिन बीतते बीतते बरसों निकल गये। ठीक कहाँ हुआ कुछ। लेकिन आज से पहले प्रभा को कम से कम उम्मीद तो थी कि वो सब कुछ ठीक करके बेटी को भरपूर प्यार देगी। आज तो वो उम्मीद भी विदा लेने दरवाज़े पर आ पहुँची थी।

'आपको बताने को बोला है बाबा ने...।' कबीर ने सिर झुकाकर कहा।

बहुत मुमकिन तरीक़े थे कि चारू अपनी माँ को बाहर जाने की वजह बताती। लेकिन इस समय चारू की डबडबाई आँखें ही सारी पैरवी किए दे रही थीं। माँ समझ रही थी कि उसके रोके नहीं रुकने वाली बेटी। और उसे इस बात का भी ख़याल था कि यहाँ रूक कर वो करेगी भी क्या।

प्रभा ने आख़िरी बार चारू का माथा इतने प्यार से कब सहलाया था किसी को याद नहीं। माँ बेटी के मन का सुर ठीक इस समय पर एक हो गया था। इतनी देर में ही प्रभा के सामने जीवन से लड़ी सारी लड़ाइयाँ गुज़र गयीं। एक कस्बाई लड़की ने कैसे ज़माने भर से अपने वजूद के लिए रार ठानी और साबित किया ख़ुद को। हँसी और तानों का पूरा समंदर पार करके प्रभा ने अपनी हस्ती बनाई थी। उसकी बेटी इस शहर में उसकी तरह लड़ सकेगी अपने लिए? तो क्या ग़लत सोच रही है वो अगर उसे अपने 'हिसाब' की ज़िन्दगी सात समंदर पार दिखायी दे रही है। चारू का माथा सहलाते हुए ये सारे ख़याल प्रभा के सामने से गुज़र गये।

माँ के चेहरे पर बदलते भाव देखकर कबीर को जितना सुकून हुआ उसका अंदाज़ा लगाना मुश्किल है। चारू को भी समझ आ गया था कि बिना कहे उसकी बात वहाँ पहुँच गयी जहाँ उसे पहुँचना चाहिये था। माँ दाहिने हाथ से चारू का माथा सहला रही है और बायें हाथ से कबीर का कंधा, देख किसी तीसरे को देख रही है, वो भी अदृश्य में।

सुध लौटी तो माँ ने कबीर से पूछा – 'कुछ खाया है?'

और बिना जवाब का इंतेज़ार किए उन दोनों का हाथ पकड़कर साथ ले चली। कबीर ने मुस्कुराते हुए माँ से पूछा –'चल कहाँ रहे हैं हम लोग?'

'सोहबतियाबाग के देहाती का गुलाबजामुन खाने... ' प्रभा ने जवाब देते हुए मुड़कर नहीं देखा। लेकिन बाक़ी का वाक्य बुदबुदाते हुए उसका गला भर आया।

'विदेश में कहाँ मिलेगा इसको ये सब...

14

पूरनमासी की रात का चौथा पहर है। ठहरी हुई गंगा नदी के उस पार चाँद ढलता हुआ दिखायी दे रहा है। भोर होने को है। कबीर अपनी छत पर पहुँचता है। आज सुबह सात बजे से छोटा बघाड़ा के टूर्नामेंट में कबीर ने भी एंट्री डाली है। तीन-तीन कबूतरों की रेस वाला मैच है। मैच भी बड़ा है। इस सालाना टूर्नामेंट में पहले नंबर आने वाले को बड़ा इनाम मिलता है। दूसरे और तीसरे को भी ठीक ठाक चीज़ मिलती है। क्योंकि अपनी माँ की बरसी पर ये टूर्नामेंट करवाने वाले सरदार अजायब सिंह ख़ुद भी माने हुए कबूतरबाज़ हैं और खिलाड़ियों की परेशानियाँ समझते हैं।

नौबतगंज में कपड़ों के ठीक-ठीक व्यापारी हैं सरदार अजायब सिंह। इनके दादा कहीं से नौबतगंज आ बसे थे। दादा ने ही कई धंधों से होते हुए कपड़े की स्थायी दुकान खोली थी। अजायब सिंह के पिता, फिर ख़ुद अजायब सिंह भी इसी दुकान को बनाते बढ़ाते रहे। अजायब सिंह को कबूतरबाज़ी का शौक़ क़रीब-क़रीब बचपन से लग गया था। अजायब गिनती के एक दिन कबूतरबाज़ी करते रहे हैं। क्योंकि बाक़ी दिन सख़्ती से दुकान संभालने के काम में लगाये रखे गये, इसलिये रविवार के दिन अजायब पूरे धूम धड़ाके से कबूतरबाज़ी करते हैं।

जिस दिन अजायब सिंह मैच में आते हैं वो नज़ारा ही कमाल दिखायी देता है। कबूतर हाँकते खिलाड़ियों में रुद्राक्ष की भारी मालाएँ पहने हिंदू खिलाड़ी, सिर पर टोपी लगाये मुसलमान खिलाड़ी और नीली पगड़ी पहने सरदार अजायब सिंह। इन सबको देखिए तो लगता है कि इन्हें देश दुनिया से कोई ख़ास मतलब नहीं। आसमान निहारते ये सब के सब रंग-रौशनी-रस से लदे फदे।

अजायब पता नहीं क्यों, लेकिन कबूतरबाज़ी करने के दिन हमेशा नीली पगड़ी पहनते हैं। कुछ लोग इसे उनका टोटका मानते हैं लेकिन बैरागी जी ने एक बार राज़ फ़ाश किया कि आसमान से नीला रंग सबसे चटख दिखायी देता है इसलिये कबूतर अगर आवाज़ ना भी पकड़ पाए तो अजायब की नीली पगड़ी उनके लिए इशारा होती है कि बैठना कहाँ है। बैरागी जी की बात इसलिये भी ठीक लगती है क्योंकि अजायब सिंह वैसे तो पूरे मैच में किसी भी रंग का गमछा ओढ़े रहते हैं लेकिन जब कबूतर बिठाने होते हैं तो पगड़ी पर से गमछा हटा देते हैं।

हर कामयाब कबूतरबाज़ के अपने-अपने ईजाद किए हुए तरीक़े, नुस्ख़े और टोटके होते हैं। सुनकर यक़ीन नहीं होगा लेकिन कबूतरबाज़ों ने अपने चैंपियन कबूतरों के नाम का पत्थर तक अंगूठी में जड़वा कर पहना है। जिसके लिए जो कारगर हो, वही उपाय है। हालाँकि ज़्यादातर टोटके रंग और आवाज़ के इर्द-गिर्द ही घूमते हैं। तो अजायब सिंह नौबतगंज के जाने-माने कबूतरबाज़ ही नहीं, सर्टिफ़ाइड ख़लीफ़ा भी हैं। बाक़ायदा बाज़ी जीतकर अजायब सिंह ने ख़लीफ़ा का ख़िताब कब्जाया है। ख़लीफ़ा, शागिर्द के ऊपर वाला, और उस्ताद के नीचे वाला पायदान है।

आज के इस टूर्नामेंट में सरदार अजायब सिंह बतौर खिलाड़ी हिस्सा नहीं लेते। अजायब इस टूर्नामेंट में होते हैं मुंसिफ़। ऐसा नहीं है कि मुंसिफ़ की पदवी इस टूर्नामेंट में अजायब सिंह ने ख़ुद से ले ली हो क्योंकि पूरा टूर्नामेंट ही इनका है। बल्कि बैरागी जी, बिसेसर पाँड़े और पीर मुश्ताक़ जैसे महारथियों ने अजायब को इस टूर्नामेंट में मुंसिफ़ बनाया है, और सभी खिलाड़ियों की रज़ामंदी से बनाया है।

बाज़ी सज चुकी है। कुल मिलाकर सोलह खिलाड़ी इस टूर्नामेंट में हिस्सा लेने के लिए अपने कबूतरों समेत फिट पाए गये हैं। जिस तरफ़ सबसे ज़्यादा भीड़ इकठ्ठा है वो अजायब सिंह मुंसिफ़ की कुर्सी नहीं है। कबूतर माफ़िया बिसेसर का आसन लगा हुआ है वहाँ। अजायब सिंह समेत बाक़ी के खिलाड़ी ये देखकर भीतर ही भीतर ख़ुश हैं कि चलो बैरागी जी आज नहीं आये हैं, इसलिये झगड़े फ़साद का कोई कारण दिखायी नहीं दे रहा। अजायब सिंह के पीछे चौकियाँ लगाकर ट्रॉफ़ियाँ और इनाम रखे हुए हैं जिनमें फ़िलहाल सभी खिलाड़ी पहले नंबर का इनाम खोज रहे हैं। लेकिन वो इस बार मैच ख़त्म होने से ठीक पहले लाने का फ़ैसला किया गया है ताकि इनाम का रोमांच बना रहे। कानाफूसी है कि इस साल अजायब सिंह ख़लीफ़ा कुछ बड़ा देना चाहते हैं शायद। पिछले साल पहले नंबर पर आने वाले खिलाड़ी को अजायब सिंह ने अपने हाथों सोने की चेन पहनाकर एक लाख

इक्यावन हज़ार नगद दिए थे। इस बार भी हर साल की तरह नगद तो रहेगा ही, ऐसा लोगों का अनुमान है। लेकिन सोने की चेन की जगह कौन सामान लेगा देखना यही बाक़ी है।

इनाम इकराम में अगर किसी एक खिलाड़ी का कोई ध्यान नहीं है, तो वो कबीर है। कोने में अपने कबूतरों से बात करता कबीर सिर्फ़ सीटी के इशारे का इंतज़ार कर रहा है। कबूतरों को उड़ाने से पहले बात करने का शगल कबीर का बहुत पुराना है। तीनों कबूतरों पर बारी-बारी से हाथ फेरते हुए कबीर उन्हें कुछ कुछ समझाता जा रहा है। कबूतरों के पंजों में लिपटे छल्लों में उनका नाम और नंबर दर्ज़ है। मुंसिफ़ के रजिस्टर में कबीर के नाम के आगे यही नंबर दर्ज़ हैं।

'काहे का मंतर फूँक रहा है बे...।'

कबीर के पीछे से गुज़रते एक आदमी ने तंज कसा। बिना उसकी तरफ़ देखे कबीर समझ गया कि वो आदमी बिसेसर पाँड़े के खेमे का है, क्योंकि उसके दुमछल्लों के अलावा नौबतगंज में इतनी बदतमीजी और कोई खिलाड़ी करना नहीं है। ऐसों को कबीर ही नहीं, कोई खिलाड़ी जवाब नहीं देता। कौन जाये इनसे उलझने। क्योंकि ये तो चाहते ही हैं कि कोई इनसे झगड़ा कर ले और इनका फड़कना किसी काम आ जाये। बिसेसर को झगड़ा रगड़ा वैसे भी बहुत पसंद है। कोई गुर्गा कहीं से झगड़ा शुरू कर दे तो उसे और उसके गैंग को अलग ही आनंद आ जाता है।

कबीर बिना पीछे पलटे अपने कबूतरों से बातचीत करता रहता है। लेकिन गुर्गे ने आसान शिकार भाँप लिया था और वो कबीर को किसी भी तरह उलझाना चाहता था। इसलिये पीछे से कबीर के कंधे झिंझोड़कर फिर गुर्राया –

'अबे झंटुल्ले तुझी से कह रहा हूँ... क्या खेलपानी दे रहा है।'

'आपसे मतलब?' कबीर ने बिना उसकी तरफ़ देखे जवाब दिया।

'और किससे मतलब है बे... कबूतर का खिलाड़ी से ही तो मतलब है?'

इस बार गुर्गे ने चिल्लाते हुए अपने लोगों की तरफ़ देखा। उसकी तरह और भी खलिहर तीन चार गुर्गे हाथ मलते बढ़े। सबको लगा कि जब तक मैच शुरू नहीं होता आओ यहीं मज़ा लिया जाये। कबीर अपने कबूतरों के साथ अकेला बैठा हुआ था। उसे लगा टरकाने से मामला टरक जायेगा। कबीर के पास छिटपुट सी भीड़ दिखी लेकिन इस समय कौन खिलाड़ी अपने कबूतर छोड़कर मामला समझने आता।

तिरछी निगाह से देख तो ये सब बिसेसर पाँड़े भी रहा ही था लेकिन अभी इसे अपने लेवल का मामला ना मानकर बाज़ी पर उसका ध्यान पूरा था। वैसे किसी और का मामला होता तो पाँड़े इतना भी ध्यान ना देते लेकिन कबीर के दो एक बार पहले भी पाँड़े की नस फड़काई थी। उसमें से एक मौक़ा आज से ठीक एक साल पहले अजायब सिंह के इसी टूर्नामेंट में आया था। तब कबीर अपने कबूतर तो नहीं उड़ा रहा था लेकिन जिस खिलाड़ी के साथ खड़ा था उसका पाँड़े से कुछ रगड़ा झगड़ा हुआ था।

इधर कुछ बरसों में कबीर का नाम जिस तरह अच्छे कबूतरबाज़ों में शामिल हुआ था उससे भी पाँड़े को चिढ़ तो थी ही। क्योंकि जो जगह अजायब सिंह या बिसेसर पाँड़े ने इतने बरसों में हासिल की वो एक बच्चा भी हासिल कर ले तो अपनी कोशिशें छोटी लगने ही लगती हैं। वो तो कबीर था कि जो वैसे भी तीन पाँच किसी से करता नहीं था और जहाँ ऐसा कुछ हो रहा हो वहाँ से चुपचाप निकल जाता था।

नौबतगंज में अगर किसी कबूतरबाज़ को पता चले कि कबीर का किसी से झगड़ा हुआ है तो अव्वल तो ये बात मानने की नहीं है और अगर हुआ ही हो तो लोग आँख बंद करके कह देंगे कि ग़लती कबीर की नहीं होगी। जैसे बरसात में निकले मेंढकों पर बच्चे मज़े के लिए पत्थर चलाते हैं तो मेंढक क्या ही करता है, चुपचाप पानी के भीतर सरक जाता है। बस यही हिसाब किताब था कबीर का। कभी टेढ़ा बोला भी तो बस बाप को। बोलना तो माँ से भी चाहता था टेढ़ा, लेकिन वो मामला कभी बन ही नहीं पाता था।

बहरहाल, आज कबीर को देखकर लग रहा था कि उसके भीतर भी बादल घुमड़ ही रहे हैं। बाप बेटे के आपसी रिश्ते की खटास बढ़ ही रही थी, अब उसकी बहन चारू भी उसे छोड़कर जाने की बात कह रही थी। इसलिये मन पहले की तरह मज़बूत नहीं था कबीर का भी अब। शायद इसीलिए उसने आज पहली बार पानी में चुपचाप सरक लेने की जगह टर्राना चुन लिया था।

'आपको दिक़्क़त है कोई तो मुंसिफ़ साहब से कहिए... ।' कबीर ने पहले से मज़बूत आवाज़ में कहा तो पीछे खड़ा गुर्गा फड़क उठा।

'अच्छा बेटा... मैं जाऊँ मुंसिफ़ के पास... और तू यहाँ कबूतरों को खेलपानी देगा?'

कबीर ने बात आगे बढ़ाना ठीक नहीं समझा। वो अपने कबूतरों के पंखों की मालिश करने लगा।

'अबे बोल ना... क्या मंतर पढ़ रहा था...।' पाँड़े का गुर्गा चीख़ पड़ा।

'बाउजी मेरी आदत है ये बस...।' कबीर ने आँखें बंद किए किए ही जवाब दिया।

'काहे की आदत? जादू टोने की?'

भीड़ बढ़ती देखकर अजायब सिंह ने एक आदमी कबीर के पास भेजा कि जाकर देखो मामला क्या है? खेल शुरू होने से ठीक पहले पाँड़े के लोगों के लच्छन अजायब सिंह को ठीक लग नहीं रहे हैं। आदमी आकर मामले की जानकारी करके वापिस मुंसिफ़ अजायब सिंह के पास पहुँचा, बताया कि कुछ नहीं है बस बकचोदी चल रही है पाँड़े के लोगों की। अजायब सिंह ने इशारे से पाँड़े के लोगों को खिलाड़ी के पास से हटने को कहा। लेकिन जो हट जायें वो पाँड़े के गुर्गे नहीं।

अजायब ने अपने इशारे की तामील ना होते देखकर बिसेसर पाँड़े को इशारा किया कि बुलाओ यार अपने लोगों को वापिस। पाँड़े ने अजायब का इशारा देखकर अनदेखा कर दिया।

अब ये सब रोकने का एक ही तरीक़ा था कि मैच शुरू करने की सीटी बजा दी जाये। अजायब सिंह मुंसिफ़ ने वही किया। सीटी बजा दी।

लेकिन ये क्या?

उधर अजायब ने सीटी बजायी, इधर पाँड़े के एक गुर्गे ने आगे बढ़कर कबीर का एक कबूतर दबोच लिया। गुर्गे के हाथ में अपना कबूतर फड़फड़ाता देखकर कबीर का रहा सहा सब्र भी चुक गया। ऐसे कैसे हाथ लगा देगा कोई? कबीर आगे बढ़ा और गुर्गे से अपना कबूतर छुड़ाने के लिए उसका हाथ खींचा। झूमा झटकी और शोर की वजह से बाक़ी खिलाड़ी कबीर की तरफ़ दौड़े। अजायब सिंह भी भागे आये।

'क्या हो रहा है भाई ये सब?' अजायब सिंह ने आते ही फटकार कर गुर्गे को देखा।

अजायब सिर्फ़ आज के खेल में मुंसिफ़ ही नहीं थे। नौबतगंज के ठीकठाक कद के बड़े आदमी भी थे। उनसे सीधा भिड़ने की औकात पाँड़े के गुर्गे में नहीं थी।

उसने कबूतर रिहा कर दिया। कबीर के तीनों कबूतर अपने मालिक की सीटी का इंतज़ार कर रहे थे उड़ने के लिए।

'तुम पहले कबूतर छोड़ो कबीर।' मुंसिफ़ ने कबीर को कड़ी आवाज़ में कहा।

इतना सुनना था कि कबीर ने होंठ गोल करके ताली मारते हुए सीटी बजा दी। तीनों कबूतर हवा में थे। कबूतर इतनी ट्रेनिंग हासिल कर चुके थे कि हर सीटी का मतलब समझते थे। ये जो सीटी कबीर ने अभी बजायी इसका मतलब था 'नीचे नीचे उड़ना है'। क्योंकि आज का मैच है देर तक हवा में रहने का। जिसके कबूतर जितनी देर हवा में रहेंगे उसका टाइम लिखा जायेगा और इसी के मुताबिक़ आज का विजेता चुना जाना था। सारी ट्रेनिंग और कलाकारी यही है कि दूसरों से ज़्यादा देर तक कबूतरों को हवा में रखना है।

अब क्योंकि सारे खिलाड़ियों के कबूतर हवा में चक्कर लगाने लगे थे तो ज़मीन पर हो रहे बाक़ी मसलों पर ध्यान दिया जा सकता था। टहलते हुए पाँड़े भी अपनी गैंग के साथ कबीर के पास चला आया।

अजायब ने सीधा पाँड़े से ही पूछा 'पाँड़े जी क्या ये सब आपके लोग बच्चे को परेशान कर रहे हैं भाई?'

अपने गुर्गे की तरफ़ देखते हुए बिसेसर पाँड़े ने कहा 'अरे पहले मामला तो पता करने दो भाई... कौन किसको परेशान कर रहा है अभी कैसे बता दें?'

बिसेसर को पूरा भरोसा था कि बदमाशी में उस्ताद उसके गुर्गों ने कबीर को धकियाने की कोई न कोई वजह ज़रूर इकठ्ठा कर रखी होगी। इसी भरोसे पर उसने अपने गुर्गे को इशारे से पूछा कि मामला विस्तार से समझाओ।

'हम तो टहिल रहे थे फिर देखा कि बाबा ये तो साला कबूतरों पर मंतर पढ़ रहा है... तभी हमने पूछा कि क्या जादू टोना कर रहे हो तो साला इधर उधर बतियाने लगा...।' गुर्गे ने जोश में कहा।

'अरे व देक्खो उस्ताद जी चले तो आय रहे हैं।' भीड़ में से किसी ने दूर सड़क की तरफ़ देखकर इशारा किया। लोगों ने पलटकर देखा तो सधी चाल से उस्ताद पीर मुश्ताक़ चले आ रहे थे। सबको अंदाज़ा हो गया कि जब उस्ताद जी ही आ गये हैं तो मामले का निपटारा होना ही है। वैसे भी अजायब हों या बिसेसर, उस्ताद की इज़्ज़त दोनों बराबर ही करते हैं। तो अस्ल मायने में अगर कोई सुनवाई कर सकता था वो उस्ताद जी ही हैं। और वो साक्षात पधार ही रहे हैं। अब किसी को कुछ कहने सुनने की ज़रुरत थी भी नहीं।

उस्ताद पीर मुश्ताक़ भी इस तरफ़ टूर्नामेंट में नहीं आ रहे थे। वो सिर्फ़ परेड ग्राउण्ड से होकर पुराने किले की तरफ़ जा रहे थे। पुराने किले में फौज की वजह से भीतर तो क्या उसके आस पास भी लोग नहीं फटकते थे, लेकिन जाने क्यों हर हफ़्ते पीर मुश्ताक़ किले में बा-इज्ज़त बुलाए जाते थे। पहले तो पीर मुश्ताक़ को उनके घर से लेने फौज की जीप ही जाती थी लेकिन फिर बाद में उस्ताद जी के ही कहने पर जीप का घर आना बंद करवाया गया।

इस मामले में कई अफ़वाहें चलती हैं। पहले अफ़वाह चली कि उस्ताद जी के कोई रिश्तेदार हैं जो फौज में बड़े अफ़सर हैं उन्हीं से मिलने पीर मुश्ताक़ किले में जाते हैं। लेकिन हर हफ़्ते जब पीर मुश्ताक़ नियम से किले में जाते देखे जाने लगे तो ये अफ़वाह खारिज़ हो गयी कि उस्ताद जी किसी रिश्तेदार से मिलने जाते हैं। इतनी पाबंदी से कौन जाता है रिश्तेदारी निभाने। अफ़वाह वैसे भी पहले से कमज़ोर ही थी क्योंकि नौबतगंज में पीर मुश्ताक़ की रिश्तेदारी कभी किसी ने कहीं देखी नहीं थी।

इसके बाद शहर के मनचलों ने हवा उड़ाई कि उस्ताद जी ने बुढ़ापे में कोई फौज की अफ़सर औरत फँसा ली है। इस पर लौंडों लपाड़ों के अलावा किसी को भरोसा हुआ भी नहीं। पूरी जवानी नौबतगंज में बिताने के बाद भी जिस पीर मुश्ताक़ की निगाह बतौर क़सम बरती जाती रही हो उसके बारे में ये बात कौन ही मानता।

लेकिन सवाल अपनी जगह वाजिब था, और इसका जवाब सिर्फ़ उस्ताद जी ही दे सकते थे। लेकिन बात ये है कि नौबतगंज में कोई ऐसा था नहीं जो उस्ताद जी से किसी भी ऐसी चीज़ के बारे में पूछ ले जिसके बारे में उस्ताद जी ख़ुद ना बताना चाहते हों।

लेकिन जब लोगों के पास वक़्त की कोई कमी ना हो तो ये राज़ फ़ाश करना ही कुछ लोगों ने अपना काम बना लिया। महीनों तक किले के दरवाज़े तक चोरी छिपे उस्ताद जी के आने-जाने का पीछा हुआ। जो ज़ाहिर तौर पर कोई कबूतरबाज़ नहीं करता था बल्कि अफ़वाहबाज़ करते थे। कबूतर उड़ाने का अपना मज़ा है, और कबूतरबाज़ों के लिए ये मज़ा ज़िन्दगी मौत के बराबर है। लेकिन अफ़वाह उड़ाने का भी मज़ा अपना अलग है। तो उस्ताद जी के पीछे ये काम होता रहा। धीरे-धीरे बात खुलनी शुरू हुई तब, जब लोगों ने देखा कि किले के भीतर से कबूतर उड़ाये जाते हैं, और तभी तक उड़ाये जाते हैं जब तक उस्ताद जी भीतर रहते हैं। ना उनसे पहले और ना उनके बाद।

फिर बात का सिरा मिलना शुरू हुआ कि उस्ताद जी, फ़ौज और कबूतरों का कुछ तो झोल झाल हो ही रहा था। आख़िरकार किसी फ़ौज के ही आदमी ने कभी किसी मौक़े पर शहर के किसी दोस्त से इशारा कर दिया और बात लोगों की समझ में आनी शुरू हुई।

बात ये थी कि जब अकबर ने भी ये किला बनवाया था तो गंगा के किनारे इस किले की फ़ौजी अहमियत बहुत ज़्यादा थी। कई एकड़ में फैला ये किला इसी वजह से अंग्रेज़ों ने भी अपनी फ़ौज के हाथ में रखा और आज़ादी के बाद भी किला हिन्दोस्तान की फ़ौज के सुपुर्द ही रहा। कहा जाता है कि अगर कभी हिन्दोस्तान की किसी मुल्क के साथ सीधी जंग हुई तो जिन पाँच जगहों पर दुश्मन के जंगी जहाज सबसे पहले बम बरसाएँगे ये किला उनमें से एक है। हिन्दोस्तान की फ़ौज किले को हथियारों के मालखाने की तरह इस्तेमाल करती है। और शायद यही वजह है कि इस किले के आस पास लोगों को ज़रुरत से ज़्यादा सख़्ती दिखती है।

तो ये सब मिलाकर बात ये तय हुई कि उस्ताद पीर मुश्ताक़ हिन्दोस्तानी फौज के लोगों को कबूतरबाज़ी सिखा रहे हैं। पहली नज़र में ये बात बेतुकी लगती है लेकिन अगर ये याद रखें कि जंग के दौरान जब कोई तकनीक और कोई आदमी आपके काम ना आये तो अपनी बात पहुँचाने के लिए कबूतर आख़िरी और जाने-माने रास्ते के तौर पर इस्तेमाल किए जा सकते हैं, तो बात समझ में आने लगती है। बात यही है कि फ़ौज बिना किसी रिकॉर्ड पर रखे, उस्ताद पीर मुश्ताक़ की देख-रेख में एक काबुकी टुकड़ी तैयार करवा रही है। जंगी कबूतरों की वही काबुकी टुकड़ी जिसने सैकड़ों सालों से जंगों में चुपचाप सरफ़राज़ी निभाई है।

लेकिन आज के इस टूर्नामेंट में अजायब को चुपचाप खड़े रहना अखर रहा था। कबीर तो चुपचाप अपने कबूतरों की उड़ान देख रहा था। अजायब ने गुर्गे की बात पर थोड़ी नरमी दिखाते हुए कहा –

'तो पूछने का ये तरीक़ा नहीं होता न कि कोई किसी खिलाड़ी के कबूतर को हाथ लगा देगा...।'

एक खिलाड़ी अपना स्कूटर लेकर उस्ताद के पास चला गया था और उन्हें बिठाकर इधर ही लिवाए ला रहा था। रास्ते में उसने उस्ताद पीर मुश्ताक़ को सारा मुआमला समझा भी दिया था। स्कूटर भीड़ के पास ही आकर रुका। स्कूटर से उस्ताद उतरकर सीधा कबीर के पास गये। कबीर ने झुककर उस्ताद के पैर छुए।

फिर कबीर अपने कबूतरों की उड़ान के बारे में बताने लगा। उस्ताद और उसके इकलौते शागिर्द के बीच हो रही बातचीत को किसी ने रोका टोका नहीं।

'उस्ताद जी ... मैच में रहेंगे न... उधर मुंसिफ़ की कुर्सी पर चलकर बैठिए... आप आ गये तो अब उस कुर्सी पर किसी के बैठने का कोई मतलब भी नहीं...।' अजायब सिंह ने दोनों हाथ जोड़कर उस्ताद की तरफ़ देखते हुए कहा।

पीर मुश्ताक़ ने कुछ जवाब नहीं दिया, बस पीछे अजायब को देखकर मुस्कुराए और कबीर को सीटी का कोई नुस्ख़ा बताने लगे।

पाँड़े बेचैन हो रहा था इधर। नौबतगंज के नामी कबूतरबाज़ खड़े हैं उस्ताद के पीछे लेकिन उनको जाने क्यों इस छोकरे में ही सारी फ़नकारी दिखायी देती है। शागिर्द भी बनाया तो किसे? कल के आये लड़के को। इस बात से पाँड़े हमेशा चिढ़ा रहता था लेकिन उस्ताद के सामने जब किसी की चलती ही नहीं तो करे भी तो क्या।

'आइये उस्ताद जी... उधर चलकर आराम से बैठते हैं... अब तो रहेंगे आप?' बिसेसर ने कुछ ज़्यादा मुलायमियत बरती आवाज़ में।

उस्ताद पीर मुश्ताक़ पीछे पलटे। बिसेसर की तरफ़ धीमी चाल में आये और उसके दोनों कंधों पर सामने से दोनों हाथ रखकर पाँड़े की आँखों में देखने लगे। ऐसा कम ही होता है, कम कबूतरबाज़ उस्ताद का ये चेहरा देख सके हैं शहर में। उस्ताद के चेहरे पर ऐसा कसैलापन था जैसे किसी ने शक्कर कहकर नीम का पत्ता खिला दिया हो। पाँड़े ने एक पल के लिए आँख मिलाई लेकिन जैसे बदसूरत इंसान आईने के सामने देर तक नहीं टिकता, वैसे ही पाँड़े उस्ताद की आँख में ना देखकर उनके कंधे देखने लगा। लंबी साँस लेकर उस्ताद ने चुभलाते हुए एक-एक शब्द पर ज़ोर देकर कहा –

'पाँड़े जी क्या देखने के लिए रुकें हम? जो आपके कारनामे हैं... वो हम देखें तो... लेकिन फिर मुसीबत बढ़ जायेगी आपकी ही...।'

'वो... बात... नहीं थी... उस्ताद जी... वो असल में... ' पाँड़े कुछ बोलते उससे पहले उस्ताद जी बोल उठे। वही भारी लहजा-

'असल... तो नसल है पाँड़े जी... आपको भी तो बता चुके हैं कई दफ़े... कि उड़ती नसल है... और उड़ाता कबूतरबाज़ है... बस... तीसरा कुछ और हो तो हमें भी सिखा दीजिये।'

बिसेसर क्या बोलते। बोलने को कुछ है ही नहीं। जानबूझकर बदतमीजी अपने सामने होने दी। सिर्फ़ इसलिये होने दी क्योंकि कबीर के साथ हो रही थी। बच्चों को क्या मिलता है मेंढक पर ढेले फेंक कर, लेकिन फेंकते हैं। कुछ नहीं, तो यही सही।

'आप पहली बार इस टूर्नामेंट में आये हैं उस्ताद जी... इस तरफ़ चलकर हमारे साथ बैठिए... छोड़िए इनको...।' अजायब सिंह ने मामला बिगड़ता देखकर उस्ताद जी का ध्यान बंटाने की कमज़ोर सी कोशिश की। उस्ताद ने बिना अजायब की तरफ़ देखे बिसेसर की आँखों में ही देखते हुए कहा –

'किसको क्या छोड़ना चाहिये ये आप भी जानते हैं सिंह साब ... और बाक़ी लोग भी जान समझ लें ... तो बेहतर ही रहेगा ... सबके लिए।'

अब कोई भी क्या बोलता। उधर कबीर इन सब से एकदम बेफिकर अपने कबूतरों को हाँका दे रहा है। तालियाँ सीटियाँ बजा रहा है। आसमान निहारते कबीर के चेहरे पर जो सुकून और ख़ुशी है, उसका कोई तोड़ नहीं सच में।

उस्ताद जी पहले छोटे बच्चे की तरह ख़ुशी से उछलते कबीर को देखते हैं, फिर आसमान में उड़ रहे उसके कबूतरों को देखते हैं। और आसमान में ही देखते हुए कहते हैं –

'तुम सबके और इस बच्चे के बीच यही फ़रक है... चलती बाज़ी में ... तुम लोग तमाशा देख रहे हो... और वो अपने कबूतर...।'

उस्ताद पीर मुश्ताक़ की इस बात से सबको ध्यान आया कि कबूतर तो सबके ही उड़ रहे हैं लेकिन उड़ा तो अकेला कबीर ही अपने कबूतर रहा है। लोगों के मन में कबीर के लिए इज्ज़त और बढ़ जाती है। एक दूसरे को देखकर लोग इस भाव में सिर हिलाते हैं कि 'आख़िर शागिर्द किसका है? उस्ताद पीर मुश्ताक़ का।'

उस्ताद जी सबको एक नज़र देखते हैं। फिर उसी स्कूटर वाले आदमी को इशारे से स्कूटर स्टार्ट करने के लिए कहते हैं।

'बड़े दरवाज़े तक छोड़ दीजिये ज़रा हमें...।'

किले के मेन गेट को पुराने नौबतगंज के लोग बड़ा दरवाज़ा ही कहते हैं अब भी। हालाँकि अब फ़ौज ने भीतर आने का जो सिस्टम बनाया है उसमें बड़े दरवाज़े से एंट्री होती नहीं। उसी दीवार से लगकर कुछ सौ मीटर दूर कई बैरिकेड्स और छोटे-छोटे केबिन से होकर भीतर जाना होता है।

स्कूटर स्टार्ट हो गया। उस्ताद जी बैठ भी गये। कबीर ने आकर पैर छुए। सबने सलाम किया पीर मुश्ताक़ को। फिर अचानक जैसे उस्ताद को कुछ याद आया हो। स्कूटर के पास आकर खड़े बिसेसर पाँड़े से बोले –

'तुम जिसे मंतर पढ़ना कहते हो... वो लड़का उसे अपने पंछी के साथ रिश्ता बनाना कहता है पाँड़े जी... कबूतर के अलावा कोई और पंछी हो जिसकी पुश्तों ने इंसान और इंसानियत की इतनी ख़िदमत की हो, तो सोचकर बताइयेगा...।'

उस्ताद पीर मुश्ताक़ ने पान खाकर लाल की हुई अपनी जीभ बाहर निकाली और उसे छूकर दो सेकेंड बाद कहा –

'ये ज़बान है पाँड़े जी... सबके पास होती है... कोई बे-ज़बान नहीं होता... उसकी ज़बान समझनी होती है बस्स... आप इस उमर तक नहीं समझे...।'

अपने कबूतरों में मस्त कबीर की तरफ़ इशारा करके उस्ताद जी ने कहा –

'उस लड़के ने अपने पंछियों की ज़बान समझी है... कोशिश कीजिये आप भी।'

कहकर उस्ताद ने स्कूटर के ड्राइवर की पीठ पर थाप दी, स्कूटर बड़े दरवाज़े की ओर चल निकला। दो चार मिनट कोई किसी से ऐसे नहीं बोल रहा था जैसे सब के सब किसी मातम से लौटे हों। सब अपने-अपने दिमाग़ में उस्ताद की सीख चुभला रहे थे। हर कोई अपने हिसाब से बात समझ रहा था। बरसों बरस में पीर मुश्ताक़ जैसा उस्ताद ऐसी बातें कहता है। इसलिये हर कोई अभी उनकी बातों को दिमाग़ी तौर पर हजम ही कर रहा था। कबीर के हाँके से सबका ध्यान टूटा। सबको अपने कबूतरों का ध्यान आया। समझाइश तो समझते रहेंगे कबूतर कोई उतर गया तो खेल के शुरूआती घंटों में ही बाहर हो जायेंगे। सीटियाँ और हाँकें और तालियाँ। परेड ग्राउण्ड किसी जंगी आसमान से कम नहीं लग रहा था।

उस्ताद जैसे ही निकले, लोग अपने-अपने कबूतरों में लग गये। कहीं ताश की फड़ बिछ गयी, कहीं लूडो निकाल लिया गया। कोई अख़बार पढ़ने में व्यस्त हुआ तो कहीं लोग बतरस का मज़ा लेने में लगे। एक खेल के बीच में कई खेल थे। जब तक कबूतर थकना ना शुरू करें मैच में करने के लिए कुछ ख़ास होता नहीं। अब कलाकारी लगेगी आख़िरी घंटों में। जब कबूतर थक कर खुलेंगे और बादलों से नीचे चक्कर लगाने लगेंगे। तब तक बस एकाध नज़र काफ़ी है। अजायब सिंह ने सबके खाने का बंदोबस्त करवाया ही था। थोड़ी देर में खाने के छोटे-छोटे पैकेट

आये और लोग खाकर आसमान की तरफ़ चेहरा किए लेटने बैठने लगे। किसी को आई, तो दूसरे खिलाड़ी को जगाने का काम देकर हल्की झपकी भी मार ली।

कबीर से मिलने अम्बेश और मोनू आ गये थे। दिन भर के मैचों में अक्सर कबीर के दोस्तों में से कोई आ जाता है तो उसका भी मन लग जाता है। वैसे भी उसके चारों दोस्त हर दूसरे दिन परेड ग्राउण्ड में ही दिखायी देते हैं। आज के मैच में कबूतर उड़ाने के बाद कबीर, अम्बेश और मोनू गंगा के चक्कर लगाकर स्कूटर से आ भी चुके हैं। आजकल मोनू स्कूटर सीख रहा है तो पुरानी सड़क पर घूम घाम कर तिकड़ी मैच के ग्राउण्ड पर पहुँच चुकी है। वैसे भी कबीर के कबूतर अभी भी उतनी ऊँचाई पर उड़ रहे थे कि उन्हें परेड ग्राउण्ड के कई किलोमीटर के दायरे में कहीं भी हों, देखा जा सकता था। लेकिन अब शाम हो चली थी और ग्राउण्ड पर पहुँचना ज़रूरी भी था।

... अब सिर्फ़ परेड ग्राउण्ड पर शाम ही नहीं उतर रही थी, कबूतर भी इक्का दुक्का करके उतरने लगे थे। सबकी दूरबीनें निकल आई थीं। मुंसिफ़ के पास भीड़ लगने लगी थी। रजिस्टर में नाम के साथ कबूतर की उड़ान के घंटे दर्ज़ करके मुंसिफ़ और खिलाड़ी के दस्तख़त करवाए जाने लगे थे। कुछ खिलाड़ियों के तीनों ही कबूतर उतर चुके थे। कुछ के एक या दो कबूतर उतरे थे। तीन-तीन कबूतर हर खिलाड़ी ने उड़ाये थे। खिलाड़ी भी जानते थे कि आज असल बाज़ी बिसेसर पाँड़े और कबीर के ही बीच लड़ने वाली थी। दोनों के पास पक्की नस्लों के ख़ूब रगड़े हुए कबूतर थे। ऐसे बड़े टूर्नामेंट में खिलाड़ी अपने कबूतरों की छुपी नस्ल लेकर आते थे जिनका शहर में कोई दूसरा जोड़ा ना हो। इसमें जितनी उस्तादी पाँड़े ने हासिल करने में दसियों साल लगा दिए थे उससे कहीं ज़्यादा उस्तादी कबीर ने तीन चार बरस में ही हासिल कर ली थी। कबूतरों के मामले में कबीर और पाँड़े, दोनों ही धुन के पक्के थे।

अब पूरे मैच में सिर्फ़ तीन ही खिलाड़ी ऐसे रह गये थे जिनके तीनों कबूतर अब भी चक्कर लगा रहे थे। एक थे पाँड़े, दूसरा कबीर और तीसरे पुराने नौबतगंज के एक डॉक्टर साहब। हालाँकि डॉक्टर साहब लाख हाँका लगा रहे थे, सीटियाँ बजा रहे थे, लेकिन देखकर साफ़ मालूम चल रहा था कि उनके तीन कबूतरों में से दो थक गये थे और तीसरे कबूतर से अलग होकर काफ़ी नीची उड़ान भरने लगे थे। जबकि कबीर और पाँड़े के कबूतर अब भी तीनों साथ ही उड़ रहे थे।

आख़िरकार वही हुआ जिसका अंदाज़ा था। डॉक्टर साहब के दो कबूतर एक साथ ज़मीन पर उतर आये। बचा उनका बस एक कबूतर। लोगों ने तीसरे नंबर पर आये डॉक्टर साहब के पास जाकर बधाई दी। किसी ने हाथ मिलाया, कोई गले मिला। नौबतगंज के ढोल ताशे वाले दर्ज़न भर खड़े थे। लेकिन कोई साँस नहीं ले रहा था। कहीं कोई ताली नहीं, सीटी नहीं। सब होगा, लेकिन खेल ख़त्म होने के बाद।

जो खेल को पहली बार देख रहे हों उनको ये अजीब लगेगा। लेकिन कबूतरबाज़ी में ये वक़्त बहुत मुश्किल होता है। कोई ऐसा काम नहीं होता जिसमें बहुत ज़्यादा आवाज़ हो। लोग साँस बाँधकर उड़ान देखते हैं। इस समय ताली, सीटी बजाने या आवाज़ से हाँका देने का हक़ परेड ग्राउण्ड में सिर्फ़ उसी खिलाड़ी को है जिसके कबूतर अब भी आसमान में हों। क्योंकि कबूतर थक चुके हैं और अपने खिलाड़ी की सीटी का ही इंतज़ार कर रहे हैं इसलिये जब आख़िरी तीन खिलाड़ी मैच में बचे हों तो ग्राउण्ड पर कोई गैर-ज़रूरी आवाज़ नहीं होती।

कबीर और बिसेसर पाँड़े भी अगर ताली या सीटी बजायेंगे तो बहुत सँभलकर। यही वक़्त होता है किसी खिलाड़ी का अपनी कलाकारी दिखाने का। इस वक़्त खिलाड़ी एक दूसरे की तकनीक समझने में लगे होते हैं। वो ये भाँपने में लगे होते हैं कि अगले की किस सीटी का क्या असर कबूतर पर हो रहा है। क्योंकि साथ के खिलाड़ी को अभी भी सीटी, ताली, हाँका लगाने का हक़ है, तो वो आपके कबूतर को भरमाने की पूरी कोशिश करेगा। कबूतरबाज़ी में इसकी मनाही नहीं है। इसलिये कबीर और पाँड़े एक दूसरे की तकनीक भाँपने में लगे हैं। अब ये खेल कबूतरबाज़ी कम, शतरंज ज़्यादा हो गया है। शतरंज भी वो, जिसमें आपके पास सोचने का बहुत समय नहीं है।

ग्राउण्ड का नज़ारा मज़ेदार हो चुका है। आधी भीड़ कबीर के पीछे साँस बाँधे खड़ी है और आधी भीड़ पाँड़े के पीछे खड़े होकर आपस में फुसफुसा रही है।

चाय समोसे और मिठाइयों का दौर भी शुरू हो चुका है। पूड़ियाँ तली जाने लगी हैं क्योंकि पूड़ियों को जीत-हार से क्या मतलब। खाना तो सबका बनना ही है। शहर से अब वो कबूतरबाज़ भी परेड ग्राउण्ड आने शुरू हो गये हैं जो दिन में किसी वजह से नहीं आ पाए। कबीर और बिसेसर पाँड़े के बीच मैच फँसा है, ये ख़बर ही नौबतगंज के कबूतरबाज़ों को ग्राउण्ड पर लाने के लिए काफ़ी है।

भीड़ में चाहे इस समय उस्ताद पीर मुश्ताक़ ही क्यों ना हों, किसी को कबीर या पाँड़े के पास जाने की इजाज़त नहीं। इस समय खिलाड़ी को ना तो कोई मशविरा दिया जा सकता है और ना ही कोई हुक्म। जो करेगा खिलाड़ी अपनी सूझ बूझ और अनुभव के आधार पर करेगा। इसीलिए कबीर और पाँड़े, दोनों ही अपने-अपने मार्क पर अकेले खड़े हैं। कबीर के दोस्त और पाँड़े के गुर्गे, सब उनसे पीछे हटकर खड़े हैं। अब जब खेल का आख़िरी घंटा बचा है तब समय है गुप्त विद्या लगाने का। पाँड़े बेचैन ज़रूर है लेकिन काफ़ी फोकस दिखायी दे रहा है। अगर बिसेसर जीता तो ये पहली बार होगा जब अजायब सिंह का टूर्नामेंट पाँड़े के नाम होगा। यही बात कबीर के साथ भी है। वो भी ये टूर्नामेंट जीतकर नौबतगंज के सालाना और सबसे बड़े टूर्नामेंट में खेलने के लिए क्वालिफाय करना चाहता है। दोनों के लिए मसला गहरा है।

बिसेसर पाँड़े ने ख़ास आज ही के लिए तैयार की हुई एक तकनीक आज़माने की सोची। कबूतरों में दम दिखायी देने के बावजूद उसने सीटी और हाँका लगाना शुरू किया। बिसेसर चाहता था कि कबूतर एकाएक थक कर नीचे ना उतरें, इसलिये उसके हाँके का मतलब था कबूतरों को और नीचे उड़ने का इशारा करना।

लेकिन क्या आप इस खेल को वाक़ई शतरंज समझ बैठे हैं जनाब? जिसमें कि काठ के मुहरे होते हैं और जिन्हें आप अपनी मर्ज़ी से कहीं का कहीं कर सकते हैं।

ना... ना... ना... ना...

ये खेल सदियों से इसीलिए ज़िन्दा है क्योंकि इसमें जितनी आर्ट शामिल है, उतनी ही साइंस भी शामिल है। और इन दोनों के बराबर का हिस्सा है 'नसीब' के हाथ में। जैसे जुआ सिर्फ़ अपनी कला और विज्ञान के दम पर नहीं जीता जा सकता, ठीक वैसे ही कबूतरबाज़ी सिर्फ़ अपनी कलाकारी और तजुर्बे के दम पर नहीं जीती जा सकती। इसमें असल चाल तो नसीब चलता है, क्योंकि कबूतर एक ज़िन्दा जान है। उसका अपना दिमाग़ और मूड है। उस पर अपनी मर्ज़ी चलाई तो जा सकती है, लेकिन वहीं तक जहाँ तक कबूतर की मर्ज़ी हो। उससे आगे तो वो ख़ुद अपना मालिक है। दस घंटे से आसमान में उड़ते कबूतर के लिए इस समय रंग-रौशनी-रस का अपना अलग ही असर होता है।

बिसेसर पाँड़े का हाँका ग़लत असर कर गया। उसके अपने लिए भी, और कबीर के लिए भी। पाँड़े का एक कबूतर नीचे उड़ने लगा और जाने कैसे कबीर के

दो कबूतर भी नीचे उड़ने लगे। देखने वालों को एकबारगी लग सकता है कि ये पाँड़े ने शरारत में किया है। लेकिन ऐसा था नहीं। पाँड़े ने दाँव सही चला था, अगर इस आख़िरी घंटे में कबूतर नीचे उड़ते तो थोड़ी देर बाद उन्हें उतारना आसान होता। इस खेल का आख़िरी नियम भी तो ऐसा है जो जीते हुए को भी हरा सकता है। कबूतर उतारने का भी एक आख़िरी वक़्त होता है। अगर उसके बाद भी आपके कबूतर उड़ते रहे तो खिलाड़ी अपने आप खेल से बाहर हो जाता है। और आख़िरी समय में अगर कबूतर बहुत गरम हो जाये तो उसे उतारना मुश्किल होता है। इसलिये कबूतरबाज़ घंटे आधे घंटे पहले से कबूतर उतारने की कोशिश शुरू कर देते हैं।

आज के मैच में क्योंकि दोनों ही खिलाड़ियों के तीनों कबूतर ऊपर उड़ रहे थे इसलिये कोई उतारने की शुरुआत करना नहीं चाहता था। क्या मालूम कबूतर एकदम से ही उतर आयें। इसी कोशिश में पाँड़े ने हाँका लगाया था। लेकिन उसका असर उल्टा ही पड़ा।

अब कबीर के तीनों कबूतरों में से जो कबूतर अकेला ऊपर रहा गया था उसे ये समझ नहीं आ रहा था कि वो उड़ता रहे या कि बाक़ी के अपने दोनों साथियों के साथ उड़े, या फिर उतर ही जाये। क्योंकि कबीर की तरफ़ से कोई इशारा हुआ नहीं था। पाँड़े के जो दो कबूतर कबीर के कबूतर के बराबर उड़ रहे थे वो धीरे-धीरे कबीर के ऊपर उड़ रहे कबूतर के साथ आ लगे।

अब बारी थी कबीर की। पाँड़े अपना दाँव चल चुका था और उसे अब आख़िरी दो दाँव ही चलने थे कि कबूतर ठीक समय पर उतर आयें, इसलिये पाँड़े अपने कबूतरों को छेड़ नहीं रहा अब।

लेकिन आज के मैच को होना था यादगार। आज वो सब होना था जो अक्सर नहीं होता है। नौबतगंज के कबूतरबाज़ आज फुल मज़े में थे। मैच फँस गया है। आख़िरी के बीस मिनट रह गये हैं।

बाक़ी के खिलाड़ियों के बीच एक अलग ही कयास चल निकला। लोग जाकर डॉक्टर साहब के कंधे थपथपाने लगे। अब ऐसा माना जा रहा था कि कबीर और बिसेसर पाँड़े दोनों के कम से कम दो-दो कबूतर बेक़ाबू हो गये हैं। ऐसे में उन दोनों के दो-दो कबूतर जितनी देर भी हवा में रहे वो घंटे तो गिने नहीं जायेंगे क्योंकि वो कबूतर हो गये बाहर। तो तीसरे नंबर पर आये डॉक्टर साहब के ही पहले नंबर पर

आने की संभावना हो उठी प्रबल। लो जी... यही है कबूतरबाज़ी। यहाँ कुछ भी हो सकता है।

अब दाँव पेच करने का समय रह नहीं गया था ये कबीर और बिसेसर दोनों जानते थे। पहले नंबर पर आने की ज़िद में दूसरा नंबर भी जा सकता था। तो दोनों ने अपने-अपने कबूतरों को ताली-सीटी-हाँका लगाना शुरू किया।

चलो एक काम तो दुरुस्त हुआ। कबीर का एक कबूतर जो अकेला ऊपर बिसेसर के दोनों कबूतरों के साथ उड़ रहा था वो उतर आया। और ठीक उसके साथ ही पाँड़े का वो कबूतर जो कबीर के दोनों नीचे उड़ रहे कबूतरों के साथ उड़ान भर रहा था, वो भी उतर आया। अब तो मामला बराबरी पर ठहरता दिख रहा है।

अजायब सिंह मुंसिफ़ ने दोनों कबूतरों का टाइम रजिस्टर में दर्ज़ किया। कबीर और बिसेसर ने दस्तख़त किए। और आख़िरी पंद्रह मिनट बचे होने की सीटी मुंसिफ़ ने बजा दी। आसमान में अब कबीर और बिसेसर के दो-दो कबूतर उड़ रहे थे। धूप जा चुकी थी लेकिन उजाला काफ़ी था। बिसेसर ने अलग-अलग किसिम की सीटियाँ बजानी शुरु कीं। साथ में पाँड़े ने दाना छिड़कना शुरु किया। इसका असर हुआ और बिसेसर का दूसरा कबूतर भी उतर आया। रजिस्टर में टाइम दर्ज़ हुआ। अब अगर अगले दस मिनट में कबीर के कबूतर नहीं उतरे तो मामला बिगड़ जायेगा।

पाँड़े बेचैनी में अपनी जगह पर खड़ा-खड़ा ही हाथ पाँव झटकने लगा। पाँड़े का बचा था बस एक ही कबूतर। अब अगर वो नहीं भी उतरा तो काम बन जायेगा। बस कबीर के दोनों कबूतर ना उतरें। परेड ग्राउण्ड में सबकी मुट्ठियाँ कस गयी थीं। लेकिन एक शानदार खिलाड़ी की तरह कबीर के चेहरे पर कहीं शिकन की एक लकीर नहीं दिखायी दे रही थी। उल्टा वो मुस्कुरा रहा था आसमान में देखकर।

पाँड़े को लग रहा था कि उसके सारे दाँव सही फिट हुए। लेकिन उसे अंदाज़ा भी नहीं था कि आख़िरी के पाँच मिनट में इसके ख़िलाफ़ खड़ा लड़का क्या कारनामा करने जा रहा था। कबीर सिर्फ़ अपने हाथ पर बँधी डिजिटल घड़ी और आसमान बारी-बारी देख रहा था। पाँड़े ने अपना आख़िरी कबूतर इस अंदेशे में नहीं उतारा कि अब वैसे भी ज़रुरत क्या रह गयी।

लेकिन जब ठीक तीन मिनट बचे तब कबीर दौड़ा और अजायब सिंह को घड़ी दिखायी। और दूसरे हाथ से जेब में रखा रेशम का बड़ा सा कपड़ा निकाल कर

आगे को बढ़ गया। नीले कपड़े को लहराते हुए जब कबीर ने 'आओ... आओ... आओ... आओ...।' कहकर अपने कबूतरों को बुलाना शुरू किया तो पाँड़े सुन्न रह गया। कबीर जो कर रहा था उसकी कोई मनाही नहीं है। कबूतर कहीं भी उतरें, उन्हें उतरा ही माना जायेगा। जबकि पाँड़े फन्ने खां बनने के चक्कर में अपना आख़िरी कबूतर भूल ही गया था।

जैसे ही कबीर ने कपड़ा लहराकर हाँका देना शुरू किया। ठीक एक मिनट बाद परेड ग्राउण्ड ढोल ताशों और सीटियों से गूँज उठा। कबीर के दोनों कबूतर उतर चुके थे और पाँड़े का आख़िरी कबूतर अब भी हवा में था।

सबसे पहले दौड़कर अम्बेश और मोनू ने कबीर को गले लगाया। फिर कागज़ी कार्रवाई करके अजायब कबीर की तरफ़ दौड़े और फिर तो आधे घंटे तक कबीर किसी न किसी के कंधों पर ही रहा। पटाखों की धूम-धाम और सीटियों के शोर में किसी ने ध्यान नहीं दिया। कबीर ने दो बार अपनी क़मीज़ की बाँह से आँखें पोंछीं। ये बहुत बड़ी बात थी, बहुत ही बड़ी बात... इस लड़के के लिए। जब कई-कई रतजगे और दौड़ भाग फली है इसके लिए। हर कोई कबीर का हाथ चूम रहा था। लेकिन कबीर अपने तीनों कबूतरों को बेतहाशा प्यार कर रहा था। आसमान से चैम्पियन उतरे हैं। कबीर ने सबसे पहले कबूतरों को चौखाने में रखकर उनको दाना पानी दिया और ऊपर से कपड़े से उन्हें ढँक दिया। अंधेरा होगा तो कबूतरों को आराम मिलेगा।

हर दूसरा कबूतरबाज़ कबीर से इन कबूतरों के बच्चे ख़रीदना चाहता था। हर कोई जानना चाहता था कि ये कबूतर किस नस्ल के हैं। लेकिन अभी ना तो कबीर को कुछ दिखायी दे रहा था और ना सुनाई दे रहा था। अभी उसके भीतर जश्न चल रहा था।

क्योंकि बिसेसर पाँड़े का एक कबूतर खेल से बाहर हो गया था, तो डॉक्टर साहब के घंटे पाँड़े पर भारी रहे और पाँड़े को दूसरा नहीं, तीसरा पायदान मिला आज के मैच का। डॉक्टर साहब तीसरे से पहुँच गये सीधा दूसरे नंबर पर।

वैसे तो बिसेसर पाँड़े भी आज के विजेताओं में से एक ही थे, लेकिन उनको बधाई देने वालों में उनके चेले चपाटे और गुर्गे ही शामिल दिखायी दे रहे थे। पाँड़े पर आज एक बालक का दाँव चल गया था इसलिये पाँड़े मन खट्टा किए हुए इधर

उधर टहल रहे थे। कबीर असल में पाँड़े के लिए वो मर्ज़ साबित हुआ था जिसकी फ़िलहाल तो कोई दवा पाँड़े को दिखायी नहीं दे रही है।

इन्हीं सब के बीच जीत का जश्न शुरू हुआ और पहले नंबर पर आने वाले कबूतरबाज़ के लिए जो इनाम अब तक सामने नहीं लाया गया था वो आता दिखायी दिया। ग्राउण्ड पर जब लाल रंग की चमचमाती यामाहा आर एक्स हँड्रेड मोटरसाइकल लाई गयी तो हर किसी ने अंदाज़ा लगा लिया कि यही है अजायब सिंह की तरफ़ से पहले नंबर का इनाम।

ग्राउण्ड पर बैरागी जी भी पहुँच चुके थे। और कबीर के जीतने पर बहुत ज़्यादा खुश दिखायी दे रहे थे। बैरागी जी और कबीर आज के कबूतरों की नस्ल पर बात कर ही रहे थे जब पाँच सात चौकियाँ लगाकर बनाये गये कामचलाऊ मंच से आवाज़ आई कि आज के चैम्पियन को बैरागी जी के हाथों इनाम दिया जायेगा। बैरागी जी कबीर का हाथ थामे मंच पर जाकर खड़े हुए।

एक तरफ़ अजायब सिंह नगद दो लाख इन्यावन हज़ार का बण्डल लिए खड़े थे और कबीर के दूसरी तरफ़ बैरागी जी एक लाल वेलवेट के बॉक्स में यामाहा मोटरसाइकल की चाभी और माला थामे हुए थे। पहले कबीर को माला पहनाई गयी। मोटरसाइकल की चाभी दी गयी और फिर अजायब सिंह ने दो लाख इक्यावन हज़ार नगद कबीर के हाथ में देते हुए उसे गले लगाया। इसके बाद डॉक्टर साहब को मंच पर बुलाया गया। उन्हें भी माला पहनाकर एक लाख ग्यारह हज़ार नगद दिए गये और ग्यारह हज़ार के नोटों की माला पहनाई गयी। बिसेसर पाँड़े को मंच पर बुलाने के लिए आवाज़ लगायी गयी। लेकिन पाँड़े की तरफ़ से उनका इनाम लेने दूसरा आदमी आया, पाँड़े परेड ग्राउण्ड से निकल चुके थे। बिसेसर पाँड़े के नाम की एक नोटों की माला जिसमें कुल पाँच हज़ार के नोट लगे थे, उस आदमी को दिए गये। इक्यावन हज़ार नगद भी दिया गया।

अजायब सिंह ने माइक पर एक छोटा सा भाषण दिया जिसके आख़िर में वो ये कहते हुए भावुक हो गये कि 'आज का मैच नौबतगंज याद रखेगा... हमारे सबसे नौजवान कबूतरबाज़ साथी ने आज हम सबको ये सिखाया कि असल कबूतरबाज़ी क्या होती है...।'

अजायब सिंह ने कबीर को दोबारा गले लगाकर अपनी ऊँगली से सोने की अंगूठी निकालकर कबीर की ऊँगली में पहना दी। जो कबीर की पतली ऊँगली में टिकी नहीं तो कबीर ने जेब में रख ली।

मंच से सभी खिलाड़ी उतरकर अब खाने और बतियाने में लगे हुए थे। कबीर के सारे ही दोस्त अब तक ग्राउण्ड पर आ चुके थे। सबने कबीर को किनारे ले जाकर बधाई दी।

अम्बेश कबरे को बाँहों में दबोचकर चिल्लाया –

'बाबा अब तो साल भर पार्टी होगी...।'

कबीर ने हाथों में थामा नोटों का बण्डल सीने से लगाकर एकदम सिर हिलाकर मना किया। और बोला –

'हमको चारू दीदी के यहाँ पहुँचा दो जल्दी से... ये पैसा उसके लिए है... इसमें से एक रुपया हम ख़र्च नहीं करेंगे भाई।'

मोटरसाइकल तो कबीर को मिल गयी थी लेकिन उसने आज तक अपने बाप की मोपेड को भी हाथ नहीं लगाया था। दोस्तों के लाख कहने पर भी कबीर ने अम्बेश के स्कूटर को भी कभी चलाया नहीं था और ना कबीर को गाड़ी चलाने आती थी। इसलिये उसकी नयी मोटरसाइकल एक दोस्त लेकर घर पहुँचाने गया। कबीर स्कूटर पर पीछे बैठकर अम्बेश के साथ सीधा हाई कोर्ट कॉलोनी में अपनी बहन के यहाँ निकल गया।

उजाले और ढोल ताशों से काफी दूर एक आदमी और था जो ये सब देख कर ख़ुश था। किले से लौटते हुए उस्ताद पीर मुश्ताक़ एक जगह खड़े होकर चुपचाप जलसे को देख रहे थे। और सोच रहे थे कि कुछ बरस पहले जिस लड़के को उन्होंने दरवाज़े से लौटा दिया था आज उसने साबित किया कि मुश्किलें इरादा आज़माती हैं, लेकिन एक न एक दिन जुनून के आगे घुटने टेक देती हैं।

उस्ताद पीर मुश्ताक़ मुस्कुराते हुए शहर की तरफ़ बढ़ने लगे। इस बार नौबतगंज का सबसे बड़ा सालाना टूर्नामेंट मज़ेदार होने वाला है। क्योंकि इस बार उसमें पीर मुश्ताक़ का शागिर्द भी हाँका लगायेगा।

—

15

जब कबीर आसमान में अपने जांबाज़ों को हाँका लगा रहा था, ठीक तभी उसका पिता उसी विशाल परेड ग्राउण्ड के एक छोटे से हिस्से में किसी के हाँके से बचने की कोशिश कर रहा था। पुराने किले के जिस हिस्से से लगकर गंगा बहती हैं, उस तिकोने पर एक मंदिर है। हनुमान मंदिर। लेकिन देश दुनिया में अनगिनत हनुमान मंदिरों के बीच इस मंदिर की अपनी ख़ासियत है। इस पूरे महादेश में आराम करने के लिए पवन-पुत्र को यही शहर और शहर का यही घाट रास आया। इस मंदिर में लेटे हुए हनुमान जी की मूर्ति है। कहते हैं गंगा किनारे हनुमान जी आराम करने के लेट गये थे। अमर होने के अलावा ईश्वर होने का एक अभिशाप ये भी है कि आपके भक्त आराम और एकांत में बहुत विश्वास नहीं रखते। गंगा किनारे रेत पर जाने क्या सोचकर आराम करने आये एक ईश्वर को आराम यहाँ भी मिल नहीं सका। जिन वजहों से पवन पुत्र ने इस जगह को अपने आराम के लिए सटीक पाया, उन्हीं वजहों से एक बादशाह को ये जगह किला बनाने के लिए ठीक लगी।

कहते हैं गंगा किनारे इस जगह पर जब अकबर अपना किला बनवा रहा था तब उसने लेटे हुए हनुमान की मूर्ति हटवाकर वो जगह भी किले की सरहद में लेनी चाही। लेकिन कई वजहों से बात बनी नहीं और आख़िरकार अकबर के किले की दीवार मंदिर की जगह से घुमाकर निकाली गयी।

आज की तारीख़ में नौबतगंज शहर में दो हनुमान मंदिर हैं। एक नया मंदिर है जो सिविल लाइन्स में है। और दूसरा मंदिर यहाँ गंगा किनारे है। सिविल लाइन्स के हनुमान मंदिर को अमीरों और ताक़तवरों का मंदिर कहा जाता है, जहाँ अक्सर

बड़ी गाड़ी और महँगे इत्र वाले भक्त पहुँचते हैं। इधर लेटे हनुमान जी को ग़रीबों और लाचारों का मालिक माना जाता है। देवता वही, दरबार अलग।

तमाम मन्नतों, फ़रियादों, शिकायतों और मान मनव्वल के बीच लेटे हनुमान मंदिर में हनुमान जी के आराम का इंतेज़ाम अगर कोई नहीं भूला, तो वो गंगा हैं। बारिश के महीनों में कुछ दिन बढ़ी हुई गंगा की वजह से लेटे हनुमान जी का मंदिर गंगा में डूब जाता है। भगवान् तभी भक्त की पहुँच के बाहर होते हैं। आराम रहता होगा।

बहरहाल, आराम के दिन बीतने के बाद अब मंदिर फ़रियादियों से लदा हुआ है। इन्हीं में से एक आदमी जो मंदिर की तरफ़ पीठ किए खड़ा है और बेचैनी से किसी का रास्ता देख रहा है वो एकईस राम हैं। एकईस इतने बरसों से नौबतगंज में हैं लेकिन कभी मंदिर के भीतर नहीं गये आज तक। ऐसा नहीं है कि कभी भीतर ना जाने की कोई क़सम उठाई हो, लेकिन जाने की कोई वाजिब वजह एकईस को मिली ही नहीं अपने भीतर कभी। अनगिनत बार मंदिर तक आये, ज़्यादातर किसी ऐसे के साथ आये जो दर्शन करना चाहता हो लेकिन मंदिर का रास्ता ना मालूम हो। कई बार अपने महक़मे के साथियों के साथ भी आये लेकिन बस बाहर ही टहलते रहे, कभी भीतर कोई ले नहीं जा पाया इन्हें।

जब एकईस राम और प्रभा तिवारी साथ रहते थे तब प्रभा अक्सर बड़े मुक़दमे की सुनवाई से पहले मंदिर आती थीं तो एकईस साथ रहते थे, बहुत बार बहुत तरह से प्रभा ने समझाया भी, लेकिन ये आदमी मंदिर के भीतर कभी नहीं गया तो नहीं ही गया। लेकिन बाप के ठीक उलट काम करने की आदत थी या सच में श्रद्धा थी, कबीर इस मंदिर में घंटों बिताया करता है। अक्सर कबीर अकेला आकर मंदिर के कोने में खड़े बरगद के नीचे बैठ जाता है और आते-जाते लोगों को निहारता रहता है। किसी किसी अनुष्ठान में सपरिवार होने की शर्त पुजारी रखता था। प्रभा तिवारी ऐसे अनुष्ठान करवाने अपने पति एकईस, बेटी चारू और बेटे कबीर के साथ आती थीं। एकईस तब भी मंदिर की देहरी पर ही बैठते थे, लेकिन कबीर अपनी माँ के साथ ख़ूब मन लगा कर अनुष्ठान में बैठता था। अलबत्ता चारू भी अपने पिता की तरह व्रत अनुष्ठान में विश्वास नहीं रखते हुए भी बस माँ की ज़िद के चलते मंदिर के भीतर जाती थी।

आख़िरी बार लेटे हनुमान जी के मंदिर एकईस राम कब आये थे उन्हें ख़ुद भी याद नहीं होगा। फिर आज अचानक यहाँ आने की वजह क्या है और इतनी

बेचैनी से वो किसका इंतेज़ार कर रहे हैं? जवाब सामने से लाल रंग की कार में चला ही आ रहा है।

कार आकर मंदिर के सामने सड़क पार खड़ी होती है। कार से प्रभा तिवारी निकल कर दरवाज़ा चाभी घुमाकर बंद करती हैं। नज़र में आने से बचें ना इसलिये एकईस ठीक मंदिर के गेट पर ही खड़े थे। प्रभा ने उड़ती नज़र से देखा लेकिन उनके देखने से ऐसा बिल्कुल नहीं मालूम चला कि उन्होंने एकईस को देखा भी है या नहीं। एकईस सड़क पार करने को आगे बढ़े लेकिन प्रभा ने सामने से आते एकईस को देखकर अनदेखा किया और उस तरफ़ बढ़ गयीं जिस तरफ़ प्रसाद के लड्डू वालों की दुकानें थीं। पीछे से एकईस ने झेंप कर जैसे ख़ुद से ही धीमी आवाज़ में कहा 'हाँ हाँ दर्शन कर लीजिये पहले... हम तो यहीं हैं...।' जैसे सदियों से लेटे हुए बताये जाते हनुमान जी उठकर कहीं जाने वाले हों।

दुनिया भर को दुनिया भर की सलाह देने वाले एकईस का मुँह कहीं एक जगह बिल्कुल नहीं खुल पाता तो वो प्रभा के सामने। ऐसा नहीं है कि ये शादी के बाद के सालों में हुआ हो। एकईस और प्रभा के रिश्ते में एकईस हमेशा कान की भूमिका निभाते रहे। शायद इसीलिए इन दोनों का रिश्ता कई साल चलता भी रहा। लेकिन इंसान की ज़बान थक भी तो जाती है, बरसों बरस बोलते बोलते। जब प्रभा थक गयीं तो रिश्ता ख़त्म हो गया।

सड़क किनारे एक धर्मार्थ प्याऊ के किनारे बैठे निरीह से दिख रहे एकईस राम ने बरसों पहले प्रभा से शादी के लिए अपनी जान दाँव पर लगा दी थी। प्रभा तिवारी के पिता एडवोकेट सुनील तिवारी ने प्रभा के घर से भाग कर शादी करने के बाद जिन शुरुआती महीनों में उन्माद में एकईस की तलाश की थी, अगर उन दिनों ये आदमी उन्हें मिल जाता तो कहानी यहाँ तक कभी आ ही नहीं पाती। जबकि एकईस तब नये-नये ही पुलिस में भर्ती हुए थे। लेकिन प्रभा के बाप पर इस 'चमार लौंडे' को ज़िन्दा जलाने का प्रेत सवार था। बाद में जब मामला नौबतगंज की पुलिस बनाम वकील हो गया, तब जाकर एकईस की जान बची और दोनों ने सामने आकर कोर्ट में शादी की।

गुज़रती बारिशों के साथ अधिकतर प्रेम की दीवारों का रंग रोगन उतर ही जाता है।

सामने से सीढ़ियाँ उतरते हुए प्रभा तिवारी आ रही हैं। एकईस उठकर टहलने लगते हैं। प्याऊ के पास आकर हाथों में लिए फूल प्रसाद की टोकरी प्रभा पूरे अधिकार से एकईस के हाथ में थमा देती हैं। फिर टोकरी में रखे लड्डू के डिब्बे पर लगे सिन्दूर के टीके को एक ऊँगली से एकईस के माथे पर लगाती हैं और एक फूल लेकर एकईस की क़मीज़ की जेब में रख देती हैं। फिर डिब्बे में से एक लड्डू निकालकर एकईस के हाथ पर रखते हुए पूछती हैं 'कुछ खाया है?'

'हाँ... हाँ... खाया है न... खाकर ही निकला था... आज कबीर का मैच था तो रात की सब्ज़ी ही खाकर निकल गया वो सबेरे सबेर।' हड़बड़ी में एकईस ने लड्डू खाते हुए कहा।

'अरे तुमने कुछ खाया है?' प्रभा ने सपाट सवाल दोहराया

'हाँ हम भी खाकर ही निकले हैं।'

किसी के दान से बनी सीमेंट की बेंच पर दान देने वाले का नाम पढ़ने में प्रभा व्यस्त हैं। एकईस दोनों हाथ पीछे कमर पर बाँधकर इधर उधर देख रहे हैं। प्रभा दोनों हाथों से टेक लेकर बेंच पर बैठ गयी हैं।

अचानक कुछ ना सूझने पर एकईस प्रभा की गाड़ी की तरफ़ देखते हुए कहते हैं 'जो हैंडल टूट गया था उसकी जगह लाल ही लगता तो सही रहता... सफ़ेद हैंडल अलग से दिखायी दे रहा है...।'

प्रभा घड़ी देखते हुए एकईस से पूछती हैं 'क्या बात करनी है?'

'नहीं... बस हाल चाल के लिए टेलीफ़ोन किया था...।'

जवाब सुनकर एकईस को कड़ी निगाह से देखती प्रभा ने कुछ कहा नहीं। बस एकईस को दो मिनट घूरती रहीं। फिर ख़ुद ही एकईस ने कहा –

'चारू ने कुछ बताया है आपको?'

'मतलब?' प्रभा बोलीं।

'नहीं... मतलब... कोई बात की है चारू ने? आगे की पढ़ाई ... ?' आख़िरी वाक्य इतना धीरे बोले एकईस कि उन्हें भी ठीक से अपनी बात नहीं सुनाई दी होगी।

प्रभा के चेहरे से साफ़ था कि उसे पूरी बात सुनाई नहीं दी।

'आगे कहाँ पढ़ना चाहती है चारू? कुछ बताया है आपको?' एकईस ने इस बार ज़रुरत से ज़्यादा जोर दे दिया बात को।

'मुझे क्यों बतायेगी? तुमको बताया होगा न?'

एकईस ने सिर हिलाकर हामी भरी। फिर अचानक एकईस का सुर ना सिर्फ़ बदला, बल्कि लग भी गया।

'हाँ... जिसे बताने लायक समझा उसे बताया।' अब ऐसा लग रहा था कि अखाड़े में बराबर के पहलवान आमने सामने हैं।

जवाब में प्रभा सिर्फ़ तिरछी हँसी चेहरे पर लाकर सिर हिलाती रहीं। क़ायदे से प्रभा को पलटवार करना चाहिये था। लेकिन ऐसी अनगिनत लड़ाइयों के बाद वो ये मान चुकी थी कि इस आदमी से बहस करने का कोई फ़ायदा नहीं। ये ऐसा ही था कि कोई पहलवान बरसों बरस पटखनी खाकर दुनिया भर की ज़लालत सहकर भी अखाड़े में आकर ताल ठोंक दे। लेकिन आज प्रभा का मिज़ाज था नहीं दाँव खेलने का इसलिये वो बस चुप रही।

'आपको नहीं बताया?... इसके पीछे भी तो कोई बात होगी... सोचकर देखिए।' एकईस ने दोबारा ताल ठोंकी।

प्रभा दूर गंगा के घाट को ऐसे निहार रही थी जैसे सचमुच सोचने ही लगी हो। फिर खीझकर बोली - 'केस लगा हुआ है मेरा तीन बजे से।'

'वो अब यहाँ नहीं रहना चाहती।' एकईस बोलकर फ़ारिग हुए।

'तो... ?' प्रभा कहकर उठने लगीं।

एकईस ने प्रभा के कंधे छूकर उसे वापिस बिठाया। फिर लंबी साँस लेकर कहा

'बाहर का सोचा है कुछ...।'

प्रभा दर्शन करके आने के बाद अब भी नंगे पाँव बैठी थी। अपने दायें पाँव के अंगूठे से जब उसने ज़मीन खुरचना शुरू किया तब एकईस को लगा कि अब उसने क़ायदे से बात सुनी है। प्रभा कई मिनट कुछ बोली नहीं। एकईस बात आगे बढ़ाना चाह रहे थे लेकिन उसे सोचने का समय भी देना था। इसलिये बिना जल्दबाज़ी किए प्रभा के चेहरे की तरफ़ देखते रहे।

फिलहाल तो प्रभा को टीस थी कि इतना सब कुछ सोचने के बाद भी बेटी ने उसे अब तक क्यों नहीं बताया। फिर वो सोचने लगी कि बताती भी क्यों? इतने

सालों में ऐसा भरोसा माँ बेटी के बीच पनप ही नहीं पाया कि ये बात उसे पता चलती। बार एसोसिएशन के चुनाव की राजनीति से लेकर सरकारी पैनल और तमाम दंद फंद में उसने जो एक काम नहीं किया वो था बेटी को समय देना। चारू ने ख़ुद ही ख़ुद को पाला पोसा। अगर चारू बोल और सुन सकती तो भी प्रभा के मामले में कहने सुनने को कोई बात थी ही नहीं। चारू प्रभा के लिए एक ऐसी पहेली थी जिसे वो सबसे अंत में सुलझाना चाहती थी। लेकिन नहीं आना था, इसलिये वो अंत कभी आया नहीं। और अब चारू की भूल भुलैया में जाने की प्रभा हिम्मत ही नहीं जुटा पाती। आज मालूम चला कि कुछ पहेलियों के साथ वक़्त की बंदिश भी होती है, नहीं तो वो आपके देखते-देखते हवा में घुल जाती हैं।

'क्या बता रही थी चारू?' ज़मीन निहारते हुए ही प्रभा लाचार सी आवाज़ में बोली।

एकईस ने दोनों हाथ जेब में डालते हुए कहा- 'उसी से पूछिए...।'

'एडमिशन हो गया?'

'अभी नहीं।'

प्रभा ने लंबी साँस ली। फिर दिमाग़ में तैरते किसी ख़याल को सिर हिलाकर झटका। अब प्रभा के चेहरे का रंग बदल गया था। उसने कुछ सोचते हुए बड़ी हसरत से सवाल पूछा – 'यहाँ क्या ख़राबी है?'

एकईस बोले – 'इसके बारे में कुछ बताया नहीं...।'

ये सुनते ही प्रभा उठकर खड़ी हुई और मंदिर से मिली प्लास्टिक की टोकरी से प्रसाद फूल एक प्लास्टिक में पलटते हुए बोलीं –

'फिर क्या दिक्क़त है... ?'

एकईस को एकबारगी प्रभा का ताना समझ नहीं आया। फिर समझकर सँभले और पलटकर बोले –'वो तो तुमको समझ आना चाहिये... कोर्ट से कस्टडी तुमने ली थी लड़कर... ज़िम्मेदारी ली थी तब सोचा था?'

झुककर पैरों में सैंडल की स्ट्रिप लगाती प्रभा ने जवाब में कुछ नहीं कहा। सिर्फ़ खड़े होकर एकईस की आँखों में घूरा और मुस्कुरा दी। एकईस को अपनी बात कहते ही समझ आ गया था कि उसने ग़लत चाल पर बिल्कुल ग़लत पत्ता फेंक दिया है। सकपका कर वो प्रभा का दाहिना कंधा देखने लगे। फिर धीरे से बोले –

'उसका बहुत मन है प्रभा जी... कुछ तो उसके मन का हो जाये... पहली बार कहा है कुछ...' ये कहते हुए एकईस का गला भर आया।

जेब से निकालकर एकईस ने दोनों हाथ अपने सीने पर बाँध लिए। बेचैन होकर कहा

'ये सब हील हुज्जत से दूर रहेगी तो अच्छा ही तो रहेगा यार प्रभा जी।'

पर्स से गाड़ी की चाभी निकालते हुए प्रभा बोली –'... कौन रोक रहा है?'

कहकर प्रभा गाड़ी की तरफ़ जाने लगी। पीछे पीछे एकईस चले। गाड़ी का दरवाज़ा खोलकर बैठने जा रही प्रभा से एकईस बोले –

'फिर रोकना मत।'

गाड़ी का शीशा नीचे उतारते हुए प्रभा ने सवालिया नज़र से एकईस को देखा।

'सब इंतज़ाम हो जाये तो जाने दोगी?'

गाड़ी का शीशा चढ़ाते हुए प्रभा ने ताना कसते हुए कहा – 'कबीर आया था परसों... उसने कुछ बताया?'

माथा सिकोड़ते हुए एकईस कुछ पूछने को हुए ही थे कि प्रभा ने गाड़ी आगे बढ़ा दी। एकईस जाती हुई लाल गाड़ी को देखते रहे। फिर अचानक पता नहीं उनके मन में क्या आया कि मंदिर के बाहर लगे सिन्दूर पुते हुए शटर के पास गये और वहाँ लटके भारी से घंटे को दोनों हाथ से पूरा ज़ोर लगाकर बजा दिया।

एकईस राम आज यहाँ सिर्फ़ प्रभा को चारू का मन बताने ही नहीं आये थे। बल्कि प्रभा का मन जानने आये थे। और अब एकईस का मन किसी बात को लेकर पक्का हो गया था। मंदिर में लाउडस्पीकर पर कोई पंडा खरी आवाज़ में हनुमान चालीसा पढ़ रहा था।

सूक्ष्म रूप धरि सियहिं दिखावा
बिकट रूप धरि लंक जरावा ...

16

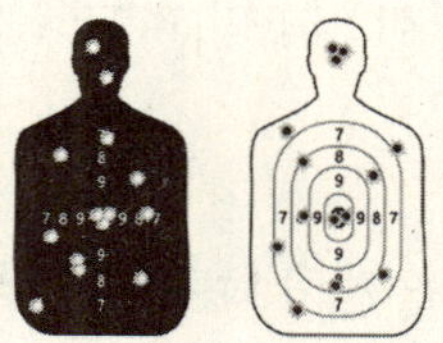

नौबतगंज यूनिवर्सिटी रोड पर पढ़ने-लिखने वाले छात्रों की रेलमपेल में एकईस राम की मोपेड फँसी हुई है। तीन दिन से एक काम के चक्कर में भाग रहे चेकदार कमीज़ और नीली पैंट पहने एकईस को कोई देख ले तो एक बार में नहीं पहचान सकता कि यही बैंड मास्टर साहब हैं। कई दिन से ड्यूटी पर नहीं पहुँचे बैंड मास्टर ने जेब से एक पर्चा निकालकर उसे पढ़कर दोबारा जेब में रख लिया। ऐसा नहीं है कि पर्चे पर इतनी बातें लिखी हैं जिसे रह-रहकर याद करते जाना ज़रूरी है नहीं तो कुछ भूल हो जायेगी। पर्चे पर एक टेलीफ़ोन नंबर है बस।

ऐसा भी नहीं है कि एकईस ने पर्चा पहली बार देखा हो, पिछले दो घंटे में तीन बार इसी नंबर पर उनकी बात हो भी चुकी है। फिर भी बेचैनी में पर्चा बार-बार जेब से निकाल और धर रहा है ये आदमी। एक तिराहे पर पहुँचकर एकईस ने मोपेड किनारे लगायी और कोने में एसटीडी पब्लिक टेलीफ़ोन बूथ से पर्चे पर लिखा नंबर डायल किया।

'हैलो... तिराहे पर तो पहुँच गये हैं मतलब...।'

'... ... ...'

'हाँ वहीं से मिलाया है न फ़ोन आपको।'

'... ... ...'

'जी जी जी देखा है... पुराना कटरा साइड है न भईया वो तो?'

'... ... ...'

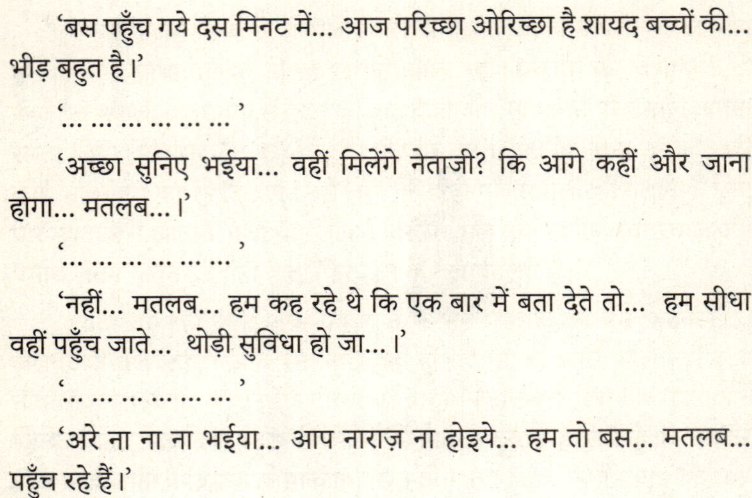

'बस पहुँच गये दस मिनट में... आज परिच्छा ओरिच्छा है शायद बच्चों की... भीड़ बहुत है।'

'... ... ...'

'अच्छा सुनिए भईया... वहीं मिलेंगे नेताजी? कि आगे कहीं और जाना होगा... मतलब...।'

'... ... ...'

'नहीं... मतलब... हम कह रहे थे कि एक बार में बता देते तो... हम सीधा वहीं पहुँच जाते... थोड़ी सुविधा हो जा...।'

'... ... ...'

'अरे ना ना ना भईया... आप नाराज़ ना होइये... हम तो बस... मतलब... पहुँच रहे हैं।'

'... ... ...'

एकईस ने रिसीवर पर हाथ रख कर फ़ोन काटा। बगल की दुकान से पानी का एक पाउच लेकर पिया और रुमाल निकालकर पसीना पोंछा। मोपेड पर बैठे और कलाई पर बँधी घड़ी देखकर मोपेड स्टार्ट की और निकल गये। पाँच बार फ़ोन करके टुकड़ों-टुकड़ों में रास्ता पता करते हुए आधे घंटे बाद आख़िरकार एकईस जहाँ पहुँचकर खड़े हो गये थे, असल में उसी जगह आना था या वो रास्ता भटक गये, यही सोचते हुए वो खड़े थे। जिस काम के लिए और जिस आदमी से वो मिलने आये थे उसका इस जगह से क्या लेना-देना। एकईस एक कोचिंग सेंटर के सामने खड़े थे। बच्चों को देखकर लग रहा था कि दसवीं बारहवीं की कोचिंग है। कोचिंग के दायें-बायें एकदम ख़ाली ज़मीन। लेकिन बाउंड्री पूरी ज़मीन पर बनी हुई है। बाउंड्री से लगकर मकान दुकान ख़ूब घने बने हैं।

इतने में सड़क पार एक काली मोटरसाइकल पर पहुँचे दो लड़के उनकी तरफ़ देखते हुए बाइक का हॉर्न बजाने लगे। एकईस को अब भरोसा हुआ कि जगह सही है।

यूनिवर्सिटी का ये इलाका एकईस ने पहले भी देखा हुआ था। लेकिन तब यहाँ ये कोचिंग नहीं थी। दोनों लड़के उतरकर एकईस के पास आये। एकईस ने छूटते ही पूछा-

‘ये कोचिंग कब बनी, यहाँ तो पहले... ’

‘गड्ढा था... ।’ एक लड़के ने एकईस की बात काटते हुए कहा।

इससे पहले एकईस और कुछ पूछते उसी लड़के ने जवाब दिया –

‘साल के आठ महीने कीचड़ रहता था और बाक़ी जगह कूड़ा गिरा दिया जाता था... इसीलिए नेताजी ने सब पटवा कर यहाँ मंदिर बनवाया... शिक्षा का मंदिर।’

‘अच्छा अच्छा’ एकईस का चेहरा बता रहा था कि असली जवाब उन्हें अभी भी नहीं मिला था। तो लड़के ने कहा –

‘ज़मीन सरकारी थी... लेकिन काम नेताजी ने करवाया... देखिए अब कितने ग़रीब बच्चों को यहाँ कोचिंग मुफ्त मिल रही है... सरकार साली झाँट उपारने के अलावा करती क्या है... सब हमीं लोगों को करना पड़ता है... ।’

ये कहकर लड़का एकईस को अपने पीछे आने का इशारा करके कोचिंग के भीतर बढ़ गया। असलियत ये है कि इस लंबी चौड़ी सरकारी ज़मीन को इनके नेताजी ने कब्ज़ा करके यहाँ पार्टी ऑफिस खोल दिया था। कोचिंग तो बस सामने के डेढ़ कमरों में चल रही थी। एकदम रेल की तरह एक के पीछे एक बने डिब्बों जैसे सात कमरों में कैरम क्लब, जिम, बैडमिन्टन कोर्ट और नेताजी की बैठकी बनवा दी गयी है। छात्र राजनीति के उभरते नेताजी के सिर पर और बड़े नेताजी का हाथ है तो इनका कब्ज़ा देखकर भी अनदेखा कर दिया गया है।

बारी-बारी से सारे कमरे पार करके एकईस और दोनों लड़के आख़िरी की बैठकी में पहुँचते हैं। जहाँ दो लोग पहले से बैठे हैं। लेकिन सबसे बड़ी कुर्सी जो ज़ाहिर तौर पर नेताजी की है वो ख़ाली है, मतलब अभी नेताजी के आने में समय है। एकईस को देखकर पहले से बैठे दो लोग जो आपस में बात कर रहे थे वो चुप हो गये। इनमें से एक जिसका एक ही हाथ है और कुर्ते का दूसरा बाज़ू कूलर की हवा से फड़फड़ा रहा है उससे आप पहले भी मिले हैं अगर याद हो तो। अरे वही ‘चेन छिनैती वर्कशॉप’ वाला अपना कल्लू बमबाज़। आज उसके साथ जार्जटाउन थाना इंचार्ज यादव जी नहीं हैं बल्कि एक नया लड़का है जिसे रिक्रूटमेंट की आख़िरी क्लियरेंस के लिए कल्लू अपने साथ नेताजी के पास लाया है।

एकईस एक ख़ाली कुर्सी देखकर बैठ जाते हैं। बाक़ी लोग अपनी बात बहस में लगते हैं। एकईस जिस तरह से बार-बार चेहरा और गला सहला रहे हैं साफ़

मालूम चल रहा है कि बहुत ज़्यादा बेचैन हैं। बेचैन से ज़्यादा दोहमच में हैं। कोई बात जिसे तय नहीं कर पा रहे।

बैठे-बैठे बीस पच्चीस मिनट बीतते हैं तो एकईस उठकर दो चार क़दम टहलते हैं फिर पीछे मुड़कर दरवाज़ा खोलते हैं और जाने को आगे बढ़ते हैं।

'अरे... कहाँ?' पीछे से लड़के की आवाज़ आती है।

घबराते हुए एकईस कहते हैं 'कुछ नहीं... बस एक ज़रूरी काम याद आ गया था... भईया से फिर मिल लेंगे कभी आकर... अब तो ऑफिस देख ही लिया है।'

लड़का अपनी जगह से उठकर एकईस के पास आता है और उनके कंधे पर एक हाथ रखकर आँखों में देखते हुए कहता है – 'यहाँ का काम ज़रूरी नहीं है क्या?'

एकईस बोले - 'नहीं नहीं नहीं... वो बात नहीं है भईया... मतलब थोड़ा अर्जेंट कुछ याद आ गया... अब तो देख लिए हैं ऑफिस तो...।'

लड़के ने कस के डपटते हुए कहा – 'ये बार बार ... देख लिए हैं देख लिए हैं क्या कर रहे हो यार... देख लिए हो तो ससुराल है क्या कि जब मन करेगा चले आओगे? और जब कुछ काम नहीं था काहे गिरधारी को तीन दिन से डंडा करवाए हुए हो नेताजी से मिलने के लिए... सीरियस नहीं ले रहे क्या सिचुएसन को?'

फटकार सुनने के बाद एकईस को महसूस हुआ कि मीटिंग करवाने के लिए उसने कितना तीन पाँच किया था। और अब मामला जब शुरू हो गया है तो खतम भी करके जाना चाहिये। इसलिये बिना कोई जवाब दिए कुर्सी पर जाकर बैठ गये।

'सिगरेट?' लड़के ने बैठते हुए पूछा।

'ना न आप लोग लीजिये हम नहीं पीते।' एकईस ने जैसे ही कहा बाक़ी के चारों ठठाकर हँसने लगे।

'अरे काका... पूछ रहा हूँ कि है क्या सिगरेट?' लड़के ने हँसी रोकते हुए कहा।

'हम पीते नहीं इसलिये रखते नहीं।' एकईस ने झेंपते हुए जवाब दिया।

लड़के ने कोई नाम लेकर ज़ोर की आवाज़ दी। एक पतला सा कम उम्र का लड़का हाज़िर हुआ। कुर्सी पर बैठे हुए लड़के ने बाइक की चाभी देते हुए पतले लड़के से कहा –

'बेटा दौड़ जाओ जरा फट से शंभू के यहाँ तक... काका कुछ सामान बता रहे हैं उठा लाओ।'

‘बियर ओयर भी लेते ही आयें भईया?’ पतला लड़का इशारा ख़ूब अच्छी तरह जानता था।

इतना सुनते ही बाक़ी के लोग फरमाइशें पेलने लगे। आठ बियर, छोटी गोल्ड के तीन पैकेट, भुना कबाब, नेतराम की कचौड़ी, समोसे... वगैरह।

सब ध्यान से सुनकर पतले लड़के ने एकईस की तरफ़ हाथ फैला दिया। एक बार को एकईस की समझ में नहीं आया। फिर मामला समझकर उन्होंने सौ रुपए का नोट निकालकर लड़के के हाथ में धर दिया और छत की तरफ़ देखने लगे। पतले लड़के ने नोट कुर्सी पर बैठे गुर्गे को दिखाया। गुर्गे ने पेट सहलाते हुए कहा –

‘कल पैदा हुए हो क्या काका? सामान का हिसाब नहीं लगा पा रहे... अरे कस के दो यार लौंडे को ख़ुशी ख़ुशी जाये... पाँच सौ की छै पत्ती थमा दो न।’

एकईस ये सुनकर खड़े हो गये। चुपचाप दीवार की तरफ़ मुड़कर पैंट की छुपी जेब से नोट निकाले और गिनकर तीन हज़ार लड़के के हाथ पर रख दिए। लड़का नोट भींचकर वहाँ से तुरंत पोलो हो लिया। अब माहौल में थोड़ी रवानी लौटी। अभी-अभी रात का इंतेज़ाम करवाने का नतीज़ा ये हुआ कि चारों लड़कों ने एकईस को बातचीत में शामिल किया। लेकिन एकईस अनमने तरीक़े से बस ‘हाँ’ ‘हूँ’ में मामला टरकाते रहे।

जितनी तेज़ी से कोचिंग के सामने गाड़ियों ने ब्रेक लगाया, टायरों की चीख़ बता रही थी कि नेताजी पधार चुके हैं। तीन गाड़ियों में जितने लोग भरे जा सकते हैं उससे दो चार ज़्यादा ही होंगे। गाड़ियों से उतर कर कोचिंग के भीतर आते इन लोगों को देखकर यक़ीन करना मुश्किल है कि ये सब के सब तीन गाड़ियों में ही ख़ुद को ठूँसकर यहाँ पहुँचे हैं।

भीड़ में चाहे कितनी भी धक्का मुक्की रेलमपेल हो लेकिन कोई भी चलते हुए उतना आगे नहीं बढ़ रहा था कि सबसे आगे चलते नेताजी से आगे चलने लगे। डेढ़ बित्ते की दूरी से ही, लेकिन हर कोई नेताजी का दाहिना हाथ दिखना चाहता था। जिसे दाहिनी ओर जगह नहीं मिली वो बाँया हाथ बनकर भी नाराज़ नहीं दिखायी दे रहा था।

आँख पर काला चश्मा चढ़ाए नेताजी कहलाने वाला ये तीस बत्तीस साल का लड़का अपने दोनों हाथ पीठ पीछे बाँधे ऐसे आराम से चल रहा था, जैसे खाने के बाद सेठजी हिसाब किताब करते हुए अपने बगीचे में टहल रहे हों। भीड़ में क़रीब

सबने ही सफ़ेद क़मीज़ या कुर्ता और सफ़ेद ही पायजामा या पैंट पहन रखी थी। लेकिन नेताजी ने कॉलर वाली काले रंग की टी शर्ट पहनी हुई है। वो भी ढीली ढाली। नीचे ख़ाकी रंग का ख़ूब क़ायदे से प्रेस किया हुआ पैंट और पाँव में चमड़े की कोल्हापुरी चप्पलें। अपने गुर्गों से उलट नेताजी के शरीर पर सोना चाँदी कहीं नहीं है। बाँई कलाई पर भूरे चमड़े के पट्टे वाली सादी सी कलाई घड़ी, बस।

कमरों के डिब्बे दर डिब्बे पार करते हुए भीड़ नेताजी के साथ उनकी बैठकी में पहुँचती है। भीतर बैठे सारे लड़के अपनी-अपनी जगह खड़े होकर किनारे हो गये हैं। नेताजी चश्मा उतारकर टीशर्ट में फँसाते हुए अपनी भारी भरकम कुर्सी पर विराजमान होते हैं। बैठते ही उनके ठीक बगल में खड़े लड़के की जेब में मोबाइल बजने लगता है। लड़का मोटोरोला के शुरुआती मॉडल वाला मोबाइल निकालकर भईया की तरफ़ बढ़ा देता है। नेताजी रिसीव का बटन दबाकर हैलो की जगह 'प्रणाम दादा आदेश करें' से बात शुरू करते हैं। कहने को बहुत कुछ है नहीं, जहाँ से फ़ोन आया है वहाँ सुनने का काम रहता है। आदेश लेकर 'ठीक दादा एकदम... प्रणाम' कहकर लड़के को मोबाइल वापिस करते हुए नेताजी कल्लू बमबाज़ को देखकर इशारा करते हैं।

'नेताजी बैरहना चौकी पर लड़के को...।'

अभी कल्लू बात पूरी करता कि नेताजी की नज़र कोने में बैठे एकईस राम पड़ जाती है। हाथ से कल्लू को चुप रहने का इशारा करते हुए हाथ एकईस की तरफ़ घुमाकर उन दोनों लड़कों में से एक, जो एकईस को भीतर लाए थे, उससे पूछते हैं 'आपका परिचय?'

लड़का बोलता है –'आपने बुलवाया था बैठकी पर...।'

नेताजी दोनों भौंहें सिकोड़कर अपना बुलावा याद ना आने का भाव दिखाते हैं तो लड़का और विस्तार से समझाने के लिए झुक कर नेताजी के कान के पास आकर कहता है –'वो गिरधारी जी ने बात की थी इनकी आपसे... पुलिस वाले।'

इतना सुनते ही 'अच्छा अच्छा अच्छा' कहकर कल्लू को सामने की कुर्सी ख़ाली करने का इशारा करते हुए अपनी जगह से थोड़ा उचककर नेताजी एकईस को सामने बुलाते हैं। हाथ जोड़कर नेताजी कहते हैं –

'गिरधारी चाचा हमारे सम्माननीय हैं... आप भी सम्माननीय ही हुए चाचा...।'

जवाब में एकईस ने हाथ जोड़कर बल भर मुस्कुराने की कोशिश की। नेताजी ने लंबी साँस लेकर कहा –

'मामला झगड़े झंझट कब्जे विवाद का तो होगा नहीं... उसके लिए आप पुलिसवाले हैं और स्वयं पर्याप्त हैं... क्या बात हो गयी चाचा?'

एकईस कुछ बोलते उससे पहले उन्होंने कमरे में चारों तरफ़ खड़े लोगों को देखा और बोले –

'बात बहुत व्यक्तिगत है सर।'

'अरे सर वर नहीं... आप भी चाचा ग़ज़ब कर रहे हैं... नाम अच्छा है हमारा... उसी से पुकारिए... जैकी चौहान... नहीं मन है तो बेटा कह लीजिये...।'

ये कहते हुए नेताजी ने एक लड़के को इशारा किया और दस सेकेंड में सारे लड़के कमरे से बाहर हो गये। अब बचे कमरे में सिर्फ़ नेताजी जैकी चौहान और एकईस राम। नेताजी ने इशारा किया कि 'अब बताइये'। लेकिन एकईस अब भी संकोच में थे, बोले –

'कई दिन से सोच रहे हैं... पता नहीं कैसे कहें?'

नेताजी बोले –'देखिए चाचा हम भगत पुजारी तो हैं नहीं कि आपको पापी समझेंगे... हमारे पास आये हैं तो काम उल्टा ही होगा कोई... बेझिझक कह दीजिये।'

एकईस ने साँस खींची। गर्दन को थोड़ा इधर उधर घुमाया फिर एकदम कह दिया –

'सल्टाना है किसी को?'

नेताजी ने बिना देरी पूछा –'सल्टाना है? मतलब पूरा... ?'

एकईस ने गर्दन हिलाकर हाँ कहा। नेताजी जवाब में खिलौने की तरह कुछ देर गर्दन ऊपर नीचे करते हुए सोचते रहे। फिर बोले –

'यहाँ तक आये हैं तो सोच समझकर ही आये होंगे चाचा... फिर भी हम कहेंगे कि बिना पूरा सल्टाए अगर आपका काम बनता हो तो...।'

नेताजी की बात काटते हुए एकईस ने इस बार कड़ी आवाज़ में कहा –

'ना ना... खतम ही करवाना है... ऐसे ही हो पाएगा।'

'अच्छा... ' को लंबा खींचते हुए नेताजी अपनी दोनों हथेलियों को आपस में रगड़ते हुए सोचने लगे। फिर बोले –

'हो जायेगा... लेकिन आप ख़ुद ही पुलिस में हैं... आप समझ रहे हैं न कि काम कितना डेंजर वाला है... बात हम दोनों के बीच है... और तीसरे तक किसी हाल में पहुँचनी नहीं चाहिये...।'

'उसकी चिंता बिल्कुल मत करिए आप... काम के साथ ही बात खतम हो जायेगी समझिए।' एकईस ने भरोसा दिलवाया।

'और एक बात और समझ लीजिये... हम इतने हाई लेवल के काम में पड़ते नहीं हैं... लेकिन गिरधारी चाचा का पुराना हिसाब है हम पर... इसीलिए' कहते हुए नेताजी ने अपनी जेब से एक छोटी सी डायरी निकाल कर उसका एक ख़ाली पन्ना खोला।

नेताजी ने एकईस की तरफ़ देखा। एकईस को कुछ समझ नहीं आया तो नेताजी बोले –

'बताइये डीटेल... नाम पता काम धाम... रेकी तो शुरू करवाएँ पहले...।'

'नहीं... मतलब नाम पता क्या... हम ही हैं...।' एकईस बोले।

मुँह टेढ़ा करके नेताजी बोले – 'क्या?'

'मतलब हमें ही खतम करवाना है।' एकईस घबराकर बोले।

नेताजी ने डायरी बंद करके किनारे रखी और कॉलर से चश्मा निकालकर उसे रुमाल से पोंछते हुए हँसने हुए बोले –

'मज़ाक करने आये हैं क्या चाचा?'

'नहीं नहीं... कोई मज़ाक नहीं है... हमें ही सल्टाना है... बस यही है।'

'अरे ग़ज़ब बात कर रहे हैं आप?'

'मतलब काम यही है... इसमें क्या ग़ज़ब है?' एकईस की आवाज़ कड़ी थी।

'अरे चाचा आप तो ऐसे पूछ रहे हैं... अरे आप ख़ुद ही ख़ुद का काम लगवाने आये हैं... समझ रहे हैं कि नहीं... हद की बात कर दी आपने?'

‘ऐसे ही नहीं आये हैं... सोच विचार कर आये हैं बेटा... ।’

नेताजी चश्मा मेज पर रख के उठे और उठकर कमरे में इधर उधर टहलने लगे। इन्हें अभी भी भरोसा नहीं हो रहा था कि कोई ख़ुद की सुपारी देने आ सकता है। थोड़ी देर लगी लेकिन अब नेताजी बात समझने की कोशिश करते दिखायी दे रहे हैं।

‘हमें तो चाचा बात आ नहीं रही समझ में... इससे पहले देखा नहीं ऐसा कभी कुछ।’

एकईस बिना नेताजी की तरफ़ घूमे एकदम उदास आवाज़ में बोले – ‘क्या नहीं देखा आपने? कभी किसी को आत्महत्या करते नहीं सुना क्या?’

‘अरे वो बात अलग है चाचा... ये बात... ।’

नेताजी की बात काटते हुए एकईस बोले ‘कुछ अलग नहीं है बेटा... ये भी आत्महत्या ही है... बस दिखेगी हत्या की तरह और क्या... ।’

नेताजी अपनी कुर्सी पर आकर बैठे और विचलित भाव में कुर्सी को दायें बायें घुमाने लगे।

‘आप तो बस ये बताइये कि क्या देना होगा...?’ एकईस ने बता आगे बढ़ाई।

‘क्या देना होगा... क्या देना होगा... क्या देना होगा... ’ नेताजी इस बात को फुसफुसाते हुए दोहराते रहे। फिर एकईस की तरफ़ घूमकर उनकी आँखों में देखते हुए बोले –

‘अभी के लिए तो एक बात का जवाब दे दीजिये... आगे की आगे देखेंगे।’

‘जी बताइये न।’ एकईस बोले।

‘काहे कर रहे हैं ये सब?’ नेताजी ने पूछा।

एकईस एकदम शांत हो गये। कंधे झुकाकर अपनी चप्पल देखने लगे और मेज के नीचे दायें हाथ की तीनों उँगलियों से हवा में ट्रम्पेट बजाने लगे। सोच रहे थे कि इतने बरसों में उपजा जवाब इतनी आसानी से कैसे समझाऊँ। और अगर ख़ुद को भी अच्छी तरह समझ आ चुका होता तो बात भी थी। ये ऐसा फ़ैसला नहीं था जो एकईस ने बहुत ज़्यादा सोच समझकर लिया हो। ये डूबते हुए की आख़िरी कोशिश थी। जिसे करने के लिए बहुत सोच समझ की ज़रुरत नहीं होती। डूबता

आदमी बस हवा में हाथ पैर मार रहा होता है। तब कोई काम फ़ैसला लेकर नहीं होता। बस होते होते हो जाता है। आज जिस बात को एकईस अपना फ़ैसला बता रहे हैं वो भी डूबते की कोशिश है।

एकईस बेचारगी में डूबकर बोले –'अब मन नहीं है जीने का और... कारण भी नहीं है कोई... मैं तो करने निकला भी था कुछ दिन पहले आत्महत्या... फिर सोचा हम तो चुपचाप निकल लेंगे... बच्चे किससे क्या कहते सुनते फिरेंगे... कबीर ही... बिटिया तो कह-सुन ही नहीं सकती तो क्या... ख़ैर।'

एकईस की बात पूरी होती उससे पहले नेताजी बेचैन होकर समझावनदास बन गये –'अरे तो चाचा अब भी तो वही दिक्क़त है... मरने ही तो आये हो।'

नेताजी की तरफ़ ऊँगली करके गर्दन हिलाते हुए एकईस जिस तरह मुस्कुराए उससे पता चल रहा था कि एकईस के पास लाजवाब करने वाली कोई बात है। बोले –

'ना बेटा... अब बात बदल गयी न... आत्महत्या कर लेता तो बेटे को विभाग में पक्की नौकरी और बेटी को विदेश जाने का पैसा कहाँ मिल पाता?'

कहकर एकईस राम ने अपने ही हाथ पर ताली पीट कर नेताजी के चेहरे पर भाव भाँपने की कोशिश की। अभी जिस तारीफ़ की उम्मीद एकईस को थी वो तो सामने खड़े नेताजी के चेहरे पर नहीं आई थी लेकिन आयेगी ये भरोसा था एकईस को। उसका प्लान उसके हिसाब से बेजोड़ है। एकईस के दिमाग़ ने उसे समझा दिया है कि ये प्लान नहीं एक आविष्कार है जो करने के बाद एकईस का जीवन क़रीब-क़रीब सफल हो ही गया है।

'तो शहीद होने का प्लान है आपका... यही न?' नेताजी ने पूछा।

गर्दन तिरछी करके एकईस राम ऐसे मुस्कुराए, जैसे जग जीतने का कितना बड़ा प्रयोजन सिद्ध करने का मन बनाया है अगले ने। इस आदमी की भली मुस्कान ने इस घटना के मुख्य किरदार से दोनों का ही ध्यान हटा रखा है। ये सारी घटना मौत की धुरी पर घट रही है। कोई मरने वाला है। लेकिन मज़े की बात ये कि एकईस अपनी योजना पर लहालोट हो रहे हैं और नेताजी इस आदमी को समझने की कोशिश से हैरान हैं। मौत तो कमरे के कोने में पड़े सिगरेट के ख़ाली पैकेट की तरह एकदम ग़ैर-ज़रूरी चीज़ मालूम दे रही है। कमाल है!

'और अपनी शहादत की फुल क़ीमत भी लपेट लेना चाहते हैं आप?' नेताजी ने प्रकट में ये बात एकईस से कही तो थी लेकिन असल में वो ये बात ख़ुद से ही कहकर और और ज़्यादा हैरान हो रहा है। कमरे में इधर से उधर टहलते हुए नेताजी का दिमाग़ अब एकईस की टक्कर में चलना चाहता है। नेताजी फिलहाल तो ये सोच रहे हैं कि इस आदमी का दिमाग़ तो क़ातिल की तरह चलता है, फिर ये साला मरना क्यों चाहता है। कोई ख़याल नेताजी के दिमाग़ में आया और मुंडी झटक कर इस बार नेताजी ने अपने हाथ पर ताली दी। उचक कर बोले –

'एक काम हो सकता है... सुनेंगे?'

'बिल्कुल सुनेंगे।' एकईस नेताजी के थोड़ा और क़रीब आ गये।

'चाचा बुद्धि तो आपकी खतरनाक चलती है... और दुनिया जहान में मन आपका लगता नहीं है।'

'दूसरी बात ज़्यादा ठीक है।' एकईस ने बात काटी।

'वही कह रहे हैं हम... आपके जैसा एक आदमी अगर हमारे साथ आ जाये तो सोचिए ग़ज़ब काट देंगे न हम लोग यार... क्या कहते हैं।'

ये सुनकर एकईस अचानक उदास हो गये। क्योंकि ये उनके प्लान में कहीं था ही नहीं। इस बात का क्या मतलब है भाई। अब जब नाव किनारे लगती देखकर मल्लाह ने चप्पू छोड़कर गुनगुनाना शुरू किया तो कोई कह रहा है कि तुम्हारी नाव इस छोटी नदी में नहीं समंदर में चलनी चाहिये। ये कोई बात हुई क्या। उसी उदासी में कंधे झुकाकर एकईस बोले –

'अरे कहाँ?... हम किसी के किसी काम नहीं आ सकते भाई... हम जानते हैं न।'

कुछ सोचते हुए नेताजी दोनों हाथ जेब में डाल कर कमरे में इधर से उधर टहलने लगे। आवाज़ लगाकर कल्लू को बुलाया। एक हाथ में सुलगी हुई सिगरेट और उसी हाथ में एक प्लास्टिक का गिलास लिए कल्लू बमबाज़ कमरे में दाख़िल हुआ। नेताजी ने गिलास की तरफ़ देखते हुए इशारे से पूछा।

'माल मत्ता आया है बाहर... उसी में से एक बियर हम भी...।'

'होश में रहते कब हो तुम लोग भोसड़ी के?' इससे पहले कल्लू बात पूरी करता नेताजी ने हाथ मसलते हुए फटकारा।

'अरे भईया हम लोग क्या करें... ये चाचा ने कहा तो सब लोग थोड़ा-थोड़ा' कल्लू ने बहाना बनाया तो नेताजी ने एकईस की तरफ़ देखकर भौंहें उचकाईं।

'अरे भई हम कहाँ बोले कुछ... जबरदस्ती...।'

एकईस ने जवाब पूरा दिया भी नहीं था कि कल्लू ने बात को दूसरी तरह से समझाने की कोशिश में कहा –

'आपने ही सामान नहीं मँगवाया था चाचा?'

'एक मिनट एक मिनट' कहकर नेताजी ने उस लड़के को बुलवाया जो इस तरह की पार्टियों का जिम्मा संभालता है। वही लड़का भीतर आया जिसने एकईस से पैसे दिलवाए थे। नेताजी नाराज़ होकर बोले –

'हाँ भई मणिकान्त... यार जो बैठक पर आये उसी को उल्टे उस्तरे से मूंड दोगे क्या? कुछ लिहाज भी रखा करो यार किसी किसी का...।'

लड़के ने बिना कोई जवाब दिए सिर उठाया और पंखा देखने लगा। इसी को माफ़ी समझकर नेताजी ने लड़के से पैसे वापिस करने को कहा। लड़का अपनी जेब से निकालकर पैसे देने के लिए गिन ही रहा था कि एकईस ने उसका हाथ पकड़कर उसके पैसे उसी की जेब में डालते हुए नेताजी से कहा –

'अरे लड़के बच्चे हैं सब... जाने दीजिये...।'

नेताजी बोले 'ना ना... इनको समझाते रहना पड़ता है कि आदमी को पहचानकर मुँह खोलना चाहिये... आप सम्माननीय हैं हमारे...।'

क़रीब क़रीब लाचारी में ही एकईस बोले 'कोई बात नहीं... लड़कों का मन बहल गया... पैसा ओसा ना लौटवाइये... बाद में हिसाब में से काट लेंगे।'

ये अद्भुत बात थी। इस बात को सुनकर नेताजी खुल कर हँसे। फिर अपने बाल सहलाते हुए बुदबुदाने लगे 'हिसाब में से ... हिसाब।'

'पहले चाचा आप हिसाब तो समझ लीजिये...।' नेताजी की बात सुनकर एकईस ने कमरे में मौजूद बाक़ी के दो लोगों की तरफ़ देखा। उनके देखने का मतलब था कि ये बात तो अकेले में करने की है, इनके सामने होगी क्या बात?

एकईस की चिंता समझकर नेताजी ने हाथ के इशारे से समझाया कि ऐसी कोई फिकर करने की बात है नहीं। बात इनके सामने ही होगी। एकईस ने अंदाज़ा

लगाया कि शायद इन्हीं में से कोई होगा जो उसका काम तमाम करेगा इसलिये इनके सामने बात हो रही है।

'बात ये है चाचा कि हिसाब में हमारी दो शर्तें हैं बस? बाक़ी देने लेने का बाद में समझ लेंगे?' नेताजी ने ये कहते हुए अपना काला चश्मा जेब से निकालकर लगा लिया।

'बाद में ? मतलब बाद में कैसे?... देने लेने की बात तो पहलेल हो जाती... फिर बाद में कैसे?' एकईस ने बात तो नेताजी से कही लेकिन हामी भरवाने के लिए कल्लू बमबाज़ की तरफ़ देखा जिसके इकलौते हाथ में अभी भी सिगरेट सुलग रही थी।

'वो सब बाद में इसलिये... क्योंकि पहले आप हमारी दोनों शर्तें मान लीजिये।'

'ठीक है बताइये।'

'पहली शर्त ये, कि काम एक बार आपने दे दिया तो फिर पीछे हटने की कोई सूरत है नहीं।'

'हाँ मान ली शर्त... कोई पीछे नहीं हटेगा।'

'अब दूसरी शर्त... ये कि काम आज से एक महीने के भीतर कभी भी हो जायेगा।'

'मतलब?'

'मतलब यही कि आज आप काम दे कर निकले तो आज से एक महीने के भीतर कभी भी काम हो जायेगा... लेकिन हो ही जायेगा।'

'नहीं... समझा नहीं इसका मतलब।'

'अरे इसमें समझने जैसा क्या है चाचा... काम में एक महीना लगेगा और क्या।'

'एक महीना तो ठीक है... लेकिन कोई दिन तो होगा कोई तारीख़ तो देंगे आप?'

एकईस अपनी जगह पर सही सवाल उठा रहे थे। एक महीने में कभी भी, ये क्या बात हुई। इस 'कभी भी' से तो सब कुछ दुश्वार हो जायेगा। कोई दिन तय हो कोई तारीख़ तय हो तब तो बात बने। लेकिन यही नेताजी की दूसरी शर्त थी। कभी भी। ना कोई दिन, ना कोई तय तारीख़।

'हमारा तो यही हिसाब है चाचा... समझ में आये तो ठीक... ना आये तो भी ठीक।' कहते हुए नेताजी ने किसी और काम पर कल्लू से बात शुरू कर दी। कल्लू काम की अपडेट देता जा रहा था और नेताजी बीच बीच में उसे बुदबुदाते हुए निर्देश दे रहे थे। दूसरा लड़का कल्लू के पीछे हाथ बाँधे खड़ा था। इस तरह से नेताजी को दूसरे काम में लगता देख एकईस को समझ आ गया कि गेंद अब उनके पाले में है, नेताजी खेल लिए जितना खेलना था।

थोड़ी देर सोचने के बाद एकईस ने कड़ी आवाज़ में सबको सुनाते हुए कहा –

'चलिए मान लिया... आप ही का हिसाब तय रहा... लेकिन एक बात बता दीजिये।'

नेताजी ने अपना चश्मा उतारकर एकईस की तरफ़ सवालिया नज़रों से देखा।

'ये काम जो करेगा उसकी पहचान तो करवाएँगे न?'

बिना कुछ बोले नेताजी ने 'ना' में सिर हिलाते हुए वापिस अपना चश्मा लगा लिया।

अब एकईस के लिए बड़ी दोहमच की बात हो गयी। कोई तारीख़ पता नहीं, कोई दिन मालूम नहीं, ये भी नहीं पता कि कौन आदमी है जो उसका काम तमाम करेगा... ये कैसा मामला हुआ भला। लेकिन गरज नेताजी को तो थी नहीं। काम था एकईस का और कहने सुनने को अब दूसरी तरफ़ से बहुत कुछ था भी नहीं। बुझे मन से एकईस ने सारी ही शर्तें मान लीं और अंतिम बात पूछी-

'खर्चा कितना बैठ जायेगा सब मिलाकर।'

'वो सब बाद में।' कहते हुए नेताजी कल्लू के साथ किसी दूसरे काम की बहस में लगे रहे। कल्लू कुछ समझा रहा था लेकिन नेताजी बात मानने को तैयार नहीं हो रहे थे। एकईस ने हिम्मत करके फिर से पूछ ही लिया –

'नहीं... मतलब... पता चल जाता तो हम जुगाड़ में लगते।'

नेताजी और कल्लू की बहस तेज़ हो ली थी। कल्लू अपनी किसी बात पर अड़ा था लेकिन नेताजी कुछ और समझा रहे थे। दोनों का सुर तेज़ हो रहा था। इसी बीच एकईस की इस बात से नेताजी झुंझला उठे –

'अरे सगुआ पियाज थोड़ी न है चचा कि जो भाव मंडी से लाए उसमें चार पैसा जोड़कर बता दें... थोड़ा समय दीजिये जोड़ जाड़कर बता देंगे... अब निश्चिन्त हो जाइये।'

सुनकर एकईस ने मान लिया कि इसके आगे अब कोई और बात नहीं होगी। उठे और हाथ जोड़कर नमस्ते करने के बाद दरवाज़े की तरफ़ बढ़े। पीछे से आवाज़ आई-

'अरे आपका नाम तो पूछा ही नहीं चचा... नाम क्या रहता है अपना?'

'एकईस राम।'

'इक्कीस?'

'ना ना इक्कीस नहीं... एकईस... एकईस राम।'

कल्लू से गरमा गरमी वाली बहस में सख़्त चेहरा हो चुके नेताजी को अचानक हँसी छूट गयी। उसने इशारे से माफ़ी भी माँगी एकईस से। फिर कल्लू से बोला –

'यार कमाल है... क्या बतायेंगे... किसका काम पैंतीस किया?'

कल्लू ने उतने ही ज़ोर से हँसते हुए अपना इकलौता हाथ मेज पर पटकते हुए कहा-

'इक्कीस का काम पैंतीस किया...।'

अपने नाम का मज़ाक सुनने की एकईस को बचपन से आदत हो ही गयी थी। स्कूल में मारपीट तक इसी वजह से होती थी। इसलिये ये ताना उनके लिए बहुत पुराना है। लेकिन आज जो एकईस ने ताना बाना रचा है ये बहुत नया है। एकदम ही नया। देखते हैं इस बाने पर नियति क्या ताना बुनती है।

17

नियति, नसीब, नौबतगंज और नौतपा इन सब में एक चीज़ एक ही जैसी है, कि ये सब अंधे हैं। इन्हें भुगतने वाले पर क्या बीत रही है इससे इन्हें कोई मतलब नहीं। इंतज़ार किसी और को होता है और दरवाज़े पर दस्तक किसी और के होती है। इस बार ये दरवाज़ा कबीर का था। छत पर बने दड़बे का दरवाज़ा खुला हुआ था। कप्तान कहीं नहीं है। ना सलमान और सारुख़ कहीं दिखायी दे रहे। हमेशा जिन्हें बाहर निकालने के लिए दड़बे के भीतर जाना पड़ता था वो रितिक और अम्ताच्चन भी ग़ायब हैं। छत पर कबूतरों का दाना पानी लेकर पहुँचे कबीर को एकबारगी भरोसा ही नहीं हुआ कि दड़बे में कहीं कोई कबूतर नहीं है।

उसने आँख मली। लगा शायद कोई बुरा सपना है। हमेशा की तरह कोई बुरा सपना। कई बरसों से रह रहकर कबीर को सपने आते थे कि उसके कबूतर खो गये हैं। ऐसे सपनों की भी अब उसे आदत हो गयी थी। अब भागकर छत पर ये देखने नहीं आना पड़ता था कि कहीं सच में तो कप्तान ग़ायब नहीं हो गया। आज भी उसे लगा कि है तो ये सपना ही। मेरे अलावा कभी किसी और ने दड़बे की कुंडी को हाथ भी नहीं लगाया इतने बरस हो गये। एकाएक कहाँ चले जायेंगे कबूतर।

फिर जब कुछ और समझ नहीं आया तो कबीर दीवार का सहारा लेकर बैठ गया। हो सकता है थोड़ी देर में नींद टूट जाये।

देर हो गयी लेकिन अब भी दड़बे ख़ाली दिखायी दे रहे हैं। जो बीत रहा है वो ख़्वाब नहीं, सच्चाई है। लेकिन मन अब भी मानने को कहाँ तैयार हो रहा है। ना ऐसा कभी देखा, ना कभी सुना। कबूतर हैं, कोई चीज़ थोड़ी ना कि चोरी हो जायेंगे।

कबीर ने जग के पानी से मुँह धोया। ख़्वाब धोने की आख़िरी कोशिश। अब जो है वो होश ही है। अब होश संभालने की बारी है। कबूतर सच में नहीं हैं।

एक बहाना और बाक़ी था। शायद मुझसे ही रात को दड़बे की कुंडी खुली रह गयी हो और कबूतर उड़ गये हों। भीतर से कबीर को भी मालूम था कि ऐसा हो नहीं सकता। चाहे कुंडी ना भी लगी हो लेकिन बिना हाँका लगाये कबूतर पंख खोल ही नहीं सकता। फिर भी। इंसानी दिमाग़ हादसे टालने के लिए ऐसी तरकीबें इस्तेमाल में लाता है। जाने वाला चला गया, ये कौन मानता है। अपने ही हाथों से चिता में आग लगाकर लौटने वाला भी मानता है कि हो न हो एक दिन जाने वाला लौट आयेगा। हादसे ऐसे ही धीरे-धीरे दिमाग़ में पैबस्त होते हैं।

सिर पर पानी से भरा पूरा जग उड़ेलने के बाद कबीर उठा और जितने किसिम की सीटियाँ बजाता था सब बजाकर देख लीं। आसमान से किसी कबूतर की कोई परछाई नहीं उतरती दिख रही थी।

अब ये सच मान लेने का समय था कि कबूतर नहीं हैं। कल तक थे अब नहीं हैं? अब ये समझने का भी समय आ गया था कि कबूतर नहीं हैं, तो कहाँ गये? नौबतगंज में कबूतर चोरी की घटना पहली बार घटी थी। आगे क्या क़दम उठाना है इसकी गुंजाइश भी तब बनती जब ऐसा कबीर ने पहले कभी देखा सुना हो।

कबूतरबाज़ी इज्ज़त और भरोसे का खेल है। इसीलिए खेला भी जाता है। भरोसा नहीं तो कुछ नहीं। ऐसी हरकत कोई कबूतरबाज़ सोच भी सके इसकी कहीं कोई गुंजाइश दिखायी नहीं देती।

ये सच है कि नौबतगंज का ऐसा कोई कबूतरबाज़ नहीं होगा जिसे कबीर के कबूतरों का लालच न हो, इससे रश्क़ ना हो। लेकिन ये उस तरह का लालच नहीं है जो सीधा हाथ साफ़ करने को उकसाता हो। इस लालच के पीछे चुनौती होती है, जलो मत बराबरी करो वाली चुनौती। और खिलाड़ी यही करते भी हैं। आपको किसी और खिलाड़ी का कल्दुमा कबूतर पसंद है, आपको इसी नस्ल का कबूतर अपनी काबुक में चाहिये हो तो आप महीनों लगाकर उस कबूतर की नस्ल का बच्चा पालते हैं। उस बच्चे को अपना मन और वक़्त लगाकर सिखाते हैं, तब कहीं जाकर आपकी ये ख़्वाहिश पूरी होती है। ऐसे फलता है इस तरह का लालच। ऐसे लाता है रंग इस तरह का रश्क़।

ऐसा नहीं होता कि जिससे रश्क़ हो उसी को उठा लाएँ। कबूतरबाज़ी के अबोले, लेकिन सदियों पुराने नियमों में इसकी सख़्त मनाही है। किसी का कबूतर चोरी करना और उसका बच्चा चोरी करना एक ही बात मानी जाती है। और इस तरह के गुनाह की इस खेल में कहीं कोई जगह नहीं होती।

घंटों तक बदहवासी में बैठे रहने के बाद कबीर को झपकी आ गयी। जब कोई अपना गुज़र जाता है तब ऐसा अक्सर होता है। नींद बहुत आती है। ये दिमाग़ की अपनी तकनीक है हादसे से निपटने की। दिमाग़ ज़्यादा से ज़्यादा वक़्त चाहता है। क्योंकि असल मरहम वक़्त ही है। तब और ज़्यादा, जब हादसा जिस पर गुज़रा हो वो लोगों में बहुत घुलने मिलने वाला ना हो। और कबीर तो ऐसा बच्चा था जो दर्द का तर्जुमा करने में बिल्कुल भी उस्ताद नहीं था। घुटनों में सिर डालकर रो लेने से जो काम बनता हो उसे अकेले में ही कर लेना चाहिये।

कोई कैसे ही मान ले कि सब कुछ ख़त्म हो गया है। कबीर के लिए तो सब कुछ ख़त्म हो ही गया था। बरसों तक ख़ून पसीना बहाकर जिन कबूतरों को पालते हुए कबीर लगभग एक पिता ही बन गया था वो सब एक झटके में ग़ायब हो गये।

अब?

कबीर उनमें से नहीं है जो बहुत दूर की, या आने वाले कल की भी सोच के रखते हैं। पहली बार, ज़िंदगी में पहली बार उसने कोई प्लान बनाया था। सालाना महाचैम्पियनशिप जीतकर अपनी बड़ी बहन को विदेश भेजने का प्लान। आगे क्या होगा ये तो आगे ही पता चलेगा।

लेकिन आगे क्या नहीं होगा, ये कबीर को अभी इसी छत पर समझ आ गया है। उसकी बहन नौबतगंज से आज़ाद होकर अपनी मनचाही दुनिया में नहीं जा पाएगी। क्योंकि सालाना चैम्पियनशिप में अब सिर्फ़ ढाई महीने बचे थे और इतने वक़्त में चैम्पियनशिप जीतने के लायक कबूतर तैयार करना नामुमकिन है। कम से कम कबूतरबाज़ी के सैकड़ों बरसों के इतिहास में तो ऐसा नहीं ही हुआ होगा। कोई जादू घट जाये तो उससे भी इनकार नहीं किया जा सकता, लेकिन उसके लिए जादू पर भरोसा भी होना चाहिये जो इस लड़के को तो नहीं ही है।

तो अब?

अब क्या कुछ नहीं। कोशिश होगी। और हो भी क्या सकता है। लेकिन उसका भी कोई नतीज़ा निकलेगा ही, कहा नहीं जा सकता।

ये सारी बातें कबीर के मन में रेलगाड़ी की तरह आ रही हैं और जा रही हैं। वो सिर्फ़ मुसाफ़िर घर में बैठे किसी मुसाफ़िर की तरह इन बातों की आमद और रवानगी देख रहा है। वो मुसाफ़िर जिसे सफर से ठीक पहले पता चला हो कि अब इसकी कोई ज़रूरत नहीं। ना आगे जाने की, और ना घर लौटने की।

ऐसा भी नहीं है कि कबीर को ठीक ठीक यही लग रहा हो कि कबूतर चोरी हो गये और अब उन्हें तलाशने से कुछ नहीं होगा। लेकिन ये गुमहवासी इस बात से पैदा हुई है कि जिसने भी ये किया है, उसने इस बात का भी अंदाज़ा ज़रूर ही लगाया होगा कि कबूतर तलाशने की जीतोड़ कोशिशें होंगी। तो उन कोशिशों से भी पार पाने का तरीक़ा इस शख़्स ने निकाला ही होगा।

कबीर ये भी समझ रहा था कि कोई भी कबूतरों को इसलिये चोरी नहीं करेगा वो उन्हें कबूतरबाज़ी में इस्तेमाल करेगा। ज़ाहिर सी बात है कि कबीर के कबूतर हज़ारों कबूतरों में नौबतगंज का कोई भी कबूतरबाज़ पहचान लेगा। तो कबीर के कबूतर उस शख़्स के किसी काम के नहीं हैं जो उन्हें चोरी कर ले गया है।

इसी से वो बात निकलती है जिसने कबीर को दहला रखा है। जब कबूतर इस चोर के किसी काम के हैं ही नहीं, तो वो उन्हें कहीं भी रखकर पकड़े जाने और कबूतरबाज़ों के बीच नंगा होने का ख़तरा क्यों उठाएगा। वो कबूतरों को ज़िन्दा ही क्यों रखेगा? सौ फीसद इस चोरी से बचने के लिए वो कबूतरों के साथ ही अपनी इस बेईमानी को दफ़न कर देगा।

इसका मतलब?

बहुत सीधा सा मतलब है। कबूतरों के ज़िन्दा रहने की उम्मीद रत्ती भर है। और इतनी सी उम्मीद काफ़ी नहीं है कि कबीर इसी वक़्त अपनी गली से निकल के शहर भर में भागता फिरे। कबीर के मन को हादसे की गंध आ चुकी है।

किसने किया?

इससे क्या हो जायेगा। अगर अब ये पता भी चलता है तो क्या हो जायेगा। अव्वल तो जिसने भी ये किया है वो शायद ही कभी पकड़ा जाये, और अगर पकड़ा भी गया तो उसका जो भी हो, कबीर का कलेजा तो हल्का नहीं हो जायेगा।

पिछले कुछ बरसों से इस लड़के ने जो भी जैसा भी जीवन जिया उसकी नींव सिर्फ़ एक शब्द पर टिकी थी, कबूतरबाज़ी। नींद, भूख, सच, झूठ... जो भी था, जैसा भी था, सिर्फ़ कबूतरों के लिए था। कबूतर ही इस लड़के का अंकगणित थे

और वही इसके बीजगणित थे। कबीर का सारा विज्ञान और समूची कला, कबूतरों के गिर्द घटती बढ़ती थी। भागा, तो कबूतरों के लिए और थमा, तो भी सिर्फ़ कबूतरों की वजह से।

और कुछ था ही नहीं कबीर की ज़िन्दगी में सिवाय कबूतरों के। ख़ुराक से लेकर हारी बीमारी तक कबीर के सारे होश और हवास पर कबूतरों का ही कब्ज़ा था। कई-कई रातें ये लड़का सिर्फ़ इसलिये नहीं सोया क्योंकि इसके किसी कबूतर को नींद नहीं आ रही होती थी। अगर किसी कबूतर ने खाना छोड़ा तो निवाला कबीर के गले से भी नहीं उतरा।

भरा पूरा कुनबा था कल तक, और एक झटके में कुछ नहीं। एकदम सन्नाटा।

ये सब सोच सोचकर कबीर के दिमाग़ में सीटियाँ बजने लगीं। कलेजे की हूक लपलपाई और गले से होते हुए दोनों गालों से बह निकली।

जिनसे घंटों घंटों बातें करता था वो सब के सब अचानक ग़ायब हो गये? एकदम से। कप्तान की ख़ुराक ठीक करनी थी अभी तो। रितिक और सारुख़ के तो अभी पंख ही खुले थे। कैसे एक कोने में दुबका रहता था अम्ताच्चन। ये सब बारी-बारी से कबीर को याद आते गये और रोते-रोते कब इस लड़के की हिचकी बँध गयी इसे भी पता नहीं चला। और ना ही ये पता चला कि कब वो छत के कोने में एक ईंट पर सिर रखकर करवट लेटा और सो गया। उसके बाद दो तीन दिन तक कबीर किसी को दिखा नहीं। अकेला शहर में भटकता और देर रात आकर छत पर बिना खाए पिए सो जाता। बाप बेटे दोनों ही एक दूसरे को नहीं दिखे कुछ दिन।

18

गली के मुहाने पर बिजली के जिस पुराने खम्भे से लगाकर एकईस अपनी मोपेड खड़ी करते थे वहाँ नयी चमचमाती मोटरसाइकल खड़ी है। बरसों से खम्भे की जगह पर इससे पहले कभी कोई और अपनी गाड़ी नहीं लगाता। ये मोहल्ले का नियम है जिसे बनाने के लिए एकईस ने बड़ी तिकड़में भिड़ाई हैं। इसलिये इस जगह पर कब्ज़ा करने की कोशिश जब भी किसी ने की है तो एकईस ने दम भर विरोध किया है। ज़िन्दगी के हर मोर्चे पर हार चुका ये आदमी बिजली के खम्भे का मोर्चा अब भी संभाले हुए है।

पता नहीं क्यों, लेकिन हर दिन बेभाव के समझौते क़रता ये आदमी इस दो क़दम की जगह से कोई समझौता करने को कभी तैयार नहीं हुआ। शायद ये ही वो आख़िरी खूंटी है जिसके सहारे ये आदमी कम से कम अपनी नज़र में तो टिका रहता है।

एकईस का मन ठीक नहीं था लेकिन आज। दो दिन बाद तो जाने कहाँ से घर लौटे हैं। रात भी काफ़ी हो चुकी थी। अपनी मोपेड जब उन्होंने खम्भे के पास रोकी तो मोटरसाइकल देख कर मुँह बिचकाया। लंबी साँस ली, हर बार की तरह चिल्लाने के लिए। आमतौर पर इस जगह पर कोई अनजाने में ही गाड़ी लगा जाता है। अक्सर किसी का कोई मेहमान, जिसे ये नहीं मालूम होता कि जगह ख़ाली दिख तो रही है, लेकिन है नहीं। ऐसे में कोई ना कोई गाड़ी लगाने वाले को बता देता कि कहीं और दायें बायें लगा ले क्योंकि जगह रिजर्व है दीवान जी की ये।

एकईस गली की तरफ़ 'अरे कौन लगा गया भई यहाँ गाड़ी' जैसी कोई बात चीख़कर बोलते तो अमूमन गली से ही कोई आकर गाड़ी हटाने में उनकी मदद कर दिया करता। लेकिन आज इतनी रात में जब दुकानें भी सारी बंद हैं और गली भी सुन्न पड़ी है, चिल्लाने का क्या ही फ़ायदा।

फिर भी। एक झटका कोशिश करने में क्या जायेगा।

दीवान जी ने एक दो आवाज़ें दीं तो कहीं कोई दिखायी नहीं दिया। थोड़ा आगे जाकर एकईस ने अपनी मोपेड खड़ी तो कर दी लेकिन गली के भीतर जाते-जाते नयी मोटरसाइकल का हैंडल पकड़कर ऐसी सफ़ाई से खींचा कि देखने वाले को एकबार को ये लगे कि ग़लत जगह खड़ी मोटरसाइकल का हैंडल उनकी बाँह में ग़लती से फँस गया। मोटरसाइकल अगले ही पल मुँह के बल सड़क पर पलट गयी। इतनी रात को आवाज़ सुनकर गली के एक दो लोग जाग पड़े।

अपनी दुकान से लगे कमरे में रहने वाला घड़ीसाज़ बाबिल आँख मलता बाहर आया तो सामने का नज़ारा देखकर 'अरे अरे अरे' कहता हुआ एकईस की तरफ़ लपका।

एकईस तो किनारे से निकल जाना चाहते थे लेकिन बाबिल उनकी बाँह पकड़कर वापिस उन्हें मोटरसाइकल तक ले गया।

'अरे जाओ सोय जाओ... कहाँ चले जा रहे हो।' कहकर एकईस पलटे।

'हाथ लगाना दीवान जी' कहते हुए बाबिल अकेला ही मोटरसाइकल उठाने की कोशिश करने लगा।

'काहे परसान हो यार, जिसकी होगी गाड़ी वो आकर उठाएगा।'

ये सुनकर बाबिल ने गाड़ी छोड़कर एकईस की ओर देखते हुए अपने पेट पर आदतन हाथ फेरा। बाबिल कोशिश कर रहा था एकईस का चेहरा पढ़ने की। क्योंकि उसे भरोसा नहीं था जो उसने अभी सुना।

'आपको नहीं मालूम?' कहकर बाबिल ने एकईस का चेहरा ताका। बदले में दीवान जी दोनों कंधे हवा में उचका कर सिर्फ़ इतना बोले 'क्या?'

बाबिल ने मुस्कुराते हुए एकईस के कंधे पर हाथ रखा और क़रीब आकर उनकी आँखों में देखते हुए कहा 'मोटरसाइकल आप ही की है ये।'

इस बार भी एकईस ने जवाब में 'क्या' ही कहा। लेकिन इस बार वाले 'क्या' का मतलब सवाल नहीं था। हैरानी थी। जानकारी की जुगाली के लिए चाहा गया वक़्त था ये इस बार का 'क्या' जो बाबिल ने दीवान जी को दिया भी भरपूर। गर्दन हिलाकर अपनी बात को इशारे से दोहराता बाबिल समझाया कि दीवान जी को आगे की बात अब बताई जा सकती है, तो बोला –

'परेड ग्राउण्ड पर जो अजायब सिंह सरदार जी करवाते हैं कंपटीशन... उसमें अव्वल आया है कबीर अपना... इनाम है उसका ये मोटरसाइकल... नगद भी...।'

एकईस ने एक नज़र मोटरसाइकल को देखा और एक नज़र बाबिल को। फिर ऐसे मुँह बनाया जैसे मूंगफली के बहाने मुँह में रेत आ गयी हो। बाबिल अपनी बात पूरी करते उससे पहले एकईस ने नज़र फेर ली और घर की तरफ़ जाने को मुड़े।

'अरे... कमाल करते हैं दीवान जी... उठवाते जाइये मोटरसाइकल ये।' पीछे से बाबिल घड़ीसाज़ की पुकार सुनाई तो दी लेकिन असर उसका एकईस पर कुछ नहीं हुआ।

जब तक एकईस दरवाज़े पर खड़े होकर अपने हैंडबैग से घर की चाभी निकालते तब तक उन्हीं के पीछे कबीर भी गली में दाख़िल हुआ। बाबिल को देखकर कबीर ने हवा में हाथ उठाकर बेमन का सलाम किया लेकिन फिर दरवाज़े पर बाप दिखा तो कबीर जहाँ था वहीं रुक गया। हर दिन की तरह बाप और बेटे दोनों इसीलिए देर से आये थे कि एक दूसरे से मुलाक़ात ना हो लेकिन आज तो टकरा ही गये।

एकईस कबीर को देखकर अनदेखा करते हुए अपने हैंडबैग में चाभी खोजते रहे। दोनों हाथ पतलून की जेब में रखे कबीर भी एकईस की तरफ़ ना देखकर बाबिल को देखता रहा। उधर बाबिल मोटरसाइकल उठाने की नाकाम कोशिश करता रहा। डेढ़ पसली के बाबिल से तो इतनी भारी गाड़ी उठने से रही। पलटी हुई मोटरसाइकल और अपने बाप को देखकर कबीर ने अंदाज़ा लगा लिया था कि ये किसका काम होगा? लेकिन कबीर बोला किसी से भी कुछ नहीं। ना कबीर ने मोटरसाइकल को हाथ लगाया और ना एकईस ने। बाबिल इन दोनों के बीच में हमेशा की तरह फँसा हुआ अकबकाया देखता रहा बस दोनों को।

एकईस अभी घर का दरवाज़ा खोल ही रहे थे कि गली के बाहर एक साइकिल पर कबीर के दोस्त मोनू और अम्बेश आ गये। अब स्थिति और अजीब हो गयी।

इन दोनों को तो बिल्कुल अंदाज़ा ही नहीं था कि अभी थोड़ी देर से यहाँ क्या मामला चल रहा है। मोटरसाइकल पलटी हुई देख कर अलबत्ता अम्बेश और मोनू ने बाबिल की मदद से उठाकर सीधी खड़ी की। मोटरसाइकल का दाहिना साइड मिरर टेढ़ा हो गया था और पेट्रोल टंकी पर से दो जगह पेंट उखड़ गया था।

घर के दरवाज़े तक आया कबीर अब दोस्तों की तरफ़ लौट गया। कबीर ने अम्बेश से पूछा –

'तुम्हारा स्कूटर नहीं लाए... साइकिल से कैसे चलेंगे?'

अम्बेश ने हैरान होते हुए जवाब दिया – 'भाई ये है तो गाड़ी, इससे चलेंगे न?'

कबीर मोटरसाइकल जैसे भूल ही चुका था। चाभी लेने के लिए वो घर के भीतर गया। इतने में एकईस टहलते हुए अम्बेश और मोनू के पास आकर खड़े हो गये।

'कहीं से आ रहे हो तुम लोग? कि कहीं जा रहे हो?'

सकपकाते हुए मोनू ने जवाब दिया – 'नहीं अंकल जी अभी तो रामबाग साइड जा रहे हैं, आज उधर तरफ़ ही खोजेंगे।'

बाबिल भी इन लड़कों के क़रीब आकर खड़े हो गये। बाबिल ने ही अगला सवाल किया –

'खोजेंगे? अरे क्या खोज रहे हो भाई?'

'आपको नहीं मालूम क्या कबूतरों वाला कबीर के?' अम्बेश ने बाबिल से पूछा।

जवाब में एकईस बोले 'क्या नहीं मालूम यार... सीधा साफ़ बताओ न।'

'कबूतर चोरी हो गये न कबीर के? वही तो खोज रहे हैं तीन चार दिन से।' अम्बेश ने जवाब दिया।

इतना सुनना था कि बाबिल तेज़ी से कबीर के घर की तरफ़ बढ़ते हुए बोले –

'कबूतर चोरी हो गये? कै कबूतर ?'

'सब चोरी हो गये अंकल जी... एक्कौ नहीं बचे... बताया नहीं क्या कबीर ने?'

एकईस तो ये सुनकर जहाँ थे वहीं खड़े रह गये। बाबिल भागकर छत पर गये ख़ुद अपनी आँखों से तस्दीक़ करने के लिए, जैसे ये लड़के इतनी बड़ी बात भी झूठ

बोलेंगे। बाबिल ने छत पर सारा का सारा दड़बा ख़ाली देखा तो माथा पीट लिया। कबूतरों का कहीं कोई नाम निशान ही नहीं था। कबीर नीचे नयी मोटरसाइकल की चाभी खोज रहा था घर में, जो उसने बेहोशी में जाने कहाँ रख दी थी।

'बेटा क्या हुआ है? बताओ ज़रा हमको भी?' कबीर का कंधा झिंझोड़ते हुए बाबिल ने पूछा तो कबीर की आँखें देखकर बाबिल दहल गया। एकदम ख़ाली आँखें। रोते-रोते लाल। बाबिल ने कबीर के चेहरे पर ध्यान दिया। ऐसा लग रहा था कि ये लड़का कई दिन से नहाया खाया सोया ही नहीं है। आँखों के किनारे परछाइयाँ उतर आई थीं। चेहरा सूजा हुआ लग रहा था। कबीर को कुछ बोलने की ज़रुरत ही नहीं पड़ी। उसका चेहरा सारी कहानी बता रहा था। बाबिल ने हौले से सिर्फ़ इतना पूछा –

'उस्ताद को बताया?'

बदले में कबीर ने सिर हिलाते हुए ज़मीन की तरफ़ आँखें गड़ा लीं।

'या ख़ुदा... कैसे हुआ ये सब बच्चे?' कहकर बाबिल बिना कोई जवाब सुने गली में बाहर खड़े एकईस के पास गये।

'अरे दीवान जी... यार चोरी हुई है आपके यहाँ... इस बच्चे के सारे कबूतर चोरी हो गये भाई... आपको पता भी नहीं चला?'

मोटरसाइकल की चाभी लेकर कबीर बाहर आया। एकईस के पास से निकल ही रहा था कि बाबिल ने कबीर की बाँह पकड़ कर उसका चेहरा एकईस के सामने कर दिया।

'अरे इसका चेहरा देखा भी है आपने क़रीब से? या अल्लाह... इसीलिए मारा मारा फिर रहा है ये बेचारा... दीवान जी बात करो यार बेटे से।'

एकईस ने पहली बार, कम से कम इधर कुछ हफ़्तों में पहली बार ही, कबीर का चेहरा ध्यान से देखा और उनकी आँखें भर आईं। एकईस राम को याद नहीं था कि आज से पहले इतने दर्द में उसने कब किसी का चेहरा देखा था। कबीर के कंधे पर हाथ फेरते हुए वो सिर्फ़ इतना कह पाए कि 'बताना तो चाहिये था'।

कबीर ने बाप का हाथ झटकार दिया और दोस्तों की तरफ़ बढ़ गया। अम्बेश को मोटरसाइकल की चाभी दी। अम्बेश ने मोटरसाइकल स्टार्ट की और उसके पीछे मोनू और सबसे आख़िर में कबीर बैठ गया। दूसरी तरफ़ को मुँह करके कबीर

ने आँखें पोंछी और मोटरसाइकल अंधेरे में गुम हो गयी। गली में बाबिल और एकईस खड़े रह गये।

'कबूतर कौन चोरी कर सकता है?' एकईस बड़बड़ाए।

'वही जिनको ये सालाना टूर्नामेंट में हराने वाला था... और कौन करेगा? बिसेसर पाँड़े से लेकर मुस्तक़ीम हैदर तक... कोई भी हो सकता है... बताओ साले को... कल के बच्चे से इतना खौफ़ कि उसके कबूतर चोरी चले जायें?' बाबिल ने जवाब देते हुए कलाई में बँधी घड़ी की तरफ़ देखा। जैसे बिना घड़ी देखे वो यक़ीन से नहीं कह सकते थे कि सैकड़ों बरसों से चला आ रहा ये कबूतरबाज़ी का खेल अपने सबसे बुरे वक़्त से गुज़र रहा है।

भारी मन और बुझे क़दमों से एकईस घर के भीतर जाकर आँगन में बिछी चौकी पर बैठ गये। बाबिल पीछे से आकर एक कुर्सी खींचकर बैठे और अपने बालों में उँगलियों से कंघी करते रहे।

19

कई दिनों से कभी अपने दोस्तों के साथ और कभी अकेले शहर भर के चक्कर लगाते कबीर ने अपनी तरफ़ से वो सारी कोशिशें कर ली थीं जो उसके हाथ में थीं। उसके कबूतरों में से एक भी अब तक किसी की नज़र से नहीं गुज़रा था। शाम के इस समय जब दिन भर खोजने का काम कर लिया गया था कबीर, अम्बेश और मोनू परेड ग्राउण्ड के पार गंगा किनारे अपने उस ठिकाने के लिए निकल चुके थे जहाँ उनका 'कार्यक्रम' होता था। मोनू और अम्बेश एक एक बियर पीने के इरादे से चार पाँच बोतलें बियर की लेकर मोटरसाइकल से कबीर के साथ परेड की तरफ़ बढ़ रहे थे।

कच्चे घाट पर पहुँचकर 'कार्यक्रम' शुरू भी हो गया। बहुत इसरार करने पर भी कबीर ने बोतल को हाथ नहीं लगाया। अम्बेश और मोनू पीते रहे। गंगा को निहारते हुए अचानक कबीर के दिमाग़ में एक ख़याल आया। और कबीर इस बात से हैरान हुआ कि इतने दिनों में ये ख़याल अब तक उसे क्यों नहीं सूझा।

'चलो... ' कहकर कबीर खड़ा हुआ और मोटरसाइकल की तरफ़ बढ़ लिया। अम्बेश और मोनू ने बची हुई बियर की बोतलों की ओर देखकर एक साथ पीछे से सवाल किया – 'कहाँ चलें... अभी बाक़ी है मामला यार भाई।'

कबीर हाथ मलते हुए सोच में पड़ा रहा। अम्बेश और मोनू गटागट मामला ख़त्म करने पर जुटे। अगले कुछ मिनटों में मोटरसाइकल पर सवार ये तीनों शहर की तरफ़ जा रहे थे। अम्बेश और मोनू के बीच बैठा कबीर बेचैन दिखायी दे रहा था। बैक मिरर में उसकी बेचैनी देखकर मोटरसाइकल चलाते हुए ही अम्बेश ने

कबीर से पूछा कि अपन चल कहाँ रहे हैं। जो जवाब उसे मिला एकबारगी अम्बेश को अपने कानों पर यक़ीन ही नहीं हुआ। दो बार और पूछने पर जब वही जवाब आया तो अम्बेश ने सड़क किनारे रोकी मोटरसाइकल। सबसे पीछे बैठे मोनू को अब तक मामले का कुछ पता ही नहीं था। अम्बेश ने उतरते ही ग़ुस्से में पूछा –

'भाई दिमाग़ ठिकाने है कि नहीं? पेल दिए जायेंगे सब के सब वहाँ...।'

'अरे कहाँ?' अब मोनू को मामले की संगीनीयत समझ आई। वो दोनों का चेहरा देखते हुए किसी जवाब की उम्मीद में था।

'इन्हीं से पूछो... फैंटम बनने चले हैं न ये...।' अम्बेश ये बोलकर दूसरी तरफ़ देखने लगा। नशा वैसे ही उतरना शुरू हो चुका था अम्बेश का।

'बाबा बताओ तो कहाँ चल रहे हो...।' मोनू ने कबीर से पूछा।

'वहीं जहाँ सबसे पहले जाना चाहिये था।' कबीर ने सख़्ती से जवाब दिया।

'अरे कहाँ... बताओगे भी...।' मोनू ने ज़ोर दिया।

'हरामी बिसेसर पाँड़े के यहाँ... उसी की छत पर हैं सब कबूतर मेरे।'

मोनू को पाँच सेकेंड के भीतर इल्हाम हो गया कि अब वो तीनों पड़ने वाले हैं बड़े चक्कर में। बिसेसर के यहाँ जाने का मतलब तार भेजकर मुसीबत को बुलाना है। मोनू ने चेहरे पर दुनिया भर की लाचारी जमा करके कहा –

'ये न करो बाबा... बस ये न करो बाबा... वहाँ नहीं।'

'तुम लोग को नहीं जाना तो मत जाओ, मैं जा रहा हूँ।' कहकर कबीर पैदल ही निकल पड़ा। अम्बेश और मोनू आगे बढ़कर उसे मोटरसाइकल के पास पकड़ लाए। अभी दोनों को उम्मीद थी कि समझाने पर समझ जायेगा कबीर। अम्बेश बोला –

'घर नहीं है किला है यार बाबा उस आदमी का... दस बीस आदमी सामान लिए टहलते हैं उसके गेट पर... दीवार पहले से सब ऊँची ऊँची हैं और साले को उसके ऊपर तार अलग बँधी हुई है... नहीं जा सकते भीतर भाई... तुमको वो भीतर बुलाएगा नहीं... कैसे जाओगे फिर?'

'ये सब वहाँ जाकर देख लूँगा मैं... तुम लोग रहने दो।' कबीर बोलकर फिर आगे बढ़ गया। दोबारा उसे पकड़कर दोनों पीछे लाए। मोनू ने हाथ जोड़कर कहा –

'कबीर भाई बवाल हो जायेगा बैठे बिठाए...।'

'होने दो... कोई दिक़्क़त नहीं।' कबीर का लहजा बता रहा था कि अब उसने जो ठाना है वो करके मानेगा। उसे अकेला ये दोनों छोड़ नहीं सकते ये तीनों को मालूम है। अम्बेश ने मोटरसाइकल में चाभी लगाते हुए बस इतना कहा –

'चलेंगे तो सब साथ चलेंगे... लेकिन पहले चलकर बंगाल स्वीट हाउस पर खाएँगे छोला समोसा... उसके बाद जो होगा वो होगा'।

बंगाल स्वीट हाउस पहुँचकर जब अम्बेश ने दो प्लेट छोले समोसे का ऑर्डर दिया तब कबीर और मोनू को मालूम चला कि अम्बेश के दिमाग़ में कुछ और भी चल रहा है। पूछने पर ज़्यादा कुछ बताने से इन्कार करते हुए अम्बेश ने बस इतना ही कहा कि 'तुम लोग खाओ तब तक हम आते हैं किसी से मिलकर... व्यवस्था बनानी पड़ेगी'।

अगले ही मिनट दोनों को छोले समोसे की प्लेट के सामने छोड़कर अम्बेश जाने कौन सी व्यवस्था बनाने निकल पड़ा। घंटे भर बाद जब अम्बेश लौटा तो अकेला ही आया। अब तक कबीर और मोनू को लग रहा था कि अम्बेश लड़कों की व्यवस्था करने निकला है लेकिन उसे अकेला देखकर दोनों समझ गये कि जिस व्यवस्था के लिए अम्बेश निकला था वो हो नहीं पाई। शंका किसी तरह की अब भी नहीं थी कबीर के चेहरे पर। लेकिन मोनू मोटरसाइकल पर सबसे पीछे बैठा अपनी पीठ ज़रूर सहला रहा था।

थोड़ी देर बाद ये तीनों शहर के ठीक बीच पेड़ों से ढँके हुए उस गेट के सामने पहुँचे जिसे देखकर ही बताया जा सकता है कि ये किसी टेढ़े इंसान की रिहाइश है। बंगले के गेट पर खड़े आधे दर्ज़न आदमी देखकर अम्बेश ने मोटरसाइकल रोकना तो दूर धीरे भी नहीं की जिससे किसी को कोई शक हो इन पर। कई सौ मीटर दूर लेजाकर मोटरसाइकल जब अम्बेश ने रोकी तो तीनों के चेहरे पर एक ही सवाल था। 'अब?'

हुआ वही जो होने वाला था। दस मिनट बाद ये तीनों बंगले के अहाते में खड़े थे। जिसमें ये ख़ुद नहीं गये थे, बल्कि दबोचकर लाए गये थे। तीनों की हालत और इन्हें घेरकर खड़े बीसियों आदमी देखकर साफ़ मालूम पड़ रहा था कि पहले राउंड की झूमा झटकी इनसे हो चुकी है। एक ठिगने से लेकिन ख़तरनाक दिखने वाले आदमी ने कबीर का गला पीछे से पकड़ा हुआ है। कबीर अब भी छटपटा रहा है।

‘हमको बस इनके दड़बे दिखा दो... और क्या कह रहे हैं हम लोग?’ कबीर ने दहाड़ते हुए गला पकड़े आदमी से कहा।

‘अमे तुम जादा न फुदको... आ रहे हैं उस्ताद बताया न... होगा तुम लोग का हिसाब किताब अभी तबीयत से...।’ सामने रायफ़ल की नाल पर ठुड्डी टिकाकर बीड़ी पीते एक आदमी ने बैठे बैठे लात फटकारी।

ये पंचायत अभी आगे चलती इससे पहले तीन चार गाड़ियों का क़ाफ़िला गेट पर आकर रुका। सबसे आगे वाली गाड़ी गेट से भीतर आकर गोल चक्कर काटती हुई इन्हीं तीनों के सामने आकर रुकी। बिसेसर अपने चेलों के साथ नीचे उतरे। एक आदमी जो बेरहमी से कबीर की पतलून दबोच कर खड़ा था उसे बिसेसर ने आँखें दिखाकर अपनी नाख़ुशी जता दी। आदमी ने कबीर को ना सिर्फ़ छोड़ दिया बल्कि उसका कॉलर भी ठीक किया। बिसेसर आगे बढ़े और कबीर का चेहरा घुमाफिराकर देखने के बाद बोले –

‘किसी ने हाथ तो नहीं लगाया... ?’

कबीर ने इसका कोई जवाब नहीं दिया। बिसेसर कबीर के कंधे पर हाथ रखकर जिस तरह अपनापन जता रहे थे इससे कबीर के दोस्तों को बड़ी राहत हुई। बगल में खड़े मोनू ने माहौल को और साफ़ करने के लिए उस आदमी की तरफ़ देखकर जिसने उसे घूंसे जड़े थे, कहा –

‘बता तो रहे थे हम लोग कि एक बार उनको आ जाने दीजिये लेकिन...।’

मोनू का इतना कहना था कि बिसेसर ने एक झापड़ कस के ऐसा मारा मोनू के गाल पर कि उसका कान सुन्न पड़ गया और मोनू ज़मीन पर गिर पड़ा।

‘इसकी ग़लती नहीं है हमने कहा था...।’

कबीर इसके आगे कुछ कहता लेकिन बिसेसर ने अपने होंठ पर ऊँगली रखकर उसे चुप रहने का इशारा किया। कबीर को लेकर बिसेसर बंगले के भीतर चले। बिसेसर ने अपने लोगों से कहा –

‘अरे किसी ने चाय पानी पूछा लड़कों से कि नहीं भाई... ?’

बिसेसर और कबीर के पीछे अम्बेश और मोनू भी डरते हुए चल दिए। भीतर जाकर हॉल में कबीर को अपने सामने की कुर्सी पर बिठाकर बिसेसर ख़ुद बैठे। कुर्सियाँ और भी थीं लेकिन अम्बेश और मोनू की हिम्मत नहीं हो रही थी बैठने की इसलिये उन्होंने कबीर के पास खड़े रहना ही ठीक समझा।

‘काहे को घुस आये भाई... बताया होता तो हम सामने से बुलाते।’ कहकर बिसेसर ने मुँह से एक सिगरेट लगायी और एक चेले ने खट्ट से उनकी सिगरेट को तीली दिखा दी।

‘हमारे कबूतर वापिस कर दीजिये हम लोग चले जायेंगे...।’

कबीर ने जब ये कहा तो इस बात की हैरानी बिसेसर के चेहरे पर साफ़ दिख रही थी। भीतर खींचा हुआ धुआँ बिसेसर बाहर फूँकना भूल गये। इससे एक बात तो ज़ाहिर हुई कि कबीर से बिसेसर को इस बात की उम्मीद तो बिल्कुल नहीं थी।

‘अरे कौन से कबूतर भाई... ?’ कहकर बिसेसर आगे झुके।

‘मेरे कबूतर... और कौन से कबूतर?’ कबीर बोला।

‘मेरे पास अपने कम कबूतर हैं क्या जो मुझे किसी और के कबूतर चाहिये।’

‘तो कहाँ गये मेरे कबूतर?’ कबीर ने बिसेसर की बात पर तड़पकर जवाब दिया।

‘तुम जानो तुम्हारे कबूतर जानें... बिसेसर पाँड़े के दिन अब ये आ गये क्या कि तुम्हारे जैसे झाँटू के कबूतर चोरी करूँगा...।’

‘तो हमको अपनी काबुक दिखा दीजिये... बात ख़त्म हो जायेगी...।’ कबीर कहकर ऐसे खड़ा हुआ जैसे बिसेसर उसे तुरंत छत दिखाने ले ही जायेगा।

‘बात तुम्हारे करने से ख़त्म नहीं होने वाली कबीर बाबू... अभी तो शुरू हुई है बात।’

बिसेसर जब ये कह रहा था, उसके एक चेले ने भागते हुए आकर उसके कान में कुछ कहा। बिसेसर उठकर बाहर निकला। कबीर और उसके दोस्तों को अपनी जगह रुकने का इशारा करते हुए जैसे बिसेसर बाहर भागा उससे पता चल रहा था कि बात कुछ बड़ी हुई है।

कबीर को बिसेसर पाँड़े ने जबरन बिठा रखा है, ये बात कई जीभों से होते हुए शहर भर में फैल गयी थी। नतीज़तन कबूतरबाज़ों का जमावड़ा बिसेसर के बंगले पर होने लगा था। खिलाड़ी यहाँ आये थे क्योंकि उन्हें कबीर से मतलब था। नहीं तो बिसेसर के यहाँ ऐसे खेल तमाशे रोज़ होते हैं, कौन नज़र फेरता है इधर।

हल्ला इसलिये मचा हुआ था क्योंकि बिसेसर के गेट पर दो लोग भीतर आने के लिए धक्कामुक्की कर रहे थे। इनमें से एक थे कबीर के पिता एकईस राम और

दूसरे थे घड़ीसाज़ बाबिल भाई। पहले ख़बर बाबिल को ही मिली थी, बाबिल ने एकईस को ख़बर पहुँचाई और यहाँ लेकर भी आये। एकईस सीधा पुलिसलाइन से ही वर्दी में चले आये थे। उन्हें भीतर ना आने देने की वजह भी यही वर्दी थी। एकईस का भीतर आ जाना बिसेसर के चेलों को पुलिस का भीतर आना लग रहा था। और जिसके नाम का सिक्का ही ऐसी बातों से चलता हो कि 'पुलिस भीतर क़दम नहीं रख सकती।' उसे ऐसी 'बदनामी' से ना बचा सके तो चेले किस काम के।

बात से बात ऐसे ही बढ़ती है। अगर ये सब ना हुआ होता तो बिसेसर ख़ुद भी इन बच्चों के मुँह लगने में बहुत दिलचस्पी नहीं रख रहा था। लेकिन अब जब बात बढ़ ही गयी है, और अपने बंगले पर बढ़ी है तो माफ़िया के भीतर 'सबक सिखाने वाला' लाल बटन अपने आप दब जाता है। एकईस राम और बाबिल से बिसेसर ने दोटूक कह दिया कि उनके बेटे के बारे में उसे कुछ नहीं मालूम। ना उसे किसी ने यहाँ आते देखा। एकईस और बाबिल भीतर जाकर ख़ुद देखने की बात पर अड़े रहे।

किसी तरह की कोई धमकी बिसेसर पर असर करने वाली थी नहीं। कबूतरबाज़ खिलाड़ी बिसेसर को समझा रहे थे कि कबीर के जब से कबूतर ग़ायब हुए हैं उसका दिमाग़ ठिकाने पर नहीं है इसलिये ग़लती समझकर बड़ा दिल दिखाते हुए उसे माफ़ कर दिया जाये। लेकिन बिसेसर इस बात पर अड़ा हुआ था कि आख़िर इस तरह की तोहमत लगाने की किसी की हिम्मत हुई भी कैसे। गेट पर बवाल बढ़ता जा रहा था।

ठीक इसी समय सफ़ेद अम्बेसडर गाड़ी आकर भीड़ के सामने रुकी। गाड़ी नौबतगंज का हर कबूतरबाज़ पहचानता था किसकी है। बैरागी जी काला चश्मा उतारकर सदरी की जेब में रखते हुए गाड़ी से उतरे लेकिन बिसेसर के चेले उसके सामने आकर खड़े हो गये। बैरागी जी के पीछे गाड़ी से उतरे पीर मुश्ताक़ जिन्हें देखकर सारे कबूतरबाज़ किनारे हो लिए। अब गेट के इस पार बैरागी जी और पीर मुश्ताक़ के साथ एकईस और बाबिल खड़े थें, और गेट के उस तरफ़ अपने चेलों की भीड़ के सामने बिसेसर खड़ा था। उस्ताद पीर मुश्ताक़ ने बिसेसर के सामने जाकर बस इतना कहा –

'बच्चा है वो बिसेसर... आप तो समझदार हैं।'

‘उस्ताद जी काम तो बच्चों वाले नहीं हैं... मेरी क्या ग़लती है बताइये।’ बिसेसर ने नाराज़गी भरे लहज़े में कहा लेकिन सुर कोमल ही थे।

‘अरे हो गया जो होना था भई... लाइये उसे बाहर।’

पीर मुश्ताक़ की इस बात का जवाब देने बिसेसर और आगे बढ़ आया। बोला –

‘हो गया?... क्या हो गया कुछ मालूम भी है आपको?’

‘क्या हो गया?’

‘चोर कह देगा क्या साला कोई भी बिसेसर पाँड़े को?’ ग़ुस्से में तमतमाते हुए बिसेसर ने एकईस राम को देखा।

जवाब बैरागी जी ने दिया ‘अरे बचपने में निकल गया होगा कुछ उल्टा सीधा यार।’

‘तो इसका इलाज करना भी आता है हमें...।’

बिसेसर के इस जवाब से वहाँ खड़े सभी एक साथ तमक गये। पीर मुश्ताक़ ने अपनी उखड़ती साँस पर क़ाबू करते हुए कहा –

‘बच्चों को बाहर लाओ बिसेसर... वरना...’

ये ‘वरना’ का घी जो पड़ा तो बिसेसर के भीतर की आग फफक पड़ी। बिना कुछ बोले उसने इशारा किया और पीछे से चेलों ने बड़ा का गेट पीर मुश्ताक़ के मुँह पर बंद कर दिया। पीर मुश्ताक़ ने वहाँ खड़े एक कबूतरबाज़ को पास बुलाकर उसे कुछ समझाया और उनकी बात सुनकर वो आदमी तुरंत स्कूटर लेकर रवाना हो गया।

गेट के बाहर भीड़ के बीच अकेले खड़े बिसेसर ने पीर मुश्ताक़ को ताना देते हुए कहा-

‘ये बिसेसर पाँड़े की ज़मीन है... यहाँ न तो पुलिस पैर धरेगी और ना कोई तुर्रम खान।’

पहली बार लोगों ने पीर मुश्ताक़ की नसें फड़कते देखा। इससे पहले कभी उन्हें ऊँची आवाज़ में भी बात करते किसी ने देखा सुना नहीं था।

लोकल पुलिस चौकी से जो पुलिसवाले आये भी, उनका मामला सुलटाने का तरीक़ा वही 'माथा देखकर तिलक लगाने' वाला रहा। एकईस को विभाग के हो हल्ले का हवाला देकर वहाँ से हटने की बात कही और ना मानने पर उन्होंने अपना रास्ता लिया। बिसेसर गेट के भीतर से इंतेज़ार करता रहा कि बिना उसकी मर्ज़ी कोई भीतर आ कर तो दिखाए। उसे लगा कि इन्हीं पुलिसवालों को बुलाने के लिए पीर मुश्ताक़ ने आदमी भेजा था। लेकिन बिसेसर भूल गया था कि कबूतरबाज़ जब पैग़ाम लेकर कबूतर उड़ाता है तो फिर जंग के रुख़ बदलते हैं।

ज़्यादा देर नहीं लगी जब नौबतगंज ने पीर मुश्ताक़ की नसें फड़कने का जलवा भी देख लिया। आज सब कुछ वही हो रहा था जो इससे पहले नहीं हुआ नौबतगंज में। कबीर और उसके दोस्तों को बाहर निकालने के लिए पीर मुश्ताक़ ने जिन्हें बुलावा भेज दिया था उनसे भिड़ने की बात तो दूर, उन्हें दरवाज़े पर देखकर मिट्टी सूख जाती है बिसेसर जैसों की।

चाकचौबंद दो हरी जिप्सियों में पहुँचे सेना के लोग धड़धड़ाते हुए उतर कर बंगले के गेट की तरफ़ मुँह किए खड़े हो गये। अधिकारियों की तरफ़ से भेजे गये सूबेदार साहब ने झट से पहुँचकर पीर मुश्ताक़ को करारा सलाम पेश किया और चार साँसों में मामला समझ गये। बस उसके बाद गिनती के पाँच मिनट नहीं लगे होंगे कि कबीर, अम्बेश और मोनू बाहर सड़क पर अपनी मोटरसाइकल के पास खड़े थे।

फौजियों के सामने आने की वैसे भी किसी में हिम्मत नहीं थी। बिसेसर ने भी किनारे हो लेने में ही भलाई समझी। असल में नौबतगंज के लोग फौजियों के ग़ुस्से और ग़ुस्से में 'सीखे-सिखाए गये सबकों' की कहानी सुनते रहे हैं। जब सेनापति बिसेसर ने ही किनारा काट लिया तो कोई चेला चम्पू काहे को अपनी लानत मलानत करवाने सामने आता। नतीज़तन, सूबेदार को गेट पर ही बच्चे मिल गये। जिस फुर्ती से जिप्सियाँ आई थीं उसी तेज़ी से उस्ताद की इजाज़त लेते हुए किले की तरफ़ रवाना भी हो गयीं। आधे लोग लड़कों के हाल जानने में और आधे फौज की गप्प लड़ाने में लगे। कबीर की सलामती पक्की पाकर एकईस राम और बाबिल भी घर रवाना हुए। उस्ताद पीर मुश्ताक़ और बैरागी जी ने कबीर से दो चार बातें कीं और आगे से ऐसे ख़तरे ना उठाने की सलाह देकर निकल गये।

बाहर इन तीनों लड़कों की एक करामात से क्या बवाल कटा ये सुनने पर भी कबीर जिस ख़याल में पड़ा था वो कुछ और था। इस सारे बवाल के बीच मोनू और अम्बेश को छोड़कर कबीर थोड़ी देर के लिए कहीं ग़ायब हो गया था।

जब मोटरसाइकल पर तीनों बैठे तो मोनू ने कबीर से नाराज़ होते हुए कहा –

'कह रहे थे कि पेले जायेंगे... लेकिन तुमको बनना था बाबा फैंटम... पेले तो हम गये न...।'

कमाल की बात ये है कि ये बात भी कबीर का ध्यान खींच नहीं पाई। ये देखकर अम्बेश ने कबीर के कंधे झटकारते हुए पूछा – 'क्या सोच रहे हो बाबा?'

'फिर कहाँ गये...।' अम्बेश की जगह अपने दिमाग़ में ही चल रही किसी बात का जवाब दिया कबीर ने। अम्बेश और मोनू ने एकदूसरे का चेहरा देखा।

'क्या कह रहे हो यार?' अम्बेश ने इस बार कस के झिंझोड़ा।

पूरे होश में अब लौटे कबीर ने कहा – 'यहाँ नहीं हैं तो कहाँ गये कबूतर?'

'तुम कैसे जान गये कि यहाँ नहीं हैं?' मोनू ने पूछा।

मोनू को मोटरसाइकल पर बैठने का इशारा किया और फिर उसके पीछे आकर बैठे कबीर ने धीरे से जवाब दिया-

'सारी काबुक देख आया बिसेसर की... मेरे कबूतर कहीं नहीं मिले।'

अम्बेश और मोनू को अब समझ आया कि बीच में ये लड़का मौक़ा देखकर कहाँ ग़ायब हो गया था। फिर सोचा कि इतनी हील हुज्जत होने का चलो कुछ तो फ़ायदा हुआ। जिस काम के लिए गये थे वो तो हुआ।

'तुम बेटा अब चलकर चाय समोसा खिलवाओ नहीं तो समझे रहिना...।' कहकर अम्बेश ने किक मार दी।

—

20

निकल तो गये थे ये लोग चाय पीने लेकिन किसी को किसी चीज़ की सुध थी नहीं। नयी मोटरसाइकल की सवारी गाँठ रहे अम्बेश और मोनू ने सुझाव दिया कि पहले कहीं चलकर एक एक सिगरेट धौंकी जाये ताकि दिमाग़ ठीक से खुल जाये, तब सोचेंगे कि कहाँ निकला जाये। गाड़ी पहले पेट्रोल पम्प पर रुकी। पचास रुपए का पेट्रोल डलवाया गया। फिर तलाश शुरू हुई सिगरेट की। जान पहचान के दो तीन खोखे बंद मिले क्योंकि रात काफ़ी हो गयी थी।

अब हारे का सहारा, रेलवे स्टेशन हमारा। गाड़ी मुड़ गयी रामबाग सिटी रेलवे स्टेशन की तरफ़। और कहीं मिले ना मिले लेकिन रामबाग स्टेशन पर सिगरेट मिलेगी ही मिलेगी। स्टेशन पहुँचकर तीनों ने एक एक छोटी गोल्ड फ्लेक जलाई और सिगरेट पर चर्चा शुरू हुई। कबीर को मालूम था कि कबूतरों को रात में खोजने का कोई तुक नहीं क्योंकि कबूतर रात को नहीं उड़ते। लेकिन रात का एक फ़ायदा ये है कि जिस जगह को कबूतरों ने घर मान लिया वहाँ वो अंधेरा होते ही पहुँचकर दुबक जाते हैं। तो किसी ऐसे इलाके में चलने की बात तय हुई जहाँ इंसानी आबादी कम हो क्योंकि कबूतर अगर भटक जाये तो आबादी से दूर ठिकाना बनाते हैं।

ऐसी कौन सी जगह हो सकती है?

अचानक अम्बेश के दिमाग़ में एक ख़याल चमका और उसने 'अबे यार।' कहकर जल्दी जल्दी सिगरेट के आख़िरी कश खींचते हुए मोनू और कबीर को गाड़ी पर बैठने के लिए बोलकर गाड़ी स्टार्ट कर दी।

अम्बेश जहाँ इन दोनों को लेकर जा रहा था वो जगह रामबाग रेलवे स्टेशन से दूर नहीं थी बल्कि वहाँ से कुल दस बारह मिनट का रास्ता था।

गाड़ी रुकी जाकर क़ब्रिस्तान के गेट पर। रामबाग रेलवे स्टेशन नौबतगंज के तीनों रेलवे स्टेशनों में सबसे पुराना था और अंग्रेजों के वक़्त का बनवाया हुआ था। इसी रामबाग स्टेशन से लगा हुआ था 'गोरा क़ब्रिस्तान।' शहर के सबसे पुराने क़ब्रिस्तानों में से एक। अंग्रेजों के समय का ही बना हुआ था ये क़ब्रिस्तान भी।

गेट पर जाकर अम्बेश ने गाड़ी रोकी तो मोनू का मुँह ही सूख गया। वो गाड़ी से उतरने को ही तैयार नहीं हुआ। काँपती आवाज़ में मोनू अम्बेश से बोला –

'भोसड़ी के पगलाय गये हो क्या? यहाँ क्या करने आये हो यार?'

अम्बेश हँसते हुए बोला 'बाबा तीन लोग हैं यार हम लोग... भूत वूत अकेले आदमी को डराते हैं... कभी सुने हो कि तीन लोगों के सामने आया हो कोई भूत?'

'बकचोदी ना पेलो... बस यहाँ से पोलो हो लो फुर्ती में... हमको नहीं जाना यार अंदर।'

मोनू ने डरते हुए कबीर से चलने को कहा। लेकिन कबीर को जाने क्या हुआ अचानक कि वो झट से आगे बढ़ा और क़ब्रिस्तान की एक जगह से टूटी दीवार फांदकर अंदर चला गया। कबीर के पीछे पीछे अम्बेश भी उसी जगह से अंदर कूद गया। अब मोनू के पास अंदर जाने के अलावा कोई और रास्ता था नहीं तो वो भी इनके पीछे अंदर कूदा, लेकिन जहाँ कूदा था उससे आगे नहीं बढ़ा। मोनू को आगे ना बढ़ता देखकर अम्बेश उसके पास आया।

'अबे चलो यार बाबा नहीं होगा कुछ... हम लोग हैं न।'

ये सुनकर भी मोनू आगे बढ़ने को तैयार नहीं हुआ। इन दोनों को रुका हुआ देखकर कबीर वापिस आया। अम्बेश ने हिम्मत बँधाते हुए मोनू से कहा –

'लोहा पास में रहता है तो भूत नहीं आ सकता, जानते हो न?'

मोनू ने सिर 'ना' में हिलाते हुए पूछा –'लोहा लक्कड़ कुछ नहीं है पास में हमारे।'

'अबे सब इंतज़ाम धरे हुए है भाई तुम्हारा।' कहते हुए अम्बेश ने जींस की कमर में पीछे की तरफ़ हाथ डालकर तमंचा निकाला और मोनू के हाथ में रख दिया। तमंचा देखकर मोनू और कबीर दोनों एक साथ बिदक गये। मोनू ने हाथ खींचा तो तमंचा नीचे ज़मीन पर गिर गया।

कबीर ने आगे बढ़कर तमंचा उठाया। खुरदुरे लोहे का भारी तमंचा था जिसके

हत्थे पर लकड़ी का सुंदर काम हुआ था। हत्थे पर लकड़ी के बट को दोनों तरफ़ पीतल के दो दो पेंच लगाकर अच्छी तरह जमाया गया था। इससे पहले कबीर और मोनू, दोनों ने तमंचा सिर्फ़ फिल्मों में देखा था। लेकिन ये वैसा नहीं दिख रहा था जैसा फिल्मों में दिखाया जाता है। कबीर ने घुमा फिराकर वो जगह देखने की कोशिश की जिसमें अक्सर हीरो और गद्दार गोलियाँ भरते हैं। लेकिन जिस जगह पर गोलियाँ भरी जाती हैं वो जगह तो एकदम सरपट सपाट दिख रही थी।

'इसमें गोली कहाँ से भरते हैं?' कबीर ने तमंचे का मुआयना करते हुए पूछा।

अम्बेश ने तमंचा अपने हाथ में लेते हुए ट्रिगर के आगे एक छोटी सी कीलनुमा चीज़ पर हाथ फेरते हुए उसे खींचकर दिखाया। ट्रिगर के ठीक ऊपर से नाल खुलकर नीचे झुक गयी। अब नाल के भीतर से आर-पार दिखायी दे रहा था।

'असली है?' मोनू ने तमंचा छूकर अम्बेश से पूछा।

अम्बेश ने जीन्स के सामने वाली बायीं जेब से एक ऊँगली भर लम्बी पीतल की चमचमाती गोली निकालकर ट्रिगर के ठीक ऊपर जहाँ से नाल खुली हुई थी उसमें सरका दी।

कबीर और मोनू दोनों के भीतर तमंचे से ज़्यादा इतनी बड़ी गोली देखने से रोमांच उठ पड़ा। बारी-बारी से दोनों ने गोली अपनी-अपनी हथेलियों पर रखकर उसका मुआयना किया। मोनू ने अपनी तरफ़ से सवाल दागा –

'पिच्चर में तो इससे छोटी गोली होती है, ये नकली है क्या?'

सवाल सीधा अम्बेश की छाती चीरता हुआ गया, नतीज़तन उसने मोनू के हाथ से कारतूस उठाकर तमंचे में भरा और हैमर खींचने के लिए दायें हाथ का अंगूठा पूरा ज़ोर लगाकर पीछे की तरफ़ खींचा। तय है कि इससे पहले अम्बेश ने हैमर से छेड़छाड़ की नहीं थी, वरना उसको इसके भारीपन का अंदाज़ा होता।

थोड़ा झेंपकर 'तेल पानी टाइम से ना देने पर थोड़ा जाम हो जाता है।' कहते हुए उसने तमंचे के हत्थे को दोनों हथेलियों से भींचकर हैमर पर दायें और बायें, दोनों अंगूठों से ज़ोर दिया। हैमर अपनी जगह आकर खट्ट की हल्की सी आवाज़ करते हुए तन गया। इससे पहले मोनू या कबीर कुछ समझ पाते अम्बेश ने लोडेड तमंचा हवा में लहराकर ऊँगली ट्रिगर पर रख दी। अगर उसने अब तक तमंचे के हैमर पर हाथ नहीं आज़माया था तो ज़ाहिर सी बात थी कि अब तक ट्रिगर पर भी ज़ोर आज़माइश हुई नहीं होगी।

'चलाऊँ?' कहकर बिना कुछ सुने अम्बेश ने एक आँख दबाकर तमंचा ऐसे चलाने की कोशिश की जैसे वो दीपावली पर चलाई जाने वाली चिटपुटिया खिलौना बंदूक हो। वो तो भला हो उस तमंचे के रख रखाव करने वाले इंसान के आलस्य का, कि टाइम से तेल पानी नहीं हुई और इसके पुर्ज़े तर नहीं थे। वरना इस सुनसान क़ब्रिस्तान में आधी रात को जो धमाका होता, आधे किलोमीटर से लोग पूछने आ जाते कि आवाज़ काहे की थी।

इस सारे बालकपन में जो एक सबसे ज़रूरी चीज़ मोनू और कबीर के दिमाग़ में नहीं आई, वो ये पूछना कि आख़िरकार इस कमबख़्त के पास ये असली तमंचा आया ही कैसे? और ये लाया ही क्यों? लाया भी तो इसे लेकर क्यों घूम रहा है?

सुध लौटी तो कबीर ने पहला सवाल किया – 'ये मिला कहाँ से?'

मोनू ने भी सिर हिलाकर सवाल से सहमति दर्ज़ की।

'मिले तो हो तुम लोग भी कल्लू भाई से।' अम्बेश के इस जवाब का एक मतलब ये भी था कि मैंने कोई अलग काम नहीं कर दिया, बस ये लेने अकेले गया था। लेकिन कल्लू का नाम एक बार में कबीर को याद नहीं आया। उसने पूछा – 'कल्लू कौन?'

'अरे कल्लू बमबाज़... उस दिन गये नहीं थे हम लोग सिविल लाइन वाली वर्कशॉप में?'

अम्बेश के याद दिलाने पर कबीर और मोनू को याद आया कि कल्लू बमबाज़ वो एक हाथ वाला लड़का था जो चेन छिनैती की वर्कशॉप चलाता है।

'और तुमको काहे को दी कल्लू भईया ने ये पिस्तौल?' मोनू ने उचक कर पूछा।

'अबे पिस्तौल नहीं है यार... कट्टा है... देसी कट्टा।' अम्बेश ने सुधारा।

'हाँ वहीं... जो भी है... तुमको क्यों दी..?'

'बिसेसर के यहाँ ऐसे ख़ाली हाथ जाते?'

'मतलब?'

'मतलब यही लेने गया था मैं।'

इस बार कबीर ने पूछा 'बिसेसर के यहाँ इसे लेकर गये थे?'

'हाँ भाई यार?'

'तो जब मुझको झपड़िया रहा था वो भोसड़ी का... तुमसे निकाली नहीं गयी ये पिस्तौल?' मोनू ये कहकर ऐसे निराश हुआ जैसे बिसेसर के झापड़ खाते हुए ये बात मालूम रहती तो किसी तरह उसकी तकलीफ़ कम हो जाती।

'पिस्तौल नहीं है यार... कट्टा है...।' अम्बेश ने सुधारा।

कबीर अभी कुछ और कहने ही जा रहा था कि अचानक एक ऐसी आवाज़ आई जिससे इन तीनों को याद आया कि आधी रात को ये सब एक सुनसान क़ब्रिस्तान के बीच खड़े हैं।

खर्र... खर्र... खर्र... खर्र...

ऐसी आवाज़ थी जैसे कोई पाँव घिसट के चल रहा हो। धीरे-धीरे लेकिन बराबर गति से घिसटने की आवाज़। ये आवाज़ आनी थी कि इन तीनों लड़कों के होश से तमंचा, कारतूस और कल्लू बमबाज़... सब एक साथ ग़ायब हो गये। अब तो जो थी, ये घिसटने की आवाज़ ही थी। साथ में ना कोई टॉर्च न कहीं कोई रौशनी। दूर स्टेशन पर कोई मालगाड़ी खड़ी थी जिसके इंजन का मुँह इसी तरफ़ को था। इंजन की हेडलाइट से जो कुछ बीमार सी रौशनी यहाँ पेड़ों पर पड़ रही थी वही रौशनी थी कुल मिलाकर।

मोनू ने फुसफुसा कर अम्बेश से कहा – 'भाई वो पिस्तौल मेरे हाथ में दो।'

अम्बेश ने तमंचा और कस के पकड़ लिया और मोनू को उसी फुसफुसाहट में जवाब दिया – 'तुम रहने दो... चला भी नहीं पाओगे... जरुरत पड़ी तो हम धौंक देंगे साले को।'

मोनू ने कबीर से शिकायती लेकिन आहिस्ता आवाज़ में कहा – 'देखो इस भोसड़ी वाले को बाबा... कह कर लाया कि लोहा रहेगा तो भूत वूत नहीं आयेगा... और लोहा ख़ुद दाब लिया साला... मरेंगे तो हम लोग?'

अम्बेश ने सफ़ाई पेश की – 'अबे मोनू तुम समझ नै रहे हो यार बाबा।'

'हाँ तुम्हीं तो एक समझदार की झाँट हुए हो... हमने ना पास करवाया होता मैथ में तो अभी दसवीं फेल होकर घर बैठे रहते...।' मोनू ने तड़प कर कहा।

'यार हर दम एकै बात ना पेले रहा करो भाई... हमने तुमको सामाजिक विज्ञान में...।'

अम्बेश हिसाब बराबर कर पाता उससे पहले कबीर ने इशारे से दोनों को चुप रहने को कहा। अब तीनों क़ब्रिस्तान के एक कोने से आती इस आवाज़ को ध्यान लगाकर सुनने लगे। सबसे पहले मोनू हड़बड़ा कर बोला -

'भाई कोई चुड़ैल उड़ेल लग रही है यार।'

ये सुनकर हमेशा की तरह चेहरे पर 'मैं सब जानता हूँ' वाली मुस्की काटते हुए अम्बेश बोला – 'अबे ये लोग में चुड़ैल नहीं होती। मुसलमान लोग में जिन्न ओन्न होता है कोई कह रहा था।'

'अच्छा... चुड़ैल खाली हम लोग में होती है क्या?' मोनू ने कबीर से कन्फर्म करने के लिए पूछा, लेकिन कबीर का ध्यान इन सब बातों में नहीं था। वो ख़ूब ध्यान लगाकर इस आवाज़ का कानों से ही पीछा कर रहा था। उसे थोड़ी देर आवाज़ सुनने के बाद दो चीज़ें समझ आ गयी थीं।

पहली, कि आवाज़ से लग तो रहा है कि कोई घिसट रहा है, लेकिन घिसटने से उस आवाज़ को दूर जाना चाहिये था या नज़दीक आना था, लेकिन ये आवाज़ जहाँ से थोड़ी देर पहले आ रही थी अब भी वहीं से आ रही है। इसका मतलब जो भूत या जिन्न है उसे चलने फिरने में दिक्क़त है। इसका मतलब ज़रुरत पड़ने पर वो दौड़ा नहीं पाएगा, आराम से भागा जा सकता है।

दूसरी बात ये कि, भूत के पास अंधेरे में देखने वाली कोई जादूई आँख नहीं है। इन्हीं की तरह वो भी सिर्फ़ उतने में ही भटक रहा है जितने में कुछ दिखायी पड़ रहा है।

कबीर को हनुमान चालीसा रटी हुई थी। लेटे हनुमान जी के मंदिर में घंटों घंटों चालीसा पाठ करने का असर है। कबीर बुदबुदाया –

'जय हनुमान ज्ञान गुण सागर... जय कपीश तिहूँ...।'

अम्बेश ने हाथ के इशारे से चुप रहने को कहा कबीर से। क्यों? उसने कबीर और मोनू को क़रीब लाकर दोनों के कान में कहा –

'ये शमशान थोड़ी ना है कि हमारे लोग के भूत पर हनुमान चालीसा असर करेगी, ये क़ब्रिस्तान का भूत है साले को... इन लोगों को क्या समझ आयेगी चालीसा यार... हल्ला करके उसको बुला और दोगे उल्टा।'

सोचने वाली बात तो थी। लेकिन बहुत सोचने का मौका दिए बिना अम्बेश ने हवा में तमंचा लहराकर धीरे से कहा –

'ये असर करेगा... हम लोग वालों पर भी, और इन लोग वालों पर भी।'

मोनू और कबीर ने सहमति में गर्दन हिलाई। लगातार दिमाग़दारी की बात करने से अम्बेश का भरोसा बढ़ा और इस मौके पर अपनी बहादुरी साबित करने का भूत उस पर जाने कब चढ़ बैठा। जिधर से आवाज़ आ रही थी, उधर बढ़ते हुए अम्बेश ने इन दोनों को अपने पीछे आने का इशारा किया। डूबते को तिनके का सहारा काफ़ी था। कबीर और मोनू बढ़ चले अम्बेश के ही पीछे।

इस बीच कबीर को जाने कहाँ से याद आ गया कि जब इतना ख़तरा उठा ही रहे हैं तो क्यों न कबूतरों का हाँका भी लगा ही लिया जाये। क्या पता उसका कोई कबूतर इधर के पेड़ों पर दुबका हो।

सबसे पीछे चल रहे कबीर ने हाँके की सीटी पूरे ज़ोर से बजा दी।

साँस बाँध कर आहिस्ते आहिस्ते आगे बढ़ रहे अम्बेश और मोनू ने जैसे ही पीछे से सीटी सुनी उन दोनों की फूँक सरक गयी। लड़भड़ा कर दोनों डर के मारे वहीं ज़मीन पर गिर पड़े। अम्बेश को ना हाथ के तमंचे का होश रहा और ना पीछे चलते मोनू का। एक बार फिर से भला हो इस तमंचे की देखभाल करने वाले आलसी आदमी का जिसने तेल पानी ना देकर इस तमंचे के पुर्ज़े ऐसे जाम किए कि आज एक जान बच गयी।

हुआ ये कि बौखलाहट में अम्बेश पीठ पीछे सीटी सुनकर तमंचा लिए दिए मोनू के ऊपर गिर पड़ा। अंधेरे में किसी को किसी और बात का होश तो था नहीं। जब इन्हें होश आया तो अम्बेश और मोनू के बीच तमंचा भींचे अम्बेश का हाथ था। तमंचे में कारतूस था और हैमर लोडेड था। देरी थी तो बस ट्रिगर दब जाने की। कसर उसमें भी अम्बेश ने कोई छोड़ी नहीं थी क्योंकि उसकी ऊँगली अब भी ट्रिगर पर ही थी, बल्कि ट्रिगर से दबी हुई थी। अगर ये तमंचा ज़रा सा भी कारगर होता तो अब तक गोली चल गयी होती और वो इनमें से किसी का सीना तो पार कर ही जाती। लेकिन ग्रह ठीक थे शायद आज सबके।

आधी रात में गोरा क़ब्रिस्तान के इस सन्नाटे को अपनी सीटी से भेदने की ग़लती कबीर को तुरंत ही समझ आ गयी। लेकिन शायद इन तीनों के अलावा भी कोई था जिसे इस सीटी का भेद समझ आ गया था। खर्र खर्र की लगातार आ रही आवाज़ रुक गयी थी। अच्छी बात भी है और बुरी भी। अच्छी इसलिये कि अब भूत ने घिसटना बंद कर दिया और बुरी इसलिये कि अब जब उसने घिसटना बंद कर ही दिया है तो क्या उसने दौड़ने का मन बना लिया है? कौन जाने।

गोरा क़ब्रिस्तान के ठीक बीच खड़े ये तीन लड़के अब भूत की अगली चाल का इंतज़ार कर रहे थे। सबके बीच सुलह सन्नाटा था। फुसफुसाए भी तो भूत को आपकी लोकेशन मालूम चल जायेगी। इसलिये जो जहाँ था वहीं खड़ा रहा।

लेकिन कितनी देर। तमंचे ने फिर जोर मारा। अम्बेश ने उस तरफ़ क़दम बढ़ा दिया जिस तरफ़ से आवाज़ आ रही थी। इशारे से कबीर ने मोनू को भी अपने पीछे आने को कहा और अम्बेश के साथ चल पड़ा। अच्छी ख़ासी चौड़ाई वाले इस क़ब्रिस्तान के किनारे से पगडंडी बनी हुई थी। अम्बेश ने शॉर्टकट लेने की सोची और पाँव दबा के चलते हुए वो एक पक्की क़ब्र पर चढ़ गया।

'अबे जूता पहिन के ना चढ़ो यार...।' कबीर ने पीछे से कहा। अम्बेश ने बात अनसुनी की और बढ़ता रहा। मोनू और कबीर ने चप्पल निकालकर हाथ में ली और क़ब्रों के ऊपर से चढ़ कर अम्बेश के पीछे बढ़ने लगे।

जैसे ही मोनू एक क़ब्र के ऊपर से निकल रहा था अचानक वही आवाज़ दोबारा से आने लगी। खर्र खर्र वाली घिसटने सी आवाज़।

'धत्त तेरे की।' मोनू ने माथा पकड़ लिया। जहाँ था वहीं खड़ा हो गया। अम्बेश ने पीछे पलटकर देखा तो मोनू हाथ में अपनी चप्पल पकड़े एक पक्की क़ब्र पर खड़ा था। आवाज़ सुनकर अम्बेश वापिस मोनू के पास आया। मोनू का हाथ पकड़कर उसे पक्की क़ब्र से नीचे उतारा और फिर तीनों ने आपस में मुँह जोड़कर कुछ सलाह की।

बात ये हुई कि ऐसे कबतक डरते रहेंगे। जो होगा देखा जायेगा वाली बात। तय हुआ कि चल कर मालूम कर ही लिया जाये कि आख़िर ये कौन घिसट रहा है। मोनू और कबीर का मानना था कि अगर कोई दिक्क़त महसूस होगी तो सरपट पोलो हो लिया जायेगा। हाथ में तमंचा होने की वजह से इस तीन मूर्ति दल की कमान अम्बेश ही के पास मानी जा रही थी। उसे ही आगे चलना था। लेकिन मोनू की सलाह मानते हुए इस बार क़ब्रों के किनारे किनारे चलने का मामला तय हुआ।

आगे बढ़ते हुए अचानक अम्बेश रुका और पलटकर कबीर और मोनू को रोका। सामने क़ब्रिस्तान की बाउंड्री से लगा हुआ एक कमरा दिखायी दे रहा था। उसके सामने एक परछाई सा कुछ दिख रहा था। आवाज़ यहीं से आ रही है अब भी।

इशारों में तय हुआ कि और क़रीब चलें तो कुछ मामला समझ आ सकता है। तीनों धीरे-धीरे आगे बढ़े। झुकी कमर वाला एक मरियल सा बूढ़ा हाथ में झाड़ू लिए कमरे के सामने कूड़ा बुहार रहा था। इसी झाड़ू की आवाज़ इतनी देर से सुनाई दे

रही थी। जैसे इन तीनों ने इस बूढ़ी परछाई को देखा ठीक वैसे ही उस बूढ़े को भी इन तीनों के यहाँ होने का अंदाज़ा लग चुका था।

'कौन है भई?' बूढ़े ने झाड़ू लगाना रोककर पुकारा।

'कोई कुछ बोलना मत?' मोनू ने काँपती फुसफुसाहट में कहा।

फिर अपनी बात और समझाते हुए आगे कहा 'गाँव में नानी कहती थी कि भूत बुलाए तो जवाब नहीं देना चाहिये।'

'अबे आदमी है भाई यार वो... भूत थोड़ी ना है।' अम्बेश ने उछलकर कबीर से कहा।

इससे पहले कि कोई कुछ और कह सुन पाता अम्बेश तमंचा लहराता आगे बढ़ा। ये दोनों भी उसके पीछे लग लिए। अम्बेश बूढ़े से थोड़ी दूर जब पहुँच गया तब रूककर उसने तमंचा हाथ में लिए हुए ही बूढ़े से पूछा –

'कौन हो दादा?'

बूढ़ा कमर पर हाथ रखकर धीरे-धीरे आगे बढ़ा और आँख भींचकर इन तीनों को देखते हुए बोला –

'हम हैं... आप लोग कौन हैं?'

अम्बेश ने तमंचे वाला हाथ जानबूझकर हिलाया डुलाया ताकि बूढ़े को हाथ में तमंचा दिख जाये। फिर बूढ़े से पूछा –

'अरे हम कौन? नाम पता बताओ न?'

'क़ुबूल मुहम्मद... हाजी क़ुबूल मुहम्मद... आप लोग?' बूढ़े ने पूछा

'हम लोग यहीं दारागंज में रहते हैं... और आप?' कबीर ने पूछा।

'हम कहाँ रहेंगे... यहीं रहते हैं... आप लोगों को पहले देखा नहीं कभी?'

'पहली बार ही अंदर आये हैं... देखेंगे कहाँ से।' मोनू ने बात बढ़ाई।

'अच्छा... किस काम से बेटे?'

'बस ऐसे ही।'

'मतलब? कुछ काम था?' बूढ़े ने अम्बेश के हाथ का तमंचा देखते हुए कबीर से पूछा।

'नहीं काम वाम कुछ नहीं दादा... बस घूमने।' कबीर का जवाब सुनकर बूढ़े ने जिस तरह कबीर को देखा कबीर को ख़ुद ही समझ आ गया कि क्या बकवास बात कही है उसने। क़ब्रिस्तान में घूमने कौन आता है भाई। फिर थोड़ा सुधारकर ख़ुद ही दोबारा जवाब दिया –

'कुछ खोजने आये हैं दादा...।'

'आइये घर के भीतर बैठिए आप लोग बेटे।' कहकर बूढ़ा कमरे की तरफ़ बढ़ गया।

अब तीनों में ये मशविरा होने लगा कि कमरे में जाना चाहिये या नहीं? कबीर बूढ़े के कमरे में चलने के लिए कह रहा था लेकिन अम्बेश और मोनू भीतर नहीं जाना चाहते थे। अभी ये भी तो पक्का नहीं मालूम चला था कि बूढ़ा सच में भूत है या इंसान। लेकिन बिना भीतर गये ये कैसे पता चलेगा?

तय हुआ कि तमंचा तो है ही, और बूढ़े ने देख भी लिया है कि हथियार है हम लोगों के पास तो डरने की बात है नहीं उतनी। कबीर सबसे आगे चला और बाक़ी दोनों उसके पीछे बढ़े।

बूढ़े ने कहा था 'घर के भीतर !!

क़ब्रिस्तान में घर? इससे अजीब क्या होगा। बूढ़ा इस कमरे को घर कहता है। कोई पूछता होगा तो क्या पता बताता होगा ये हाजी क़ुबूल, कि साब क़ब्रिस्तान में रहता हूँ। कबीर के दिमाग़ में अजीब से ख़याल आने लगे। अगर इस बूढ़े को कभी किसी ने चिट्ठी लिखी होगी तो उस पर क्या पता लिखा होगा, होरा क़ब्रिस्तान, रामबाग, नौबतगंज? डाकघर में इस बूढ़े का 'घर' भी बतौर पता शामिल होगा क्या? क्या डाकिए को मालूम होगा कि इस क़ब्रिस्तान में भी एक पता है?

यही सब सोचते हुए कबीर बूढ़े के दरवाज़े पर जाकर खड़ा हो गया। अम्बेश और मोनू इस बूढ़े से डरे हुए हैं अब भी, लेकिन कबीर के मन में डर की जगह रोमांच अब खेल दिखाने लगा है। अपनी छत पर कबूतरों से घंटों बात करने वाले लड़के को क़ब्रिस्तान में रहते एक बूढ़े को देखकर रोमांच नहीं होगा तो कब होगा? कबीर सोच रहा है कि जैसे वो अपने मन की बात कबूतरों से कहता है, ये बूढ़ा अपने मन की बात किससे कहता होगा? यहाँ दफ़्न लाशों से? कमाल की बात है।

'आओ बेटे... भीतर आ जाओ।' बूढ़े की मरियल सी आवाज़ ने कबीर के ख़यालों का सिलसिला तोड़ा। कबीर ने देहरी के भीतर पैर रखा। अम्बेश और मोनू को देखकर नहीं लग रहा था कि उनका भीतर जाने का इरादा है।

भीतर एक कोने में ढिबरी की लौ लपक के जल रही थी। शराब के किसी पुराने क्वार्टर का ढक्कन छेदकर उससे एक पुराने कपड़े का टुकड़ा नीचे बोतल में लटक रहा था। बोतल के तेल और लपकती लौ के बीच यही इकलौता पुल था। बूढ़े को लगा कि मेहमानों के हिसाब से रौशनी काफ़ी नहीं है। सो उसने कोने में पड़ी मेज पर धरा हुआ लैम्प का शीशा उतारा। लैम्प देखकर नहीं लगता था कि वो रोज़ाना इस्तेमाल होने वाली चीज़ों में शुमार था। इसलिये पहले उस पर जमा धूल साफ़ की गयी। शीशा पोंछने के बाद ढिबरी से ही लैम्प की बत्ती जलाई गयी। अब रौशनी पहले से ज़्यादा थी, लेकिन अब भी काफ़ी नहीं थी। अभी ये सब करके बूढ़ा आराम से बैठा ही था कि लाइट आ गयी और छत से लटका इकलौता बल्ब जल उठा। 'लीजिये बिजली भी आ गयी।' कहकर बूढ़ा पहली बार मुस्कुराया।

अजीब सी बात थी लेकिन हाजी क़ुबूल ने ना तो ढिबरी बुझायी और ना लैम्प। क्यों? इसका पता तब चला जब कबीर ने जाने क्यों ढिबरी को फूँक मारकर बुझा दिया। तेल जले तेल्ची का और दिल जले मशाल्ची का।

कमरे में पसरी रौशनी ऐसा लगता है बूढ़े के साथ ही पैदा हुई थी और अब उसकी भी कमर झुक गयी है। छत के कोने से लटका बल्ब भी अचानक इतने मेहमानों को देखकर अपनी कम रौशनी पर सकुचा गया लगता था। कबीर को लगा कि उसे ढिबरी जलते रहने देनी चाहिये थी।

'यहाँ तो सारी खोजबीन ख़त्म होने के बाद आता है इंसान... आप यहाँ क्या तलाशने आये हैं?' बूढ़े ने मुस्कुराते हुए पूछा।

जाने क्यों जबसे कबीर कमरे के भीतर आकर बैठा है उसे अपने उस्ताद पीर मुश्ताक़ की याद आ रही है। सामने बैठे बूढ़े और उस्ताद में कितनी ही चीज़ें एक जैसी हैं।

'जी... मेरे कबूतर कुछ दिन पहले चोरी हो गये... उन्हें ही खोज रहा हूँ।'

कबीर की बात सुनकर बूढ़े ने आँखें भींचकर ऐसा जताया जैसे उससे कोई मज़ाक किया गया हो। फिर भी उसने पलटकर इस बात पर कोई सवाल नहीं उठाया। बस अपनी ठुड्डी सहलाते हुए इस बात का मतलब समझने की कोशिश करता रहा।

'जी वो मामूली कबूतर नहीं थे... कबूतरबाज़ी में बाज़ी खेलने वाले कबूतर थे... मेरी छत पर बनी काबुक से कोई उन्हें चुरा ले गया।' कबीर ने बात और साफ़ की।

'काबुक?... आमतौर पर लोग दड़बा या पिंजरा कहते हैं... आपने काबुक कहाँ सुना?' बूढ़े ने थोड़ा आगे झुककर कबीर का चेहरा ध्यान से देखते हुए पूछा।

'मैं भी पहले दड़बा कहता था... मेरे उस्ताद पीर मुश्ताक़ ने बताया कि पहले के लोग इसे काबुक कहा करते थे।'

'ओह्ह्... अच्छा।'

'जी... आप जानते हैं उन्हें?'

'तीस में कुछ कम था जब यहाँ आ गया... अब अस्सी में कुछ कम हूँ... यहीं हूँ।'

'आप यहाँ से बाहर नहीं जाते?'

'साल में गिन के एक बार... बंगाल जाता हूँ।'

'अच्छा... आपका घर है वहाँ।'

'ना... बुलाया जाता है इसलिये।'

'हर साल?'

'हाँ हर साल... यही क़ायदा है।'

'हर साल एक ही जगह?'

'हाँ... बाँकुड़ा के पास एक गाँव है मितोदेर गाम... हर बार वहीं जाता हूँ।'

बूढ़ा अपनी कमर पर सत्तर डिग्री कोण बनाकर दोनों हाथ घुटनों पर रखे एक अजीब सी मुस्कुराहट के साथ कबीर को देख रहा है। जैसे अचानक बूढ़े को कुछ याद आता है और वो उठकर कमरे के उस कोने में जाता है जहाँ बिजली का बेहद पुराना बल्ब लटका हुआ है।

कबीर पहली बार कमरे को ध्यान से देखता है। चारों तरफ़ किताबें। कमरे का ज़्यादातर हिस्सा किताबों ने घेर रखा है। अम्बेश और मोनू तो देहरी से आधे भीतर आधे बाहर सुन्न खड़े हैं। बूढ़ा एक रैक में कोई किताब ढूंढ रहा है।

कमरा एकबारगी देखने में ऐसा लगता है जैसे इस क़ब्रिस्तान के बीच ये भी एक क़ब्र ही है, किताबों की। बाकियों से थोड़ी ऊँची। किताबों के साथ दफ़न होने की आख़िरी इच्छा पूरी की गयी हो जैसे इस बूढ़े की। ये सब कबीर सोच ही रहा था कि बूढ़ा एक किताब लेकर कबीर के पास आता है। पक्की जिल्द की इस बेहद पुरानी किताब पर मोटे काग़ज़ की कई तहों से बना कवर चढ़ा हुआ था। किताब बूढ़े ने ठीक वहाँ से खोली जहाँ पहले से पन्नों के बीच काग़ज़ का एक टुकड़ा फँसा हुआ था।

'ये मितोदेर गाम की तस्वीर है एक अंग्रेज ने अपनी किताब में छापी थी...।' कहते हुए बूढ़े ने किताब कबीर के हाथ में दे दी। किताब पर और क़रीब से नज़र डालने के लिए अम्बेश और मोनू भी कमरे में सरक आये। तस्वीर पर अपनी ऊँगली रखते हुए बूढ़े ने बताया 'ये मैं हूँ... तब नया था बहुत।'

कम रौशनी में तस्वीर को ध्यान से देखने के लिए कबीर ने किताब को चेहरे के बहुत क़रीब उठा लिया।

'ज़्यादा क़रीब मत लाओ, अनचाही क़रीबी का बुरा मान जाती हैं किताबें।' कहते हुए पीछे से बूढ़े ने किताब को कबीर के चेहरे से दूर ठेल दिया।

कबीर ने तस्वीर को ध्यान से देखा। किसी रात को अलाव जलाकर उसके गिर्द बैठे हुए कुछ आदमी थे। उम्र सबकी कम ज़्यादा थी अलग-अलग, लेकिन इस तस्वीर में एक चीज़ एक ही जैसी थी। इन सब आदमियों ने चमकदार गोटे वाले लंबे लंबे कोट और गोल किनारे वाली ऊँची टोपियाँ पहनी हुई थीं। सबकी पीठ पर लटके पर्देनुमा कपड़ों के फीते गले में बँधे हुए थे। और सबने ही चेहरे पर ऐसी अजीब रंगाई कर रखी थी कि ब्लैक एँड व्हाइट फोटो में इन सबके चेहरे उस अलाव से भी ज़्यादा सफ़ेद दिखायी दे रहे थे जिसकी रौशनी में ये तस्वीर ली गयी थी।

अम्बेश ने तस्वीर देखकर पहली बार उचक कर कहा – 'आप जादूगर थे?'

'था... ?' कहते हुए बूढ़े ने पीछे मुड़कर अम्बेश की तरफ़ देखा तो उसकी फूँक सरक ली। वो डेढ़ क़दम पीछे हटकर मोनू की आड़ में खड़ा हो गया। बावजूद उस तमंचे के जो अब उसके हाथ में तो था लेकिन उसके ध्यान से उतर गया था।

बूढ़े ने मुस्कुराते हुए कहा –'जादूगर तो हमेशा जादूगर रहता है... या कभी होता ही नहीं...।'

फिर बूढ़े ने अम्बेश के कंधे की तरफ़ हाथ बढ़ाते हुए कहा – 'था नहीं बेटे... जादूगर हूँ।'

अम्बेश ने तिरछा होकर बूढ़े का हाथ अपने कंधे को छूने से ऐसे बचाया जैसे उसका हाथ लगते ही वो जादू से बिल्ली बन जाता। बूढ़ा उसका डर भाँप गया और अपनी जगह जाकर वापिस बैठ गया।

मोनू से रहा नहीं गया, उसने बिना अम्बेश की हालत देखे अपना सवाल दाग दिया – 'कोई जादू करके दिखा सकते हैं?'

बूढ़े ने पहली बार मोनू को ध्यान से देखा और इशारे से उसे क़रीब बुलाया। लेकिन मोनू ने इशारे भर को आधा क़दम बढ़ाकर इतनी दूर जाना ही ठीक समझा। बूढ़ा मुस्कुराया और उसने मोनू से पूछा –

'आप क्या करते हैं बेटे?'

'जी कुछ नहीं... मतलब पढ़ाई करते हैं।'

'अच्छा... एक बात बताइये... आप तो हर साल परीक्षा देते होंगे स्कूल में?'

'जी हाँ... होती है परीक्षा हर साल।'

'क्या आप अभी यहीं इसी वक़्त परीक्षा दे सकते हैं?'

'अभी? यहाँ कैसे?'

'क्यों?'

'परीक्षा से पहले तैयारी होती है।'

'तो बेटे... जादू से पहले भी तैयारी लगती है।'

अबकी कबीर ने उस अंग्रेज़ी किताब में तस्वीरों से इतर कुछ पन्ने इधर उधर उलट कर बूढ़े से पूछा – 'इसमें सिर्फ़ जादूगरों के बारे में ही क्यों लिखा है?'

बूढ़े को जैसे इसी सवाल का इंतज़ार था। उसने लंबी साँस लेकर कहा – 'क्योंकि ये अंग्रेज बाँकुड़ा के मितोदेर गाम जादूगरों का जलसा देखने ही इस देश आया था... जादूगरों का सालाना जलसा। जिसका इसको पता कैसे चला, ये किसी को नहीं पता!'

जब बूढ़े ने देखा कि अब तीनों की आँखों में डर से ज़्यादा जगह जिज्ञासा ने घेर ली है तब बूढ़ा गर्दन हिलाते हुए अपनी री में आया।

'मुल्क के कोने कोने से ख़ानदानी जादूगर उस जलसे में जाते हैं, यही रिवाज़ है। इसी गाँव से हर जादूगर घराना निकला और यहीं से सारे जादूगरों की नली लगी हुई है। इस मिट्टी को हम लोग हर साल शुक्रिया कहने जाते हैं।'

'और वहाँ होता क्या है?' मोनू के इस सवाल से जो रौ टूटी उससे बूढ़ा थोड़ा खिन्न हुआ, फिर भी बात बढ़ाते हुए बोला –

'वो राज़ जानने के लिए तो मियाँ आपको जादूगरी में आना होगा।'

काफी देर से चुप बैठे कबीर ने अपने हिसाब से पते की बात पूछी –'आप पूरा साल यहाँ क़ब्रों के बीच रहते हैं... फिर एक बार बाहर निकलने में बुरा नहीं लगता?'

ये सवाल सुनकर बूढ़ा अपनी झुकी हुई कमर को और झुकाते हुए कबीर के चेहरे के ठीक सामने अपनी नाक रखकर फुसफुसाते हुए कहता है –

'दोनों जगहें एक हैं... अलग नहीं... मितोदेर गाम का मतलब क्या होता है मालूम?'

कबीर, अम्बेश और मोनू ने एक साथ सिर हिलाकर इन्कार किया।

'मुर्दों का गाँव... ' कहकर बूढ़ा जिस तरह मुस्कुराया, इन तीनों को अचानक याद आया कि रात के चौथे पहर ये शहर के सबसे पुराने रेलवे स्टेशन के पिछवाड़े बने एक ऐसे क़ब्रिस्तान में हैं जिसमें ये आज आये ही पहली बार हैं और अगर इन्हें कुछ हो जाता है तो ये क़ब्रिस्तान सबसे आख़िरी जगह होगी जहाँ उन्हें तलाशा जायेगा।

तीनों के चेहरे पर हवाइयाँ उड़ती देखकर बूढ़ा दो मिनट अपनी कलाई पर बँधी घड़ी देखता रहा फिर मज़ाक के अंदाज़ में बोला –

'अच्छा वो सब छोड़ो... एक जादू देखोगे?'

ये तीनों लड़के एक दूसरे का मुँह देखने लगे। बूढ़े ने मुस्कुराते हुए अपने बालों पर हाथ फेरा और अपना दाहिना हाथ हवा में उठाया। उसने अंगूठे पर दो ऊँगलियाँ रखकर ऐसी मुद्रा बनाई जैसे चुटकी बजाने जा रहा हो। तीनों लड़कों की तरफ़ बारी-बारी से देखकर आँखें जितनी फैला सकता था फैलाईं। और फिर ठीक उसी पल जब उसने चट्ट से चुटकी बजायी, जाने कैसे बिजली का बल्ब बुझ गया। कमरे में घुप्प अंधेरा। एकदम ऐसा अंधेरा कि उस पल दिमाग़ को होश में रखना इन तीनों के लिए किसी जंग जीतने से कम ना हुआ होगा।

बूढ़ा ठठाकर हँसा, पहली बार !!

अम्बेश ने काँपते हाथों से पतलून की जेब में हाथ डालकर पीतल का वो इकलौता कारतूस निकाल तो लिया, लेकिन उसे तमंचे में कैसे लोड किया जाये इसकी उसे ज़रा सी सुध नहीं थी। तमंचे में कारतूस भरने की कोशिश में कारतूस वहीं ज़मीन पर गिरा और अम्बेश के पाँव से लगकर छिटक गया। मोनू ने कबीर का हाथ पकड़कर उसे उठाया और घसीटते हुए बाहर भागा। अम्बेश इन दोनों के पीछे दौड़ा।

पीछे से बूढ़े की आवाज़ आई – 'अरे सुनो... इसमें डरने की कोई बात नहीं बच्चों...।'

इस वक़्त किसे सुनाई दे रही थी बूढ़े की पुकार। तीनों भागे सो भागे, बिना राह देखे ठोकर खाते भागे लेकिन भागे। बाउंड्री पर ही बूढ़े का कमरा होने की वजह से एक चीज़ ठीक हुई कि ये क़ब्रिस्तान के बीच में नहीं थे वरना भटक जाते। थोड़ी दूर दीवार का वो टूटा हिस्सा दिखायी दे रहा था, तीनों दीवार फांदकर पोलो हो लिए।

बूढ़े ने ख़ुद से बड़बड़ाते हुए कहा – 'पौने चार बजे तो बिजली रोज़ ही कटती है... इसमें इतना घबराने की भी क्या बात थी।'

फिर अपना आदमकद झाड़ू उठाया और पत्ते बुहारने लगा। फिर वही खर्र खर्र की आवाज़ क़ब्रिस्तान को सहलाने लगी।

21

कैसे घटता है जादू? जानते हैं?

दूध में पानी की तरह, ध्यान में भ्रम मिलाकर होता है जादू। जब हम जादूगर का एक हाथ ध्यान से देख रहे होते हैं, ठीक तभी उसका दूसरा हाथ भ्रम रचता है। अपने ध्यान की लगाम किसी और के हाथ में देना ही तो जादू है। ऐसे ही दो जादूगर नौबतगंज के सिविल लाइन इलाके में गोविंद सिनेमा की दीवार से लगी साइकिल निरख रहे हैं। साइकिल इनके दृश्य में इसलिये है क्योंकि उस पर शहर के सबसे सुरीले गोलगप्पे लादे एक मरियल सा आदमी फुर्ती से एक के बाद एक पत्ते की कटोरियों में गोलगप्पे रखता जा रहा है।

इस साइकिल वाले को जो दो जादूगर निहार रहे हैं उन्होंने बेशक पुलिस की वर्दी पहनी हुई है लेकिन जादू की छड़ी इबके हाथ में भी है। बेशक़ देखने वाले इसे जादू का लट्ठ कह सकते हैं। इसी जादू के लट्ठ से ये दोनों बहुतों को बहुत बार बहुत किसिम का जादू दिखा चुके हैं। नज़र में गोलगप्पे वाले को रखे हुए ये दोनों अभी एक कहानी गढ़ रहे हैं। भ्रम ऐसे ही ध्यान से रचे जाते हैं। ये दोनों पूरा दिन शहर में भटकते रहे हैं। गली, सड़क, पार्क, ग्राउण्ड... सब कुछ आँखों से छानकर अब इनकी देह उस थकान से टूट रही है, जो सिर्फ़ कहानी में है। भटकने की कहानी बनाते-बनाते ये दोनों ख़ुद भी मानने लगे हैं कि अब ये थकान बिना दो चार पत्ते रसीले आलू और गोलगप्पे खाए नहीं उतारी जा सकती। जादूगर के जादू पर कोई यक़ीन करे, इससे पहले उसे अपने जादू पर ख़ुद भरोसा करना पड़ता है। दिन भर भटकने की ये रिपोर्ट इन दोनों सिपाहियों को थाने में इंचार्ज साहब के सामने रखनी होगी। क्या खोया, क्या पाया बताने के बाद ही इनकी आज की मजदूरी पूरी मानी जायेगी।

इन दोनों से थोड़ी दूरी बनाकर शून्य में निहारता जो आदमी मैली क़मीज़ पहने अकड़ू बैठकर हथेली पर खैनी रगड़ रहा है उससे आप पहले भी मिल चुके हैं। नेतराम गवाह। हारे का सहारा। तीसरा आदमी हुँकारी भरे तब तो बात है जादू की। नहीं तो जंगल में कोई नाचे, कौन देखने जा रहा।

बाक़ी काम हो चुका है। पहले थकान उतार ली जाये। अगर वो ग़लती से भी चढ़ बैठी है तो। इसका तरीक़ा दोनों पुलिस वालों को मालूम था ही।

'हाँ भई... ' की तीखी हाँक लगाते हुए दोनों सिपाही गोलगप्पे वाले की तरफ़ बढ़े। गोलगप्पे वाले ने अपने कुलदेवताओं और कुलदेवियों का नाम जपते हुए खुली बाँहों से मस्तक नवाकर सिपाहियों का स्वागत किया। नेतराम गवाह अब अपनी चुनौटी से खैनी में मिलाने के लिए किसी रसायन शास्त्री की तरह चूना नाप कर निकाल रहा है।

एक सिपाही ने सवाल जवाब शुरू किया, जिसका मतलब गोलगप्पे वाले को समझ आकर नहीं दे रहा था। बात शुरू हुई -

'कहाँ हैं? बता दे भई?'

'क्या कहाँ हैं साब?'

'कहीं देखा है?'

'नहीं साब।'

'कुछ तो मालूम होगा?'

'मुझे कुछ नहीं मालूम साब क़सम से।'

'किसी से कुछ कहा सुना ही हो।'

'ना ना साब हम रोज़ कमाने खाने वाले आदमी हैं साब।'

देखिए यही है जादू, जिसकी बात अभी थोड़ी देर पहले आपसे की जा रही थी। इस जादू में बिना आग का धुआँ और बिन बादल बरसात... कुछ भी हो सकता है। अगर आप जादूगर के छलावे में आ गये तो आपके ध्यान पर वो बिना चाबुक सवारी साध लेगा। इस गोलगप्पे वाले को नहीं मालूम कि बात किसकी हो रही है। ये भी नहीं पता कि उससे किस बिनाह पर जवाब तलब किया जा रहा है। लेकिन एक चीज़ तय है जो इसे अच्छी तरह मालूम है... कि इसे कुछ नहीं मालूम। क़सम से।

एक सिपाही ने दूसरे का कंधा थपकाते हुए इशारा किया कि 'अच्छा बस कर यार, इतना भी क्या है'।

'अरे कुछ भी पूछ रहे हैं प्रभाकर जी... इसे क्या मालूम?'

अपने हमराह का इशारा चटपट पकड़ते हुए सिपाही प्रभाकर ने गले पर हाथ फेरते हुए गोलगप्पे का हरा पानी निहारा – 'गर्मी से गला सूख गया है... जबान यही लिए लटपटा जा रही है सर।'

गोलगप्पे वाले को ऐसे इशारों का मतलब मालूम था, तुरंत दाहिने हाथ में थामे कलछुल से गोलगप्पे के हरे पानी को हिलोड़ते हुए दोनों सिपाहियों के हाथों में एक एक पत्ता रखकर ताबड़तोड़ गोलगप्पे पेश करने लगा। इस हरे पानी से थोड़ी तबीयत हरी हुई होगी, सो मज़ाक छोड़कर इनमें से एक सिपाही ने अंदाज़ लगाने के लिए गोलगप्पे वाले से पूछा –

'यार ये कबूतर चोरी का मामला जानते हो न? ऐसे ही पूछ रहा हूँ।'

'हमको नहीं मालूम साब ये सब।'

'अरे तुम्हें कोई नहीं धरे ले रहा यार... खुल के बोलो भाई।'

'साब... आपकी तरह ही कोई ग्राहक़ बता रहा था कि नौबतगंज का नाम टीवी पर आ गया है कबूतर का कुछ मामला है।'

'हाँ वही तो पूछ रहे थे अपन।'

'वही बताया साब।'

'कहीं दिखे ये साले?'

'कौन साब?'

'अरे कबूतर और कौन?'

'ना ना साब... हम तो रोज़ कमाने खाने वाले...।'

'दिखे भी होंगे तो पहचानोगे कैसे?'

'मैं तो पहचानता भी नहीं न साब।'

'ऐसा तो नहीं दिखा कोई?'

कहकर एक सिपाही ने अपना हाथ पैंट की जेब में डालकर एक मुड़ा तुड़ा सा काग़ज़ निकाला। गोलगप्पे वाले के सामने गिनती के पाँच सेकेंड रखा और फिर हटाकर अपने चेहरे पर भरपूर गंभीरता लाकर पूछा –

'इसे तो देखा होगा कहीं आस-पास।'

गोलगप्पे वाला मुस्कुराकर रह गया। बिना ये सोचे कि पुलिस के सवाल का जवाब मुस्कुराकर देने का मतलब सामने वाला अपने हिसाब से निकाल लेता है, और इतिहास बताता है कि ये हिसाब हमेशा महँगा ही पड़ा है। गोलगप्पे वाले को लगा कि साहब मज़ाक कर रहे हैं इसलिये हरा पानी हिलोड़ने लगा।

'कहीं चलते फिरते दिखा तो होगा भाई ये... नहीं?'

ये आख़िरी मौक़ा था जिसे गोलगप्पे वाला समझ नहीं पाया। इंसान की ये पुरानी आदत है कि मौका मिले तो उसे मौका नहीं मानता। हमेशा किसी जादू के इंतेज़ार में रहता है आदमी। और गोलगप्पे वाला एक जादू के मुहाने पर आकर खड़ा हो चुका था जिसका उसे रत्ती भर भी अंदाज़ा नहीं था। यही तो जादू का मज़ा होता है।

एक सिपाही ने हाथ का पत्ता फेंक कर 'बस हो गया' का इशारा करते गोलगप्पे वाले की पीठ सहलाते हुए उसकी क़मीज़ में अपने हाथ पोंछे और दूसरे सिपाही को देखा। दूसरे को मालूम था कि ये खेल शुरू होने का इशारा है। उसने भी पत्ता फेंक कर हाथ ख़ाली कर लिए। नेतराम गवाह ने खैनी दाँतों के बीच फँसा ली और झटपट हाथ झाड़ खड़ा हुआ। नेतराम खैनी दबाने के बाद कुछ नहीं बोलता। चूना जब दाँत और मुँह की मुलायम खाल काटते हुए चिटचिटाता है तो इस परमानंद में किसी का कोई दख़ल नेतराम गवाह को बर्दाश्त नहीं। अपना भी नहीं। इसलिये वो थोड़ी दूर से दीवार की टेक लेकर दोनों हाथ सीने पर बाँधकर उस घटना के लिए सतर्क हो गया जिसकी गवाही उसे थाने में दर्ज़ करवानी है। हालाँकि उसका ठीक इसी समय यहाँ होना महज़ एक संयोग है, लेकिन सिपाहियों ने नेतराम के साथ होने की वजह से ही एक्शन लेने का प्लान बनाया होगा ताकि इंचार्ज साब के सामने मामला पक्का रहे।

एक सिपाही अपने जादू के लट्ठ का औचक निरीक्षण करने लगा।

'दिखा भी होगा तो कहाँ ध्यान दिया होगा... नहीं?' सिपाही ने बेध्यानी का नाटक करते हुए पूछा।

बस यहीं घट गया वो जादू। जिसके माने हुए जादूगर हैं ये दोनों सिपाही। गोलगप्पे वाले ने सच में बेध्यान होकर कह दिया –

'अरे साब दिन में छत्तीस दफ़े दिखते हैं ऐसे कबूतर... हम तो रोज़ कमाने खाने...।'

अभी उसकी बात पूरी भी नहीं हुई थी कि एक सिपाही ने गोलगप्पे वाले की पतलून में पीछे की तरफ़ ऊँगलियाँ डालकर मुट्ठी भर कपड़ा उमेठ कर दबोच लिया। अपराधी हाथ से निकल ना जाये, इसलिये पुलिस अंग्रेजों के वक़्त से पीछे से पतलून की कमर दबोचने का ये क़रीब क़रीब अचूक नुस्ख़ा अपना रही है।

देखिए... घटा ना जादू ! एक लम्हे में वो गोलगप्पे वाले से अपराधी बन गया।

गोलगप्पे वाला, जो अब फ़ौरी तौर पर अपराधी बन गया था उसने दोनों हाथ जोड़कर उन सिपाहियों को देखा। इन्हीं में से एक ने गोलगप्पे खाते हुए उसे प्यार से 'भाई' कह दिया था। अरे वो तो इनसे पैसे भी नहीं माँगने वाला था। फिर ये सब का क्या मतलब हुआ। लेकिन जादू का मतलब समझ आ जाये तो फिर काहे का जादू।

'शिनाख़्त तो तूने कर दी बेट्टे... अब चलकर बयान लिखवा दे प्यार से।'

कहकर दोनों सिपाहियों ने नेतराम गवाह की तरफ़ उम्मीद से देखा। जैसे दोस्त को कविता सुनाते हुए कवि एकटक देखने के इशारे से बताता है कि कविता यहाँ समाप्त होती है, आप 'आह गुरु वाह गुरु' कर सकते हैं। नेतराम ने इशारा पकड़ते हुए गर्दन हिलाकर मुस्कुराते हुए वाह की। खैनी अभी रिस रही थी तो प्रकट में बोलने का काम नहीं था कोई।

पतलून की कमर दबोचे सिपाही इस मरियल से आदमी को घसीटते हुए ले चला। पीछे से दूसरा सिपाही गोलगप्पे वाले की साइकिल लिए चला। बचे हुए गोलगप्पे थाने के बाक़ी लोग देख लेंगे। वैसे भी मौक़ा-ए-वारदात पर मिला सुबूत कैसे छोड़ा जा सकता है।

बड़बड़ाते हुए घिसटता जा रहा वो मरियल सा आदमी जितनी तरह से सफ़ाई दे सकता था, दे रहा था। लेकिन अब तो जादूगर ने टोपी में से कबूतर निकाल दिया था, अब क्या फ़ायदा इन सबका। जिस सिपाही ने गोलगप्पे वाले को तस्वीर दिखाकर शिनाख़्त करवाई थी उसने चलते-चलते वो मुड़ा तुड़ा काग़ज़ सड़क पर फेंक दिया।

मालूम है ये जादू कहाँ से शुरू हुआ? इसी काग़ज़ से।

किसी बच्चे की किताब से फाड़कर लाए हुए इस पन्ने पर एक कबूतर की फोटो थी और उसके नीचे लिखा था 'क'। माने, 'क से कबूतर' वाली किताब का कबूतर !

22

नौबतगंज पुलिस कप्तान के बंगले पर खड़े सीनियर इन्स्पेक्टर अचार्जी अपनी पीठ मज़बूत कर रहे थे। कप्तान साहब की ज़बान का कोड़ा झेलने लायक मज़बूती होनी तो चाहिये पीठ में। मालूम था कि हुआ कुछ है नहीं, सुननी डांट ही है आख़िर में।

अचार्जी असल में 'इंचार्ज जी' का बिगड़ा हुआ रूप था। सीने पर बायीं तरफ़ हमेशा 'अशोक दुबे' नाम की नेमप्लेट लगी रहने के बाद भी इन्हें ना तो कोई अशोक कहता है और ना दुबे जी वगैरह। इन्हें लोग अचार्जी ही कहते हैं। एक पतली सी फ़ाइल हाथ में लिए अचार्जी वो सारी परिभाषाएँ याद कर रहे थे जो उन्हें उनके गुरुओं ने सिखाई थीं। फ़ाइल पर लिखा था 'कबूतर चोरी स्पेशल केस फ़ाइल'। इतनी देर में अचार्जी ने एक बार भी इस फ़ाइल को खोलकर नहीं देखा क्योंकि मालूम है कि इसमें देखने लायक कुछ है ही नहीं। कोरी बकवास लेकर हाज़िर हुआ आदमी क्या देखे फ़ाइल। दुआ यही थी कि कप्तान साहब भी फ़ाइल ना देखें। रणनीति ये थी कि जैसे ही कप्तान साहब फ़ाइल की तरफ़ देखें उन्हें किसी ऐसी बात में उलझा दिया जाये कि वो फ़ाइल की तरफ़ पलटकर देखें ही नहीं।

कप्तान साहब किसी और चौकी के इंचार्ज से कार्रवाई की जानकारी ले रहे थे। अचार्जी ने जब एक कहानी क़रीबन तैयार ही कर ली थी कि अचानक उनकी जीप में अब तक बैठा हुआ हमराह सिपाही भागते हुए आया।

'सर... पकड़ लिया...। कबूतर वाले में... थाने ले आये... प्रभाकर लोग।'

सिपाही मौक़े की नज़ाकत समझ रहा था इसलिये हाँफते हुए जहाँ-जहाँ जिस साँस पर उसे बोलने का मौक़ा मिला उसने वायरलेस पर मिली रिपोर्ट अचार्जी को दे दी।

जादू ऐसे भी घटता है। कोड़ा खाने के लिए तैयार की गयी पीठ को एक ही लम्हे में शाबाशी की उम्मीद जाग जाती है। सूचना इतनी ऐन मौक़े पर मिली थी कि इधर सिपाही ने साँस ली और उधर कप्तान साहब के पेशकार ने अचार्जी को बुलाया। आदमकद आईना, जिस पर कत्थई पेंट से लिखा हुआ था 'क्या मेरी वर्दी ठीक है?', इसमें आख़िरी बार एक झटके में अपनी वर्दी देखते हुए अचार्जी कप्तान साहब के कमरे की ओर बढ़े। बड़ी सी मेज के पीछे कप्तान साहब घर के कपड़ों में बैठे टेलीफ़ोन पर किसी से बात कर रहे थे। अचार्जी ने कड़क सैल्यूट ठोंका। जो कप्तान साहब की नज़र लगने से चूक गया। कप्तान कुछ सुनकर एक काग़ज़ पर लिखने में व्यस्त थे। अचार्जी ने दोबारा मौक़ा देखकर उसी नाप जोख का सैल्यूट फिर नज़र किया। जो कि इस बार भी मिस फ़ायर साबित हुआ। इस बार अचार्जी ने अच्छे निशानेबाज़ की तरह हवा की गति और नमी वगैरह मापकर इंतेज़ार किया और कप्तान साहब को अपनी ओर पक्की तौर पर देखते हुए पाए जाने पर तीसरी बार सैल्यूट पेश किया जो निशाने पर लगा क्योंकि कप्तान ने जवाब में गर्दन लचकाई थी।

टेलीफ़ोन पर बातचीत करते हुए कप्तान की निगाह अचार्जी के हाथ में थामी हुई फ़ाइल पर टिक गयी, जो अच्छा शगुन नहीं था। लेकिन पुलिस महक़मे में होने का फ़ायदा ही क्या अगर मौक़े की नज़ाकत भाँपते हुए एक्शन प्लान ना बना लिया जाये। अचार्जी सावधान मुद्रा झट से बदलकर विश्राम मुद्रा में आ लिए और फ़ाइल को अपनी ओट कर लिया।

टेलीफ़ोन पर बात ख़त्म करते हुए जैसे ही कप्तान ने फ़ोन रिसीवर पर रखा, अचार्जी तय रणनीति के हिसाब से 'कबूतर चोरी' मामले में कप्तान को अपडेट देने लगे।

'सर चार टीमें बनाकर मामले में लगातार छानबीन चल रही है, एक टीम आज सुबह ही लखनऊ रवाना हुई है सर।'

'लखनऊ क्यों?'

'सर एक चोर की निशानदेही पर टीम रवाना की गयी है, उसकी जानकारी रात तक आ जायेगी।'

कप्तान साहब को क्या मालूम था कि लखनऊ जाने वाले तीनों पुलिसवाले अपने-अपने काम से लखनऊ निकले थे। एक की ससुराल लखनऊ में थी तो वो

अलग से पत्नी को छोड़ने लखनऊ रवाना हुआ था, बाक़ी एक सिपाही लखनऊ के कॉलेज में पढ़ रही बिटिया के हालचाल लेने निकला था और तीसरा सिपाही नयी कट रही कॉलोनी में ज़मीन देखने की गरज से साथ हो लिया था।

'अच्छी बात है' कहते हुए कप्तान साहब ने हाथ बढ़ाकर फ़ाइल माँग ली। अचार्जी ने फ़ाइल तो आगे बढ़ाई लेकिन उससे आगे एक पहेली बढ़ा दी जिसमें कप्तान उलझ जायें। अचार्जी ने कहा –

'सर लेकिन सभी टीमों की एक ही दिक्क़त सबसे बड़ी है सर।'

फ़ाइल मेज पर रखकर कप्तान ने पूछा – 'क्या?'

'सर कबूतरों की पहचान का कोई साधन नहीं है सर।'

'क्यों नहीं है?'

'सर नाम ही हैं सबके पास... तस्वीर तो किसी कबूतर की है नहीं सर।'

'तो कैसे शिनाख़्त कर रही हैं आपकी टीमें?'

'सर उन लोगों की मदद ली जा रही है जिन्होंने देखा था कबूतरों को सर।'

'अच्छा?'

'वो लड़का कहाँ है?'

'सर सर सर।'

इस सरसराहट का मतलब कप्तान साहब समझ गये थे। अब तक इनकी मुलाकात उस लड़के से हुई ही नहीं जिसके कबूतर चोरी होने की वजह से ये सारा बावेला उठा था। लेकिन अचार्जी भी कच्चे खिलाड़ी तो हैं नहीं। उनके पास तुरुप का इक्का अभी भी बचा हुआ है जिसे फेंकने के लिए सही मौक़ा तलाशा जा रहा है।

कप्तान आगे बात करते इससे पहले उनके पेशकार सिपाही ने आकर किसी की आमद की ख़बर दी। इशारा हुआ कि अंदर भेजा जाये आने वाले को।

कप्तान के कमरे में घुसने वाला आदमी है एकईस राम। चमकते पीतल से सजी वर्दी। कप्तान के सामने रोज़ रोज़ पेशी नहीं होती इसलिये एकईस ने फुल ड्रेस पहनना ठीक समझा। आरारोट डालकर धुली वर्दी सूखकर ऐसे कड़क हो गयी है कि देखकर लगता है आदमी इसके भीतर फिट कैसे हुआ होगा। कमर पर बेल्ट के नीचे लाल नीली फुनगियों वाला झालरदार पट्टा। बूट के गले और पैंट की मोहरी को

एकसाथ करके लपेटा गया झक्क सफ़ेद कवर थ्रेड। ऐसा ही सफ़ेद कुहनी तक का दास्ताना। और सिर पर लहरदार साफ़ा। एक बाँह से रजिस्टर दबाया हुआ है। वैसे तो बैंड रजिस्टर लेकर सूबेदार साब के यहाँ पेश होना होता है महीने में एक बार, लेकिन इस बार कप्तान साहब के यहाँ ही पेशी लग गयी है, ऐसा सोचकर एकईस पेशी के हिसाब से कप्तान के बंगले पर पहुँचा था।

अचार्जी के हैरान हो जाने की कोई हद ना रही जब एकईस के सैल्यूट का जवाब कप्तान ने ख़ुद खड़े होकर हाथ मिलाते हुए दिया। ये क्या बात हुई? ना रैंक और ना कोई जलवा, आख़िर इस बैंड मास्टर के लिए कप्तान के दिल में इतनी इज्ज़त यकायक क्यों हिलोर मारने लगी? अचार्जी को ये बात समझ नहीं आ रही थी।

कप्तान ने एकईस और अचार्जी, दोनों को बैठने के लिए कहा। कमर सीधी रखकर दोनों सामने रखी कुर्सियों पर बैठ लिए। अचार्जी जो अब तक खड़े खड़े मोर्चा संभाल रहे थे वो समझ रहे थे कि बैठने के लिए भी सिर्फ़ एकईस राम को ही कहा गया है, नहीं तो अब तक थाना इंचार्ज तो खड़ा खड़ा बकबक किए जा रहा था।

'इनसे परिचय है आपका?'

कप्तान ने एकईस की तरफ़ इशारा करते हुए अचार्जी से पूछा। जवाब में अचार्जी ने अपने हमउम्र दीवान से 'राम राम' की और कप्तान से कहा 'पुलिस बैंड के बैंडमास्टर श्रीमान जी से पूरा परिचय है सर'।

कप्तान की तरफ़ जैसे ही एकईस ने बैंड रजिस्टर बढ़ाया उन्होंने उसे रोकते हुए उसे यहाँ बुलाने की असली वजह बताई –

'रजिस्टर वजिस्टर आप सूबेदार साब को दिखाइयेगा... मैंने आपको किसी और वजह से बुलाया है दीवान जी।'

बैठे-बैठे ही सीना बाहर निकालकर 'आदेश हो सर' कहा एकईस ने।

'कबूतर चोरी वाले मामले में हमें इतने दिन बाद ये जानकारी कल रात मिली कि मामला तो विभाग का ही है।'

'जी सर।'

‘आपने पहले ही अपने साथियों से ज़िक्र किया होता तो मामला अब तक निपट भी चुका होता दीवान जी... विभाग के ही लोग नहीं जानते थे।’

‘जी जी सर... मैंने सोचा विभाग को क्यों बीच में...।’

‘अरे यही तो दिक्क़त है दीवान जी... आपके सोचने और विभाग के सोचने में... विभाग आपको अपना मानता है, आप ही विभाग को अपना नहीं मानते क्या?’

‘नहीं नहीं सर ऐसी कोई बात ही नहीं सर।’

‘तो फिर ये प्रेस मीडिया की हालत कैसे आ गयी? किसी ने तो दी होगी उनको ख़बर? दिल्ली तक ऐसे अपने आप तो नहीं पहुँचा मामला?’

‘मैं तो सर किसी को प्रेस मीडिया में जानता भी नहीं सर। मुझे अंदाज़ा नहीं इसका।’

लंबी साँस लेकर पुलिस कप्तान ने एकईस को चार सेकेंड देखने के बाद कहा – ‘आपको ये भी अंदाज़ा नहीं होगा कि यहाँ से दिल्ली तक नौबतगंज पुलिस की क्या लानत मलानत हो रही है?’

‘सर सर सर।’

‘हमारा मानना सिर्फ़ इतना है दीवान जी कि बात विभाग के बाहर नहीं जानी चाहिये थी... लेकिन अब जो हुआ उसका तो कोई इलाज नहीं... हाथ में तो वही है जो हो सकता है?’

‘बिल्कुल सर।’

‘तो अपने बालक को ये बात थोड़ा सख़्ती से समझा दीजियेगा कि किसी प्रेस वगैरह से इस मामले पर बात ना करे।’

‘बिल्कुल समझा दूँगा सर।’

कप्तान साहब ने अचार्जी की नेम प्लेट देखकर उसका नाम लेते हुए कहा ‘दुबे जी बाकियों से कह चुका हूँ और आपसे कहे दे रहा हूँ कि अड़तालीस घंटे में मामला सुलझा देना है... इससे ज़्यादा एक मिनट नहीं लगना चाहिये।’

तुरुप का इक्का फेंकने का ये बिल्कुल सटीक मौक़ा है, इसे समझने में अचार्जी ने चूक नहीं की, खड़ा हुआ और सीना आगे निकालते हुए बोला – ‘मामला चौबीस घंटे में सुलझा लिया जायेगा सर... चोर कल रात तक आपके सामने हाज़िर कर

दिया जायेगा'। ये बात सुनकर एकईस राम ने जाने क्यों बैठे-बैठे अपनी बेल्ट का बकल घिसना शुरू कर दिया। शायद सोच रहे हों कि इतनी तेज़ी से भी काम हो सकता है क्या इस विभाग में।

अचार्जी की इस मुनादी का असर कप्तान पर भी साफ़ दिखायी दे रहा था। उसने गर्दन हिलाते हुए अचार्जी से खड़े होकर हाथ मिलाया। लड़खड़ाते हुए एकईस राम भी अपनी कुर्सी से उठे और कप्तान साब की तरफ़ हाथ बढ़ाया। कप्तान ने रजिस्टर उठाकर एकईस के हाथ पर रख दिया। अचार्जी समझ गया था कि उसका दाँव चल चुका है।

'मेरे सामने नहीं... प्रेस मीडिया के सामने पेश करना है क्रिमिनल को...।' कहते हुए कप्तान ने दोनों को जाने का इशारा किया।

अचार्जी और एकईस राम दोनों कमरे से साथ निकले। इससे पहले अचार्जी कोई बात कर पाता एकईस राम से, पीछे से बुलावा आ गया कि कप्तान साहब दीवान जी को बुला रहे हैं। एकईस मुड़े और कप्तान के कमरे में चले गये। अचार्जी भागते हुए अपनी जीप की तरफ़ गये और जाते ही ड्राइविंग सीट पर बैठे सिपाही से गाड़ी भगाने को कहा।

उधर कप्तान के कमरे में एक अलग ही जादू बुना जा रहा था। जिसके घटने में अभी कुछ घंटे बाक़ी थे। थोड़ी देर में पुलिस कप्तान के बंगले से निकलते हुए एकईस का चेहरा इतना सपाट दिखायी दे रहा था कि उसे देखकर कोई भी अंदाज़ा लगाना मुमकिन नहीं था।

23

नीली ठंड वाली सुबह। ऐसा कम होता है कि इतनी सुबह दरवाज़े पर कोई ग़ैर-तयशुदा दस्तक हो। एकईस ने एक हाथ से आँख मलते हुए दूसरे हाथ से दरवाज़े की सांकल उतारी तो सामने जो आदमी खड़ा था उसे इससे पहले एकईस ने कभी नहीं देखा था। हालाँकि ग़लत दरवाज़े पर दस्तक इस गली के लिए बहुत आम बात थी। गली के दोनों तरफ़ घरों की बनावट ऐसी घुली मिली हुई है कि अंदाज़ा लगाना मुश्किल हो जाता है कि कौन सा दरवाज़ा किस मकान का चेहरा है।

एकईस ने सोचा ऐसा ही कोई मामला होगा इसलिये आदमी को देखते ही पूछा 'किसके यहाँ जाना है आपको?'

'आप कबीर राम के पिताजी हैं? एकईस राम?' सामने से जवाब आया।

'वो सिर्फ़ कबीर लिखता है, राम नहीं...।'

'आपका लड़का है न वो?'

'हाँ... लेकिन बात क्या है?'

सामने खड़े आदमी ने कंधे से छोटा सा बैग उतारा और अंदर आकर कुर्सी पर बैठ गया। एकईस वहीं दरवाज़े पर खड़े उस आदमी को बैठते देखते रहे। जब आराम से पाँव पर पाँव चढ़ाकर बैठ गया तब उस अनजान आदमी ने अपने बैग की तरफ़ हाथ बढ़ाया।

अब एकईस के दिमाग़ में कौंधा कि साला ये आदमी तो उसका काम तमाम करने आया है। लेकिन ऐसे कैसे? ये कौन सा तरीक़ा हुआ भाई। जब उस लौंडे नेताजी को बार-बार बताया था कि मौत एक्सीडेंट लगनी चाहिये। ऐसा लगना

चाहिये कि ड्यूटी पर शहादत हुई है मेरी। फिर भी ये तरीक़ा। ये क्या घर में मार के जायेगा? कबीर है अभी घर में ही। ये तो कोई बात नहीं हुई? और अभी तो पैसे रुपए की भी फाइनल बात नहीं हुई थी तो इतनी भी क्या जल्दी थी।

ये सारे ख़याल एकईस के दिमाग़ को चार सेकेंड के भीतर मथ गये। सामने कुर्सी पर बैठा आदमी बैग की चेन खोल पाता इससे पहले एकईस ने टोकते हुए जल्दबाज़ी में कहा –

'चाय?... चाय पी लीजिये पहले।'

आदमी बैग की चेन खोलते खोलते रुक गया और दोनों हाथ हवा में उठाकर इशारे से कहा कि 'पी भी सकते हैं'। एकईस झपट के किचन की तरफ़ गया। चाय का पानी चूल्हे पर चढ़ाकर पहले उसने कबीर के कमरे में झाँका। कबीर सो रहा था। पता नहीं रात में कब आया। एकईस कबीर की तरफ़ से लाख अनमना हो जाये लेकिन कबीर को देखकर बता सकता था कि कबीर रोते-रोते सोया है।

आख़िरी बार कबीर का चेहरा इतनी देर तक कब देखा था याद नहीं। क्योंकि उसके चेहरे पर आँखें जागी रहती थीं और उनके सवाल टालने का इकलौता रास्ता था उन्हें अनदेखा करना। नींद में जब तक चाहो बेटे का चेहरा निहार सकते हैं। पेट के बल सोए इस लड़के को देखकर आज जाने क्यों एकईस का गला भर आया। ये वही बच्चा तो है जिसे अस्पताल से लाने के बाद प्रभा की तबीयत बिगड़ गयी थी और एकईस चार पाँच रातें लगातार जाग कर माँ बेटे का ख़याल रखता रहा। बच्चे को दूध नहीं पच रहा था, माँ बुखार में आँखें नहीं खोल पा रही थी। एकईस एक हाथ से प्रभा का हाथ थामे, दूसरे हाथ से बच्चे को थपकी देता जागता रहा था।

ज़िंदगी में पहली और अंतिम बार उन रातों में एकईस ने सारे देवी देवताओं को याद किया था। बेभाव की मनौतियाँ जो उसे ख़ुद को अगली सुबह याद नहीं रहती थीं। वो हफ़्ते कैसे गुज़रे थे एकईस के अलावा ईश्वर ही जानता था, अगर कहीं कोई ईश्वर है तो। एकईस ने कभी पलटकर ना तो कबीर को वो रातें याद दिलाईं और ना प्रभा को। सिर्फ़ वही रातें हों ऐसा भी नहीं है, बेहिसाब रातें हैं गिनाने को। लेकिन क्यों कहे? कोई तुक भी तो नहीं बनता।

एकईस को अपने पिता की याद आई। जब जवानी में एकईस अच्छी ख़ासी खेती छोड़कर पुलिस की नौकरी के लिए मुरादाबाद जाने की इजाज़त लेने अपने पिता के कमरे में गये थे। सरकारी चिट्ठी की बात सुनकर अपनी अनिच्छा जताते

हुए पिता ने आख़िर में एक बात कही थी जो उसे अब तक याद है। उन्होंने कहा था 'बेटे होने का क़र्ज़ पीछे मुड़कर पिता को नहीं चुकाया जाता... ये क़र्ज़ आगे बढ़कर पिता होने के बाद बच्चों की तरफ़ चुकाया जाता है।' आज एकईस के दोनों क़र्ज़दार उसी एकईस को अपना सबसे बड़ा दुश्मन मानते हैं। अजीब खेल हैं कुदरत के भी।

एकईस ने आगे बढ़कर चुपचाप कबीर का माथा सहलाया। और उसके माथे पर हाथ रखने की देर थी कि एकईस के सीने में बवंडर उठ गया। लड़ने भिड़ने का ही सही, लेकिन रिश्ता तो है ही। नाराज़ ही सही, लेकिन सामने तो है ही। आगे क्या होगा किसको मालूम?

आगे कहाँ? वहीं जहाँ मौत के बाद इंसान जाता होगा। बाहर पाँव पर पाँव चढ़ाकर कुर्सी पर मौत इंतज़ार कर रही है। किसका?

'अरे... एकईस जी... ?' बाहर से आवाज़ आई। अभी तो मौत को चाय का इंतज़ार है।

अरे !! चाय का पानी चढ़ाया था, एकईस भागकर किचन में जाते हैं। चाय का पानी सूख चुका है, बर्तन तप रहा था। एकईस ने दोबारा पानी डाला तो छन्न की आवाज़ करता हुआ धुआँ उठा। चूल्हे के बगल रखे स्टील के कप लुढ़क गये। ये सब आवाज़ें सुनकर आँगन में बैठा आदमी किचन की तरफ़ बढ़ आया। एकईस पीछे दूध लाने के लिए पीछे पलटे तो दरवाज़े से टिककर वो आदमी हथेली पर तम्बाकू रगड़ रहा था। एकईस एकदम बदहवास हो गये, जैसे यहीं किचन में गला घोंटकर उसकी हत्या की जायेगी। बेतुके से डिब्बे टटोलने लगे। नज़र बचाकर देखा तो आदमी सीधा उनकी आँखों में ही देख रहा था।

'आप दो मिनट बैठिए बस चाय हो ही गयी।' कहकर एकईस ने उसे टालना चाहा। लेकिन आदमी ने चूल्हे पर चढ़े बर्तन में सिर्फ़ पानी उबलते देखा तो मुस्कुरा दिया। इस आदमी की इसी मुस्कराहट ने इसे यहाँ तक पहुँचाया है।

असल में एकईस राम के किचन में खड़ा होकर जो आदमी खैनी रगड़ रहा है उसने अपनी ये अदा बड़ी मेहनत से गढ़ी है। आम लोगों की तरह वो सामने वाले से मिलते ही अपना परिचय नहीं ठोक देता, बल्कि अ-परिचय की शंका में तैरती संभावनाओं में अपने जवाब तलाशता है। ऐसा दर्ज़नों बार हुआ है कि इसे अपना परिचय देने की ज़रुरत ही नहीं पड़ी और काम की जानकारी लेकर ये

चलता बना है। एकईस जिसे नेताजी का भेजा हुआ भाड़े का हत्यारा समझ बैठा है, वो एक अख़बार का क्राइम रिपोर्टर है। और ये उसकी अदा है कि जब तक छुपा सके अपना परिचय छुपाए रखता है। अक्सर किसी के इंतज़ार में अपराधी या अधिकारी, कोई न कोई ऐसी जानकारी उगल देते हैं जो आम हालत में इसे कभी ना मिलती।

रिपोर्टर बाहर जाकर बैठ गया है। एकईस चाय लेकर पहुँचे। अब तक उन्होंने ये सोच लिया था कि आज हुआ तो ये काम बहुत ज़्यादा जल्दी का हो जायेगा। वो इस पर अभी नेताजी से बात करना चाहता था। अभी तो तैयारी ही कुछ नहीं हुई।

चाय पीते हुए एकईस अचानक फूट पड़ा –

'देखिए भाई साब अभी मुझे नेताजी से बात करनी होगी... ऐसे तो तय नहीं हुआ था कुछ भी... आज नहीं हो पाएगा... बस ये कह दीजियेगा उन्हें।'

रिपोर्टर सिर्फ़ मुस्कुराता रहा, इस दाँव को अनगिनत बार कामयाब होता देख चुका है वो। और ज़्यादातर बार पहली बार के अपराधी इस तरह की बेचैनी दिखाते हैं। उसे अंदाज़ा लग गया था कि अब जो जानकारी आने वाली है वो सारा खेल बदल देगी।

लेकिन इससे पहले खेल बदल गया दरवाज़े पर दस्तक से। कोई लगातार दरवाज़ा पीट रहा था। एकईस ने उठकर दरवाज़ा खोला तो भीतर झाँकते हुए एक नयी उम्र के लड़के ने तपाक से रिपोर्टर की ओर देखते हुए कहा –

'गुरु कितना टाइम और लगायेंगे... अभी पुलिसलाइन भी जाना है प्रेस कांफ्रेंस में।'

एकईस ने हैरान होते हुए कुर्सी पर बैठे आदमी को देखा जिसने माथा पकड़ लिया था। और ग़ुस्से में एक मुट्ठी भींच ली थी उस आदमी ने।

'आप कौन?' एकईस के सवाल पर लड़के ने उछलकर कहा –

'इन्हीं के साथ हैं... ट्रेनी क्राइम रिपोर्टर... दैनिक प्रभात अख़बार के।'

यही वजह है कि इस जाने माने क्राइम रिपोर्टर ने कभी कोई पार्टनर नहीं रखा। ऐसे ही बनते काम बिगाड़ते हैं पार्टनर साले। लेना एक ना देना दो... आ गये मुँह बाए। रिपोर्टर ने लड़के को इशारा किया कि चलो अभी आते हैं। अगर संपादक का भाँजा ना होता और जबरन ट्रेनिंग के लिए साथ में लटकाया ना गया

होता तो आज इस लौंडे की तबीयत से सुताई पक्की थी। लेकिन ऐसे ही मौकों पर मन मसोस कर रह जाना पड़ता है।

पहली बार रिपोर्टर ने मुँह खोला –

'एकईस राम जी परेशान ना होइये... बस कबूतर चोरी वाले मामले में कुछ बात करनी थी आपसे... आइये बैठिए न?'

एकईस जहाँ खड़े थे वहीं से हाथ जोड़कर बोले –

'सुबह सुबह आप दरवाज़े पर आ गये तो चाय पिलाना फ़र्ज़ बनता था सो अपन ने निभा दिया सर... आप अब चुपचाप चले जाइये तो हम दोनों के लिए ठीक होगा।'

गहरी साँस लेते हुए रिपोर्टर ने अपना झोला समेटा और चलने को तैयार हुआ। जाते-जाते उसने आख़िरी कोशिश की –

'ये नेताजी कौन है जिसके साथ आप तैयारी कर रहे हैं? काहे बात की तैयारी?'

एकईस ने नज़र चुराते हुए बस इतना कहा –

'पुलिस लाइन में कप्तान साहब की प्रेस कान्फ्रेंस है उसमें सारी जानकारी मिल जायेगी आपको... हम कुछ बता नहीं पायेंगे आपको।'

रिपोर्टर ने आख़िरी सवाल उछाला जिसका मतलब था कि एकईस से रिपोर्टर पहली बार नहीं मिल रहा। रिपोर्टर ने पूछा –

'इधर बीच आप कन्नी उस्ताद के यहाँ जाते रहे हैं... उस पर शक है तो महक़मे को बताया क्यों नहीं आपने?'

एकईस जहाँ खड़े थे वहीं सुन्न पड़ गये। कन्नी से मिलने मिलाने की ख़बर किसी को होगी इसका अन्देशा ही नहीं था उन्हें। कन्नी से एकईस ही क्या, नौबतगंज का कोई भी आदमी घर जाकर तो दूर, बाहर भी मिल ले तो उसका नतीज़ा मिलने वाले को नौबतगंज में भुगतना ही पड़ता था। कबूतरों के इस शहर में कन्नी जैसों की जगह नहीं थी, वो तो कन्नी था जो अपनी जगह बनाये बैठा था नौबतगंज में। नहीं तो कबूतरों के साथ जैसी हरकतें कन्नी कर चुके हैं उनको देखकर लोग रास्ता बदल लेते हैं।

कन्नी हमेशा ऐसे नहीं थे। कभी कन्नी की उस्तादी के जलवे ऐसे थे कि उनका नाम पीर मुश्ताक़ के साथ लिया जाता था। जैसे भारतीय क्रिकेट की दुनिया में

सचिन तेंदुलकर और विनोद काम्बली एक ही किस्म के उस्ताद और उसी किस्म के दोस्त हुआ करते थे। वैसी दोस्ती थी कन्नी और मुश्ताक़ में जवानी के दिनों में। कबूतरबाज़ी की दुनिया में कन्नी धूमकेतु की तरह आये थे। पीर का रुतबा कहा जाता था कि अगर किसी को मिलेगा तो कन्नी को मिलेगा। मुश्ताक़ भी कन्नी से सीखते थे। लेकिन समय का फेर था कि आज कन्नी अपने दड़बे में बैठे शराब पिया करते हैं और मुश्ताक़ पीर होकर देश दुनिया में कबूतरबाज़ी के ख़ुदा बन चुके हैं। कन्नी को उनकी तेज़ी ले डूबी। ठहरने के सख़्त ख़िलाफ़ था ये आदमी। लेकिन फिर शराब ने ऐसा ठहराया कि ना दीन के रहे ना दुनिया के कन्नी उस्ताद। अब कन्नी शराब नहीं पीते थे, शराब पी रही थी कन्नी को। यही शराब थी जिसने कन्नी से बाज़ियों में टेढ़े काम करवाने शुरू करवाए। कभी मलमल के पेशावरी कुर्ते पर रंगीन रुमाल खोंसकर चलने वाले कन्नी पैसे पैसे को यूँ मुहताज हुए कि दस पाँच हज़ार के इनाम के लिए भी कबूतरों को नशे करवाने से लेकर प्यासा रखकर मार डालने की हद तक पहुँच गये। नतीज़ा, कन्नी उस्ताद को कबूतरबाज़ों ने सिरे से खारिज़ कर दिया। अब कन्नी उस्ताद कबूतरबाज़ी की दुनिया का काला पन्ना बनकर नशे की अपनी दुनिया में मगन रहते हैं।

रिपोर्टर का सवाल जायज़ था कि एकईस राम का कन्नी से क्या मामला चल रहा है। लेकिन एकईस इस बात पर सन्नाटा पकड़ के खड़े रहे।

रिपोर्टर हाथ मलते हुए गली में निकल गया। और इधर एकईस ने चैन की साँस ली। इसकी एक वजह तो ये थी कि आज उसका अंतिम दिन नहीं था और दूसरी वजह ये कि अगर थोड़ी देर और हो जाती तो सब किए कराए पर पानी फिर जाता।

लेकिन पानी का अपना गुण धर्म होता है। उसे जहाँ फिरना होता है वहाँ फिर भी फिर ही जाता है। इस मामले में कहाँ कितना कैसे पानी फिरना था ये तो आगे पता चलेगा।

—

24

जब पुलिसलाइन जाने के लिए एकईस ने अपनी मोपेड निकाली तो देखा कि कबीर को पुलिस लाइन ले जाने के लिए उसके दोस्त मोटरसाइकल लिए इंतज़ार कर रहे हैं। उनकी नमस्ते का जवाब देकर एकईस मोपेड स्टार्ट करने ही वाले थे कि पीछे से आवाज़ आई – 'बाबा...।'

एकईस को अपने कानों पर भरोसा नहीं हुआ। लेकिन पीछे पलटकर देखा तो अब आँखों पर भी भरोसा ना करने की कोई वजह नहीं दिखायी दे रही थी। कबीर दरवाज़े पर ताला लगाते हुए अपने बाबा को पुकार रहा था।

बाबा... ये कबीर के मुँह से सुने ज़माना हो चुका था। प्रभा के लाख मना करने के बाद भी एकईस ने कबीर के बचपन में तय किया था कि वो कबीर के मुँह से 'पापा नहीं... बाबा' सुनना चाहते हैं। एकईस ने इसके लिए ख़ूब कोशिश भी की थी कि कबीर उसे बाबा कहकर ही पुकारे। लेकिन प्रभा और एकईस के अलग होने के बाद तो कबीर ने उसे पुकारना ही छोड़ दिया था।

पर आज उस लड़के ने जाने क्यों अपने पिता को पुकारा था... वो भी बाबा कहकर। एकईस ने मुस्कुराते हुए कबीर को अपने पास बुलाया।

'सत्तू का पराठा ठीक बना था? चाय ले ली थी न साथ में?'

एकईस ने कबीर से पूछा तो वो हाँ में सिर हिलाते हुए एकईस की मोपेड पर पीछे आकर बैठ गया।

अब ये तो बिल्कुल ही नयी चीज़ हुई। इस मोपेड पर कबीर कभी नहीं बैठा था, कभी भी नहीं। दोस्तों के इतना कहने के बाद भी कभी उसने अपने बाबा की

मोपेड को हाथ नहीं लगाया था। और आज आकर सीधा बैठ ही गया। ये किस ख़ुशी में?

लेकिन कबीर की ख़ुशी का अंदाज़ा एकईस को नहीं था, बिल्कुल भी नहीं था। आज सुबह ही ख़बर आई थी कि कबीर के कबूतर चोरी करने वाले चोर को पुलिस ने पकड़ लिया है। इसमें तो कबीर के लिए कोई बहुत ख़ुश होने वाली बात नहीं थी लेकिन इस ख़बर का दूसरा हिस्सा उसके लिए आती जाती साँस जितनी ख़ुशी लाया था कि सारे के सारे कबूतर बरामद कर लिए गये हैं। जीवन में पहली बार पुलिस महक़मे के लिए कबीर के मन में इज़्ज़त का भाव आया था। और इसी महक़मे का एक आदमी तो उसका अपना पिता भी था। ज़रूर बाबा ने भी चोरों को पकड़ने के लिए पूरा ज़ोर लगाया होगा। यही बात कबीर और एकईस के बीच नयी शुरुआत की बुनियाद बनी थी। आज कबीर को अपने पिता पर गर्व जैसा कुछ कुछ महसूस हो रहा था। कैसे बिना कुछ कहे सुने दिन रात लगकर बाबा ने मेरे कबूतर खोज निकाले यही सोचकर कबीर का मन झूम रहा था।

'इस पर चलोगे?' एकईस ने पीछे की तरफ़ देखकर कबीर से पूछा।

'हाँ बाबा आपके साथ चलूँगा... ।'

कबीर का जवाब सुनकर एकईस का सीना भीतर से भारी हो गया। ये भी अब होना था। अब? जब चलाचली की बेला आ गयी तब? बेटा तब मिलना था जब सब कुछ छोड़ने का फ़ैसला कर लिया?

सड़क पर आगे आगे एकईस और कबीर को बिठाए मोपेड चली जा रही थी। पीछे से उसके दोस्त कबीर की नयी मोटरसाइकल पर चले आ रहे थे। और इन सबके पीछे छिपते छुपाते स्कूटर पर दैनिक प्रभात का क्राइम रिपोर्टर अपने ट्रेनी को लादे चला जा रहा था। जिस पर अभी किसी की नज़र नहीं थी।

कबीर जब छोटा था तब एकईस राम के पास एक साइकिल हुआ करती थी। सीट और हैंडल के बीच जुड़े पाइप पर बहुत कोशिश करने के बाद भी ये बच्चा बैठता नहीं था। किसलिए? सिर्फ़ इसलिये क्योंकि बाबा का चेहरा नहीं दिखेगा। तब एकईस अपने दाहिने हाथ से कबीर को गोद में लेकर बायें हाथ से हैंडल पकड़कर साइकिल चलाते थे। प्रभा साइकिल पर बच्चों को ले जाने के सख़्त ख़िलाफ़ थी। बल्कि वो तो साइकिल के ही ख़िलाफ़ थी, लेकिन बाप बेटे अपने हिस्से का ये रस प्रभा की आँखों से बचकर ले ही लेते थे। जाने एकईस के चेहरे में इस बच्चे को

ऐसा क्या दिख गया था कि उसके चेहरे से वो नज़र ही नहीं हटाता था। वर्दी पहनते देख ले तो रो रोकर सारा घर बेतरह कर देता था कबीर बचपन में। ड्यूटी जाने के लिए कैसे कैसे तो चोरी छुपे निकलते थे एकईस। ज़माने भर के लोग कहते थे कि ये पिछले जनम में आपकी प्रेमिका रहा होगा जो अपना प्रेम पूरा करने के लिए इस जनम में आपका बेटा बनकर आया।

हर रात नियम से कबीर को सुलाने की ज़िम्मेदारी एकईस की होती थी। जब तक बाबा घर नहीं आते तब तक ये बच्चा सोने का नाम भी नहीं लेता था। तीन साल की उम्र में भी ओस बच्चे को संगीत समझ आता था। लोरियाँ सुनने की उम्र थी कबीर की, जब उसे बड़े ग़ुलाम अली खां से लेकर लता मंगेशकर तक के गाए गाने ग़ज़लें सुनाकर सुलाता था एकईस। रागदारी की ऐसी आदत बनाई थी कबीर की एकईस ने कि उसे तब भी बेसुरा होना समझ आ जाता था। सुर ठीक से लग रहे हैं इसका पता तभी चलता था जब कबीर एकईस के बायें हाथ पर सिर रखे हुए ग़ज़लें सुनते हुए सो जाता था। जब एकईस ने कैसेट पर ये सब तीन साल के कबीर को सुनाना शुरू किया तब प्रभा नाराज़ होती थी कि बच्चे को क्यों गवैया बनाने पर तुले हुए हो। वो शायद उसे अपनी तरह ख़ूब पैसा कमाने वाला वकील बनाना चाहती थी।

लेकिन एकईस ने जाने इस बच्चे पर ऐसा कौन सा जादू कर दिया था कि वो किसी और की सुनने मानने को तैयार ही नहीं होता था। कभी-कभी प्रेम के क्षणों में प्रभा एकईस को प्यार से ताने देती थी और उसे जादूगर बुलाती थी। उसके ख़ानदान का बंगाल से जुड़ा होना बताकर कहती थी कि तुमने ज़रूर काला जादू सीखा हुआ है, नहीं तो मुझ जैसी लड़की क्यों ही दुनिया में सबसे ज़्यादा प्यार तुम्हें करती। प्रभा का कहना था कि ऐसा ही कोई जादू एकईस ने अपने बेटे पर भी कर दिया था। लेकिन एकईस को तो आज तक अपनी इस जादूगरी का पता नहीं चला। जादू ही था शायद... नहीं तो एक दिन ऐसे कैसे ग़ायब हो जाता सब कुछ। जादू को तो बीतना ही था, सो बीत गया।

एकईस आज मोपेड पर चलते-चलते सोच रहे थे कि ऐसा क्या हो गया जो ये सब कुछ बदल गया। जैसा होना था वैसा नहीं हुआ। या फिर सब कुछ शायद ऐसा ही होना था क्या? इतनी जल्दी प्रेम पूरा हो गया? ज़िंदगी का ये कैसा हिसाब था जिसकी बही किसी की समझ में आती ही नहीं थी।

प्रेम कहाँ चला गया जीवन से? मिला तो नहीं। ना पिछले जनम का, और ना इस जनम का। माँ बेटे दोनों ने मुँह मोड़ लिया देखते देखते।

सड़क पर एक जगह मोपेड को झटका लगा गड्ढों की वजह से तो पीछे बैठे कबीर ने अपने बाबा को कसकर पकड़ लिया। और फिर पकड़ा रहा।

ये इतने बरसों तक दुःख झेलने की ट्रेनिंग ही रही होगी जिसने एकईस के भीतर आँसू का सोता सुखा दिया था। गले में हिंडोर उठ तो रहे थे लेकिन बस आँखों की कोर नम हो रही थी। एकईस ने ख़ुद को क़ाबू रखने के जादू को ऐसा साध लिया था कि पीछे बैठे कबीर को रत्ती भर भी मालूम नहीं चल रहा था कि उसके बाबा के सीने में कैसे कैसे बवंडर उठ रहे हैं। मूर्ति की तरह तने हुए मोपेड चलाते एकईस का बहुत मन हुआ कि ठीक इसी लम्हे अपने बेटे को अँकवार भरके उसका माथा चूम लें। और जी भरके रोयें... ऐसा रोयें कि दुखों ने जो उनके मन की ज़मीन कब्ज़ा करके पक्के मकान बना लिए हैं वो सब इस बाढ़ में बह जायें।

बाबा ने अपने बायें हाथ से बेटे की हथेली को सहला दिया। बेटे ने बाबा की पीठ पर हौले से सिर रख दिया। बाबा ने आँखों की कोर भीग जाने से धुँधलाती नज़र को साफ़ करने के लिए दायें हाथ के अंगूठे और तर्जनी से दोनों आँखों की कोर साफ़ कीं। ये जादू भरा लम्हा था। शायद जादू के वापिस लौटने का समय आ रहा था।

इस लम्हे का जादू ही था, कि बैंडमास्टर ये भूल गया था कि वो कुछ रोज़ पहले ही शहीद बनने का इंतज़ाम कर आया था। जिसमें उसने हादसे की शर्त रखी थी। ये याद आया तो एकईस मोपेड के हैंडल को और कस के बैठ गया। आते जाते ट्रकों से दूरी बनाकर चलने लगा। इस लम्हे वो कोई हादसा नहीं चाहता था, किसी भी क़ीमत पर नहीं। स्वागत के तुरंत बाद विदा नहीं होनी चाहिये।

बहरहाल, पुलिस लाइन पहुँच चुके थे ये लोग। अभी लोगों का आना शुरू ही हुआ था। ये लोग तय वक़्त से थोड़ा पहले ही आ चुके थे। एकईस को देखकर लपकते हुए सूबेदार साब उसके पास पहुँचे।

'सब तैयारी हो गयी है न?' पूछते हुए सूबेदार साब ने कबीर के माथे पर हाथ रखा। एकईस ने जय हिन्द कह कर सैल्यूट करते हुए कबीर को इशारा किया। कबीर ने झुककर सूबेदार साब के पाँव छुए। 'ख़ुश रहो बेटा' कहकर सूबेदार साब ने कबीर के कंधे पर थपकी दी।

'बेटा आपको भी रहना है भीतर... घबराना नहीं है... सब लोग वहीं रहेंगे... ठीक है न?'

फिर कुछ ऐसा दिखाते हुए जैसे ये बात अभी-अभी याद आई है, सूबेदार साब ने कबीर से कहा 'और बेटा कप्तान साहब को धन्यवाद ज़रूर कहना है आपको... वहीं सबके सामने... आपसे लगातार बात करते रहे और भरोसा दिलाया था कि चोर को पकड़कर ही दम लेंगे... ऐसा सब कह दीजियेगा ठीक है न?'

'अंकल मेरी तो किसी से बात नहीं हुई लेकिन...।'

ये सुनकर मुँह बिचकाते हुए सूबेदार साब ने एकईस राम को इशारा किया कि समझाओ यार इसको। एकईस ने इशारा तुरंत पकड़कर अपनी तरफ़ से जवाब दे दिया – 'कह देगा सर... मैं सब समझा दूँगा इसको।'

कहकर एकईस राम ने कबीर का कंधा दबाया। पता नहीं इतने हक़ से कब कुछ एकईस ने कबीर को कहा होगा। लेकिन आज बाबा और बेटे का ही दिन था। आज दोनों को दोनों ही दोबारा मिले थे। इसी ख़ुशी में एकईस ने सूबेदार साहब से वादा कर दिया। लेकिन कबीर इन सब तीन पाँच से अलग कुछ और तलाश रहा था। जबसे वो यहाँ आया था उसे तलाश थी अपने सूरमाओं की। उसे लग रहा था कि कबीर को ले जाकर कोई उसके कबूतरों से तुरंत मिलवा क्यों नहीं देता। पता नहीं इतने दिनों से उनकी ख़ुराक का क्या हुआ होगा। चोर को क्या मालूम कि कौन से कबूतर की क्या ख़ुराक चल रही थी। तुरंत देने के लिए कबीर घर से एक झोले में ख़ुराक के हिसाब से दाने और मेवे ले तो आया था लेकिन कप्तान साहब के आने से पहले कोई क्यों मिलवाने लगा कबीर को उसके कबूतरों से। एकईस को सख़्त ताक़ीद कर दी गयी थी कि किसी भी पत्रकार से किसी भी तरीक़े की बातचीत ना करें। जो बात होगी कप्तान साहब ही करेंगे।

कबीर अपने दोस्तों और बाबा के साथ तब तक उस हॉल के बाहर ही बैठा रहा जहाँ प्रेस मीडिया के सामने चोर की पेशी होनी थी और मामला सुलझाने के लिए पुलिस टीम को इनाम मिलना था। सारी जानकारी का एक प्रेस नोट बन चुका था जिसकी कॉपी हर आने वाले पत्रकार को पहले से ही दी जा रही थी। अभी कप्तान साहब के बैठने लायक भीड़ हुई नहीं थी। उधर अपने बंगले पर कप्तान साहब फुल तैयारी में बैठकर अपने सिपाही पेशकार के टेलीफ़ोन का इंतज़ार कर रहे थे। कप्तान का पेशकार जानता था कि दस मिनट के रास्ते का हिसाब लगाते हुए उसे

साहब को तब चलने के लिए कहना है जब पत्रकार लोगों का नाश्ता पानी निपट जाये और भीड़ काम भर की हो जाये।

डेढ़ घंटे बाद कप्तान साहब को टेलीफ़ोन हो चुका था और वो अपने बंगले से निकल चुके थे। अगवानी के लिए अधिकारियों में हबड़ा दबड़ी मची हुई थी। लेकिन सबसे आगे थे अचार्जी। और हों भी क्यों न? केस उन्हीं की टीम ने सुलझाया था।

कप्तान के आते ही उनकी गाड़ी का दरवाज़ा खोलने का मौक़ा अचार्जी को मिला, जिससे आज के इस कार्यक्रम का टोन सेट हो चुका था। सबको मालूम था कि आज अचार्जी और उनके लोग ही छाये रहेंगे इसलिये बाक़ी अधिकारी सिर्फ़ नज़र में रहने भर का काम करने से लगे रहे। जिसमें ये पुलिस अधिकारी पहले से माहिर हैं।

कबीर का इंतज़ार ख़त्म होने को था। जान से प्यारे अपने कबूतरों से दोबारा मिल सकेगा यहे सोच सोचकर वो बार-बार साथ लाई ख़ुराक की थैलियों को जाँच ले रहा है। उसने एक दो बार अपने बाबा से पूछा भी कि कबूतरों को पानी तो पिलाया होगा न? अब तो ख़ैर कबूतर मिलने ही वाले थे।

प्रेस कान्फ्रेंस शुरू हुई। कप्तान के ठीक बगल में अचार्जी और उनके पीछे कुल सात पुलिसवाले खड़े हुए। इन्हीं के बीच नेतराम गवाह भी जगह बनाकर खड़ा हो गया था। आज का बाज़ार उसे वसूलने का जिम्मा जो मिल गया था।

कप्तान की दायीं तरफ़ कबीर सकुचाया सा खड़ा था। कप्तान ने अपना भाषण 'सत्य, समर्पण और सेवा' जैसे किसी मुहावरे पर ख़त्म किया। अचार्जी के पास माइक आया तो उन्होंने तफ़्तीश के बारे में खुलकर बताया। ऐसे काल्पनिक तफ़्तीशें करते-करते रिटायर होने के क़रीब पहुँच चुके अचार्जी को इसमें कोई मुश्किल नहीं आई, उल्टा मज़ा ही आया। लखनऊ गयी टीम और बाक़ी पुलिसवालों को कप्तान के हाथ से लिफ़ाफ़ा दिलवाया गया। सबने तस्वीरें खिंचवाई। इसके बाद चोर को पेश किया गया।

ये वही गोलगप्पे वाला था जिसे उस दिन दोनों सिपाही 'क से कबूतर' वाली स्कूली किताब का फटा पन्ना दिखाकर उठा लाए थे। उसे काम भर का टोचन दिया जा चुका था इसलिये उसने प्रेस के सामने सिर्फ़ एक ही काम किया। हाथ जोड़कर खड़े रहने का। कबीर ने उस आदमी को देखा लेकिन उसे समझ नहीं आया कि ये है कौन?

कबीर को उम्मीद थी कि कबूतर माफ़िया बिसेसर पाँड़े का कोई गुर्गा पकड़ में आया होगा। लेकिन इस आदमी को तो उसने कभी किसी तौर कबूतरबाज़ी करते देखा ही नहीं था। बताया गया कि नशे की लत होने की वजह से इसने कुछ पैसों के लालच में कबूतर चोरी कर लिए थे। गोलगप्पे वाला कैमरों की चकाचौंध में आँखें मीचे बस 'इस तरफ़ – इस तरफ़' के हाँके पर गर्दन घुमाये जा रहा था।

दारोगा ने प्रेस के सामने नेतराम गवाह को भी पेश किया जिसने बताया कि कैसे उसके सामने ही पुलिस ने मुस्तैदी से चोर को धर दबोचा था। घटना बताने की रटी रटाई कहानी में नेतराम को बस किरदार और मामला बदलना था, बाक़ी सब उसे ज़बानी याद रहा करता था। सबके साथ नेतराम ने भी ताली बजायी।

अब बारी आई कि बरामद कबूतर प्रेस को दिखाकर ये मामला ख़त्म किया जाये। कप्तान के ठीक पीछे चलते हुए अचार्जी और इनाम हासिल की हुई टीम सबको हॉल के बाहर की पार्किंग में ले गये। कबीर भीड़ में धक्का मुक्की करता आगे बढ़ता रहा। मुर्गे लादकर ले चलने वाल एक जालीदार टेम्पो को धो पोंछकर इस मौके के लिए तैयार किया गया था। पीछे जालियों को एक कपड़े से ढँक रखा था।

कप्तान ने ख़ुद अपने हाथों से वो कपड़ा उठाया और भीतर भौंचक बैठे पचास से ऊपर कबूतर दिखायी दिए। प्रेस ने टेम्पो के साथ कप्तान और पुलिस टीम की फोटो खींचनी शुरू की। तब तक अपने बाबा का हाथ पकड़े कबीर टेम्पो तक किसी तरह जगह बनाते हुए पहुँचा।

और ये क्या?

कबीर का कलेजा बैठ गया। सारी ख़ुशी कपूर बनकर धुआँ हो गयी। ये उसके कबूतर नहीं हैं। इनमें से एक भी कबूतर उसका नहीं है। एक भी नहीं। ये सारे तो कबूतरबाज़ी के कबूतर हैं भी नहीं। ये सब तो सड़क पर भटकने वाले आम कबूतर हैं।

कबीर के हाथ से दाने की थैली गिरी और लोगों के पैरों तले कुचली गयी। इस लड़के पर ये हादसा ऐसा उतरा कि काफ़ी देर तक उसे कुछ सूझ ही नहीं रहा था। ऐसा धोखा? ऐसा झूठ? इतनी बेशर्मी?

पहला काम जो कबीर ने किया वो ये कि उसी लम्हे में 'बाबा' से दोबारा एकईस हुए उस आदमी का हाथ झटक कर छुड़ाया जिसके भरोसे वो यहाँ आया था। कबीर ने एकईस की तरफ़ गुस्से में देखा। एकईस का सिर झुका हुआ था।

वाहवाही और नाटक मंडली के कारनामों में प्रेस के लोग ऐसे उलझाए गये कि इस लड़के के चेहरे से उतरा रंग कोई पहचान ही नहीं पाया, सिवाय उस क्राइम रिपोर्टर के जो सुबह से इन बाप बेटे के पीछे लगा हुआ था।

'यही कबूतर हैं जो चोरी हुए थे बेटे?'

ये औचक और उम्मीद से परे सवाल उसी क्राइम रिपोर्टर ने कबीर से पूछा। जब तक कबीर सिर हिलाकर 'ना' कह पाता तब तक अचार्जी ने मामला भाँपते हुए कबीर को पुलिसवालों के पीछे धकेल दिया और ख़ुद मोर्चा संभालते हुए कहानियाँ सुनाने लगा।

तय कार्यक्रम के हिसाब से अब कप्तान को कबूतर सौंपने थे कबीर को। लेकिन दो मिनट की कानाफूसी के बाद कार्यक्रम से ये हिस्सा निकालकर 'लंच टाइम' बढ़ाते हुए खीर के साथ गुलाबजामुन बढ़ाने की मुनादी पीट दी गयी। अब जनता खाने के छोटे से पंडाल में टूटी हुई थी। कप्तान ख़ुद अपने हाथ से पत्रकारों को पूड़ियाँ बाँटते हुए इंतज़ाम में कमीबेशी का सवाल पूछते फिर रहे थे। पत्रकार इतने में ही लहालोट थे। किसको पड़ी थी कि वो लड़का कहाँ गया और अब इन कबूतरों का क्या होना था। अगले दिन के लिए सबको अपनी-अपनी हेडलाइन मिल गयी थी। जो सियाही से नहीं बल्कि गुलाबजामुन के शीरे से लिखी जानी थी। मीठी और चिपचिपी। आज एक जादू की हादसे में मौत हुई थी।

25

अगली सुबह सिर्फ़ एकईस के लिए ही नहीं, पूरे नौबतगंज के लिए ऐसा हादसा बनकर आई जो कहने सुनने की ताक़त छीन लेता है। कबीर नहीं रहा। दिन चढ़ने के बाद नाज़रेथ हॉस्पिटल वालों को सुबह अख़बार में कबीर की तस्वीर देखकर मालूम चला कि जिस लड़के को रात ख़ून से लथपथ लाया गया था और जिसे पहली नज़र में देखते ही डॉक्टर ने पर्चे पर 'Brought Dead' लिखकर दस्तख़त किए थे वो नौबतगंज का माना हुआ कबूतरबाज़ था और कल ही उसके चोरी हुए कबूतर वापिस मिले थे। मिल ही जाते तो ये दिन क्यों देखना पड़ता, लेकिन अख़बारबाज़ी का खेल खेलने वालों की कौन कहे।

हुआ यूँ था कि उस रात अपनी नयी मोटरसाइकल से अम्बेश और मोनू के साथ कबीर भटकता रहा। बेतरह भटकने के बाद रात के तीसरे पहर अम्बेश और मोनू ने सुझाया कि अब घर चलना चाहिये। क्योंकि उन दोनों के यहाँ तो उनके लौटने की उम्मीद में घरवाले बैठे हैं। लेकिन कबीर लौटकर घर नहीं जाना चाहता था। मोटरसाइकल उसे चलानी आती नहीं थी। अम्बेश को सिविल लाइन्स चौराहे पर भटकते हुए उसके चाचा ने देख लिया, नतीज़तन उसे खड़े पैर अपनी गाड़ी में बिठाकर घर ले गये।

मोनू को मोटरसाइकल चलानी आती तो थी लेकिन उसने मेन रोड पर चलाने लायक़ हाथ साफ़ नहीं किया था। तो रात में ख़ाली सड़क होने की वजह से किसी तरह चलते चलाते मोनू कबीर को पीछे मोटरसाइकल पर बिठाकर अपने घर तो पहुँच गया। और तय ये हुआ कि मोटरसाइकल यहीं खड़ी कर दी जाये। कबीर को उस रात मोनू के घर ही सो जाना था। अक्सर कबीर मोनू के घर सो जाता था।

लेकिन उस रात एक तो कबीर का मन किसी छत के नीचे जाने का नहीं था, और दूसरे कि मोनू के यहाँ गंगा नहाने आये रिश्तेदारों के झुंड से घर भरा हुआ था। कबीर पैदल ही निकल पड़ा।

भोर में क़रीब साढ़े चार बजे गंगा पार झूंसी की जीटी रोड पर मोनू के घर से अठारह किलोमीटर दूर जहाँ से कबीर को अस्पताल लाया गया वहाँ मोटरसाइकल उसके साथ थी। ग़ाज़ीपुर नौबतगंज रोडवेज की जिस बस से कबीर की मोटरसाइकल टकराई थी उसी के ड्राइवर और कंडक्टर ने कबीर को अस्पताल भिजवाने की व्यवस्था की थी। डिपो का टेलीफ़ोन नंबर अस्पताल में लिखवाकर बस नौबतगंज बस अड्डे पर जाकर खड़ी हो गयी थी। तमाम सवारियाँ गवाह थीं कि मोटरसाइकल चलती बस में सामने से आकर भिड़ गयी थी।

अस्पताल से ही पहले पुलिस चौकी पर ख़बर की गयी और फिर पुलिस ने बैंड मास्टर एकईस राम को ख़बर दी। कबीर की माँ प्रभा और चारू भी अस्पताल आ चुके थे। धीरे-धीरे दिन चढ़ने के साथ ही अस्पताल आकर कबीर को देखने आने वालों की भीड़ ही लग गयी। एक जगह से दूसरी जगह के टेलीफ़ोन घनघनाने लगे। हर कोई भागता हुआ हड़बड़ में पहुँच रहा था। जिसने जो पहना था वही पहन के भागा आया था। मामूली से दिखने वाले इस लड़के ने यही ताक़त कमाई थी। अभी तो नौबतगंज के कबूतरबाज़ आने शुरू हुए थे, अभी लोग चंडीगढ़, रामपुर, चाँदनी चौक, जालंधर, भोपाल, लखनऊ और कहाँ कहाँ से आने बाक़ी थे।

जिसने जो आधा चौथाई सुना वही अपने हिसाब से आगे बताता फिर रहा था। किसी को समझ नहीं आ रहा था कि कबीर की मौत ऐसे अचानक कैसे हुई? उसके साथ आख़िरी बार देखे गये अम्बेश और मोनू उधर झूँसी थाने में अपना बयान लिखवाकर निकल रहे थे। पुलिस की रिपोर्ट में साफ़ था कि मामला सड़क दुर्घटना का है। बस के कंडक्टर और ड्राइवर से भी पूछताछ करके उन्हें रवाना किया जा चुका था।

पोस्टमार्टम के बाद शरीर सौंपे जाने का इंतज़ार करतीं प्रभा और चारू को महिलाओं ने घेर रखा था। अपने आँसू पोंछते उस्ताद पीर मुश्ताक़ वहीं गलियारे में इंतज़ार कर रहे थे। किसी ने चाय पिलवाना शुरू किया तो बिना पूछे सबके हाथ में मिट्टी के चाय से भरे पुरवे चुपचाप थमा दिए गये।

दिखायी नहीं दे रहा था तो सिर्फ़ एक आदमी। जिसके बारे में हर आने-जाने वाला पूछ रहा था। एकईस राम। जब तक प्रभा और चारू आईं वो ठीक उस कमरे के बाहर था जहाँ कबीर के शरीर का पोस्टमार्टम हो रहा था। ऐसी उम्मीद से दरवाज़ा ताकते हुए जैसे यहाँ से कबीर हँसता खेलता ही बाहर आयेगा।

लेकिन हे ईश्वर... इस आदमी का चेहरा तब भी पसीजा नहीं था। जैसे आँसू को बहने की इजाज़त ही ना हो। पीर मुश्ताक़ और बाबिल कुछ देर तक एकईस को ढाढस बँधाते रहे फिर अकेला छोड़ दिए जाने की मनुहार करता एकईस इन दोनों से अलग बैठ गया था। प्रभा और चारू जब वहाँ पहुँचीं तो सबसे पहले उन्हें एकईस की सुनसान आँखों को देखकर ही डर लगा।

हर कोई फूट फूटकर रोना चाहता था, लेकिन अकेले में। सामने सब एक दूसरे को हिम्मत बँधा रहे थे। सिर्फ़ पीर मुश्ताक़ थे जो चुपचाप चश्मा हटाकर आँसू पोंछ लेते थे। बाबिल और पीर मुश्ताक़ एक दूसरे का हाथ थामे वहीं गलियारे के कोने में ज़मीन पर बैठे हुए थे। बाहर बाज़ी वाली जनता को सरदार अजायब सिंह संभाल रहे थे। जब पुलिस कप्तान आये सूबेदार साहब के साथ तब भी अजायब सिंह ही उन्हें लेकर ऊपर पहुँचे थे। जब कप्तान साहब खड़े थे एकईस से मिलने के लिए तब भी वो कहीं नहीं दिखायी दिया आदमी। आख़िरकार प्रभा और चारू से अपनी संवेदना जताकर कप्तान का काफ़िला रवाना हुआ।

कहाँ था ये आदमी? किसी को नहीं मालूम।

कोई एकईस को नहीं देख पा रहा था लेकिन एकईस अस्पताल में होने वाली हर हलचल देख रहा था। कहाँ से? इसी अस्पताल के ठीक सामने बन रही नयी इमारत की चौथी मंजिल से।

कभी नाज़रेथ अस्पताल का ही एक हिस्सा सामने सड़क पार बनाया जा रहा था जो हाई कोर्ट के स्टे ऑर्डर के बाद रुकवा दिया गया। तबसे ये इमारत ऐसी ही अधबनी खड़ी है। एकईस इसी इमारत की चौथी मंजिल पर ऐसी जगह जाकर बैठ गये थे कि वो सबको देख सकें लेकिन उन्हें कोई देख ना सके। जब कप्तान आये तब भी एकईस उन्हें देख रहा था लेकिन वहाँ से उठाना तो दूर, एक ऊँगली भी नहीं फड़की उनसे।

शायद ये आदमी इस इंतज़ार में था कि अभी कोई आकर उन्हें नींद से जगा देगा और ये बुरा सपना बीत जायेगा। हादसों की ज़बान कौन समझ पाता है।

एक दीवार के सहारे अकड़ू बैठे एकईस ने अपने दोनों घुटने बाहों से भींच रखे थे। घुटनों पर ठुड्डी टिकाए ये आदमी अब भी नींद से जागने की बाट जोह रहा है।

उधर अस्पताल के बाहर भीड़ में झूमा झटकी शुरू हुई। चीख़ चिल्लाहट और धक्का मुक्की के बाद सड़क का नज़ारा थोड़ा सा बदला।

'हट्ट... आगे नहीं जाना... चल पीछे हट्ट।'

ये कबीर का कबूतरबाज़ दोस्त था जो अस्पताल के गेट पर खड़े होकर किसी को झापड़ दिखा रहा था। मालूम चला बिसेसर पाँड़े एंड गैंग आई हुई है और ये नौजवान नहीं चाहता कि बिसेसर जैसे कबूतर माफ़िया कबीर के लिए शोक करें।

'अरे अरे हाँ हाँ...।' करते अजायब सिंह और बाक़ी लोगों ने जब तक नौजवान कबूतरबाज़ को समझा बुझा कर गेट से हटाने की कोशिश की, तब तक उस नौजवान के पीछे कबीर के स्कूली दोस्त आकर खड़े हो गये। किसी के हाथ में साइकिल की चेन तो किसी के हाथ में क्रिकेट का बल्ला दिखायी दे रहा था। बिसेसर ने अनगिनत मौकों पर कबीर को बेवजह परेशान किया था ये कबीर के स्कूली दोस्त कबूतरबाज़ी ना करने के बाद भी जानते थे। आधा दर्ज़न ये लड़के नहीं चाहते थे कि बिसेसर अस्पताल के भीतर जाये।

ये देखकर बिसेसर पाँड़े के गुर्गों में तैश आ गया। कबीर के दोस्त तो फिर भी स्कूल जाने वाले लड़के थे लेकिन बिसेसर के साथ चलने वाली उसकी गैंग के गुर्गों का तो दिन रात का यही काम था। गुर्गे अपने मालिक के इशारे का इंतज़ार कर रहे थे। तब तक अजायब सिंह की आवाज़ गूँजी। अजायब बिसेसर से कह रहे थे -

'कबीर के लोग भी... और पाँड़े जी आपके लोग भी... जिसे इतना समझ नहीं आ रहा कि ये खेल तमाशे की जगह नहीं है वो यहाँ से निकल जाये... तुरंत से पहले... मैं हाथ जोड़ रहा हूँ सबके।'

'लेकिन... ' किसी ने कुछ बोलने की कोशिश भर की थी।

बात काटते हुए सरदार अजायब सिंह ने हद से ज़्यादा नरम होते हुए कहा –

'हम सबका प्यारा बच्चा गया है यारों... कोई ख़ुद को उस माँ की जगह रख कर देखो जो अपने बच्चे की लाश लेने के लिए बैठी है... उसकी बहन को सुनाई नहीं देता, बोल नहीं सकती... पर देख तो सकती है न... और आप लोग... ये दिखा रहे हो? यही है बाज़ी के लोगों की एकता? हैं?'

पहले की तरह सन्नाटा छा गया...

'अजायब भाई बात सुनो आप...।' सबने मुड़कर देखा, ये बिसेसर पाँड़े की आवाज़ थी।

'मुझे नहीं पता इनका क्या रंज है मुझसे... मैं साफ़ दिल से देखने आया था सबके तरह कबीर को... और एक बात और... कि खेल बाज़ी का मसला अलग है उसमें रगड़घिस्सा सबके बीच होता है... लेकिन बाक़ियों की तरह मैं भी उसे अच्छा खिलाड़ी मानता था...।'

'चोर हो तुम...।' बिसेसर की बात काटते हुए कबीर के दोस्तों में से अम्बेश चीख़ा।

बिसेसर ने आँख टेढ़ी करके अम्बेश को घूरते हुए पूछा 'क्या चुरा लिया भई तेरा मैंने?'

'सब जानते हैं कि तुमने कबीर के कबूतर चोरी करवाए... तुम्हारी वजह से एक्सीडेंट हुआ उसका... तुमने...।'

अभी अम्बेश की बात पूरी हो पाती इससे पहले ही बिसेसर ने भीड़ चीरते हुए आगे बढ़कर अम्बेश को गिरेहबान से दबोचकर उठा लिया। बिसेसर का ऐसा कलेजा देखकर उसके बीच आने की किसी की हिम्मत नहीं हुई। जो जहाँ था वहीं खड़ा रह गया। बिसेसर पाँड़े के गुर्गे आगे बढ़े लेकिन बिसेसर ने सख़्ती से उन्हें हाथ का इशारा करके वहीं रोक दिया।

अजायब सिंह ने टोकने की कोशिश की। 'पाँड़े जी बच्चा है...।'

अजायब सिंह की बात काटते हुए बिसेसर ने अम्बेश का चेहरा देखते हुए जवाब दिया कि –'सरदार जी बालक है इसीलिए प्रेम से समझा रहा हूँ... नहीं तो बिसेसर पाँड़े चीज़ दूसरी है...।'

फिर बिसेसर ने अम्बेश की आँखों में ऐसे देखा कि अम्बेश का चेहरा सुर्ख पड़ गया। अम्बेश ने तो कही सुनी बात ग़ुस्से में कह दी थी लेकिन उसे इसका अंदाज़ा नहीं था कि ये वो किससे कह रहा था।

'कबूतर और लोगों का शौक़ होंगे बच्चे... लेकिन मेरा ईमान हैं... और बाज़ी के मामले में बिसेसर जान की क़ीमत पर भी ऐसी नीच हरकत कभी नहीं करेगा... बस इतना समझ लियो... पहली और आख़िरी बार समझा रहा हूँ... सबको।'

कहकर बिसेसर पाँड़े ने अम्बेश का गिरेहबान छोड़ा और वापिस जाने के लिए पलटा। जाते-जाते बिसेसर पाँड़े ने अजायब सिंह से कहा –

'सरदार जी उस बच्चे से मुझे भी उतना ही लगाव था जितना आप सबको... इसीलिए आया था...।'

कहकर बिसेसर अपनी गाड़ी में बैठा और उसका काफ़िला निकल गया।

इतना सब देखकर भी सामने की ख़ाली इमारत में बैठा एकईस अपनी जगह से नहीं हिला। उसके दिमाग़ में बार-बार बस एक ही बात चल रही थी।

'बाबा... बाबा... बाबा...।'

कल ही तो लग रहा था कि सब कुछ ठीक होने को है। कोई जादू घटने को है। ऐसे ख़त्म होता है क्या सबकुछ। अब मरते दम तक कान में जो एक शब्द कभी नहीं पड़ेगा वो है 'बाबा'। जिस बेटे का जीवन पटरी पर लाने के लिए जान का दाँव खेल गया वो ऐसे कैसे सफर शुरू होने से पहले ही रेलगाड़ी से उतर गया।

चाहे जितना सख़्त हो, चाहे जितना लालची हो, चाहे जितना मतलबी हो... लेकिन बैलगाड़ी का मालिक कभी भी बैलगाड़ी पर इतना बोझ नहीं रख देता कि बैल उस बोझ तले दब कर साँस ही छोड़ दे। कंधों की हद नहीं मालूम तो काहे के मालिक?... यही एकईस भी आसमान में देखते हुए बुदबुदा रहे हैं। जब कंधों की हद ही नहीं मालूम तो काहे के मालिक? क्यों भरमाते हो आसमान के ऊपर बैठकर? क्यों सुनाई जाती हैं तुम्हारी कहानियाँ? यहीं रहो हम इंसानों के बीच आकर। जब ग़लती ही करनी है तो क्या फर्क है तुममें हममें।

एकईस को वो दिन भी याद आया जब किसी ने आकर उनसे कहा था कि कबीर लेटे हनुमान जी के सामने धुआँधार बारिश में भीगते हुए पाठ करता रहा।

ऐसे मरने के लिए? यही है तुम्हारा हिसाब? एक मौक़ा भी देने लायक नहीं था क्या?

इस वक़्त इस वीराना इमारत में बैठे हुए एकईस को एक बात और हैरान कर रही है। नींद। बार-बार नींद का झोंका आता है। पूरी ज़िंदगी एकईस को कभी इतनी नींद तो आई नहीं। फिर अभी सब कुछ से आँख मूँद लेने का मन क्यों हो रहा।

कई मौक़ों पर मौत से जगह बदल लेती है नींद। ये दिमाग़ का जादू है। आपका दिमाग़ जानता है कि जितनी देर आप इस दुनिया में रहेंगे आपका ज़िंदगी को लेकर मन खट्टा होता जायेगा। इसलिये वो आपको आपकी ही दुनिया में वापिस ले जाना चाहता है। सपनों की दुनिया में। जहाँ दिमाग़ आपके साथ खेल सके। और इसी खेल के दरम्यान मरम्मत हो सके।

पता नहीं बैठे-बैठे गश खा गये, या वाक़ई झपकी लग गयी। लेकिन एकईस वहीं दीवार से लगे-लगे होश खो बैठे थे। चक्कर सा कुछ महसूस हुआ लेकिन वो बाहर निकल कर लोगों के बीच नहीं जाना चाहते थे। हर कोई उन्हें खोज रहा था। दिलासा देने के लिए। दिलासा देकर अपनी छुट्टी कर लेना चाहते थे सब। लेकिन ये दिलासा एकईस को चाहिये ही नहीं था।

दुनिया भर के भाषा ज्ञानियों और विज्ञानियों ने इस मौक़े को ऐसा अनदेखा किया है कि अनगिनत बरसों से 'जो हो गया सो हो गया... अब आप अपना ख़याल... ' जैसी डेढ़ बातों के भरोसे है दुनिया। क्यों इस मौक़े के लिए कोई नयी बात ईजाद नहीं हुई? क्योंकि मौत को कोई याद नहीं रखना चाहता। दिलासा देने वाला भी नहीं।

या शायद इसलिये क्योंकि ज्ञानी लोग जानते थे कि यहाँ सिर्फ़ एक शब्द की ज़रूरत है। मौन। अगर कोई बिलख रहा हो तो कुछ मत बोलो। यही उसके लिए सबसे बड़ी मदद होगी। ईश्वर से सीखो। वो नहीं टोकता किसी को। अंतिम आँसू तक वो चुप रहता है। हमेशा की तरह।

एकईस को अब ये भरोसा करना पड़ रहा था कि सामने ये सब जो घट रहा है इसमें बीतने की कहीं कोई गुंजाइश नहीं। जागने की कहीं कोई जगह नहीं। इसे ख़ुद पर से बीतने ही देना पड़ेगा।

एकईस उठ कर खड़े हुए। गला सूख रहा था। सहारा ले लेकर सीढ़ियाँ उतरे। जैसे ही सड़क पार एकईस दिखायी दिए, एक एक करके लोग दौड़े। बताया गया कि कप्तान साहब आकर लौट गये हैं। एकईस को न कुछ दिखायी दे रहा था और ना कुछ सुनाई दे रहा था। अस्पताल के गेट पर दरबान की कुर्सी पर सहारा देकर एकईस को बिठाया गया। किसी ने पानी पिलाया, कोई अख़बार हिलाकर हवा देने लगा।

सीढ़ियों से स्ट्रेचर पर कबीर का शरीर उतारा जा रहा था। हल्के आसमानी रंग की चादर से लिपटा हुआ। एकईस के सीने में हूक उठी। जो आदमी अख़बार का पंखा झाल रहा था वो स्ट्रेचर को हाथ लगाने आगे बढ़ गया। अख़बार एकईस की गोद में रह गया। एकईस की हिम्मत नहीं हो रही थी कि स्ट्रेचर की तरफ़ देखें। कहीं चादर हट गयी तो अपने बच्चे का चेहरा कैसे देखेंगे। जाने किस हाल में होगा चेहरा। मुँह फेरने के लिए एकईस ने सिर नीचे किया तो नज़र अख़बार पर पड़ी। सामने ही कबीर की तस्वीर थी पुलिस कप्तान के साथ। तस्वीर में कबीर को छोड़कर बाक़ी सब मुस्कुरा रहे थे। लिखा था –

'कबूतर चोरी मामले में नौबतगंज पुलिस का खुलासा, टीम को कप्तान की तरफ़ से इनाम।'

इस अख़बार से मुँह फेरने को एकईस ने सिर उठाया तो सामने प्रभा और चारू खड़े बिलख रहे थे। चारू तो कबीर के शरीर पर सिर रखकर आँसू बहाए जा रही थी। प्रभा चारू का कंधा सहलाते हुए कभी कबीर को देखती थी तो कभी एकईस राम को देखने लगती थी। एकईस राम ने आख़िरकार सबसे मुँह फेरने के लिए आँख ही बंद कर ली। और चेहरा दोनों हथेलियों के बीच छुपा लिया।

—

26

इतने बरसों में ये पहली बार हुआ। आज एकईस ने चारू की बात नहीं मानी। चारू, जिसे किसी का कुछ भी कहा सुनाई नहीं दे रहा था, वो सिर्फ़ अपने बाप का चेहरा ताक रही थी। एक ऐसी मनुहार के साथ जिसे पूरा करना एकईस के बस में नहीं था। भाई की अर्थी को चारू किसी हाल छोड़ने को राज़ी नहीं थी। चारू अर्थी पर लेटे अपने भाई से इशारों में बात किए जा रही थी। सिवाय एकईस के और कोई नहीं समझ पा रहा था कि वो कबीर से क्या कह रही थी। औरतें जब भी चारू को समझातीं कि बिटिया अब जाने दो भाई को, तब तब चारू आँखें फैलाकर औरतों को धक्का दे देती थी। एकईस की हिम्मत नहीं पड़ती थी कि चारू से आँख मिला लें। हर कोई उधर प्रभा से कह रहा था कि बेटी को थामो अब मिट्टी को विदा करो।

लेकिन चारू अर्थी उठने नहीं दे रही थी। आख़िरकार भारी कलेजे से बाप ने बेटी को पकड़कर भीतर बारामदे से ले जाकर एक कमरे में बंद किया। प्रभा कभी कमरे की तरफ़ तो कभी कबीर की मिट्टी की ओर भाग रही थी।

ऐसा नहीं था कि नौबतगंज के इस पुराने हिस्से में ये पहली बार हो रहा हो कि कोई शरीर अंतिम संस्कार के लिए ले जाया जा रहा हो। लेकिन ऐसा पहली बार ही हो रहा था कि एक ऐसे लड़के की अंतिम यात्रा में बेहिसाब भीड़ जुटी थी जो न तो कोई बड़ा व्यापारी था, ना दबंग था और ना कोई अधिकारी या नेता था।

इस भीड़ का हिसाब लगाने में नाकमयाब रही नौबतगंज पुलिस को इसीलिए धीरे-धीरे पुलिस बल भेजना पड़ा कि कहीं किसी तरह से माहौल ख़राब न होने पाए।

पुलिस ये समझने में भी नाकामयाब ही रही कि ये वो भीड़ नहीं जो माहौल ख़राब करे। ये बलवा उपजाने वाली भीड़ नहीं थी। ये मुहब्बत से उपजी भीड़ थी।

अर्थी को एक तरफ़ पीर मुश्ताक़ कंधा दे रहे थे तो दूसरी तरफ़ सरदार अजायब सिंह और तीसरा कंधा था बैरागी जी का। चौथा कंधा लिए चल रहे एकईस को आज अपनी आँखों देखी पर भरोसा नहीं हो रहा था कि हमेशा चुपचाप रहने वाले इस उन्नीस साल के लड़के ने इतनी मोहब्बत कमाई थी।

कई कबूतरबाज़ अपने-अपने चैम्पियन कबूतरों के साथ इस अंतिम यात्रा में शामिल हुए थे। देश भर से लोग कबीर के अंतिम संस्कार में जुटे थे। ऐसे-ऐसे कबूतरबाज़ जो बरसों से अपनी काबुक छोड़कर कहीं नहीं हिले, वो भी कबीर को अलविदा कहने आये थे।

ढेरों लड़के और अध्यापक कबीर के स्कूल से आये थे। बाक़ी जिसे अब तक नहीं मालूम पड़ा था वो पता चलते ही सब काम छोड़कर साथ हो लिए।

गंगा के किनारे दारागंज के श्मशान घाट तक का रास्ता परेड ग्राउण्ड से होकर गुज़रता था। वही परेड ग्राउण्ड जिसने इस लड़के के सारे रंग अपनी आँखों से देखे थे। जैसे ही अंतिम यात्रा परेड ग्राउण्ड से गुज़रने लगी जाने किस कबूतरबाज़ ने अपने कबूतरों को हाँका दे दिया। अर्थी लेकर चल रही भीड़ के ठीक ऊपर कबूतरों का एक छोटा सा झुंड चक्कर काटने लगा। कबूतर इतने चुपचाप चक्कर काट रहे थे कि जैसे उन्हें मालूम हो कि आज उनके लिए भी ग़मी का दिन है।

साथ चल रहे सभी कबूतरबाज़ों ने अपने-अपने कबूतर आसमान में छोड़ दिए। जितनी भीड़ इंसानों की नीचे सडकों पर थी, उतने ही कबूतर ऊपर आसमान में कबीर को अंतिम विदा दे रहे थे।

एकईस के साथी पुलिसवाले भी कुछ बावर्दी और कुछ सादे कपड़ों में साथ चल रहे थे। बाक़ी जिनकी ड्यूटी लगी थी वो पुलिसवाले तो थे ही। कुछ छुटभैये नेताओं ने माहौल बनाने की कोशिश में साथ चलने की कोशिश की, लेकिन लोगों ने उन्हें चुपचाप किनारे कर दिया।

एक अजीब बात ये भी हुई कि श्मशान घाट पर पहले से सारा बंदोबस्त करने के लिए बिसेसर पाँड़े और उनके लोग पहुँच चुके थे। जब तक इधर से अर्थी लेकर लोग पहुँचते अंतिम संस्कार का सारा इंतज़ाम बिसेसर कर चुके थे। जिस तरह

भाग-भागकर इस आदमी ने घाट पर इंतज़ाम करवाया था उसे देखकर कोई कह ही नहीं सकता कि बाज़ियों के दौरान इसी आदमी ने कबीर को अपना जानी दुश्मन मान रखा था। किसी को किसी तरह की कोई तकलीफ़ ना हो इसका पूरा ध्यान रखा था बिसेसर ने। घाट पर पीने के पानी से लेकर लकड़ियाँ, धोतियाँ सब कुछ बहुत सलीके से रखवाया गया था।

जब अर्थी घाट पर पहुँची तो एक दो आदमी छोड़कर बिसेसर दूर से ही हाथ जोड़कर चुपचाप निकल गये।

चिता जलते हुए बहुतों ने देखी होगी। लेकिन ये नौबतगंज की पहली चिता थी जिसे कोई ताउम्र भूल नहीं सकता। जलती चिता के ऊपर आसमान में कबूतरों का झुंड अब भी चक्कर लगा रहा था। चिता से उठता धुआँ ऊपर कबूतरों के चक्कर पर जाकर आसमान में मिल रहा था। ऐसा लग रहा था जैसे कबीर धुआँ बनकर इन कबूतरों में मिल रहा हो। अख़बारों से आये फोटोग्राफर जगह बदल-बदल कर ये तस्वीर खींच रहे थे। कल अख़बार के लिए इससे बेहतरीन तस्वीर और क्या हो सकती है।

आमतौर पर चिता को आग मिलने के बाद धीरे-धीरे लोग वापिस घर जाना शुरू कर देते हैं। लेकिन ये आम चिता नहीं थी। नौबतगंज और कबूतरबाज़ी का गुज़रा और आने वाला कल, एकसाथ ऊँची लपटों में राख हो रहा था। घाट पर ऐसा कोई नहीं था जिसकी आँखों में आँसू ना हों। सिवाय एक आदमी के। एकईस राम।

एकईस ने जिस तरह अपने आपको जब्त कर रखा था, कई लोग ये देख रहे थे और उन्हें एकईस की फ़िक्र भी हो रही थी। पास आकर पीर मुश्ताक़ ने, बाबिल और बैरागी जी ने, एकईस की पीठ सहलाई कि भीतर सीलन रह ना जाये। लेकिन एकईस नहीं रोये तो नहीं ही रोये। जो उन्हें क़रीब से नहीं जानते उन्हें अजीब लग रहा था कि एक बाप का जवान बेटा गया और उसकी आँख में एक आँसू नहीं !

अंतिम संस्कार करवा कर लोग एकईस को लिए घाट से लौटने की तैयारी करने लगे। एकईस वापिस जाने को तैयार नहीं थे। पता नहीं, शायद कबीर को मन से विदा नहीं कर पाए थे इसलिये, या घर पर प्रभा और चारू इंतज़ार कर रही थीं इसलिये। लेकिन उन्होंने वापिस लौटने से मना कर दिया।

साथ के लोगों ने बहुत समझाया बुझाया लेकिन वो अपनी जगह से हिलने को तैयार नहीं हुए। उनका कहना था कि बाक़ी लोग लौट जायें वो भी थोड़ी देर यहाँ बैठकर वापिस आ जायेंगे। लेकिन एकईस को अकेले छोड़ने के लिए कोई तैयार नहीं था। लिहाजा तय हुआ कि आपके साथ ही हम लोग भी यहीं बैठेंगे। जब आपका लौटने का मन हो तब हम लोग भी साथ ही चलेंगे। अब इसके आगे एकईस क्या ही कहते करते। थोड़ी देर बैठ कर देखा कि सच में कोई वापिस नहीं जा रहा, तो सफ़ेद धोती पहने और एक सफ़ेद गमछा पीठ पर रखे एकईस घर को वापिस चल पड़े।

अकेले।

—

27

नींद। हादसों के समय में दिमाग़ का सबसे बुनियादी जादू होता है। चारु भी अपने बाबा की गोद में इसी जादू के सहारे बीती और आने वाली सुबह के बीच का झूठ बतौर सपना जी रही थी। बेटी की पीठ थपथपाते ज़मीन पर बैठे एकईस राम की आँख एक तस्वीर पर ठहरी हुई थी। तस्वीर में नौ दस साल की उम्र का कबीर अपने बाबा की पीठ पीछे से झाँकता हुआ दिखायी दे रहा है। मुस्कान। पानी के रंग वाली मुस्कान।

घर भरा हुआ था। जिसको जहाँ जगह मिली पीठ टिका कर झपकी ले रहा था। सामने मिट्टी के कसोरे में दिया जल रहा था। इसे अगले तेरह दिनों तक जलना था। पंखा इतना तेज़ चल रहा था कि कमरे का दरवाज़ा रह रहकर हिल जाता था। दरवाज़े की कराह।

दोनों बाप बेटे इस दरवाज़े के कुंदों में तेल न डालने पर एक दूसरे को सुनाते रहते। घर के छत्तीस काम थे जो दोनों ही हर दिन करते थे। जाने क्यों ये दरवाज़ा इन दोनों के बीच सरहद का आख़िरी गाँव बन गया था जो सिर्फ़ था, लेकिन होकर भी किसी का नहीं था। दोनों बाप बेटे एक दूसरे को मापते ही रह गये कि कौन आगे बढ़कर हार मानता है। इन दोनों के बीच दरवाज़ा कराहता ही रहा। हर बार खुलने बंद होने पर वो चाँय... चाँय... कराहते हुए याद दिलाता था कि अबोला तो तुम दोनों के बीच है, इसमें मेरे चीख़ने से क्या होगा।

लेकिन दरवाज़ा ऐसा ही था, ऐसा ही रह गया। दरवाज़े को भी क्या मालूम था कि एक दिन ये भी आयेगा। आज हवा से जब दरवाज़ा हल्के हल्के हिल रहा है तो इतना भर ही कराह रहा है कि एकईस के दुःख से सुर मिला सके।

अचानक एकईस ने चारू का सिर अपनी गोद से उठाकर ज़मीन पर टिकाया। उठे, आगे बढ़े और चीं चीं करते दरवाज़े को बाँह में भर कर रो पड़े। ये आदमी अब रोया। दरवाज़े के गले लगकर अब रोये एकईस। और क्या रोये, ये उस लम्हे उस जगह रहकर बिना उन्हें देखे बताया नहीं जा सकता। दरवाज़े का वो छोर जिस पर एकईस ने माथा टिकाया था, भीग गया। कबीर को याद करते दरवाज़े को कोई तो गले लगाकर रोया। रोते-रोते जब एकईस की हिचकी बँध गयी तो घुटने के बल दरवाज़े से टिक कर बिलखने लगे। अगर उन्हें हिचकियाँ नहीं बँध जातीं तो पूरे घर में सिवाय दरवाज़े के कोई नहीं कह सकता था कि बाबा रो रहे थे।

लेकिन चारू जाग गयी थी, और रोते हुए वो सिर्फ़ एकईस का रोना देख रही थी। इस लम्हे वो भी एकईस को टोकना रोकना नहीं चाहती थी। अब जाकर तो धुंध छँटी है इसकी आँखों से। अभी जी भरके रोने देना ही सबसे अच्छी चीज़ है, बिटिया भी ये जानती थी।

एकईस जब रोते-रोते थक गये तो उठकर कसोरे में जल रहे दीपक के पास आये। बिना चारू की तरफ़ देखे कसोरे के पास रखे एक छोटे से मिट्टी के दिए को उठाया। कसोरे में लबालब सरसों का तेल भरा हुआ था। उसी कसोरे से छोटे दिए में सावधानी से तेल पलटा ताकि दीपक बुझे न। फिर उस छोटे दिए का तेल लेकर दरवाज़े के पास गये। दरवाज़े के कुंदों में बारी-बारी से तेल डाला।

'चल तू ही जीत गया यार...।'

कहकर एकईस फिर फफकने लगे। चारू उठकर बाबा के पास आई। उनका हाथ अपने हाथों में लेकर चुपचाप बैठी रही। ऐसा वक़्त गुज़रते हुए ये सिखा जाता है कि रोने की भी थाह होती है। थक जाता है इंसान रोते-रोते भी।

लेकिन इतना रोने के बाद एकईस का कोहरा छँटा और उन्हें होश आने लगा। दाह संस्कार करने की वजह से उन्हें अगले तेरह दिन इस कमरे से बाहर नहीं निकलना है। पता नहीं क्यों उनका दिमाग़ कोई सवाल तलाशने लगा। कहीं उलझने के लिए शायद। और सवाल तो सामने उनका हाथ थामे बैठा है। एक चीज़ जो वो तुरंत सुधार सकते हैं। जो उनके बस में है। वो ठीक कर देनी चाहिये।

ये एकईस का अपना कमरा था। रात के तीसरे पहर में उन्होंने चारू से इशारे में कुछ कहा। चारू ने गर्दन हिलाकर जवाब दिया 'हाँ'।

अगले आधे घंटे के बाद एकईस अपनी मोपेड पर थे। पीछे चारू बैठी हुई थी। बिना किसी को ख़बर हुए ये बाप बेटी निकल आये थे।

एकईस अपनी पूरी वर्दी में थे। सिर पर साफ़ा, बूट और पैंट की मोहरी जोड़ता हुआ बूटों के गिर्द लिपटा सफ़ेद कवर। कोहनियों तक के सफ़ेद दास्ताने। एकदम बनी ठनी वर्दी।

मोपेड चलते-चलते परेड ग्राउण्ड से होते हुए दारागंज की तरफ़ मुड़ गयी। और आख़िर में एकईस की मोपेड दारागंज के उस श्मशान घाट के गेट पर रुकी जहाँ आज कबीर का दाह संस्कार हुआ था। चारू ने बाबा का हाथ थाम लिया। चारू का हाथ पकड़कर एकईस उसे गेट से भीतर ले चले। चौकीदार भोर की पुरवा हवा में ऐसा सोया था कि उसे ख़बर ही नहीं हुई। कबीर और चारू अब चलते-चलते गंगा के किनारे घाट पर आ चुके थे। आज आधा दर्ज़न से ज़्यादा दाह संस्कार हुए थे। रात में जली दो चिताएँ अभी पूरी तरह ठंडी नहीं हुई थीं इसलिये उनसे हल्का धुआँ उठ रहा था। जब दिन में एकईस यहाँ आये थे तो उन्हें होश ही कहाँ था कि याद रखते कबीर की चिता कौन सी थी।

चारू ने इशारे से बाबा से कुछ पूछा।

एकईस ने इशारे में बोलते हुए कहा –

'मिट्टी तो मिट्टी है बेटा... सबकी एक जैसी।'

वहीं उन चिताओं के सामने चारू रेत पर बैठ गयी। गंगा में दूर किसी नाव पर कोई मल्लाह छुपकर मछली पकड़ रहा था। नाव पर लालटेन जल रही थी। एक साधू गंगा के किनारे चादर बिछाकर सोया हुआ था।

एकईस ने अपने कंधे से बैग उतारा। अपनी चमकती हुई ट्रम्पेट निकाली। गंगा करवट लिए आँचल से मुँह ढाँप कर सो रही थी, बिल्कुल ख़ामोश... जैसे कान लगाये, लोगों की बात सुनने को आतुर बूढ़ी औरतें।

एकईस ने सावधान विश्राम किया। चिता को सैल्यूट किया। लंबी साँस भरके एकईस ने मदन मोहन का 'लग जा गले कि फिर ये हँसीं रात हो न हो...।' अपने ट्रम्पेट पर बजाना शुरू किया। यही वो गाना था जो कुछ महीने पहले वो सोलो बजाना चाहते थे लेकिन सूबेदार ने रोक दिया था।

बावर्दी एकईस जब 'लग जा गले' बजा रहे थे तो ठीक वही सुर पकड़ कर उनके आँसू भी बहते हुए ताल देने लगे। चारू ने घुटनों पर चेहरा रखकर रोना शुरू किया फिर थोड़ी देर बाद आकर अपने बाबा के बगल में खड़ी हो गयी।

श्मशान का चौकीदार जाग गया था। वो क़रीब आया और उसकी हिम्मत ही नहीं हुई कुछ कहने पूछने सुनने की। वो वहीं रेत पर बैठ गया। साधू भी धीरे-धीरे चलते हुए एकईस के क़रीब ही आकर ध्यान में बैठ गया। जैसे कोई मंत्र सिद्ध कर लेना चाहता हो इस अलौकिक क्षण में। किसी की नज़र नहीं गयी, लेकिन श्मशान के एक कोने अंधेरे में एक बूढ़ा और बैठा था। गोरा क़ब्रिस्तान वाला हाजी। आँखें बंद किए आज वो भी कोई जादू घटने का ही इंतज़ार कर रहा था।

एकईस की ट्रम्पेट ने जो जादू इस पूरे चाँद की रात में ठंडी रेत पर बिखेर दिया था उससे बच सकने का कहीं कोई तरीक़ा नहीं था। नाव खेते हुए मल्लाह भी इस जादुई लम्हे का गवाह बनने किनारे आ लगा और लालटेन लेकर साधू के पास आकर बैठ गया।

एकईस ने बरसों पुरानी ये धुन अपनी ट्रम्पेट पर जिंदा कर दी थी। ये एकईस नहीं थे, ये तो वर्दी में कोई साधू मरघट की भस्म माथे पर मलकर जीवन का राग गा रहा था। इस रात में ये राग ऐसे लहलहा रहा था जैसे कलेजे के ख़ून से सींचकर किसी ने बेमौसम कोई फसल उगा ली हो। राग पहाड़ी ने गंगा की पीठ पर थपकी दी तो गंगा किनारे अंधेरे में पहाड़ों का भ्रम होने लगा।

'फिर आपके नसीब में ये रात हो न हो... ' एकईस ने कई-कई बार अपनी ट्रम्पेट पर ये धुन बजायी। हर बार पहले से ज़्यादा जिंदा होती गयी ये धुन अगर कुछ और बार इसी तरह बजायी जाती तो बहुत मुमकिन था कि एक चौकीदार, एक साधू, एक मल्लाह, एक पुलिसवाला और एक लड़की के सामने ये धुन बिल्कुल जिंदा होकर खड़ी ही हो जाती आकर और पहली बार इस धुन की शक्ल दिखायी दे जाती।

लेकिन जब भोर पकने लगी तो चारू ने बाबा को घर वापिस चलने के लिए इशारा किया। सबके जागने से पहले बाबा को अपने कमरे में भी तो होना है। जब एकईस ने ट्रम्पेट बजाना बंद किया तो साधू उठकर एकईस के पास आया। अपने दोनों हाथ एकईस के सिर पर फेरे और कहा – 'जीते रहो बेटे'।

जब एकईस चलने को हुए तो देखा कि चारू एक काग़ज़ में चिता की राख उठा रही है। बाबा ने बिटिया को सवालिया आँखों से देखा तो मालूम है चारू ने इशारे में क्या कहा?

उसने कहा - 'मिट्टी तो मिट्टी है... सबकी एक जैसी'।

28

दर्द की एक बात ख़ास है। वो बीत जाता है। उसे बीतना ही पड़ता है। हमें सिर्फ़ एक ही चीज़ करनी होती है। इंतज़ार। मियाद सबकी होती है। और किसी की भी मियाद पूरी होने से कौन रोक सका है। कबीर के जाने का दर्द भी गुज़रते महीनों के साथ बीतता गया। सब अपने में लौट चुके थे। जो होना था वो तो होना ही था। और ऐसे ही एक होने में होना था नौबतगंज में कबूतरबाज़ी का सालाना महामुक़ाबला।

वही परेड ग्राउण्ड। वही कबूतरबाज़। वही कबूतर। ना उस्ताद नये ना मुंसिफ़। नया अगर कुछ होना था तो वो था चैम्पियन। वो बाज़ीगर जिसकी रूह उसके कबूतरों से मिल कर एक हो गयी हो। ये वो बाज़ी थी जिसे खेलने के लिए ही नहीं, देखने के लिए भी बाज़ीगर पूरे मुल्क से इकठ्ठा होते थे। ये नौबतगंज का अपना 'काल जादू' था जिसके माने हुए जादूगर साल में एक बार अपना जलवा दिखाने यहाँ आते थे। कई हफ़्तों की तैयारी के बाद परेड ग्राउण्ड को दम भर सजाया जाता था। कबूतरबाज़ नये कपड़े सिलवाते थे और गंगा के किनारे दो दिनों का मेला लग जाता था।

बाक़ायदा गंगा और उसके किनारे लेटे हनुमान जी को निमंत्रण पत्र भेजकर बाज़ी देखने बुलाया जाता था। गंगा किनारे पुराने किले की छत पर फौजी और उनके परिवार आज की ये आसमानी जंग देखने इकठ्ठा होते थे। किले के भीतर फौज के जवानों की उस दिन कोई भारी ड्यूटी नहीं लगायी जाती थी। कमांडिंग ऑफिसर के लिए छत का वो हिस्सा तैयार रखा जाता था जहाँ से सदियों पहले कभी बादशाह कबूतरबाज़ी में हिस्सा लेते थे। किले की छत पर खाने पीने का कार्यक्रम रखा जाता है।

नौबतगंज के नेताओं परेताओं व्यापारियों अधिकारियों में से ऐसा कोई नहीं होता जो इस दिन परेड ग्राउण्ड में हाज़िरी ना लगाता हो। देश भर की सबसे भारी बाज़ियों में से एक गिना जाता है नौबतगंज की सालाना बाज़ी को। जो नहीं आ पाता वो भी चढ़ते उतरते दम की ख़बर रखता है।

और इस बार तो जलसा और शानदार होना था क्योंकि कुछ ही महीने पहले नौबतगंज की कबूतरबाज़ी पूरे देश में मशहूर हुई थी। मामला ज़रूर कबूतर चोरी का था लेकिन बदनाम हुए तो क्या, नाम तो होगा। इसलिये इस बार जलसे का जलवा अलग ही होने वाला था। नाच गाने की सबसे मशहूर पार्टियाँ बुलाई गयी थीं। हफ़्ते भर पहले से बाज़ी का रस आना शुरू हो जाता है। पंजाब से लेकर कलकत्ता और दिल्ली से लेकर हैदराबाद तक देश की शायद ही ऐसी कोई नाच गाने की पार्टी हो जो इस एक हफ़्ते में नौबतगंज आकर प्रोग्राम ना करती हो।

परेड के एक कोने में मुशायरे और कवि सम्मलेन लगातार चलते हैं। इस बार कवि सम्मलेन में महफ़िल लूटी इलाहाबाद के नौजवान कवि अनुराग अनंत ने। मुशायरा अपने नाम किया ग़ाज़ीपुर के शायर अभिषेक मिश्रा ने। दोनों को नौबतगंज ने जिस प्यार और इज्ज़त से नवाज़ा वो अपने आप में एक मिसाल है।

आज कबूतरबाज़ी के मुक़ाबले का दिन आ चुका है और नौबतगंज में बिना मुनादी का बंद है। परेड ग्राउण्ड में एक से बढ़कर एक सूरमा अपने कबूतरों के साथ पहुँच रहे हैं।

सालाना बाज़ी के लिए मुंसिफ़ बनाये गये हैं बैरागी जी। काला चश्मा चढ़ाए और गले में गेंदे की कई मालाएँ लादे बैरागी जी गाड़ियों के काफ़िले से पूरे शहर का रोड शो करने के बाद अब परेड ग्राउण्ड पहुँचने ही वाले हैं। बाज़ी में मुंसिफ़, यानि जज को पूरे शहर में घुमाये जाने का पुराना रिवाज़ है। और एक अजीब रिवाज़ ये भी है कि पूरे शहर में घूमते हुए अगर मुंसिफ़ पर किसी ने कोई ऐतराज़ जता दिया, चाहे वो कोई बच्चा ही क्यों न हो, तो उसकी शंका का समाधान मुंसिफ़ को करना होता है। बाक़ायदा एक कमेटी मुंसिफ़ के साथ चलती है जो बताती है कि इस मुक़ाबले के लिए मुंसिफ़ इन्हें ही क्यों चुना गया। बैरागी जी इससे पहले भी महा मुक़ाबले के मुंसिफ़ बन चुके थे और जब-जब बैरागी जी ने मुंसिफ़ की गद्दी संभाली है तब-तब बाज़ी बिल्कुल बेदाग़ रही है।

कबूतरबाज़ों और कबूतरों का रजिस्ट्रेशन एक हफ़्ते तक खुला रहता है। बाज़ी से ठीक एक दिन पहले तक। इसके बाद कोई नया खिलाड़ी शामिल नहीं हो सकता। मुक़ाबले से एक दिन पहले सभी कबूतरबाज़ों को अपने कबूतर मुंसिफ़ की निगरानी वाली जगह पर काबुक में जमा करवाने होते हैं। आख़िरी कबूतर आने के बाद काबुक को दर्ज़नों लोगों के सामने मुहर लगाकर सीलबंद किया जाता है ताकि एक रात पहले कबूतरों से किसी तरह की कोई छेड़छाड़ मुमकिन ना हो।

हर साल की तरह इस साल भी ये काम पूरा कर लिया गया था। मुंसिफ़ अपने रोड शो के बाद काबुक से सारे कबूतर दो तीन सजे धजे ट्रकों में लेकर खिलाड़ियों के साथ ग्राउण्ड पर पहुँचता है। बैरागी जी के पीछे फूल मालाओं से सजे ट्रकों में इस बार के खिलाड़ी कबूतर और बाज़ी खेलने वाले कबूतरबाज़ आ रहे हैं। काफ़िला देखते ही भीड़ ने हुँकार लगायीं और चारों तरफ़ आतिशबाज़ियाँ शुरू हो गयीं। किले की छत पर जमा फौजियों और उनके परिवारों से भी तालियों का शोर सुनाई दे रहा है। किले में भी पटाखे जलाकर खिलाड़ियों के ग्राउण्ड पर पहुँचने का जश्न मनाया जा रहा है।

एक बात का ख़ास ख़याल रखा जाता है कि ना तो इन पटाखों में आसमानी रॉकेट वाले पटाखे चलाये जायें और ना इसके बाद पूरे मुक़ाबले तक कोई और आतिशबाज़ी की जाये। कबूतरों को उड़ने में जिस किसी चीज़ से भी दिक्क़त हो सकती है उन्हें ग्राउण्ड से दूर रखा जाता है। शायद इसीलिए ये दुनिया का इकलौता मेला होगा जहाँ एक भी गुब्बारे वाला दिखायी नहीं देता। अगर ग़लती से भी कोई गुब्बारा आसमान में उड़ता पहुँच गया तो पूरा खेल ही ख़राब हो जायेगा। ऐसे छोटे मोटे इंतज़ाम और सावधानियाँ बरतने के लिए एक एक्शन कमिटी होती है जो उड़ाका दल की तरह पूरे मुक़ाबले ग्राउण्ड के चारों तरफ़ चक्कर लगाती रहती है।

इस बार कमी रह गयी है तो सिर्फ़ एक। इस दिन की बरसों से तैयारी करता कबीर नहीं है। शायद इसी वजह से मुक़ाबले में हमेशा मुख्य अतिथि रहने वाले पीर मुश्ताक़ इस बार ग्राउण्ड पर कहीं दिखायी नहीं दे रहे। अपने जिस इकलौते शागिर्द को उन्होंने जी जान से तैयार किया था जब वही नहीं है तो क्या करेंगे आकर बाज़ी में। सिवाय कबीर को याद करने के।

अलग-अलग खिलाड़ियों का जत्था सुबह से तीन चार चक्कर पीर मुश्ताक़ के घर लगा चुका है कि वो आने के लिए राज़ी हो जायें लेकिन वो नहीं आये तो नहीं

ही आये। बिसेसर पाँड़े और सरदार अजायब सिंह इस बार भी दाँव आज़माने उतरे हैं। कुछ नये ख़लीफ़ा भी इस बार दिखायी दे रहे हैं। ये वो ख़लीफ़ा हैं जिन्हें इस साल किसी न किसी छोटी बाज़ी में ख़लीफ़ा की उपाधि से नवाज़ा गया है। इससे पहले ये शागिर्द हुआ करते थे। सालाना मुक़ाबले में बतौर खिलाड़ी शामिल होने के लिए कम से कम ख़लीफ़ा होना ज़रूरी है।

आज बहुत से ख़लीफ़ाओं के दावे, दाँव और दम का इम्तेहान होना है। इनमें से किसी एक को आज मिलेगा उस्ताद का ख़िताब। इस ख़िताब के साथ इक्यावन लाख का नगद इनाम भी है। इस सालाना बाज़ी में कोई दूसरा या तीसरा विजेता नहीं होता। जीतने वाला होता है सिर्फ़ एक।

ढोल नगाड़े बजाकर अब उस क़दम की मुनादी की जा रही है जहाँ से ये खेल शुरू होता है। सनरबोर का रिवाज़ निभाया जाना है। इसमें मुंसिफ़ सभी खिलाड़ियों को बताता है कि इस साल कबूतरबाज़ी के किस दाँव पर विजेता चुका जायेगा। ये बात ऐन मुक़ाबले के शुरू होने से पहले तक राज़ रखी जाती है।

सजे हुए मंच पर चढ़कर बैरागी जी ने कला चश्मा उतारकर माइक पर कहा –

'ये साल इक्के का है... इस बार बाज़ी इक्के की होगी... इसलिये सभी खिलाड़ी अपने कबूतरों में से अपना इक्का चुन कर उस कबूतर का नंबर यहाँ नोट करवा दें... आप सभी के पास आधे घंटे का वक़्त है... इसके बाद सीटी बज जायेगी।'

इतना सुनना था कि खिलाड़ियों में हड़कंप मच गया। लोग एक दूसरे की शक्लें निहारने लगे। इक्के का खेल हुए तो दसियों साल हो चुके। बाज़ी में इक्के का खेल करवाने का क्या तुक है? हर कोई एक दूसरे से यही कहते हुए अपना इक्का छाँट रहा है।

असल में कबूतरबाज़ी में कई तरह की बाज़ियाँ खेली जाती हैं। इन्हीं में से बेहद कम नज़र आने वाली एक बाज़ी है 'इक्का'। इसमें आपकी भरी पूरी काबुक़ में से सिर्फ़ एक कबूतर पर सारा दारोमदार होता है बाज़ी खेलने का। हर एक खिलाड़ी का सिर्फ़ एक कबूतर उड़ाया जाता है। इसे कबूतरों की मैराथन कह सकते हैं।

ये वक़्त का नहीं, वक़त का खेल है।

जिसका कबूतर आसमान में सबसे आख़िर तक उड़ता रहेगा वही विजेता कहलाता है। इस बाज़ी को ज़्यादातर इसलिये नहीं खेलते क्योंकि इसे शरीफ़ों की बाज़ी नहीं माना जाता। एक बार कबूतरों को हाँका लगा दिया तो फिर आसमान में

कोई नियम कोई क़ानून नहीं चलने का। आपका कबूतर दूसरे कबूतरों को मारेगा भी और मार खाएगा भी। क्योंकि सबसे आख़िर तक उड़ने का मतलब होता है बाक़ियों का उतर जाना, तो अच्छी ट्रेनिंग किए हुए कबूतर जानते हैं कि आसमान से बाक़ी कबूतरों को नीचे उतारना भी उनका ही काम है।

हर कोई अपनी काबुक में से वो कबूतर निकालने लगा जिसे सबसे छुपाकर और अलग रखा जाता है। लोग अपने-अपने कबूतर चुनकर मंच पर उसका नंबर नोट करवाने आने लगे।

पंद्रह मिनट बीतने के बाद 'इक्के' का खेल सुनकर हैरान खिलाड़ियों को उस हैरानी का सामना करना पड़ा जिसके बारे में किसी ने सोचा भी नहीं था।

एक टेम्पो परेड ग्राउण्ड की तरफ़ आता दिखा। उसमें कई पिंजरों में कबूतर रखे हुए थे। टेम्पो सीधा बैरागी जी के आगे मंच पर आकर रुका।

सबकी हैरानी का ठिकाना ही नहीं रहा जब उन्होंने देखा कि टेम्पो में से जो आदमी उतरा है वो एकईस राम है। कबीर के पिता एकईस राम। जिसने भी एकईस को देखा उसे भरोसा नहीं हुआ कि सामने अजीब सी हालत बनाये जो आदमी खड़ा है वो एकईस है।

कई महीनों की बढ़ी हुई दाढ़ी में एकईस को पहचानना मुश्किल था। हमेशा चाक चौकस कपड़ों में रहने वाले एकईस ने जो मैले कपड़े पहने थे उनकी नाप तक उनको ठीक नहीं आ रही थी। कई महीनों बाद अपने घर से निकले एकईस इतने दुबले हो चुके थे कि उनको बगैर ध्यान से देखे पहचानना मुश्किल था।

एकईस को देखकर बैरागी जी मंच से नीचे उतरे। दुआ सलाम के बाद एकईस ने बैरागी जी से जो कहा वो सुनकर उन्हें अपने कानों पर एकबारगी यक़ीन नहीं हुआ।

एकईस बोले –'ये कबीर के कबूतर हैं... इनको भी खेलने दिया जाये।'

बैरागी जी ही नहीं क़रीबन नौबतगंज के हर कबूतरबाज़ को कबीर के कबूतरों की पहचान थी। सबने बारी-बारी से आकर देखा, सारे के सारे कबूतर कबीर के थे। वही कबूतर जो महीनों पहले चोरी हो गये थे।

अब ये तो बड़ी मुसीबत खड़ी हुई। बाज़ी का वक़्त तय था और महज़ दस मिनट और बचे थे। बैरागी जी ने लपक कर माइक संभाला और बोले –

'देखिए ये इक्कीस भाई हैं... मरहूम कबीर के पिता... कबीर के कबूतरों के साथ आये हैं... और चाहते हैं कि इन्हें भी बाज़ी खेलने दी जाये... सबको मालूम है कि ना तो ये खिलाड़ी हैं और ना ख़लीफ़ा... लेकिन इन्होने दरख्वास्त की है हमसे... आप सब फ़ैसला लीजिये...।'

एकईस को अपना नाम ग़लत सुनने की पुरानी आदत थी। सब लोग उसे इक्कीस हो बोल पड़ते हैं। लोग आपस में सलाह मशविरा करने लगे। वक़्त अब ज़्यादा बचा नहीं था। बैरागी जी ने कहा –

'मेरा मानना ये है कि इन्हें रस्मी तौर पर ही सही लेकिन हिस्सा लेने दिया जाये... ख़लीफ़ा कबीर की याद के तौर पर... बाक़ी जैसा आप कहें।'

लोग समझ रहे थे कि एकईस कोई खिलाड़ी नहीं हैं और ना ही उन्हें कबूतरबाज़ी का तजुर्बा है। लेकिन लोग ये भी जानते थे कि कबूतरबाज़ी में नस्ल उड़ती है खिलाड़ी नहीं। और कबीर के पास नौबतगंज की सबसे बेहतरीन काबुक थी इसमें किसी को कोई शक नहीं था। इसी बात का सबको भीतर से डर लग रहा था।

अभी बैरागी जी माहौल बना पाते तब तक खिलाड़ियों में से एक ललकार उठी –

'किसी एक के लिए बरसों से चले आ रहे नियम तोड़े जायेंगे क्या... ये भी सोचिए बैरागी जी?'

ये बिसेसर पाँड़े की ललकार थी। सुगबुगाहट करते हुए बाकियों ने भी हामी भरी कि बात तो सही है। बैरागी जी ने कलाई पर बँधी घड़ी देखी और एकईस की तरफ़ बेबस निगाह फेरी। एकईस हाथ जोड़े खड़े थे। इस बार एकईस ही बोले –

'कबीर की आख़िरी इच्छा थी सालाना बाज़ी खेलने की... इसीलिए आया मैं नहीं तो...।'

अभी एकईस कुछ बोलते उससे पहले बिसेसर ने बात काटी –

'किसी की आख़िरी इच्छा के लिए सैकड़ों साल से चले आ रहे क़ायदे नहीं तोड़े जा सकते एकईस भाई... बात बस इतनी है।'

कुछ ही मिनट और बाक़ी थे। एकईस पलट कर जाने ही वाले थे कि मंच से एक और आवाज़ आई-

'कोई क़ायदा नहीं तोड़ा जायेगा और कबीर का कबूतर भी खेलेगा बाज़ी।'

मंच पर तनकर खड़े थे पीर मुश्ताक़। उस्तादों के उस्ताद। ये आवाज़ उन्हीं की थी।

अब?

'लेकिन उस्ताद जी खिलाड़ी का ख़लीफ़ा होना ज़रूरी है... ।' बिसेसर ने टोका।

पीर मुश्ताक़ नीचे उतरे। बिसेसर की आँख से आँख मिलाकर सिर्फ़ इतना कहा –

'हम तब के ख़लीफ़ा हैं जब आप पैदा भी नहीं हुए थे।'

बात बन गयी। कबूतर कबीर के होंगे लेकिन उड़ायेंगे पीर मुश्ताक़। अब तो किसी को कोई दिक्क़त ही नहीं। पीर मुश्ताक़ ने आख़िरी बाज़ी कब खेली थी किसी को याद भी नहीं। जैसे ही खिलाड़ियों में ख़बर फैली कि पीर मुश्ताक़ ख़ुद बाज़ी खेल रहे हैं लोगों ने आ आकर उनके हाथ चूमे पैर छुए।

ये किसी भी कबूतरबाज़ के लिए बहुत बड़ी बात है कि उसने पीर मुश्ताक़ के साथ बाज़ी खेली। ये बात हार-जीत से परे है। आधे से ज़्यादा खिलाड़ी तो इसी बात से ख़ुश हो गये कि उन्हें उस्तादों के उस्ताद से बाज़ी लड़ाने का मौक़ा मिल रहा है। ऐन दो तीन मिनट पहले कई खिलाड़ियों ने अपनी रणनीति बदल दी और कबूतर भी। जब बाज़ी में पीर मुश्ताक़ उतरे हों तो बिसात के मोहरे बदलने ही थे।

कबीर के कबूतरों के पास खड़े एकईस से पीर मुश्ताक़ ने सलाम किया। भीतर से कबूतर चुनने की बारी आई तो पीर मुश्ताक़ सोच में पड़ गये।

'इसे उड़ाइये उस्ताद जी... ।'

कहते हुए एकईस ने कप्तान की तरफ़ इशारा किया। उस्ताद जी ने बिना एक पल की देरी किए कप्तान को सहलाते हुए अपनी हथेलियों पर रखा। उसका नंबर नोट करवाया और कोने में ले जाकर उसके कान में जाने क्या फुसफुसाने लगे।

और बज गयी सीटी। लग गया हाँका। खेल शुरू हुआ। अब दम साधे बस आसमान निहारना था जनता को। खिलाड़ी सीटियों और हाँके के लिए इंतज़ार करने लगे। आसमान में सौ के क़रीब कबूतरों का झुंड उड़ा और उड़ते ही कई झुंडों में बंट गया। शुरुआत में जो झुंड बनते हैं कबूतर आख़िर तक उसी के साथ उड़ते हैं।

आधे घंटे बाद जिस कबूतर ने सबसे पहले कारनामा दिखाया वो कलकत्ते से बाज़ी खेलने आये लाल दा का टेडी था। कलकत्ते के ख़लीफ़ा लाल मुहम्मद का

उनकी तरफ़ नाम चलता था। दिल में एक ही ख़्वाहिश थी कि एक बार नौबतगंज की बाज़ी अपने नाम की जाये। ख़ास इसी मौक़े पर खेलने के लिए लाल दा अपने साथ टेडी लाया था। रेड आई टेडी को कबूतरबाज़ों के बीच किलर टेडी या फिर कमांडो कबूतर कहा जाता है। इसे पालना टेढ़ा काम है और ट्रेनिंग देना लगभग नामुमकिन। लेकिन लाल दा ने जाने कैसे इसे सच में ही कमांडो बना दिया था।

लाल दा के टेडी ने अपने सामने उड़ रहे पंजाबी जैलदार कबूतर को एक दाँव में नीचे गिरा दिया। इधर इस झुंड में जैसी तबाही टेडी ने मचानी शुरू की ठीक वैसे ही दूसरे झुंड में एक दुमचिरा कबूतर बाक़ियों के लिए ख़तरा बन पड़ा था। दुमचिरा आया था जालंधर से किसी मारवाड़ी कबूतरबाज़ के साथ। दुमचिरे कबूतर ने सबसे पहले झपट्टा मारा एक लाल चमेलिया पर जो बाक़ियों से नीची उड़ान भर रहा था। ये लाल चमेलिया था बिसेसर पाँड़े का कबूतर। पट्ठे ने दाँव तो सही खेला था कि पहले आधे से ज़्यादा को आपस में कट छँट लेने दो फिर बराबर की उड़ान भरेंगे लेकिन दुमचिरे ने जाने क्यों उसी लाल चमेलिए पर पंजा मारा।

इसे कहते हैं कबूतरबाज़ी का हिट विकेट। बिसेसर पाँड़े से ये सेल्फ़ गोल हो ही गया। कहाँ उसने सोचा था कि आख़िरी दस में आने के बाद असली चालें चलूँगा, और कहाँ उसकी सारी चालों को धता बताकर दुमचिरे ने उसके कबूतर का पहले राउंड में ही काम तमाम कर दिया। बिसेसर के कबूतर को कहीं चोट लग गयी थी गहरी, इसी वजह से आधा चक्कर काटने के बाद वो उतर आया।

बिसेसर सन्नाटे में आ गया। इतनी जल्दी वो खेल से बाहर हो जायेगा इसका उसे रत्ती भर अंदाज़ा नहीं था। लेकिन अब क्या, अब तो जो घटना थी घट चुकी थी।

कप्तान इन सबमें कहीं दिखायी ही नहीं दे रहा था। यही उसकी शुरुआती कामयाबी थी। कप्तान को खोज तो एकईस भी रहे थे लेकिन वो उनको कहीं दिखायी नहीं दे रहा था।

परेड ग्राउण्ड में मैच की लगातार कमेंट्री चल रही थी। हिंदी, उर्दू और अवधी। तीन कोनों से इन तीनों में ही मैच का लगातार अपडेट दिया जा रहा था। कमेंटेटर के पास कबूतरों के नाम और पहचान थी इसलिये वो सभी की पोज़ीशन बताते जा रहे थे। एकईस के लिए हैरत की बात थी कि इस कमेंट्री में भी कोई कप्तान का नाम नहीं ले रहा था।

लेकिन पीर मुश्ताक़ समझ रहे थे कि कप्तान क्या खेल खेल रहा है। आधे घंटे डेढ़ घंटे बाद जब कबूतरों का मिलान होने लगा मंच पर तब तक सत्ताईस कबूतर बैठ चुके थे। बयासी कबूतर आसमान में थे। कुल कबूतर जो बाज़ी खेल रहे थे वो होने चाहिये एक सौ बारह। इस हिसाब से आसमान में इस वक़्त बयासी नहीं बल्कि पचासी कबूतर होने चाहिये थे। तो फिर बाक़ी के तीन कबूतर कहाँ गये?

कबूतरों को हर एक घंटे में अपनी पहचान कराते रहनी होगी नहीं तो वो खेल से बाहर समझ लिए जाते हैं। अब शिनाख़्त का वक़्त आ चुका था।

ठीक इसी समय पीर मुश्ताक़ ने एक अजीब सीटी बजायी। और ये क्या? आसमान में जाने कहाँ से कप्तान दिखायी देने लगा। पहचान करवाने के बाद कप्तान फिर कहीं ग़ायब हो गया। ये क्या मामला था।

मामला बस इतना ही था कि अपने उस्ताद की सीटी का इशारा समझकर कप्तान चुपचाप बंद हो गया था। जब कबूतर आसमान में बहुत ऊपर जाकर उड़े और ना दिखे तो उसे बंद होना कहते हैं। पीर मुश्ताक जितनी देर हो सके कप्तान को भीड़ से अलग रखना चाहते थे।

कप्तान के साथ उसके बहक़ावे में आकर दो और कबूतर थे जो बंद हुए थे लेकिन जब उस्ताद का इशारा सुना तो कप्तान उन दोनों को गच्चा देकर नीचे उतर आया। पहचान ना होने की वजह से उन दोनों को खेल से बाहर मानकर उनके नाम पर ठप्पा लगा दिया गया था। इस तरह कप्तान ने बिना झपटे ही दो का काम तमाम कर दिया था। और वापिस बंद हो चुका था।

अब पीर मुश्ताक़ को कुछ ना करते देख उनके बगल में खड़े एकईस ने हौले से पूछा –

‘कबीर कैसा खेलता था... उस्ताद जी?’

अचानक सवाल सुनकर अकबकाए उस्ताद ने पूछा ‘क्या ?’

‘कबीर... कैसा खिलाड़ी था?’

‘बाप था इन सबका... कमाल का बच्चा...।’

कहते-कहते रुक गये पीर मुश्ताक़। देखा कि एकईस आसमान में आँख गड़ाए हुए हैं।

इतनी देर से जो बात उस्ताद के मन में चल रही थी वो अब पूछ लेने का वक़्त आ गया लगता है, उस्ताद बोले –

‘कहाँ से मिले ये कबूतर इक्कीस भाई?’

एकईस कुछ बोलते उससे पहले ही वहाँ दूसरी तरफ़ ‘पकड़ मार’ की चीख़ पुकार सुनाई दी। एक खिलाड़ी दूसरे खिलाड़ी पर पिला पड़ा था। एक के कबूतर ने दूसरे को आसमान में ऐसा पछाड़ा था कि अगले का कबूतर ज़ख़्मी हो गया था। इन्हीं सब कहासुनी में बात बढ़ गयी। एक्शन कमिटी ने आकर बीच बचाव करके मामला शांत करवाया।

अब जब आधे से ज़्यादा खेल बीत चुका था तब आसमान में कबूतरों की गिनती माइक से दोहराई गयी। कुल ग्यारह कबूतर इस खेल में बाक़ी हैं अब भी। इनमें वो कमांडो कबूतर रेड आई टेडी भी है और लाल चमेलिया को मार गिराने वाला दुमचिरा भी है।

एक अजीब बात अब ये हुई कि बिसेसर और बाक़ी नौबतगंज के वो खिलाड़ी जिनके कबूतर आज के खेल से बाहर हो चुके हैं वो अपनी अपनी पसंद के उन कबूतरों का हौसला बढ़ाने में लगे हैं जो नौबतगंज के ही हैं।

क्योंकि अब मामला बाहरी बनाम नौबतगंजी कबूतर हो गया था। टेडी या दुमचिरे के जीतने का चांस बन चुका था। अब अगर कोई उन्हें गच्चा देने में कामयाब नहीं हो पाया तो उसकी जगह आसमान में बची नहीं थी।

जब महज़ चार कबूतर रह गये तब टेडी और दुमचिरे को एकसाथ समझ में आया कि लड़ाई तो आख़िरकार हमारी ही होनी है तो इन सब रेगुलर कबूतरों से क्या भिड़ना।

इधर जब टेडी और दुमचिरा आपस में गुत्थम गुत्था होने ही वाले थे कि अचानक कबूतरों के पहचान की सीटी बजी। अब पीर मुश्ताक़ को कप्तान का हाँका लगाना ही पड़ा और नतीज़तन कप्तान सामने आ गया टेडी और दुमचिरे के।

कप्तान के एक पंख में टाँके लगे गुए थे इसलिये वो सीधी चाल नहीं उड़ रहा था। बायें पंख को रह रहकर आराम देने के चक्कर में उसकी चाल ढुलक जा रही थी। इसीलिए उसे बार-बार मंच से कमेंटेटर ‘डेढा’ पुकार रहे थे प्यार से। क्योंकि गोला काटते काटते अचानक से आधी चाल बायें उड़ने लगता था। यही कप्तान की

कमजोरी थी, लेकिन इक्के के खेल में यही कप्तान की सबसे बड़ी मज़बूती बन गयी। वो सीधे किसी के निशाने पर नहीं आ पा रहा था।

लेकिन इस बार कप्तान को आगे से टेडी और पीछे से दुमचिरे ने घेर ही लिया। पीर मुश्ताक़ के माथे पर पहली बार बल पड़े। एकईस ने दोनों हाथ हवा में उठाकर कप्तान को पुकारा –

'लड़ जा बेटे... लड़ जा कप्तान।'

कबूतरबाज़ी का असली मज़ा जानते हैं क्या है? यही कि इसमें कबूतर जितना आपके बस में है उतना ही आपके ताक़त के बाहर भी है। क्योंकि उसके पास अपना दिमाग़ है। अपनी इच्छा है... और अपना ज़ुनून है।

इस वक़्त अगर ये आसमानी जंग देख ले तो दुनिया का सबसे शाहक़ार जंगी जहाज़ उड़ाने वाला पायलट भी मुट्ठियाँ भींच लेगा। ऐसा रोमांच फैला था आसमान में।

दुमचिरे का झपट्टा जैसे कप्तान बचा रहा था क्या ख़ाक कोई जहाज़ किसी जहाज़ से बचता। कप्तान को कबीर ने एक ऐसी तकनीक सिखाई थी जिसका कोई तोड़ दुनिया के किसी कबूतरबाज़ के पास नहीं था। वो है उड़ते हुए एक पंख बंद कर लेना। क्योंकि कप्तान का बाँया पंख कमज़ोर था इसलिये मजबूरी में सीखा हुआ ये हुनर आज उसके लिए अचूक साबित हुआ था। आसमान में कप्तान को देखकर हर कबूतरबाज़ उसकी उड़ान पर वारा जा रहा था।

आख़िरकार जब कप्तान इन दोनों की पकड़ से लगातार बचता रहा तब दुमचिरे और टेडी ने आपस में ही भिड़ने का फ़ैसला किया। उनके मालिकों का हाँका आ चुका था। अब कप्तान बेहद नीची उड़ान उड़ने लगा और उसके सिर पर दो जंगी कबूतर फैसले की आख़िरी लड़ाई लड़ने लगे।

'कुछ करिए उस्ताद जी ...।' ये बिसेसर था जो पीर मुश्ताक़ के बगल में खड़ा होकर कप्तान के लिए दुआ कर रहा था।

पीर मुश्ताक़ ने बिसेसर को शांत रहने का इशारा किया। नौबतगंज का अब बस एक ही कबूतर आसमान में था। कप्तान। सबका दुलारा कप्तान।

अचानक परेड ग्राउण्ड में तालियों और सीटियों का शोर उठा। क्योंकि दुमचिरा हार मानकर नीचे आ उतरा था। अब कबीर की आख़िरी इच्छा और नौबतगंज की शान के बीच बस एक लड़ाई बाक़ी थी।

पीर मुश्ताक़ ने अपनी जेब से चटख नीला रुमाल निकाला और उसे लहराते हुए सीटियाँ बजायी। कप्तान को आख़िरी वार का इशारा मिल गया था। अब हुआ असली खेल। कप्तान ने टेडी को दबोचा और उसके साथ कलाबाजियाँ करता हुआ नीचे गिरा। टेडी और कप्तान दोनों आपस में ऐसे गुत्थमगुत्था हुए कि अब वो एक ही कबूतर मालूम पड़ रहे थे। जब ज़मीन महज कुछ ही फीट रह गयी तब कप्तान ने टेडी को ज़मीन की तरफ़ धकेला और अपना दाहिना पंख खोल दिया।

ढोल बज उठे। पटाखे चलने लगे। चारों तरफ़ वाह वाह वाह वाह की आवाज़ आने लगी। कुछ सेकेंड के फ़ासले से कप्तान ने बाज़ी अपने नाम कर ली थी।

पीर मुश्ताक़ को इतनी तेज़ दौड़ते हुए शायद इससे पहले कभी किसी ने नहें देखा था। उस्ताद और कप्तान दोनों बुरी तरह हाँफ रहे थे। उस्ताद ने रोते हुए कप्तान को अपनी गोद में भर लिया। और वहीं ज़मीन पर घुटनों के बल बैठ गये। हर कोई आकर उस्ताद के हाथ चूम रहा था। आज की ये बाज़ी बरसों बरस याद की जाती रहेगी। थोड़ी देर में ही कप्तान ने साँस छोड़ दी। बहुत कोशिश की गयी। पानी पिलाया, कपड़ा भिगोकर उसमें लपेटा गया लेकिन कप्तान जा चुका था।

कप्तान को अपनी गोद में लेकर पीर मुश्ताक़ एक कोने में बैठे हुए थे। इनाम की मुनादी हो चुकी थी। कप्तान जिंदाबाद, कबीर जिंदाबाद, पीर मुश्ताक़ जिंदाबाद के नारे लगे। सादगी से बाक़ी का कार्यक्रम निपटाया गया।

जब कप्तान को दफ़नाने के लिए भीड़ के साथ पीर मुश्ताक़ और एकईस राम चले जा रहे थे तब एकईस ने उस्ताद से पूछा –

'उस्ताद जी आपने कप्तान के कान में क्या कहा था?'

पीर मुश्ताक़ ने जवाब में कहा –

'पहले मेरे सवाल का जवाब दीजिये एकईस भाई?'

'क्या ?'

'कबूतर कहाँ थे?'

एकईस ने हाथ जोड़ लिए, और उनकी आँख से एक सुर में आँसू गिरने लगे। पीर मुश्ताक़ ने एकईस राम की पीठ सहलाते हुए उसका सिर अपने कंधे पर रखा और उनके कान में कहा –

'कबीर से उसके बाप के लिए माफ़ी माँगना।'

एकईस ने सिर उठाकर पीर मुश्ताक़ की तरफ़ बच्चों की तरह देखा। उस्ताद एकईस के सिर पर हाथ फेरते हुए बोले –'यही कहा था।'

बाप बेटे की इस रस्साकशी में कौन जीता, कौन हारा... कौन जाने। उस्ताद और एकईस के बीच अनकही के कहने सुनने का मामला और आगे बढ़ता अगर पीछे से अम्बेश और मोनू ने आकर एकईस के पाँव न छुए होते। एकईस ने बुझी हुई आँखों से उनकी तरफ़ देखा। दोनों को इस बात की ख़ुशी थी कि कबीर का सपना पूरा हुआ। उनके साथ एक तीसरा लड़का भी खड़ा था जो जानबूझकर एकईस के सामने नहीं पड़ रहा था। गर्दन तिरछी करके एकईस ने उसका चेहरा देखा तो उसका चेहरा कुछ पहचाना सा लगा। इससे कहाँ मुलाक़ात हुई है पहले? एकईस को स्मृति पर बहुत दबाव देना नहीं पड़ा। ये उन्हीं दो लड़कों में से एक था जिन्होंने रेलवे फाटक पर एकईस के सामने स्कूटर सवार अधेड़ जोड़े से चेन छिनैती की थी।

लड़के ने उस ओर इशारा किया जिधर सफ़ेद रंग की गाड़ी का गेट खोलकर उससे जैकी यादव टिका हुआ था। एकईस को अपनी तरफ़ देखता पाया तो नेताजी जैकी यादव ने हाथ हिला दिया। एकईस उठे और नेताजी की तरफ़ बढ़ चले। झुके हुए कंधे लिए एकईस ने जाकर नेताजी के सामने हाथ जोड़कर कहा –

'अब तो करने का कोई मतलब नहीं बेटा...।'

नेताजी ने एकईस के हाथों पर हाथ रखकर हौले से कहा –

'कभी भी करने का कोई मतलब नहीं था चाचा... बस आपकी ज़िद्द थी।'

एकईस बच्चों की तरह जैकी को देखते हुए पहले ख़ुद में गुम हुए और फिर धीरे-धीरे अपनी गर्दन हिलाने लगे। वक़्त पर कही जाये तो बात के छुपे मानी भी समझ आने लगते हैं।

29

दिन तो आता ही है। वो भी, जिसका आपको इंतेज़ार है, और वो भी जिसके आने के डर से कई दिन अनदेखे किए जाते रहे हैं। दोनों तरफ़ पीले सरसों वाले खेतों से होते हुए जो ये दुबली सी लिंक रोड पर सफ़ेद अम्बेसडर मोटरकार चली जा रही है, ये नौबतगंज से लखनऊ को जाने वाली जीटी रोड पर होनी चाहिये थी। लेकिन लखनऊ हवाई अड्डे से विदेश जाने वाला हवाई जहाज़ अगर समय से पकड़ना है तो लिंक रोड का शॉर्टकट लेना ही पड़ेगा। ये चारू का दिन है। लेकिन आज वो एकईस राम और प्रभा तिवारी की बेटी से ज़्यादा कबीर की बड़ी बहन है।

और कोई दिन होता तो पीछे की सीट पर चारू के साथ बैठी प्रभा इस सड़क पर आने के लिए एकईस को ताना सुना चुकी होती, लेकिन आज चलते हुए पाँव में चुभे कांटे की मीमाँसा करने का न तो किसी का मन है और न ताक़त। ड्राइवर के बगल वाली सीट पर बैठे एकईस बार-बार कलाई घुमाकर घड़ी देख लेते हैं।

और कोई दिन होता तो एकईस देर से निकलने के लिए दो बातें माँ-बेटी को सुना भी देते। लेकिन आज कहने सुनने का दिन नहीं। आज बेटी को विदा करने का दिन है।

फ़ाइनल टूर्नामेंट से मिले इनाम के एक-एक रुपए को एकईस ने चारू के सपने पर खर्चा। चारू का भाई होता तो वो भी यही करता। महीनों तक लखनऊ दौड़ भाग करके एकईस ने चारू के लिए विदेश जाने की व्यवस्था की। ना धूप देखी ना बारिश, ना भूख ना प्यास। इन गुज़रे महीनों में एकईस के मन में एक ही धुन बजती रही। प्रभा को मनाने के लिए जितने चक्कर एकईस ने इस अधेड़पन में काट

लिए, उतने तो जवानी के उन दिनों में भी नहीं काटे जब प्रभा और एकईस के बीच प्यार झूमता था।

जितना मन और ताक़त इस बाप ने अपनी बेटी के लिए झोंकी, उसके दसवें हिस्से में दुनिया का कोई भी पिता अपनी बेटी ब्याह सकता है। बहुत मुश्किल से आज का दिन अपनी बेटी के लिए ला सके हैं एकईस। आज लखनऊ से दिल्ली होते हुए चारू उसी कॉलेज में आगे की पढ़ाई के लिए जाने वाली है जहाँ जाने की इच्छा उसने कबीर को गंगा किनारे बैठ कर बताई थी। कबीर होता तो आज सबसे ज़्यादा ख़ुशी उसी को होती।

महीनों गुज़रने के बाद भी कबीर का दुःख इन तीनों के लिए रत्ती भर भी हल्का नहीं हुआ था। कबीर के कबूतर अब उन्हीं कन्नी उस्ताद के हवाले थे जिनके पास एकईस ने उन्हें उस रात रखा था जिस रात ये सब कबीर की काबुक से ग़ायब हुए थे। क्यों रखा था? इसका जवाब ख़ुद एकईस के दिमाग़ में अब तक साफ़ नहीं हो पाया था। और अब इस बारे में इस आदमी ने सोचना ही छोड़ दिया था। अपने ही अनगिनत सवालों के अनगिनत जवाब देते देते कोई थक जाये तो और क्या करे।

लेकिन एक रात के हेरफेर से उपजे उस हादसे से एकईस अब भी पार नहीं पा सकते थे। कबूतरों के लिए कबीर की छटपटाहट देख कर एकईस ने उसके कबूतर वापिस लाने का इरादा बना लिया था। कन्नी उस्ताद से बात भी हो गयी थी। लेकिन उसी रात कबीर सब कुछ छोड़कर निकल गया। ये टीस अब एकईस राम की नियति थी, जिसके साथ ही उन्हें अपना बाक़ी का जीवन गुज़ारना था।

आज जब उनके अंतिम संकल्प की अंतिम आहुति हो चुकी है तब ये सारे ख़याल दोबारा उनके दिमाग़ का दरवाज़ा खटखटा रहे हैं। अनदेखी का अब तो कोई बहाना भी नहीं रहा। एक बहाना था, आज उसे भी अलविदा कह देना है।

लखनऊ हवाई अड्डे पर बाप, बेटी और माँ गुमसुम खड़े हैं। कोई चौथा इन्हें देखकर अंदाज़ा लगा सकता था कि इन्हें किसी का इंतेज़ार है। लेकिन ऐसा है नहीं। इन तीनों को अब किसी का इंतेज़ार नहीं है। सब कुछ तैयार है। अब कुछ भी बाक़ी नहीं।

प्रभा सामान की ट्राली के साथ खड़ी है। रास्ते भर रह रहकर प्रभा चारू को वही समझाइशें देती रही है जो अकेले बच्चे को सफर पर निकलने से पहले माँ देती

है। चारू का मन फिर भी प्रभा समझ नहीं पा रही है। उसके चेहरे का हर भाव पढ़ने में हमेशा कामयाब रहे एकईस भी आज हवा का रुख़ नहीं माप पा रहे। बाप और माँ दोनों नहीं चाहते कि बेटी चेहरे पर इतनी उदासी लेकर निकले। इसलिये दोनों मुस्कुराने का नाटक कर रहे हैं। दोनों ये जता रहे हैं कि उसके जाने से ख़ुश हैं।

प्रभा बार-बार बिटिया का सब सामान, टिकट और काग़ज़ संभाल रही है। कोई चीज़ छूट ना जाये। इसके आगे उसे अपना ख़याल ख़ुद ही रखना है। एयरलाइन के कर्मचारी ने आकर बता दिया है कि अब पैसेंजर को भीतर के काउंटर पर जाना होगा।

एकईस अपने साथ एक छोटे से टिफ़िन में कुछ लाए हैं। प्रभा से नज़र बचाकर वो टिफ़िन खोल लेते हैं। भीतर दो खानों में से एक में साग और एक में रोटियाँ हैं। चारू के सामने टिफ़िन रखकर एकईस इशारे से कहते हैं –

'अपने हाथ से खिला दो...।'

चारू रोटी के एक टुकड़े में साग रखकर एकईस को खिला रही है। अब तक जबरन मुस्कुराते एकईस में अब इतनी ताक़त नहीं कि अपने आँसू रोक सकें। उन्हें रोता देखकर चारू उनके गले लगकर फफक पड़ती है। प्रभा दोनों की पीठ बारी-बारी सहला रही है। चारू को पिता से अलग करके प्रभा गेट तक ले जाती है। जाते-जाते चारू पीछे पलटकर देखती है। पिता एक हाथ में टिफ़िन लिए दूसरे हाथ से आँखें पोंछते हुए वहीं किनारे लगी बेंच पर बैठ रहे हैं।

चारू भीतर जाकर एयरलाइन काउंटर पर सामान लिए खड़ी है। एक आदमी लाइन में उसके आगे खड़ा है।

इधर सब कुछ से फ़ारिग होकर प्रभा उस बेंच पर आती है जहाँ एकईस अपने घुटनों में सिर छुपाकर रो रहे हैं। देर तक प्रभा सिर्फ़ एकईस के कंधे पर हाथ रखे बैठी रहती है। दोनों में से कोई भी किसी से कुछ नहीं कहता। रोते रोते एकईस की हिचकियाँ बँध गयी हैं। घुटनों में सिर छिपाए एकईस को आँखें खोलने का मन नहीं कर रहा। जब सामने अथाह अंधेरा हो तो आँखें खुली हों कि बंद, क्या फ़र्क पड़ता है।

'चलो...।'

एकईस का हाथ पकड़कर उठाते हुए प्रभा ने जब ये कहा तो एकईस ने सिर उठाकर प्रभा को ऐसे देखा जैसे पहली बार देख रहे हों। एकईस की डबडबाई आँखों में सवाल था 'कहाँ चलूँ?'

प्रभा ने सवाल पढ़कर जवाब दिया 'घर चलो।' और उनका हाथ पकड़कर अपने साथ लिए आगे बढ़ीं। एकईस अपनी जगह पर खड़े हो गये। प्रभा ने मुड़कर कहा –

'ज़िद के भरोसे और कितनी दूर जाओगे अकेले...।'

एकईस ने बिना कुछ कहे बस अपने कंधे उचका दिए।

'अब अकेले चलने की ताक़त ना तुम में है ना मुझ में है... साथ चलो।'

एकईस अब भी आगे नहीं बढ़ रहे थे। प्रभा उनके पास आई और एकईस की आँखों में देखकर बोली –

'ज़्यादा नहीं... बस थोड़ा थोड़ा समझना है एक दूसरे को... पहले भी तो समझते ही थे न हम दोनों... चलो घर चलें।'

एकईस प्रभा का हाथ पकड़ कर चल पड़े। अभी दोनों आगे बढ़ ही रहे थे कि हवाई अड्डे के एंट्री गेट पर हो हल्ला सुनाई देने लगा। दोनों ने पलटकर देखा और उधर ही चल पड़े।

गेट पर सिक्योरिटी और एयरलाइन स्टाफ़ से घिरी चारू खड़ी थी। एकईस और प्रभा चारू की तरफ़ दौड़े।

'आप इनके साथ हैं सर?' एयरलाइन के स्टाफ़ ने पूछा। एकईस ने सिर हिलाकर हामी भरी।

'फ्लाइट के टेक ऑफ़ से ठीक पहले मैडम बाहर आने की ज़िद कर रही थीं... हम समझ नहीं पा रहे ये क्या कहना चाहती हैं।'

एयरलाइन की तरफ़ से आये आदमी की बात ना एकईस को समझ में आ रही थी और ना प्रभा को। चारू ने इशारे से एकईस और प्रभा को पास बुलाया। पीछे एयरलाइन की तरफ़ से बार-बार चारू का नाम पुकारा जा रहा था और बताया जा रहा था कि ये आख़िरी मौक़ा है फ्लाइट पर आने का, नहीं तो जहाज़ चारू को छोड़कर उड़ जायेगा। एयरलाइन का स्टाफ चारू से वापिस चलने की गुज़ारिश कर रहा था और वायरलेस पर सूचना दे रहा था कि पैसेंजर उसके साथ है जिसे लेकर वो आ रहा है।

चारू ने अपने दोनों हाथों में एकईस और प्रभा का हाथ लिया और इशारे से बताया कि वो इन दोनों को छोड़कर जाना नहीं चाहती।

एकईस ने समझाते हुए कहा –

'तेरा भाई होता... तो यही चाहता कि तेरा सपना पूरा हो बेटा... अब आगे बढ़ने का वक़्त है...।'

चारू कातर आँखों से अपने बाबा को देख रही थी। उसकी आँखें उसके मन का सवाल बता रही थीं कि, वो अपने पीछे इस आदमी को किसके भरोसे छोड़ के जाये। प्रभा ने चारू के कंधे पर हाथ रखकर इशारे से कहा –

'कबीर ने तुम्हारा सपना पूरा करने के लिए जान लगा दी...।'

इसके बाद प्रभा ने एकईस का हाथ अपने हाथ में लेते हुए चारू को भरोसा दिलाया और कहा –

'हम दोनों घर लौट रहे हैं... साथ में।'

एयरलाइन के आदमी ने जो वायरलेस हाथ में थामा हुआ था उसपर आवाज़ आई कि पैसेंजर को तुरंत ले आये नहीं तो उसकी फ्लाइट छूट जायेगी। एकईस और प्रभा ने भरे हुए गले और डबडबाती आँखों से चारू को अलविदा कहा। चारू को लेकर एयरलाइन स्टाफ भीतर चला गया।

जिधर चारू गयी थी उस ओर निहारते एकईस का ध्यान तब टूटा जब प्रभा ने माहौल हल्का करने के लिए कहा –

'पहले देहाती के रसगुल्ले खाने चलेंगे... जहाँ हम पहली बार मिले थे।'

गर्दन हिलाकर प्रभा का हाथ अपने हाथों में लिए एकईस लौट चले।

दोनों लौट रहे हैं। घर। जहाँ बहुत पहले लौट जाना चाहिये था। जहाँ चारों को होना चाहिये था। लेकिन जो बचे रह गये, कम से कम वो तो लौटें।

दोनों ने चुना, घर लौट जाने को। दुनिया में कहीं तो किसी के पास चुनने को कुछ बचा है।
